Marit und Eve wachsen in einem Waisenhaus auf, Marit ist wie eine große Schwester für die jüngere Freundin. Sie kann mit ihren magischen Fähigkeiten außergewöhnliche, wunderschöne Kleider schaffen. Doch diese Kräfte haben einen Preis: Wer zu viel Magie anwendet, muss um sein Leben fürchten. Als Eve, eine talentierte Ballerina, von der reichen Tänzerin Helene Vestergaard adoptiert wird, nutzt Marit Magie, um als Schneiderin im Haushalt angestellt zu werden und ihre Freundin beschützen zu können. Denn Marits Vater starb einst in den Minen der Familie Vestergaard – ein Unfall? Und warum legt Helene so viel Wert darauf, dass alle ihre Dienstboten magische Fähigkeiten haben? Marit kommt einer Intrige auf die Spur, die bis hinauf zum König reicht. Nur Magie kann sie retten – oder in tödliche Gefahr bringen.

**Emily Bain Murphy** ist eine US-amerikanische Autorin. Sie wuchs in Hongkong und Japan auf und studierte kreatives Schreiben. Mit ihrer Familie lebt sie heute in San Francisco.
**Jana Wahrendorff**, geboren 1989, hat in Düsseldorf Literaturübersetzen studiert. Nach einem mehrjährigen Abstecher als Projektmanagerin im Bereich Übersetzung und Lektorat übersetzt sie inzwischen freiberuflich aus dem Englischen und Spanischen.

EMILY BAIN MURPHY

EIN GEHEIMNIS AUS MAGIE UND EIS

Insel Verlag

*Für alle, die immer noch nach ihrem Zuhause suchen.*
*Und für Pete – eine Pflaume.*

*Der schmerzhafteste Zustand des Seins ist das Erinnern an die Zukunft, besonders an die, die man niemals haben wird.*

Søren Kierkegaard

*Die Mutter sagt, daß Alles, was Sie betrachten, zu einem Märchen werden kann, und von Allem, was Sie berühren, können Sie eine Geschichte machen.*

Hans Christian Andersen

*Etwas ist faul im Staate Dänemarks.*

William Shakespeare

# 1

*Marit Olsen*
*7. November 1866*
*Karlslunde, Dänemark*

DA IST BLUT AUF EVES KOSTÜM.

Ich drehe meine Hand, gerade als sich ein weiterer purpurner Tropfen an der Fingerkuppe bildet. Auch er fällt auf die Spitze und läuft hinab auf die Lagen von Tüll, die ich in der letzten Woche akribisch aufgeschlagen habe, damit sie aussehen wie fluffiges Baiser.

Ich schreie auf, lasse die Nadel fallen und fluche laut.

Morgen Abend hat Eve den wichtigsten Auftritt ihres Lebens, und ich habe nichts Besseres zu tun, als ihr Kostüm mit meinem Blut zu ruinieren. Schnell sauge ich am Finger und sehe mich verstohlen in Thorsens Schneiderei um. Ausnahmsweise bin ich allein, umgeben von aufwendiger Spitze und Wollknäueln in gedeckten Tönen, Seidenschals voll bunter Vögel und einem Nadelkissen mit unzähligen Nadeln und perlmutternen Knöpfen.

*Ich könnte noch mehr nehmen*, denke ich. Thorsen lagert die unsortierte neue Ware in der zweiten Etage. Er würde nicht mal merken, dass etwas fehlt, bevor ich nächste Woche meinen Lohn dafür beiseitelege. Ich stehe auf. Immerhin wollte ich Eve dabei helfen, morgen Eindruck zu machen. Ich habe mir ein mit Glasperlen besetztes Kostüm vorgestellt, in dem sie funkelt wie ein Eiszapfen in der Sonne. Und nicht eins, in dem sie aussieht, als würde sie ihre Arabesken bei Nilas, dem Schlachterjungen, üben.

Morgen kommen Freja und Tomas Madsen zum Waisenhaus in der Mühle. Das Paar möchte ein Kind adoptieren. Allein bei dem Gedanken daran schnürt sich mir die Kehle zu. Ich habe mich umgehört und versucht, jede noch so winzige Information aus der verschwiegenen Waisenhausdirektorin Ness herauszukitzeln. Habe dem Getuschel der Diener gelauscht, wenn sie Stoffe aus der Schneiderei abgeholt haben. Soweit ich weiß, leben die Madsens zwei Städte weiter – also kann ich es mit der Kutsche an nur einem Vormittag hinschaffen –, und vermutlich sind sie Eves beste Chance auf eine Familie.

Wenn ich mich beeile, kann ich noch zusammensuchen, was ich für ihr Tutu brauche, bevor Agnes zurückkommt. Sonst verrät sie mich, noch ehe ich es die Treppe wieder hinunterschaffe.

Doch gerade als ich die erste Etage erreiche, klingelt die Glocke über der Tür und Agnes wirbelt herein, trockenes Laub im Schlepptau. Ich erstarre, die Hand auf dem Geländer.

»Was machst du da?«, fragt sie und zieht sich den Schal vom Hals. Wir arbeiten gemeinsam in Thorsens Laden und teilen uns die kleine Kammer oben, seit ich die Mühle vor drei Monaten verlassen musste, weil ich zu alt geworden war. Agnes ist kaum älter und trotzdem schon so schrullig und neugierig wie eine alte Jungfer. Eigentlich sogar noch schlimmer, denn sie liebt es, herumzuschnüffeln.

»Ich habe nur ...«, setze ich an, doch sie hört mir überhaupt nicht zu.

»Hast du es schon mitbekommen?« Sie schüttelt den Kopf

und streicht sich die vom Wind zerzausten Haare glatt. Mein Herz macht einen Satz. Agnes wirkt furchtbar hämisch. So ist sie nur, wenn sie schlechte Nachrichten überbringen darf.

»Was denn?«, frage ich vorsichtig.

»Die Mühle ist in hellem Aufruhr. Das Paar, das sich angekündigt hat, die Madsens – sie kommen doch nicht morgen.« Agnes wirft mir einen Blick zu und verzieht die Lippen zu einem grausamen Grinsen. »Sondern schon heute.«

Mir verschlägt es die Sprache. Eine köstlich selbstsüchtige Stimme in mir flüstert: *Vielleicht wählen sie dann doch nicht Eve aus.* Sofort verscheuche ich den Gedanken wie eine lästige Fliege, die mir um den Kopf schwirrt.

Agnes beobachtet mich mit wachsendem Vergnügen, und als ich mich umdrehe, folgt sie mir. Ich überlege, wie ich sie loswerde. »Ich glaube, hier oben war letztens eine Maus«, rufe ich über die Schulter. Sie kreischt auf und bleibt für einen Moment unsicher stehen. Bis sie sieht, dass ich nicht in unser Zimmer gehe, sondern weiterlaufe.

»Wo willst du hin, Marit?« Sie steigt hinter mir die Holzstufen hoch. Wir konnten uns noch nie ausstehen, aber ich habe es hoffentlich besser überspielt als sie. Agnes ist schon ein Jahr länger als ich zu alt für die Mühle, und die Verbitterung darüber zerfrisst sie innerlich. Die Art Verbitterung, die einen alle Leute von sich stoßen lässt. Die Art, bei der man niemandem gönnt, was man selbst nicht haben kann. *Sei nicht wie Agnes,* sage ich mir. *Eve verdient eine echte Familie.* Auch wenn das bedeutet, dass sie sie mir wegnehmen – den letzten geliebten Menschen, der mir auf dieser Welt noch bleibt.

Vielleicht spinnt mein Hirn die Lügen dieses Mal so gut, dass ich sie selbst glauben kann.

9

»Ich weiß wirklich nicht, warum du dir solche Sorgen machst«, ruft Agnes hinter mir. »Die Madsens können aus so vielen Mädchen wählen. Da hat Eve sowieso kaum eine Chance.«

»Halt den Mund.« Ich habe die zweite Etage fast erreicht. Agnes irrt sich. Ness scheint Eve sogar große Chancen auszurechnen. Nicht umsonst lässt sie die Mädchen tanzen. Eve ist die beste Tänzerin von allen.

»Es sei denn …«, beginnt Agnes, »Eve hilft ihrem Glück ein wenig auf die Sprünge.«

Auf der letzten Stufe halte ich inne. Sie knarzt laut unter meinem Gewicht.

»Was willst du damit sagen?«, frage ich tonlos.

»Ach, gar nichts. Bloß, dass man so einiges hört.« Sie schnalzt mit der Zunge. »Über *Magie*.«

Mir wird heiß, und das Herz schlägt mir bis zum Hals. Ich gehe weiter, bis ich vor dem Stoffschrank stehe.

»Sie konnte schon immer gut tanzen«, fährt Agnes fort. »Ist doch ungewöhnlich. Vielleicht sogar unnatürlich.«

»Eve besitzt keine Magie.«

Magie. Von Geburt an auf einem bestimmten Gebiet herausstechen wie sonst nur Gelehrte. Zu Dingen fähig sein, von denen andere nur träumen. Magie – das Geschenk, für das man einen ungeheuer hohen Preis zahlt. Mir läuft ein Schauer über den Rücken, und ich muss an meine Schwester Ingrid denken. An den blauen Frost, der unter der zarten Haut ihrer Handgelenke entlanggekrochen ist.

Agnes zuckt mit den Schultern. »Mit Magie wird sie vielleicht ausgewählt«, trällert sie fröhlich. »Wenn der Firn ihr Blut nicht vorher zu Eis gefrieren lässt.«

Zähneknirschend knie ich mich hin und durchwühle die Kisten. Agnes ist so eine gehässige Schnepfe.

»Eve besitzt keine Magie«, wiederhole ich deshalb. »Sonst wüsste ich das ja wohl.«

Ich schnappe mir eine Handvoll Stoffe und eine Spule mit goldenem Garn, da begreift Agnes plötzlich, was ich vorhabe. »Hey! Dafür hast du nicht bezahlt!«, kreischt sie.

Ich stehe wieder auf und kann an nichts anderes denken als an Eve. Wie sie in der Mühle auf mich wartet. Wie ihr das Herz vor Aufregung bis zum Hals schlägt, während sie nervös mit den Fingern auf den Tisch trommelt. Wie sehr ich mir wünsche, dass die Madsens sie heute auswählen. Wie sehr ich mir wünsche, dass sie es nicht tun.

»Das sag ich Thorsen.« Agnes verschränkt die Arme, stellt sich vor mich und funkelt mich mit ihren eisblauen Augen herausfordernd an. »Dafür wirft er dich raus, dann habe ich das Zimmer endlich für mich allein.«

»Na, wenn das so ist …« Ich schiebe mich an ihr vorbei und greife nach dem Fläschchen mit den Glasperlen, die ich so unbedingt wollte. »Dann kann ich die hier ja auch noch mitnehmen.«

Ihr entrüstetes Japsen verschafft mir eine gewisse Genugtuung. Ich wirbele herum, sodass wir uns direkt gegenüberstehen. Dieses Mal behalte ich die Oberhand.

»Wie wäre es mit einem Handel, Agnes?«, schlage ich vor. »Was willst du?«

Nachdenklich zieht sie die Brauen zusammen und streicht ihre Schürze glatt. »Ich bekomme für einen Monat jeden Tag deine Mittagspause«, sagt sie. »Und zwar …« – unten schlägt die große Standuhr gerade zwölf – »… ab sofort.«

Ich strecke ihr die Hand entgegen. Sie schürzt die Lippen, ergreift sie dann aber doch. Die Sache ist abgemacht.

»Pass auf, dass du nicht an deinem Mittagessen erstickst!« Ich winke ihr mit meiner Schmuggelware nach. Ohne eine Antwort lässt sie mich oben an der Treppe stehen.

*Gut so*, denke ich und versuche, ihre Bemerkung von vorhin zu verdrängen. Über Magie und ihre Konsequenzen. Über den Firn, der sich so lange durch die Adern frisst, bis man irgendwann zu Eis erstarrt.

Ich umklammere das Fläschchen mit den Glasperlen.

Für das, was ich jetzt vorhabe, kann ich Agnes sowieso nicht gebrauchen.

# 2

ICH SCHLIESSE DIE TÜR HINTER AGNES AB, lege das geliehene Material auf meinen Arbeitstisch und ziehe den Stuhl näher an den glühenden Kohleofen in der Ecke. Draußen unter dem Fenster liegen nasse Blätter auf grauem Kopfsteinpflaster, und die stumpfen Enden der Mühlenflügel wandern langsam über die Dächer der Fachwerkhäuser. Die Menschen in Karlslunde eilen mit eingezogenen Köpfen durch den Wind am Laden vorbei, ihre Taschen so grausig geflickt, dass es mir in den Fingern juckt.

Ich betrachte Eves ruiniertes Kostüm und suche die Stellen in der Spitze, die ich nicht mit Blut besudelt habe. Meine Hände zittern, während ich mich durch den Stoff arbeite. Früher hat man in den Straßen immer einen furchtbaren Reim gehört. Sogar junge Mädchen auf dem Markt haben ihn gesungen und dabei fröhlich im Kreis getanzt: *Magie fließt wie Wasser, Magie gefriert wie Eis. Gebrauchst du zu viel, musst du bezahlen den Preis.*

Ich schaue aus dem Fenster und warte, bis die Straße leer ist. Waisen mit Magie sind genauso gefragt wie gefährdet. Geraten wir in die falschen Hände, werden wir womöglich gezwungen, unsere Magie bis zur Erschöpfung zu nutzen. Bis wir nach einem intensiven Aufleuchten ausbrennen wie Strohfeuer.

Selbst jetzt erschaudere ich bei der Vorstellung, Thorsen könnte herausfinden, wozu ich in der Lage bin.

Obwohl die Straße verlassen ist, zögere ich. Seit fast zwei Jahren habe ich keine Magie mehr genutzt. *Nur in Notfällen*, das habe ich mir fest vorgenommen und meine Magie wie eine hochexplosive Waffe in eine Kiste gesperrt. *Aber das hier ist ja ein Notfall! Schließlich geht es um Eve.* Ich atme tief ein, als wollte ich in dunkles Eiswasser tauchen. Magie zu nutzen ist erschreckend einfach – als würde ich meinen Lungen befehlen, sich mit Luft zu füllen. Es bedarf nur einer kleinen Anweisung, bloß ein wenig Aufmerksamkeit.

Ich schließe die Augen. *Ist schon gut*, rede ich mir ein und balle die Fäuste. *So ein winziges, unbedeutendes bisschen Magie macht doch keinen Unterschied.*

Ich öffne die Fäuste und in meinen Fingern spüre ich sofort das Kribbeln und Singen der Magie, die ich so lange unterdrückt hatte. Ich streiche über jedes unbefleckte Stück Spitze und klopfe sanft auf jeden Knoten. Aufregung erfasst mich, als etwas aus mir heraus und in die Knöpfe hineinströmt. Ich versuche, ruhig zu bleiben – als würde nicht gerade etwas Unglaubliches aus mir herausfließen. Oder als würde ich nicht die Zündschnur eines riesigen Feuerwerks entfachen. Ehrlich gesagt habe ich sogar vergessen, wie schnell und einfach es ist. Wie betörend *gut* Magie sich anfühlt. Die leichteste Berührung reicht aus, und schon lösen die Knoten sich wie von selbst.

Die unversehrte Spitze fällt mir in die Hände, so zart wie Glasseide und so verschnörkelt wie eine Schneeflocke.

Ohne Agnes im Nacken dauert es nur ein paar Minuten, die Tüll lagen wieder in das aufwendige Wabenmuster zu verwandeln, für das ich mit bloßen Händen sicher Stunden gebraucht hätte. Ich arbeite flink und mit pochendem Herzen, befestige die Spitzenflicken auf dem Korsett, als würde ich ein Buntglasfenster zusammensetzen.

Dann schaue ich auf die Uhr. *Vielleicht suchen die Madsens sich ja ein anderes Mädchen aus.* Ich öffne das Fläschchen, das ich mitgenommen habe, und lege die goldenen und weißen Perlen auf den Stoff. Augenblicklich wickeln sich Fäden hindurch und halten sie fest. Ganz einfach, als würde ich pralle Beeren in eine Kuchenglasur drücken. *Vielleicht kann ich genug Geld sparen, um Eve eines Tages selbst zu adoptieren.*

Diesem Gedanken gehe ich niemals zu lang oder zu intensiv nach. Mit dem letzten Knoten auf dem Korsett schnürt sich auch mein Herz zusammen. *Heute*, sage ich mir entschieden, *heute* ist es das Beste für Eve, wenn die Madsens sich für sie entscheiden. Also tue ich alles für sie, was ich tun kann – ich gebe ihr dieses mit Magie gewobene Tutu.

Und dann lasse ich den Dingen ihren Lauf.

Hastig werfe ich mir das Kostüm über den Arm, schließe die Ladentür hinter mir ab und eile die Straße hinauf zum Waisenhaus. Ich gehe hier ein großes Risiko ein. Wenn Thorsen den leeren Laden entdeckt, schmeißt er sowohl mich als auch Agnes raus. Ich laufe vorbei am Metzgerladen, wo es nach Eisen riecht, an den rußverschmierten Fenstern des Schmieds und an der Gerberei mit dem durchhängenden Dach. Seit den Choleraepidemien und den beiden Kriegen zwischen Dänemark und Schleswig-Holstein gibt es viele Menschen wie mich – Waisenkinder, die hart für ihren Lohn schuften müssen. Wir betreiben die Läden und geben unseren geringen Lohn aus, um in den oberen Etagen zu wohnen. Meist verbringen wir das ganze Leben, halb verhungert und hoch verschuldet, innerhalb eines Häuserblocks. Als das runde Dach der Mühle vor mir auftaucht, beschleunige ich meine Schritte.

Vor zehn Jahren hat mein Vater unter Tage in einem Kalksteinbergwerk gearbeitet, bis er und zwölf andere beim größten Minenunfall Dänemarks verschüttet worden sind. Nicht mal einen Monat später hat der Firn mir auch meine Schwester genommen, und von jetzt auf gleich war ich völlig allein auf der Welt.

Eve wünsche ich das nicht. Mit elf hat sie noch eine winzige Chance, adoptiert zu werden. Aber die heute ist vielleicht ihre letzte.

Ich schlüpfe durch die Küchentür ins Waisenhaus, schleiche am krummen Rücken von Silas, dem Koch, vorbei und husche die Seitentreppe hinauf. Es riecht nach Nelken und Kardamom. Silas macht also *Kanelstænger* – Zimtstangen. Eve und Gitte, eine andere Waise, hocken oben in dem zugigen Schlafsaal vor einem Spiegel und binden sich die Haare zu hohen Dutts zusammen.

Ich atme erleichtert aus. Ich bin nicht zu spät.

Meine Fingerspitzen kribbeln immer noch, als wären sie taub vor Kälte.

Gitte ist zuerst mit ihrer Frisur fertig und stupst Eve an. »Kommst du?«

Eve sieht mich im Spiegel. »Ja, gleich.« Sie zerrt an dem verblichenen pinken Kostüm, das Ness vermutlich irgendwo erbettelt hat. An manchen Stellen sitzt es viel zu locker, an anderen spannt es zu sehr.

Gitte nickt mir zu, als sie den Raum verlässt. »Ness sagt, die Madsens sind jeden Moment da.«

Ich erinnere mich noch an den Tag, an dem Eve in der Mühle

ankam. Die meisten Jüngeren haben in den ersten Tagen entweder gejammert wie weinerliche Kätzchen oder mit gesenktem Blick vor sich hingemurmelt. Eve hat geschwiegen, mit ihren dunklen Haaren, der dunklen Haut und ihren funkelnden dunkelbraunen Augen. Ein halbes Jahr lang hat sie kaum ein Wort herausgebracht. Bis ihr geliebter Wuschel eines Morgens an einer Sprungfeder hängen geblieben und einmal in der Mitte durchgerissen ist. Wuschel ist ein fürchterlicher Fetzen Stoff, der wohl mal wie ein Hase ausgesehen hat. Inzwischen fehlt ihm allerdings ein Auge, und die Füllung rutscht immer an die seltsamsten Stellen. Eve ist mit Tränen in den Augen zu mir gekommen, hat ihn hochgehalten und gefragt: »Kannst du ihn nähen?« Ich war die erste – die einzige – Person, die sie je um Hilfe gebeten hat.

Jetzt, klein, wie sie ist, mit ihren elf Jahren, reicht sie mir trotzdem bis ans Herz.

»Marit!« Sie dreht sich zu mir um. Als unsere Blicke sich treffen, schenkt sie mir ein zuckersüßes Lächeln. »Woher wusstest du, dass du kommen sollst?«

»Agnes war endlich mal zu etwas gut«, antworte ich und halte ihr das Tutu hin. »Natürlich nicht mit Absicht. Hier.«

Eve hüpft vor Freude auf und ab. »Wahnsinn!«, jubelt sie und fährt mit den Fingern ganz behutsam über den Stoff. »Du willst mich wohl unbedingt loswerden!«

Mein Magen krampft sich zusammen, und ich wende mich ab. »Los, beeil dich.«

Sie zieht sich um, und ich starre auf einen kleinen Fleck grauen Himmels. In der ersten Woche, in der ich nicht mehr in der Mühle wohnen durfte, habe ich mich jede Nacht aus Thorsens Schneiderei geschlichen und zum Schlafsaal hinaufgeschaut. Ich habe nicht damit gerechnet, dass mir Ness, Eve und mein Bett so fehlen würden. In der vierten Nacht habe ich entdeckt, wie Eve im flimmernden Licht der Straßenlaterne Pirouetten übte, während alle anderen schliefen. Eine ganze Stunde lang habe ich ihr zugesehen und als ich schließlich wieder zu Thorsens Laden zurückgegangen bin, glühte die Hoffnung in mir wie ein helles Kohlenstück.

Der Blüte einer Nachtkerze gleich verschließe ich mein Herz und frage mich, wie lange es wohl dauert, bis einem jemand, den man liebt, wieder fremd wird.

Ich schüttele den Gedanken ab. »Brauchst du Hilfe mit den Knöpfen?«

Statt einer Antwort entfährt Eve ein freudiges Quietschen. »Sehe ich jetzt aus wie Helene Vestergaard?« Sie wirbelt vor dem Spiegel im Kreis. Helene Vestergaard ist ein Waisenkind aus der Mühle, aus dem eine der meistgefeierten Ballerinas in ganz Dänemark geworden ist. Während die jüngeren Kinder nach Märchen von Hans Christian Andersen und die älteren nach Gruselgeschichten über Nachtalben verlangten, wollte Eve immer nur Geschichten von Helene Vestergaard hören.

»Sogar besser als sie«, erwidere ich, obwohl bei ihrem Namen plötzlich ein tiefer Groll in mir aufflackert. Helene hat sich in ein Leben getanzt, von dem niemand von uns auch nur zu träumen gewagt hat – bis hinauf auf die Bühnen der berühmtesten Theater Dänemarks. Hinein in eine Heirat, die ihr sogar einen Platz in den glanzvollen Reihen der wohlhabenden Vestergaards verschafft hat. Ich habe Eve nie erzählt, was für eine schmerzvolle Verbindung ich selbst zu den Vestergaards habe. Dass mein Vater in einer ihrer Minen gestorben ist. Dass die Entschädigung kaum gereicht hat, um seine Beerdigung zu bezahlen. Geschweige denn die meiner Schwester einen Monat später. Stattdessen habe ich ihr von Helene Vestergaards legendärer Karriere erzählt und mir dann auf die Zunge gebissen, noch lange, nachdem Eve eingeschlafen war. Ich habe darüber nachgedacht, auf welch merkwürdige Weise Helenes Leben doch mit meinem verwoben ist. Sie hat die Mühle für eine Zukunft mit den Vestergaards und ihren Minen verlassen. Mir hingegen haben die Minen der Vestergaards die Zukunft genommen, wodurch ich überhaupt erst in der Mühle gelandet bin. So schließt sich der Kreis. Ihre helle Seite der Medaille ist zugleich meine dunkle, und diese seltsame Verbindung werde ich niemals wieder los.

»Marit.« Eve zupft an ihrem Träger und ist vor Aufregung ganz zappelig. »Heute könnte es wirklich klappen.«

»Das stimmt«, sage ich fröhlich. Versuche, nicht mehr daran zu denken, wie sie mit vier aussah, als sie nachts in mein Bett geklettert ist, weil das Heulen des Windes ihr Angst eingejagt hat.

»Das heißt, wir sehen uns heute vielleicht zum letzten Mal …«, fährt sie fort.

Ich wende mich ab, denn ich weiß genau, worauf sie hinauswill. Nervös nestle ich an den Schnüren meiner Schürze herum.

»Bitte«, fleht sie. »Ich verdiene die Wahrheit, oder nicht? Du hast versprochen, dass du es mir eines Tages erzählst.« Ihre ausgetretenen Schuhe sind auf dem Holzboden kaum zu hören.

Vor Jahren – als sie fast alt genug war, es zu verstehen – hat sie mitbekommen, wie ein paar ältere Mädchen über gewisse Dinge getuschelt haben. Darüber, dass ihre Mutter Magie besessen hat. Dass sie daran gestorben ist. Ich habe Eve nie *belogen*, was meine eigene Magie betrifft. Trotzdem ist es ein Geheimnis, das ich noch niemandem anvertraut habe. Ich hüte es gewissenhaft seit der Nacht, in der meine Schwester starb. Und immer, wenn jemand über den Firn spricht, habe ich Angst, dass irgendwann Fragen gestellt werden, die ich unter keinen Umständen beantworten will.

»In Ordnung«, sage ich schließlich und fixiere eine Strähne, die sich aus Eves Dutt gelöst hat. »Du bist wohl wirklich alt genug, um es zu erfahren. Ich vermute, dass deine Mutter den Firn hatte. Ich habe mal aufgeschnappt, wie Ness darüber gesprochen hat.«

Eve zieht die Schultern hoch. »Meine Mutter war also zu unvorsichtig mit ihrer Magie?« Sie schluckt, als hätte ich etwas bestätigt, das sie schon immer befürchtet hat. »Als ich ein Baby war? Ihr war die Magie wichtiger … als ich?«

»So einfach ist das nicht.« Ich stecke die widerspenstige Strähne mit einer Nadel fest. »Du musst dir Magie wie ein Spiel vorstellen, bei dem der Einsatz sehr, sehr hoch ist.« Ich seufze. »Und manchmal … ist es das Risiko wert. Manchmal ist es die bessere Wahl, selbst wenn sie schwerfällt.«

»Ein Spiel.« Trauer verschleiert ihren Blick, als hätte sie sich irgendwo tief in ihrem Inneren angesammelt. Dabei wollte ich doch genau das immer verhindern. »Und sie hat verloren«, flüstert Eve.

Ich nicke knapp. *Wie meine Schwester Ingrid.*

»Eve?«, brüllt Ness plötzlich von unten.

»Komme sofort!« Auf einmal sieht Eve mich durchdringend an, ihre dunklen Augen funkeln im grauen Zwielicht des Schlafsaals. »Aber bist du dir wirklich sicher, Marit? *Ich* besitze nämlich keine Magie.«

Obwohl ich mir das schon gedacht habe, durchflutet mich ein so starkes Gefühl der Erleichterung, dass ich fast zusammenbreche. »Das ist gut«, sage ich sanft. Sie schlingt die Arme um mich. Ich erwidere die Umarmung und spüre ihre zarten Knochen.

»Warte mal. Du doch auch nicht ... oder?«, fragt sie und entzieht sich mir ruckartig.

Ich weiß noch genau, was für ein Gesicht sie gemacht hat, als ich ihr vor Jahren ihren Wuschel zurückgegeben habe, der auf wundersame Weise geheilt war. Das magische Kribbeln in meinen Händen ist endlich verklungen, die angenehme Kälte schwindet. Ich widerstehe dem Drang, schnell einen prüfenden Blick auf meine Finger oder die dünne Haut an den Handgelenken zu werfen.

»Natürlich nicht.« Ich schiebe sie zur Tür.

Sie ist schon im Flur, als sie sich noch einmal zu mir umdreht. Sie scheint zu funkeln. Das Licht bricht sich in den Perlen auf ihrem Kleid.

»Das ist gut«, meint sie und lächelt. »Dann haben wir beide ja nichts zu befürchten.«

# 3

UNTEN IN DER WOHNSTUBE DER MÜHLE hat jemand
den Läufer vom abgenutzten Boden vor dem Kamin wegge-
räumt, um Platz für eine behelfsmäßige Bühne zu schaffen. Davor stehen wackelige Stühle im Halbkreis, rechts und links neben den beiden Ehrenplätzen: zwei prachtvolle Ohrensessel
mit Teeflecken und von der Sonne ausgeblichenen Armlehnen.
Immer, wenn Ness Wind vom Besuch möglicher Eltern bekommt, wird ein richtiges Theater veranstaltet. Um auch ja
ein perfektes Bild zu erschaffen: Für die Frau, die Gärtnern
liebt, haben wir im Dreck gesessen und den faden Abklatsch
eines Gemüsebeets gejätet. Wenn ein Wissenschaftler kam,
sollten wir mit dicken Büchern auf dem Schoß um die Feuer-
stelle hocken. Meistens mussten ein paar Mädchen mit engels-
gleicher Stimme vorsingen, während wir anderen nur unseren
dünnen Tee geschlürft und mit Zimt bestreute Kanelstænger
genascht haben. Den Kindern mit Gesangstalent war eine
Adoption jedes Mal so gut wie sicher.

Doch heute kann endlich Eve einen bleibenden Eindruck
hinterlassen. Denn heute lässt Ness sie tanzen.

Die Mädchen, die nicht auftreten, nehmen im Publikum
Platz. Das Feuer knistert, und durch ein undichtes Fenster
pfeift der Wind. Niemand spricht mit mir, obwohl ich erst
seit drei Monaten weg bin. Ich weiß genau, warum. Mein An-

blick erinnert sie an eine Zukunft, an die sie nicht denken wollen.

Ness sieht auf die Uhr.

Der Tee wird kalt.

Thorsens Laden ist schon seit einer Stunde zu, und die Ehrenplätze sind immer noch leer. Jede Minute, die ich länger bleibe, ist leichtsinnig – dumm sogar. Eve hat sich einen langen Pullover übergeworfen, damit noch niemand das Kostüm sieht, und harrt erwartungsvoll in perfekter Pose aus. Selbst, als die anderen Tänzerinnen gegen die Wand sacken oder auf die Stühle rutschen. Mit sieben hat sie stundenlang ein Buch mit Zeichnungen von Balletttänzerinnen studiert und sich jedes noch so kleine Fingerbeugen eingeprägt. Bis irgendwann die Seiten aus der Bindung gefallen sind.

Helene Vestergaard hat dieses Buch der Mühle geschickt.

Jetzt dehnt Eve sich, damit die Muskeln warm bleiben. Als sie mit den Fingern nervös gegen die Wand klopft, kann ich nicht anders, als an die ganzen Löhne zu denken, die ich für das Tutu verschwendet habe.

»Vielleicht kommen sie heute doch nicht …«, meint Ness. Da klopft es krachend an der Tür, und Eve reißt den Kopf hoch. Ein Paar im mittleren Alter tritt mit leuchtenden Augen ein. Der Mann mit graumeliertem Schnäuzer entschuldigt sich für die Verspätung. Ness winkt ab und führt die beiden in die Wohnstube, wo ein hübsches Mädchen namens Tenna sie mit heißem Tee und einem Knicks begrüßt. Zugegeben, das Lächeln der Frau ist herzerwärmend. Mir schnürt sich die Kehle zu, als sie auf den Ohrensesseln Platz nehmen. Wieder schaue ich auf die Uhr. Drei Mädchen mit hohen, klaren Stimmen singen eine einfache Melodie, Tenna liest eine Passage aus der abgegriffenen Mühlenbibel vor, dann winkt Ness endlich den Tänzerinnen zu.

In einer Reihe trippeln sie der Größe nach auf die Bühne. Die Kleinsten tragen mottenzerfressenen Tüll mit winzigen Röschen im Haar. Ich weiß, Ness tut ihr Bestes, doch wer will schon wie eine Süßigkeit im Schaufenster dargeboten und so verziert werden, wie ein bestimmter Kunde es wünscht? Nur um dann darauf zu hoffen, dass dieser Kunde auch ein schönes Leben zu bieten hat und sich nicht als Albtraum entpuppt. Eve kommt mit großen Schritten auf die Bühne, ihr Kostüm versteckt sie immer noch unter dem Pullover. Unvermittelt muss ich daran denken, wann ich das letzte Mal Magie benutzt habe, und Hitze steigt mir in die Wangen. Das war vor zwei Jahren. Ich wusste, dass ich wohl nicht mehr adoptiert werden würde. Dafür war ich schon zu alt. Doch in einem letzten Anflug von Verzweiflung habe ich mir mit Magie ein neues Kleid genäht. Nie werde ich Eves Blick vergessen, als sie mich an diesem Morgen gesehen und verstanden hat, wie unbedingt ich ausgewählt werden wollte – selbst wenn das hieße, sie zurückzulassen. Letztendlich hat es keine Rolle gespielt. Die Familie hat sich für Anja entschieden, mit ihrem engelsgleichen Lächeln und der entsetzlichen Neigung zu Wutausbrüchen. In dieser Nacht sind heiße Tränen in mein Kissen gesickert. Völlig umsonst hatte ich meine kostbare Magie genutzt und Eve verletzt. Das Kleid habe ich direkt am nächsten Morgen weggegeben, zusammen mit dem Traum, jemals adoptiert zu werden.

Tatsächlich entdecke ich das Kleid genau jetzt an einem der älteren Mädchen, die in der ersten Reihe Kekse anrichten. Der bestickte hohe Kragen wirkt etwas abgegriffen.

Dann lässt Eve den Pullover fallen, und alle im Raum atmen erstaunt auf.

Ich lehne mich im Schutz der Schatten zurück. Stolz und Freude wärmen mir das Gesicht, so sehr strahlt sie in ihrem Kostüm. Doch sie scheint die Reaktion des Publikums nicht mal zu bemerken. Sie reckt das Kinn, findet ihre Pose und wartet – jeder Muskel ihres Körpers steht unter Spannung.

Elin sitzt am Kinderklavier und stimmt etwas Seichtes, Fröhliches an. Eve wartet in der Reihe hinter den kleineren Mädchen. Während die Musik immer schneller und schneller wird, wippt mein Fuß ohne mein Zutun im Takt. Als schließlich Eves Einsatz kommt, ist es, als hätte sie die Musik all die Jahre in sich aufgesogen, für genau diesen Augenblick.

Jetzt öffnet sie den Riegel und lässt sie endlich heraus.

Ihr Körper biegt und streckt sich, fließend, anmutig. Eine leichte Brise weht durch den Raum, weil die Fensterscheibe es nicht ganz bis zum Sims hinunterschafft. Nicht mal der heiße Tee kann den leichten Geruch von Mottenschutzmittel überdecken, und trotzdem scheint es, als stünde Eve auf einer Bühne fernab von alldem hier. Oh, ich liebe sie. Neben ihr wirken die anderen Mädchen, als wären ihre Glieder aus Holz geschnitzt und bloß durch rostige Scharniere verbunden.

Ich will Frau Madsen am Arm packen und ihr zuflüstern, dass Eve in ihrem Leben noch keine echte Stunde Unterricht hatte. Dass sie die Musik einfach fühlt und in einen Tanz übersetzt. So, wie manche ganz natürlich eine andere Sprache sprechen.

*Stellen Sie sich nur vor*, will ich rufen, *was mit einem echten Zuhause aus ihr werden kann, wenn man ihr eine Chance gibt. Was mit Ihnen aus ihr werden kann.*

Eve tanzt, als wäre ihr Herz geschmolzen und würde ihr

jetzt golden lodernd durch die Adern strömen. Ich kann kaum den Blick von ihr lösen, um die Madsens zu beobachten, die ihr ebenfalls gebannt zuschauen. Stränge aus Hoffnung und Angst verknoten mir das Herz, als ich den Ausdruck auf ihren Gesichtern sehe. Als wüssten sie, dass sie gerade zum ersten Mal ihre Tochter sehen.

Die Musik erreicht ihren Höhepunkt, und Eve schmeißt die Beine mühelos in einen improvisierten Jeté. Mit rotem Gesicht und außer Atem beendet sie die Vorstellung, schaut uns mit loderndem Blick an.

Die Madsens applaudieren, die Mädchen verbeugen sich und huschen in das Speisezimmer, um den Tisch zu decken. Es gibt Fleischbällchen, Essiggurken, Schwarzbrot, Hühnchen in brauner Sauce, Rhabarber-Kompott und *Glögg* – Glühwein – mit goldenen Rosinen. Mir rutscht das Herz in die Kniekehlen, als die Madsens Ness zu sich winken.

»Wir möchten mit einem der Mädchen sprechen«, sagt Frau Madsen. Mit dem Blick folge ich ihrem langen dünnen Finger zur anderen Ecke des Raumes, in der Eve steht, und hole zitternd Luft.

»Eve?«, fragt Ness. Eve macht einen Knicks.

»Nein«, meint Frau Madsen. »Die Blonde daneben.«

Ich stoße die Luft wieder aus. Sie meint Gitte. Gitte, die nicht so gut war wie Eve, nicht mal annähernd. Sie hat sich dieses Lächeln aufs Gesicht getackert, das mich sie alle hassen lässt. Mich selbst auch, denn, wenn ich ehrlich bin, bin ich überglücklich.

»Gitte! Komm her! Los, sprich mit den Madsens. Hier, in der Diele habt ihr eure Ruhe. Und dann ... wird gefeiert!« Ness strahlt.

Ich mache einen Schritt auf Eve zu. Ich werde ihr von meinem Plan erzählen, jetzt sofort. Dass ich genug Geld sparen werde, damit wir uns irgendwann unsere eigene Zukunft aufbauen können. Dass, wenn uns niemand auswählt, wir uns immer noch gegenseitig wählen können. Ich bin schon halb bei ihr, als plötzlich die Stimme einer anderen Frau ertönt.

»Ness«, sagt sie sanft, bloß ein Flüstern aus den Schatten hinter uns. Erschrocken wirbeln alle im Raum herum. Sie muss sich beim Vortanzen hineingeschlichen haben.

Mit wild pochendem Herzen recke ich den Hals, um sie zu sehen. Die Frau tritt ins Licht.

»Wenn möglich, würde ich ebenfalls gerne mit einem der Mädchen allein sprechen.«

Als Erstes fallen mir ihre langen Ballerinabeine und die glitzernde Spange im Haar auf. Licht bricht sich in ihrer gläsernen Halskette und lenkt meinen Blick auf zwei gekreuzte Werkzeuge, Schlägel und Eisen. Das Wappen der Vestergaard-Minen.

Eve erstarrt hinter mir zur Salzsäule, als sie begreift, wer da vor ihr steht.

Helene Vestergaard.

Die Frau lässt den Blick durch den Raum schweifen, bis er an Eve hängen bleibt.

Sie setzt ein zartes Lächeln auf, streckt die anmutige Hand aus und sagt: »Mit dir.«

# 4

HELENE VESTERGAARDS AUGEN ziert ein schwarzer, geschwungener Lidstrich. Die walnussbraunen Haare sind mit einer Spange hochgesteckt, auf der eine Glasblume funkelt. Ihr opulenter tiefschwarzer Samtmantel ist mit goldenen und pinkfarbenen Blüten bestickt und sicher mehr wert, als ich in zwei Jahren verdiene. Früher war sie auch eine Mühlenwaise, hat oben in einem der zugigen Zimmer geschlafen. Heute nimmt sie mit ihrer umwerfend souveränen Art den gesamten Raum ein. Sie ist die wohlhabendste Person, die ich je getroffen habe. Letztes Jahr, als Aleksander Vestergaard nach ihrer siebenjährigen Ehe gestorben ist, hat er seiner Frau alles vermacht – auch das gewaltige Minenimperium.

Bei ihrem Anblick kommt in mir der ganze Groll wieder hoch, den ich über die Zeit mit aller Macht unterdrückt habe. Er sickert durch meine Poren wie Rauch durch die Fugen einer Stahltür.

Ich stolpere vorwärts, als Helene Eve in einen ruhigen Raum nahe der Küche führt. Doch sie verschwinden darin, und die Tür fällt hinter ihnen ins Schloss.

Blut pocht mir erbittert und heiß in den Ohren, ich schmecke Eisen im Mund. Die Madsens zu akzeptieren war schon schwer genug.

Eve an die Vestergaards zu verlieren, wäre unerträglich.

Ich folge Ness in das kleine Büro, das sie unter einem Treppenabsatz eingerichtet hat, stürme ihr hinterher.

»Du hast den Besuch der Madsens auf heute gelegt, oder?« Anklagend stemme ich die Hände in die Hüften. »Du hast sie gebeten, früher zu kommen.«

Ness zuckt mit den Schultern und wühlt einen Stapel Papiere durch. »Ich habe alle eingeladen«, sagt sie abweisend. »Hatte so eine Ahnung, dass Helene vielleicht Interesse an Eve hat. Sie sind sich sehr ähnlich. Und ja, ich habe gedacht, ein kleiner Wettkampf kann nicht schaden, wenn so eine von euch adoptiert wird.« Ness ist gerissen, und ich bin mir sicher, dass sie sich auf ihre Art um uns sorgt. »Alles läuft genau, wie ich es mir vorgestellt habe.« Sie sieht mich mit wachsamem Blick an. »Freu dich lieber für sie.«

»Wo lebt Helene?« Meine Stimme trieft nur so vor Verzweiflung.

»Im Norden von Kopenhagen.«

»Das ist eine ganze Tagesreise von hier!« Vor Hilflosigkeit wird meine Stimme sogar noch höher. »Da werde ich Eve doch nie wiedersehen!«

Ness seufzt genervt auf. »Beruhig dich, Marit.« Sie klimpert mit einem Schlüssel und geht vor einer Schublade mit Unterlagen in die Hocke. »Sei nicht naiv. Du weißt so gut wie ich, dass die meisten Eltern Eve bisher nach einem einzigen Blick ausgeschlossen haben.«

Natürlich ist mir das aufgefallen. Bloß habe ich mir eingeredet, dass es nicht daran liegt, wie sehr sie in dem Meer aus weißen Kindern auffällt. Dass es nichts damit zu tun hat, dass ihre Mutter von den Westindischen Inseln kommt und niemand ihren Vater kennt.

»Ich habe dich nie für so selbstsüchtig gehalten«, spricht Ness weiter. »Versuch doch wenigstens, die Sache vernünftig zu betrachten.«

»Vielleicht kann ich das nicht, wenn es um die Vestergaards geht«, zische ich durch zusammengebissene Zähne. Diesen Ton hätte ich mir nie erlaubt, solange ich noch unter Ness' Dach gewohnt habe. »Mein Vater ist in ihren Minen gestorben, schon vergessen?«

Ihre Stimme klingt kalt. »Nein, das war ein furchtbarer Unfall. Aber was glaubst du denn, woher die Bettwäsche unterm Weihnachtsbaum letztes Jahr gekommen ist? Was denkst du, wer regelmäßig Geld für neue Schuhe schickt – der König von Dänemark?« Sie fixiert mich mit diesem eisigen Blick, bei dem selbst die fast erwachsenen Waisen noch zurückschrecken. »Marit«, sagt sie langsam und unnachgiebig, »kannst du Eve was Besseres bieten?«

Ich schnappe nach Luft.

Ness findet Eves Papiere und scheucht mich aus dem Raum.

Im selben Augenblick kommen Eve und Helene von ihrer Unterhaltung zurück, Eves Miene ist ein Wechselspiel zwischen Glück und Grauen. Als Helene Ness kurz zunickt, entdecke ich etwas Gläsernes an Eves Hals.

*Nein.*

Schlägel und Eisen.

Das Wappen der Vestergaards.

Ness klatscht in die Hände. »Es gibt was zu feiern!«

Eve sucht meinen Blick, als sie und Helene auf mich zukommen, und ich sehe in ihren Augen, dass sie Bescheid weiß: Das hier ist ein Abschied, ein schmerzhafter, aber sauberer Schnitt zwischen unserem alten Leben und dem neuen. Ich schlucke meine Tränen hinunter. Konzentriere mich stattdessen auf Helenes Mantel. Wie sie ihn hinter sich herzieht, wie die gestickten, goldenen Ranken und Blumen über den Boden gleiten, und ein tiefer, kehliger Schrei kriecht mir den Hals hinauf.

*Sei nicht selbstsüchtig*, fleht etwas in mir. *Sei nicht wie Agnes.* Doch ich bin so verzweifelt, dass es mir mittlerweile egal ist. Warum nehmen mir die Vestergaards immer die Menschen weg, die ich liebe?

Im nächsten Moment rutscht der Saum ihres Mantels neben dem Treppenabsatz über ein vorstehendes, rostiges Stück Rohr, und mir kommt eine furchtbar geniale Idee.

Schnell stelle ich einen Fuß auf den Mantel und verlagere das ganze Gewicht darauf.

Der Stoff bleibt hängen und reißt mit einem schrecklichen Geräusch.

»Oh«, ruft Helene und dreht sich um.

Ich verschwinde wieder im Hintergrund.

»Du liebe Güte!«, kreischt Ness. Sie lässt sich vor dem Riss auf die Knie sinken und schlägt die faltigen Hände zusammen. »Oh je, er ist bestimmt am Rohr hängen geblieben. Was für ein Unglück.« Ich ernte einen vernichtenden Blick. »Es tut mir schrecklich leid, Helene. Das Rohr wollte ich schon längst reparieren lassen.«

Ich schaue in Eves entsetztes Gesicht. Ihr kurzer Augenblick des Glücks scheint genauso zerrissen zu sein wie der Mantel, also gehe ich zu ihr und stelle mich neben sie. Meine Gefühle wirbeln herum wie die Fragmente in einem Kaleidoskop. Trauer, Angst, Verzweiflung.

»Entschuldigen Sie«, sage ich zu Helene und ringe mir einen

untergebenen Knicks ab, »ich bin Schneiderin. Dürfte ich den Mantel für Sie flicken?«

»Ja – Marit kann helfen!«, ruft Eve eindringlich, als könnte der Unfall Helenes Entscheidung wieder ändern. »Marit ist die Beste. Sie hat auch mein Kostüm gemacht.« Die Locke, die ich vorhin festgesteckt habe, hat sich wieder gelöst und streift jetzt die dunklen Sommersprossen auf ihrer rechten Wange.

»Ich weiß nicht …« Helene mustert mich. »Das ist kaum zu schaffen. Ich fürchte, der Mantel ist ruiniert.«

»Dann haben Sie doch sicher nichts dagegen, wenn ich es versuche«, erwidere ich und strecke ihr mutig die Hand entgegen.

Helene wechselt einen Blick mit Ness, die knapp nickt.

»Na gut«, gibt Helene nach. »Danke. Gib dein Bestes und lass mich wissen, was es kosten wird.« Sie streift den Mantel ab. Darunter kommt ein cremefarbenes Jakonettkleid zum Vorschein. Es wird im Nacken gebunden, und von Helenes schmaler Taille fallen die Stofflagen wie Fontänen aus einem Springbrunnen. »Wir übernachten im Vindmølle Kro.« Sie reicht mir den Mantel. Für den Bruchteil einer Sekunde sieht sie mir herausfordernd in die Augen. »Und wir reisen morgen sehr früh ab.«

»Ich bringe ihn vorbei«, versichere ich selbstbewusst und nehme ihr den Mantel ab.

Was ich heute getan habe, kostet mich womöglich meine Arbeit, meinen Schlafplatz bei Thorsen und jegliches Wohlwollen von Ness – aber immerhin habe ich die Möglichkeit, Eve noch ein weiteres Mal zu sehen. Ich blicke ihr direkt in die Augen. »Ich komme zum Kro.« Dann schlinge ich die Arme so fest um den Mantel, dass das Herz mir nicht aus der Brust springen kann, und renne los.

✌

Thorsen war vor mir wieder im Laden.

Schon als ich um die Ecke komme, sehe ich durch das Fenster, wie er Agnes mit knallrotem Gesicht anbrüllt und auf meinen leeren Arbeitsplatz deutet. Fluchend verstecke ich mich in einer Nebenstraße und presse mir den Mantel an die Brust. Ich könnte lügen. Behaupten, dass ich gerufen wurde, um diesen Auftrag von Frau Vestergaard abzuholen. Doch auf einmal fühle ich mich zu ausgelaugt und verletzlich, um mich ihnen zu stellen. Ich mache auf dem Absatz kehrt und schleiche durch die Seitengasse, hocke mich in den saubersten Aufgang, den ich finden kann, und lasse mir die Kälte der Stufen unter die Haut kriechen. Im besten Fall streicht Thorsen mir den Lohn der nächsten Wochen – was schlecht wäre, weil ich ihn schon für den Stoff von Eves Kostüm ausgegeben habe. Im schlimmsten Fall setzt er mich sofort ohne einen einzigen *Rigsdaler* in der Tasche vor die Tür. Und so, wie ich mich eben bei Ness aufgeführt habe, bin ich in der Mühle heute Nacht vermutlich auch nicht willkommen.

Doch eins nach dem anderen. Ich bin allein in dieser engen Gasse. Prüfend schaue ich zu den Fenstern hinauf: Die Läden sind alle geschlossen, die Jalousien fast komplett heruntergelassen. Über meinem Kopf kreisen gemächlich die Mühlenflügel. Bis jetzt habe ich mir noch nie erlaubt, so viel Magie zu nutzen. Nicht mal versteckt in meinem Zimmer, und schon gar nicht so kurz hintereinander.

34

Ich atme tief durch und streiche Helenes Mantel glatt, untersuche das Durcheinander von Rissen und losen Fäden. Mit den Fingerkuppen fahre ich über jeden Makel und rufe mir vor Augen, wie die Stickerei aus goldenen Ranken und Reben vorher ausgesehen hat. Die Magie in mir regt sich, ich spüre, wie mir Funken durch die Adern zucken. Selbst die Furcht vor dem Firn kann das Prickeln der Vorfreude nicht ersticken. Ich lasse die Magie durch mich hindurchfließen, fahre behutsam mit den Fingern über die ausgefransten Stellen des Mantels. Unter meiner Berührung finden die richtigen Fäden zueinander und verknüpfen sich wieder.

Was mein Vater wohl dazu sagen würde? Als er noch am Leben war, hat er mir verboten, Magie zu benutzen. Er hat sie gefürchtet, und das zu Recht.

Zum Glück hat er nicht lang genug gelebt, um zu erfahren, was sie Ingrid angetan hat.

Noch vor ein paar Jahrzehnten – unter einem anderen König – hätte schon der kleinste Funke Magie gereicht, um auf dem Scheiterhaufen zu landen. Inzwischen hat man im Großen und Ganzen eingesehen, dass wir für uns selbst wohl die größte Gefahr darstellen. Man schaut weg und tut, als würden wir nicht existieren. Denn die Dinge, die hinter vorgehaltener Hand durch Magie entstehen, sind nützlich – abgesehen von dem unangenehmen Nebeneffekt, dass sie uns letzten Endes umbringt. Deshalb war mir schnell klar, dass wohl niemand wirklich Gutes hinter Waisen mit Magie her sein würde. Mir haben sich die Zehennägel aufgerollt bei all den Schauermärchen, die ich mir als Kind anhören musste: Geschichten über Menschen, die entführt und gezwungen wurden, ihre Magie zu nutzen, bis der blaue Frost des Firns sich durch ihre Adern gefressen und sie getötet hat. Manchmal habe ich selbst abends in der Mühle eine Gruselgeschichte erzählt – bloß damit niemand Verdacht schöpft. Doch es hat wehgetan, dort im Dunkeln zu sitzen und den anderen Mädchen zu lauschen. Angeblich hätten wir blaue Knochen und einen unstillbaren Appetit und seien nach dem Tod eifersüchtig auf die Lebenden. *Draugar* haben sie uns genannt – »Wiedergänger« –, denn manchmal lässt der Firn die Körper der Toten in unnatürlichen Haltungen zurück. Manche Leichen sitzen aufrecht, nachdem das Blut zu Eis gefroren ist, als würden sie eines Tages einfach wieder aufstehen. Eltern verbieten ihren Kindern, darüber zu reden. Es seien bloß alberne Legenden und Geschichten. Doch alte Ängste und Gewohnheiten lassen sich nur schwer ablegen. Auf dem Scheiterhaufen landen wir heute zwar nicht mehr – doch die Furcht vor den *Draugar* ist immer noch so groß, dass wir nach dem Tod verbrannt werden.

Auf einmal sehe ich Ingrid vor mir stehen, ein Geist meiner Vergangenheit.

»Ich glaube …«, flüstert sie und starrt benommen auf ihre Handgelenke hinab, »ich glaube, ich bin zu weit gegangen.«

Ich beiße die Zähne zusammen. Spüre, wie die Angst vor dem Firn sich immer weiter durch meinen Kiefer bohrt. Für solche Erinnerungen habe ich jetzt keine Zeit.

Stattdessen begutachte ich Helenes Mantel und lasse beim Anblick meiner Arbeit sogar ein kleines Lächeln zu. Der Riss ist verschwunden, als hätte es ihn nie gegeben. Als hätten die Fäden ganz genau gewusst, wo sie schon immer hingehört haben. Ich habe kein Geld, um mich mit einem heißen Kaffee aufzuwärmen. Zurück in Thorsens Laden kann ich auch nicht, also lege ich mir den Mantel um die Schultern und lasse mich von seiner Weichheit umschließen. Ein leichter Hauch Parfüm steigt mir in die Nase. Es duftet nach Frühling und Narzissen. Vielleicht schaffe ich es doch irgendwie nach Kopenhagen.

Ich weiß noch genau, wie Eve mich mit ihren großen, dunklen Augen angeblinzelt und mir Wuschel entgegengestreckt hat. Mit welcher Ernsthaftigkeit sie mich angewiesen hat, nur den Riss zu flicken, nichts sonst. Denn sie hat ihn geliebt, so perfekt und hässlich, wie er war. An dem Tag hat sie angefangen, sich ihren Weg in mein verschlossenes Herz zu sticken, obwohl ich das überhaupt nicht wollte. Weil ich mich vor dem heutigen Tag gefürchtet habe. Und ich will nicht wissen, was morgen passiert, wenn all ihre widerwilligen Stiche mit einem Ruck wieder aufgerissen werden.

Die Nacht färbt den Himmel schwarz. Ich laufe vorbei an Mathies' Bäckerei mit der gold-rot-gestreiften Markise, die nach jedem Schnee ein bisschen weiter durchhängt. In der Weihnachtszeit schenkt Mathies den Waisenkindern immer Honigkuchenherzen mit Schokoglasur. Mal für Mal habe ich meins sofort verschlungen, doch Eve hat ihres eingewickelt und unter dem Bett versteckt, damit sie jeden Tag einen winzigen Bissen nehmen konnte und es bis Neujahr reichte. Vor dem Fenster der Bäckerei bleibe ich stehen, mir weht der Duft von frischem Brot entgegen. Wie die Welt wohl aussehen würde, wenn ich alles durch eine bloße Berührung mit den Fingern reparieren könnte? Jeden Fetzen, jedes durchgewetzte Loch im Hosenbein, jede traurige, alte Markise. Wie viel Gutes könnte ich tun, wenn es mich nicht so viel kosten würde?

Ob es da draußen wohl jemanden gibt, der die Knochen und Tränen der Menschen heilen kann wie ich Stoffe?

Im Schutz der Dämmerung und ermutigt von der Magie, die

mir immer noch in den Adern pulsiert, halte ich inne. Dann strecke ich die Hand aus und fahre mit den Fingern rasch über die Markise.

Vielleicht komme ich, wenn mein Plan scheitert und Eve für immer weg ist, morgen wieder und sehe zu, wie Mathies entdeckt, dass sie repariert wurde.

Ich wickle mir Helenes Mantel wieder enger um den Körper und eile weiter.

Das Vindmølle Kro ist ein Gasthof am Stadtrand, die einzelnen Hütten sind in Weiß- und Olivtönen gehalten und mit Strohdächern gedeckt. Aus dem Kamin der zweiten Hütte schießen Rauchschwaden empor, so dick und bleich wie Schlagsahne. Die Luft riecht nach Zimtbirnen und verbrannten Blättern.

Entschlossen klopfe ich an die Tür.

»Wer ist da?«, kommt es von drinnen.

Ich räuspere mich. »Marit Olsen. Mit ihrem Mantel?«

Sobald Helene Vestergaard die Tür öffnet, strecke ich ihn ihr entgegen. Hinter ihr steht Eve. Sie trägt ein neues, purpurnes Kleid mit rosafarbenen Satinbändern und dazu schwarze Stiefel, die glänzen, als hätte jemand sie in Öl getaucht. Zu ihren Füßen liegt ein geöffneter Koffer, aus dessen Innerem mir die goldenen Perlen ihres Kostüms entgegenfunkeln.

Peinlich berührt ignoriere ich das Stechen der Eifersucht in meinem Magen. Wie es sich wohl anfühlt, nach all den Jahren der Sehnsucht endlich ausgewählt zu werden?

Helene nimmt mir den Mantel ab und untersucht ihn. Ihre Miene bleibt unergründlich.

»Und du arbeitest in einer Schneiderei?«, fragt sie schließlich. Ich nicke, und sie winkt mich herein, in den Raum mit den freiliegenden Deckenbalken und dicken Steppdecken, die ordentlich gefaltet auf zwei Strohbetten liegen.

»Marit hat das prima gemacht, oder?«, fragt Eve. Im Ofen knistert das Feuer, und das Vestergaard-Wappen glüht an ihrem Hals. Sie sieht Helene und mich an, ihr Blick hüpft zwischen ihrer Vergangenheit und ihrer Zukunft hin und her. Verzweifelt versuche ich, mir ihre dunklen Sommersprossen einzuprägen, das Muttermal direkt unter ihrem Ohr, ihr Haar, das ihr wie weiche Daunen aus den Schläfen sprießt.

»Ja, Eve«, antwortet Helene. Mit den Fingern streicht sie über die Wirbel. »Die Nähte sind hervorragend.« Während sie einen kleinen, mit Blumen bestickten Geldbeutel hervorholt, wage ich zum ersten Mal, sie genauer anzuschauen. Ihre Augen sind von einem satten Braun – süß, dunkel und intelligent, umrahmt von dichten Wimpern und hohen Wangenknochen. Die Hände wirken so zart wie die Schale eines Vogeleis. Ganz im Gegensatz zu meinen mit den Schwielen und den abgenagten Fingernägeln.

»Wie viel verlangst du für deine Arbeit?«, fragt Helene.

»Eigentlich«, setze ich an, »würde ich als Bezahlung gerne etwas anderes vorschlagen.«

Sie zieht eine Augenbraue hoch und mustert mich neugierig. Eve erstarrt hinter uns und lauscht.

»Ich möchte Sie bitten, mich einem Schneider in Kopenhagen zu empfehlen. Auf Grundlage meiner Arbeit an Ihrem Mantel.«

Ich beiße mir auf die Unterlippe. Ein Gefallen, von einer Mühlenwaise an eine andere.

Eine Empfehlung von Helene Vestergaard wird in Kopenhagen sicher viel wert sein. Sie hat bestimmt einen bevorzugten

Schneider. So hätte ich die Möglichkeit, Eve hin und wieder zu sehen, wenn sie in den Laden kommen. Es ist meine letzte, meine beste Chance.

»Du hast auch Eves Tutu genäht?« Helene mustert mich noch immer. »Hast du viel Erfahrung mit dieser Art Arbeit?«

»Etwas«, lüge ich.

In Helenes Hand klimpert eine beträchtliche Menge Rigsdaler. »Ein interessantes Angebot«, überlegt sie. »Aber ich habe einen Gegenvorschlag. Ich suche schon länger nach jemandem mit überdurchschnittlichen Fähigkeiten, um meine Kleider nähen zu lassen. Und jetzt auch Eves.« Das Feuer im Kamin knackt laut.

»Vielleicht möchtest du mitkommen und für mich arbeiten.«

Augenblicklich scheint jegliche Luft aus dem Zimmer zu entweichen.

»Diese Arbeit hier ist … *außergewöhnlich* gut«, fährt Helene fort. »Bedenkt man die kurze Zeit, ist die Qualität wirklich bemerkenswert.« Sie blickt auf den Mantel hinab. »Ich zahle gut und stelle dir Kost und Logis. Doch ich erwarte natürlich, dass deine Arbeit diesen hohen Standard beibehält.«

Sie wirft mir einen vielsagenden Blick zu, und mir läuft ein Schauer über den Rücken.

Sie weiß Bescheid.

Sie weiß von der Magie.

»Natürlich will sie!«, ruft Eve und hüpft auf mich zu. »Marit, du kannst mit uns kommen!«

Mein Herz macht einen Satz. Ich könnte mit ihnen gehen.

Bei Eve sein.

Das ist alles, was ich mir immer gewünscht habe.

Doch es bedeutet auch, ein Arrangement mit ebender Familie einzugehen, die mir meinen Vater genommen hat, und die eine Sache zu tun, die er mich angefleht hat, nicht zu tun.

»Entscheide dich schnell«, meint Helene. »Wir reisen im Morgengrauen ab.«

Ich kann bloß nicken, und sie drückt mir den Haufen Rigsdaler in die Hände. Mehr, als ich in einem Monat bei Thorsen verdiene. »Das ist für deine heutige Arbeit.«

Eve fällt mir um den Hals. »Frau Vestergaard war vorhin mit mir in einem Laden, und ich durfte mitnehmen, was ich will«, flüstert sie und schiebt mir etwas in die Hand. Einen silbernen Fingerhut mit winzigen geknüpften Knoten am Rand. »Den hab ich für dich ausgesucht, damit du mich nicht vergisst. Aber Marit, jetzt …« Sie stockt vor Aufregung. »Jetzt können wir zusammenbleiben!«

Ich schließe die Finger um die eisernen Knoten, in Silber getaucht und für die Ewigkeit erstarrt. Das erste Geschenk ihrer neuen Familie, und sie gibt es mir. Sanft hauche ich Eve einen Kuss auf die Stirn. Spüre, wie die Angst mit ihren Flügeln wild gegen einen Eisenkäfig schlägt.

Dann schiebe ich den Fingerhut in meine Tasche und renne den ganzen Weg zurück bis zu Thorsens Laden.

Ich reiße die Tür auf und stürme an ihm vorbei nach oben. Er und Agnes sind mir direkt auf den Fersen.

»Wo warst du?«, donnert er.

»Ich gehe«, erkläre ich und stopfe hastig Kleider in eine ausgeleierte Reisetasche. Thorsen brüllt mich an, sein Gesicht wird immer röter, und Agnes lehnt mit selbstgefälligem Grinsen an der Wand, die Arme vor der Brust verschränkt. Ich hebe eine lose Diele aus dem Boden und hole die einzigen Dinge hervor, die für mich noch einen sentimentalen Wert haben: ein Buch mit Hans Christian Andersens Märchen, die mein Vater mir vorgelesen, und den letzten Brief, den er je geschrieben hat. Dann fliege ich die Treppen wieder nach unten, ziehe die Hälfte des Geldes von Helene aus der Tasche und knalle es auf den Tisch. Es reicht, um die Perlen und den Stoff zu bezahlen, die ich genommen habe, und eine kleine Wiedergutmachung, weil ich Thorsen so überstürzt verlasse, ist auch noch drin.

»Macht's gut!«, rufe ich, und während mir das Herz prickelnde Aufregung und Furcht durch die Adern pumpt, ziehe ich die Tür von Thorsens Laden ein letztes Mal hinter mir ins Schloss. Wieder renne ich zum Kro. Zur Wärme. Zu Eve. Sicher, Magie für die Vestergaards zu nutzen, könnte mich sehr viel kosten. Sogar mein Leben.

Doch wenn ich hierbleibe … was für ein Leben habe ich dann noch?

Ich hämmere gegen die Tür.

»Ich nehme das Angebot an«, keuche ich, als Helene sie einen Spaltbreit öffnet. Ich sehe an ihr vorbei direkt zu Eve. »Ich komme mit euch.«

Helene tritt beiseite und lässt mich hinein. Eve stürmt auf mich zu und schlingt mir die kleinen, vertrauten Arme um die Taille. »Morgen früh geht es los.« Helene schließt die Tür hinter mir mit einem endgültigen Klicken ab.

# 5

*Philip Vestergaard*
*1849*
*Faxe, Dänemark*

DA IST BLUT AUF MEINEM ÄRMEL.

Ein Fleck, als hätte jemand die Spitze eines Pinsels in Rost getunkt und damit über die Stelle gestrichen, an der das Hemd auf mein Handgelenk trifft. Ich nehme einen tiefen Zug der rußigen Luft und versuche, den Fleck wegzureiben. Doch meine Finger sind dreckig und das Blut bereits eingetrocknet.

Schnell verstecke ich den schmutzigen Ärmel hinter dem Rücken und verdränge die Erinnerung daran, woher der Blutfleck kommt. Denn heute habe ich etwas Wichtiges vor: Ich will um eine Arbeitsstelle betteln.

Das Holzschild über meinem Kopf schwingt und knarrt. Während ein Wagen mit wackligem Rad auf der Straße vorbeiruckelt, hebe ich die Hand und klopfe an die Tür der Fabrik.

Das hier habe ich mir schon vorgenommen, als mein Vater und mein Bruder letztes Jahr in den Krieg gezogen sind und dabei »Den tapre Landsoldat« – *der tapfere Soldat* – gesungen haben. Sollte das Schlimmste eintreten – sollten Männer in Schwarz mit Nachrichten aus dem Krieg an unsere Tür klopfen –, würde ich mein bestes Hemd anziehen und mich in der Stofffabrik am Stadtrand vorstellen. Dem Gesetz nach muss ich zwar zur Schule gehen, aber was bringt mir das Lernen, wenn ich dabei verhungere? Ich denke an meine Mutter. Daran, wie ihre schmalen Schultern gezittert haben, als sie heute Morgen fast eine Stunde lang denselben Teller wieder und wieder abgetrocknet hat. Also reiße ich mich zusammen und warne meine Stimme, bloß nicht dünn zu klingen.

Die Tür schwingt auf, ein Mann mit Brille und rußverschmierter Schürze steht vor mir und starrt erwartungsvoll und verärgert zugleich auf mich hinunter. »Ja?«

Ich rutsche mit den Füßen in meinen Schuhen nach hinten. Sie sind eine halbe Nummer zu klein. »Ich würde gerne über eine Arbeitsstelle sprechen.« Meine Stimme klingt nur ein klein wenig dünn. Ich schlucke. Drinnen ist es warm, die Hitze strömt heraus in die schneidende Kälte. Ich habe Geschichten gehört, in denen Menschen gestorben sind oder sich selbst schrecklich verstümmelt haben. Doch auf einmal will ich nichts mehr, als hineinzugehen – hinaus aus der bitteren Kälte und hin zu einer der Maschinen, die laut genug sind, um meine eigenen Gedanken zu übertönen.

»Komm rein«, sagt der Mann.

Er führt mich durch einen schmalen Flur zu einer Tür mit der Aufschrift GESCHÄFTSLEITUNG und klopft. Ich nehme meinen Hut ab, und plötzlich fängt meine Nase an zu laufen. Die Maschinen sind jetzt näher und surren noch lauter.

»Der Junge hier will mit Ihnen sprechen«, kündigt der rußige Arbeiter an und lässt mich vor einem Zigarre rauchenden Mann zurück, der in Stoffmuster auf seinem Schreibtisch vertieft ist. Im Büro ist es dunkel. Es gibt nur ein kleines Fenster, und an der Rückwand hängt eine dänische Flagge.

»Ich hatte gehofft«, setze ich an und räuspere mich, »dass ich für Sie an den Schneidemaschinen arbeiten kann.«

»Nein.« Der Geschäftsführer schaut nicht mal auf. »Ich brauche nicht noch mehr von deiner Sorte. Wie alt bist du, vierzehn?«
Ich bin zwölf.
»Bitte.« Meine Stimme gerät ins Stocken. Ich starre auf die Stelle oben auf seinem Kopf, wo das Haar schon lichter wird. Endlich sieht er mich an. »Bist du nicht ein Vestergaardjunge?« Er kneift die Augen zusammen. »Kannst du nicht bei deinem Vater in der Mine arbeiten?«

Ich beiße mir auf die Unterlippe. Unsere Minen sind stillgelegt, seit der Krieg begonnen hat. Niemand braucht im Moment Kalkstein zum Bauen oder Kreide für Farbe. Im Moment braucht man Metall für Gewehre und Kanonen.

»Far ist gestern gestorben«, spucke ich aus. »Im Krieg.« Da – ich habe es laut gesagt, jetzt ist es real.

»Das tut mir leid«, erwidert der Geschäftsführer schroff. Er nickt erst zur dänischen Flagge, dann in meine Richtung. »Kannst stolz sein, dass er Dänemark gut gedient hat.« Er deutet auf die Tür. »Vestergaard, was? Ich lass dich wissen, wenn eine Stelle frei wird.«

Einen Moment lang zögere ich, knete den Hut in meinen Händen. Als der Mann heute Morgen den versiegelten Brief gebracht hat, hat es meine Mutter so getroffen, dass sie Nasenbluten bekommen hat. Einen endlosen, furchtbaren Augenblick lang wusste ich nicht, wer getötet wurde – mein Vater oder mein älterer Bruder. Ich hatte keinen Schimmer, wessen Namen ich lieber in dem Brief lesen wollte. Also habe ich ihr ein Taschentuch gereicht, und als sie danach gegriffen hat, ist Blut auf meinen Ärmel getropft. Ich sehe es jetzt aus dem Augenwinkel, während ich aufstehe und zurück in das graue Nass gehe.

*Nicht weinen*, befehle ich mir verzweifelt. Männer weinen nicht. Und ich bin jetzt ein Mann. Doch wenn der Krieg noch länger andauert, wenn Aleks auch stirbt, kann es gut sein, dass wir verhungern. Ich lehne mich gegen die kalten Steine der Fabrikwand und hole zitternd Luft.

»Hey! Philip!« Mein Freund Tønnes kommt aus der Bäckerei auf der anderen Straßenseite und trabt auf mich zu. Seinen Hut hält er mit der Hand auf die blonden Locken gepresst. Als er mich erreicht, legt er mir genau diese auf die Schulter. »Ich hab das von deinem Far gehört.« Er drückt mir ein Stück Brot in die Hand. »Tut mir leid.« Sein Vater kämpft auch.

Bei ihnen allen hat es immer so wichtig geklungen, so edel. Far ist stolz gewesen, kämpfen zu dürfen. Damit Dänemark nicht länger »zerstückelt« wird, wie er es genannt hat. »Dänemark schrumpft schon seit tausend Jahren«, hat er mit dröhnender Stimme verkündet. Bei dem Gedanken an ihn fallen Tränen auf den Boden neben meinen Schuhen. »Wir dürfen die Herzogtümer Schleswig und Holstein im Süden nicht an Preußen verlieren.« Er hat mich auf seinen Schoß gezogen und mit den Fingern die Adern an meinem Handgelenk nachgezeichnet. »Diese Handelsrouten sind wie Adern, unsere Verbindung zu Russland. Sie sind lebensnotwendig.« Und so haben sich die Minen, einst prall gefüllt mit Männern, die Kalkstein zu Tage gefördert haben, von heute auf morgen geleert und verdunkelt. Früher waren sie voller Leben, genau wie ich. Aber das ist jetzt vorbei, und zurück bleibt nur ein klaffendes Loch.

Ich unterdrücke ein Schluchzen. Es interessiert mich nicht mehr, was mit den Herzogtümern passiert. Oder ob ich edel bin. Ich will nur Far zurück. Dass Aleks nach Hause kommt.

Essen für meine Mutter kaufen. Die Minen retten. Stattdessen bin ich zwölf Jahre alt und bringe kaum mehr zustande als ein Taschentuch: Blut und Tränen aufsaugen.

»Hey, siehst du das?« Tønnes deutet mit dem Kopf zur Gasse auf der anderen Straßenseite. Ein kleiner Junge kauert dort, Schatten umgeben ihn wie Schleier. Er schnippt mit den Fingern, und der winzige Funken einer Flamme erscheint dazwischen, verschwindet wieder.

Magie.

»Wusstest du, dass es sie umbringt?«, fragt Tønnes und beobachtet gespannt, wie der Junge die Flamme an- und ausschnipst, an und aus. Wie die Schatten um ihn herumtanzen. Tønnes' Augen funkeln voll morbider Faszination. Mir wurde von klein auf beigebracht, Magie zu fürchten. Dass sie das Produkt von etwas schrecklich Bösem ist. Etwas, das in der normalen Welt schiefgegangen ist. Doch ich kann nachvollziehen, warum der Junge dort hockt und das Lodern zwischen den Fingern entfacht. Weil Magie Macht bedeutet. Kontrolle. Etwas aus dem Nichts zu erschaffen. Auf einmal überkommt mich das unverwüstliche Gefühl, dass Magie mich retten könnte. Die Minen retten könnte, vielleicht sogar ganz Dänemark. Ich beobachte die kleine Flamme mit einem Verlangen, das sogar den quälenden Hunger meines leeren Magens in den Schatten stellt.

Auf dem ganzen Weg nach Hause schnipse ich mit den Fingern in die kalte Luft. Frage mich, ob man Magie wohl erzwingen kann. Später, nachdem Mutter ins Bett gegangen ist, hoffe ich auf jeden noch so kleinen Funken, während es in meinem Zimmer immer dunkler und kälter wird. Ich ziehe das blutbefleckte Hemd aus, will die Flamme zum Entfachen zwingen –

schnipse so lange, bis mir die Finger schmerzen und ich Mutter wieder leise weinen höre –, doch die Magie verweigert sich mir.

# 6

*Marit Olsen*
*8. November 1866*
*Karlslunde, Dänemark*

IN DIESER NACHT TRÄUME ICH, dass ich in einer kleinen Holzkiste festsitze. Ich rieche das Kiefernholz.

Ich hasse diesen Traum.

Als ich den Bolzen vom Schloss zurückschnellen höre, klettere ich aus der Kiste, wie ich es immer tue. Meine eingeengten Beine brennen wie Feuer.

»Marit«, sagt meine Schwester. Furcht verdunkelt ihr die Augen. »Ich glaube ...«, flüstert sie verzweifelt. Eisblauer Firn kriecht unter der Haut ihrer Handgelenke entlang, schrecklich und faszinierend zugleich. »*Ich glaube, ich bin zu weit gegangen.*«

Ich schrecke aus dem Schlaf hoch.

Eingewickelt in eine Steppdecke liege ich auf dem Boden zwischen dem Kamin und Eves Bett. Sie schnarcht leise, gleichmäßig und vertraut. Licht und Schatten tanzen vom Flackern des Feuers über ihr Gesicht.

Im Morgengrauen verlassen wir zusammen Karlslunde.

Die Vestergaard-Kutsche ist schwarz und glänzend. Sie wird von zwei Frederiksborgern mit dichtem Fell gezogen. Auf dem Weg aus der Stadt kommen wir an Thorsens Laden und der Mühle vorbei. Die Fenster glitzern, und alle Kerzen sind erloschen. Insgeheim bin ich froh, dass unsere Route uns nicht an meinem alten, kleinen Reetdachhaus vorbeiführt, das einst erfüllt war mit Fars, Mors und Ingrids Leben, so wie tanzende Flammen eine Laterne erhellen.

»Ich hatte Angst, dass ich aufwache und alles bloß ein Traum war«, wispert Eve mir zu. Unauffällig schiebt sie die Füße beiseite, sodass ich meine auch an der Heizkiste wärmen kann. Dann hebt sie die Schulter, damit ich an ihrem neuen Mantel schnuppere. »Weißt du, die meisten Menschen bevorzugen Blumen.« Sie stupst mir liebevoll mit dem Ellbogen in die Seite, als ich einen tiefen Zug nehme. Für mich hat frische, feste Wolle schon immer besser gerochen als jede Rose.

Helene hat ihr Haar zu einem eleganten Knoten gebunden, und die Schleppe ihres geflickten Mantels fällt bis auf den Boden zu unseren Füßen. »Ich finde, wir können die Heimfahrt nutzen, um uns besser kennenzulernen«, sagt sie zu Eve. »Wo sollen wir anfangen?« Ihr Blick ist durchdringend, ihre Aufmerksamkeit unnachgiebig. Sie schraubt eine silberne Dose auf und lässt damit den köstlichen Duft von schwarzem Kaffee frei. Sofort setzt der Dampf sich auf die Fensterscheiben. »Dein Lieblingsessen?«

»Pflaumen«, antwortet Eve, ohne nachzudenken. Wahrscheinlich eher das Zusammenspiel aus Pflaumen und Kransekagen – den gewaltigen Schichten aus Marzipantorte und Zuckerguss. Doch wir haben in der Mühle nur zweimal Pflaumen gegessen. Beim letzten Mal hat Eve verkündet, dass man statt mit Blumen lieber mit Pflaumen seine Liebe bekunden sollte.

Helene sieht zufrieden aus und kramt in einem Weidenkorb, bis sie eine reife, dunkelviolette Pflaume daraus hervorzaubert. Verwundert starre ich sie an. Eine reife Pflaume, im November? Eve beißt hinein und enthüllt Fruchtfleisch, das aussieht wie Buttertoffee. Der Saft tropft ihr vom Kinn.

Ich lausche, während Eve erste Umrisse ihrer Person zeichnet: Sie bleibt gern lange auf, isst gerne saure Sachen. Auf dem Knie hat sie eine Narbe von dem Tag, als sie einen Schmetterling fangen wollte und dabei auf ein Rost gefallen ist. *Sie ist ungeduldig, hat früher gelispelt und könnte selbst dann nicht richtig buchstabieren, wenn ihr Leben davon abhinge,* ergänze ich in Gedanken. Aber diese Dinge lassen bloß erahnen, wie loyal, leidenschaftlich und lustig Eve ist. Einmal hat sie ein Mädchen, das doppelt so groß war wie sie, über einen Baumstamm geschubst, weil es meine Haare mit stinkendem Heu verglichen hat.

»Hattest du eine Lieblingsgeschichte, als du kleiner warst?«, fragt Helene.

Eve wischt sich den Pflaumensaft vom Mund und versucht mit aller Macht, nicht zu mir zu schielen. Ich verstecke mein Lachen hinter einem Husten. *Fantastische Geschichten über dich, Helene Vestergaard.*

Eve entdeckt die abgegriffene Ausgabe von Hans Christian Andersens Märchensammlung, die aus meiner Reisetasche hervorlugt. »Die Nachtigall?«, schlägt sie vor. Es ist nicht dieselbe Ausgabe, aus der mein Vater Ingrid und mir vorgelesen hat, als wir klein waren. Die ist schon lange weg. Verkauft, zusammen mit dem Haus, damit ich nach ihrem Tod die Schulden bezahlen konnte. Doch ich habe meinen ersten Lohn von Thorsen gespart, um ein anderes Exemplar zu kaufen. Wegen der Erinnerung an meinen Vater. Und wegen der Dinge, die er in seinem letzten Brief geschrieben hat, der jetzt in meiner Tasche steckt.

Ganz automatisch greife ich nach der Zeile fast unsichtbarer Knoten, die ich in meinen Unterrock gestickt habe: *Claus Olsen, \* 28. Juli 1825 in Karlslunde.* Vor ein paar Jahren habe ich angefangen, die Namen meiner Familie in meine Säume zu sticken – wo und wann sie geboren wurden und gestorben sind. Es ist beruhigend zu wissen, dass ich nicht eines Tages aufwache und alles vergessen habe. Diese Teile von ihnen werden mir nicht entgleiten, jetzt, wo ich die Einzige bin, die sich noch erinnern kann.

Der Eintrag meines Vaters endet mit † *26. Mai 1856. In den Kalkminen.*

In den Kalkminen.

Den *Vestergaard*-Minen.

Wie konnte sich alles so drastisch ändern seit dem letzten Mal, als ich in Kopenhagen war? Vor elf Jahren bin ich mit ihm hier gewesen. Ich war noch jemandes Tochter. Jemandes Schwester. Ein anderer König hat auf dem Thron gesessen. Die Herzogtümer Schleswig und Holstein haben noch zu Dänemark gehört, bevor Preußen sie an sich gerissen hat. Krieg und Tod haben wie eine Axt durch die Jahre geschlagen – der Krieg hat Dänemarks Gebiete schrumpfen lassen, Cholera die Bevölkerung ausgemerzt. Seit ein paar Jahren sind Friedhöfe und Waisenhäuser das Einzige, das in Dänemark noch wächst.

*Aber vielleicht wendet sich das Blatt jetzt endlich*, denke ich, als Eve sich den Mund mit einem Vestergaard-Taschentuch abwischt, und Helene ihr sagt, dass sie es behalten soll. Ein neuer König sitzt auf dem Thron – König Christian IX. Und bei Thorsen im Laden wird allmählich wieder mehr weiße als schwarze Spitze verkauft.

Jenseits des Fensters wandelt sich die Landschaft zu langen Streifen grauer Kanäle. Zuerst entdecke ich die Spitze von Kopenhagens Börse, die vier Drachenschwänze winden sich um sich selbst in den Himmel empor. Schiffe und edelsteinfarbene Häuser spiegeln sich im Wasser. Scharen von Frauen und Männern in langen, schwingenden Röcken und schwarzen Anzügen strömen über die dreispurigen Fußwege. Hier gibt es so viele Farben, jeder Stoff hat eine andere Nuance, eine Sonate aus Reifröcken und Spitze, aus mehrlagigen Rüschen, die unter dicken Samtumhängen hervorlinsen. All die Stiefel und Hufe und läutenden Glocken lassen die Stadt beinahe vibrieren. Die Luft ist erfüllt mit dem Geruch von Salz, frischem Brot und Ruß. Kopenhagen sieht fast aus wie damals, doch nicht ganz – so wie ich immer noch das Echo von Eve als kleines Mädchen sehen kann, selbst wenn ihre Züge sich jedes Jahr ändern. Das Herz schlägt mir bis zum Hals, als wir an der Ecke vorbeikommen, an der Ingrid mal eine Münze in den bronzenen Caritasbrunnen geworfen hat.

Wie sie wohl heute aussehen würde?

»Der Rundetårn.« Helene deutet auf den riesigen runden Turm, an dem die Kutsche vorbeirattert. »Statt über Treppen kommt man über einen langen, spiralförmigen Gang nach oben.«

Mein Vater hat damals genau dort vor dem Sockel gestanden. »Vor über einem Jahrhundert«, hat er erzählt und an beiden Enden seines Schnurrbarts gezwirbelt, »ritt der russische Zar Peter der Große auf dem Rücken seines Pferdes bis ganz nach oben, und seine Frau Katharina kam in einer Kutsche hinterher.«

»Schwindel oder nicht?«, habe ich gefragt und mich zu Ingrid umgedreht. Sie war zwölf, ich fünf.

Begeistert klatschte sie in die behandschuhten Hände. »Die Wahrheit!«

Denn das war Ingrids Magie. Ich mag Sachen wieder zusammennähen können, doch Ingrid konnte spüren, ob jemand lügt.

»Verschwende deine Magie nicht«, tadelte Far mit scharfer Stimme. »Marit, nächstes Mal fragst du mich. Wann habe ich euch jemals belogen?«

»Aber ich hab gesehen, dass sie ihre Magie sowieso schon nutzt«, antwortete ich schmollend. Denn jedes Mal, wenn Ingrid das tat, machte sie diese verräterische Bewegung. Sie ballte die Hände zu Fäusten, schlang die Finger um die Daumen, rundherum wie eine Muschelschale, als wäre sie furchtbar konzentriert.

»Warum machst du das?«, fragte Vater Ingrid an diesem Tag. »Warum forderst du das Schicksal so heraus?«

»Machst du dir jedes Mal Gedanken, bevor du in eine Kutsche oder auf ein Pferd steigst?«, entgegnete sie schnippisch. Die Röte stieg ihr im Nacken hoch wie ein herannahender Sturm. »Oder wenn du zum Arbeiten in die Minen gehst? Denn dabei riskierst du jedes Mal dein Leben. Aber das dient einem Zweck, oder? Das ist es wert, also bist du bereit, das Risiko einzugehen.«

»Das ist was anderes«, protestierte Far und schlug mit der flachen Hand auf das Eisengeländer.

Nur, dass es das nicht war. Am Ende mussten beide mit ihrem Leben bezahlen.

❧

Vor all den Jahren waren wir in Kopenhagen, weil wir zur Nationalbank wollten.

Es tut weh, das Gebäude heute zu sehen, hinter der glitzernden Traufe aus Eiszapfen, die scharf wie Messer vom Dach hängen. Hier sind wir Far durch die schweren Türen der Bank gefolgt, weil er Sparkonten für unsere Zukunft eröffnen wollte. Sie waren nur dürftig gefüllt. Dafür gedacht, uns zu unterstützen, falls ihm jemals etwas in den Minen zustoßen sollte.

Ich spähe zu Helene hinüber, die gerade braune Papierpäckchen aus dem Korb holt und sie anordnet wie Kunstobjekte. Irgendetwas *ist* Far in den Minen zugestoßen. Doch dann haben wir den Brief bekommen, den sie mit seinem Körper geborgen haben. Er pikst mich jetzt durch die Tasche. Der Umschlag wurde uns zusammen mit seinen persönlichen Sachen geschickt. Erst Jahre später habe ich mich gewundert, warum er uns einen Brief hätte schreiben sollen, wenn er doch vorgehabt hat zurückzukommen. Ich habe mich viel zu sehr auf die Tatsache konzentriert, dass es das Letzte war, was er geschrieben hat – knapp, geheimnisvoll. Und dass der Brief nur an meine Schwester adressiert war.

*An Ingrid*, hat er in seiner krakeligen Handschrift geschrieben. *Ich habe die Konten aufgelöst. Ich brauchte sie. Tut mir leid. Sei eine Gerda.*

Gerda ist eine gutherzige Figur aus der »Schneekönigin«, dem Märchen, das mein Vater uns jeden Abend vorgelesen hat. Von dem Moment an war ich entschlossen, auch eine Gerda zu sein – selbst wenn der Brief nur für Ingrid war. Also habe ich das Märchenbuch studiert, bis ich mir alles genau eingeprägt hatte. Gerda, die ihrem liebsten Freund in den Norden zum Schloss der Schneekönigin folgt, um ihn zu retten und dafür zu sorgen, dass es ihm gut geht.

Ich spähe zu Eve, die gerade einen Blick auf das Schloss Amalienborg und die vier identischen Palais erhascht, die wie gewaltige Spielsteine um den achteckigen Hof platziert sind. Was, wenn die beiden Anweisungen meines Vaters – *nutz deine Magie nicht, sei eine Gerda* – sich widersprechen? Welcher soll ich dann folgen?

»Ich erinnere mich noch, dass Ness immer sehr sparsam mit der Butter war«, meint Helene, packt die braunen Papierpäckchen aus und präsentiert Brote mit Rollmops. Sie sind belegt mit Frühlingszwiebeln und roter Beete, gespickt mit Kapern, knackigen Gurkenscheiben und einem Hauch Dill. »Hat sich das seit meiner Zeit in der Mühle geändert?«

»Nein«, antwortet Eve seufzend.

»Dann sollten wir sie fingerdick draufstreichen«, erklärt Helene und schmiert cremige Butter auf eine Scheibe Roggenbrot. Mein Magen knurrt – ich habe seit gestern nichts gegessen. Überrascht stelle ich fest, dass Helene das letzte Brot genauso großzügig belegt wie die beiden für sie und Eve und es dann umgehend mir reicht.

»Ihr habt bestimmt gehört, dass unsere Prinzessin Dagmar diese Woche einen Zaren in Sankt Petersburg heiratet.« Helene nickt zu den Straßen, die übersät sind mit dunkelroten dänischen Flaggen. Erst jetzt fällt mir auf, dass hier und da die russische Trikolore aufblitzt. »Halb Kopenhagen war da, um sie ablegen zu sehen – inklusive Hans Christian Andersen«, sagt sie zu Eve und nimmt anmutig einen Bissen von ihrem Brot. »Vielleicht triffst du ihn ja eines Tages.«

Eve sieht mich fassungslos an, als würde sie sich sorgen, in einer Art Traum zu stecken. Sie genießt ihr Brot, nimmt immer nur einen winzigen Bissen, sodass sie fast die gesamte fünfundvierzigminütige Fahrt von Kopenhagen nach Hørsholm etwas davon hat, und schläft irgendwann ein, den letzten Rest Brot noch in der Hand. Ich verschlinge meins mit fünf gierigen Happen und muss dann das unangenehme Schweigen von Helene ertragen, bis die Kutsche in einen dichten, dunkelgrünen Wald fährt und den Raum zwischen uns in Schatten taucht.

Langsam frage ich mich, ob wir jemals ankommen. Doch da brechen wir auf der anderen Seite des Waldes in den Sonnenschein hinaus und biegen auf eine Einfahrt ab.

Vor uns erhebt sich, gewaltig und imposant, ein strahlend weißes Herrenhaus mit cremefarbenen Giebeln, die sich wie köstliche Tortenschichten um das Haus winden. Ich stupse Eve in die Seite, damit sie aufwacht. Im Schnee sind Pfotenabdrücke zu sehen. Rote Beeren sind von einer dünnen Eisschicht überzogen, die in der Sonne schmilzt.

Eve setzt sich aufrecht hin und starrt aus dem Fenster. Das Haus hat zwei weitläufige Seitenflügel mit Schieferdächern und Türmen, die wie scharfe Nadeln in den perlgrauen Himmel stechen. Glitzernde Fenster ziehen sich über die Hauswände, in der ersten Etage ragt ein gewaltiger Balkon über einen zugefrorenen Teich.

»Es ist wie ein Märchenschloss«, wispert Eve ehrfürchtig. »Versteckt im eigenen Wald.«

Ein Mädchen in einem leuchtend roten Mantel läuft auf dem Teich Schlittschuh, ganz gemächlich, als würde sie über das Eis schweben. Doch als die Kutsche stehen bleibt und wir hinausklettern, ist sie schon wieder verschwunden.

Der Wind fährt mir unsanft durch das dünne braune Kleid

und den Mantel, beide aus dem kratzigen Stoff, den Thorsen nicht zum vollen Preis im Laden anbieten wollte. Ich habe versucht, die Stücke mit makellosem Zuschnitt und Stickereien an Saum und Kragen aufzuwerten, doch die Kälte findet mühelos einen Weg hinein.

»Willkommen zu Hause, Frau Vestergaard.« Sobald wir die Eingangshalle betreten, taucht ein Hausmädchen auf, das vom Alter her meine Mutter sein könnte. Sie hat üppige Kurven und runde Pausbäckchen. »Wie war Ihre Reise?«

»Sie war schön, danke, Nina.«

Die Dienstboten stellen sich in zwei Reihen auf, mit weißen Schürzen und schicken schwarzen Uniformen. Nicht ein Haar liegt am falschen Platz. Als wir an ihnen vorbeilaufen, verbeugen sie sich zeitgleich. Die gewölbte Decke der Eingangshalle ist sicher eine Meile hoch und mit einem funkelnden Muster aus Buntglas und Kronleuchtern verziert. Die weißen Marmorfliesen an Wänden und Böden werden von Teppichen und Gardinen verdeckt – alle so dick wie meine Hand –, um Kälte und Hall zu schlucken. Aus einer Porzellanvase auf einem Tisch strömt der Duft von rotem Fingerhut, und wieder frage ich mich, wie er zu dieser Jahreszeit in voller Blüte stehen kann.

Beim Anblick der Treppe, die sich wie ein marmorner Trompetenrock in die Eingangshalle ergießt, schnappt Eve nach Luft. Völlig unerwartet kocht bei diesem Anblick Wut in mir hoch, die ich schnell versuche, unter Kontrolle zu bringen. Doch ich kann bloß daran denken, wie Ingrid bitterlich über dem Spülbecken geweint hat, weil sie nicht wusste, wie lange wir nach Fars Tod noch mit dem Geld auskommen würden. Weil sie Angst hatte, dass die Schuldeintreiber kommen und uns für immer trennen würden. Ich verkrampfe mich noch mehr, als ich das prachtvolle goldene Porträt von Helenes früherem Ehemann, Aleks Vestergaard, entdecke. Ingrid und ich konnten es uns gerade so leisten, meinen Vater in einem einfachen Kiefernsarg beerdigen zu lassen, weit entfernt von den angesehenen Plätzen neben der Kirchentür und markiert mit nichts als einem kleinen klapprigen Kreuz.

»Nina«, wendet Helene sich an das Hausmädchen, »ich möchte euch meine Tochter Eve vorstellen.« Ein unverkennbarer Anflug von Überraschung huscht den Dienern über die Gesichter, bevor sie sich wieder alle gleichzeitig verbeugen. »Eve, das sind unsere Hausangestellten. Ihre Namen wirst du mit der Zeit lernen, und sie werden dir all deine Wünsche erfüllen.«

»Willkommen, Fräulein Vestergaard.« Nina streckt die Hand aus. »Darf ich Ihnen den Mantel abnehmen?«

Eve läuft beim Klang ihres neuen Namens rot an, und Helene wendet sich mir zu. »Und das ist Marit Olsen. Sie ist ab jetzt als meine persönliche Schneiderin ebenfalls Teil des Hauses. Bitte bring sie entsprechend unter, Nina.«

»Jawohl, gnädige Frau.« Nina nickt mir zu. »Hier entlang, Fräulein Olsen.« Sie deutet auf eine Treppe, die in einen dunklen Flur hinabführt.

Am liebsten würde ich Eve an mich ziehen oder ihre Hand greifen, doch das kann ich vor all diesen Leuten nicht. *Sollte* ich nicht. Also weiche ich ihrem Blick aus, damit sie nicht auf die Idee kommt, vor ihren neuen Dienern etwas Unangemessenes zu tun.

Zu denen *ich*, wie mir auf einmal klar wird, ab sofort auch gehöre.

Ich folge Nina, und Eve erklimmt hinter Helene die Stufen zu den oberen Etagen.

Ohne ein Wort gehen wir auseinander, und in dem Moment, in dem wir unterschiedliche Richtungen einschlagen, ändert sich etwas zwischen uns.

# 7

ICH FOLGE NINA DURCH EINEN UNTERIRDISCHEN
FLUR, der scharf nach rechts zum Dienstbotentrakt führt.
Sie legt ein ganz schönes Tempo vor, ihre niedrigen Absätze
klackern auf dem Boden und hallen nach.

»Schneiderin also?«, grummelt sie.

Überrascht sehe ich, wie sie bei meinem Nicken die Augen
verdreht.

Der Flur ist zwanzig Schritte lang, Laternen tauchen ihn in
ein schwaches Licht. Es ist so kalt, dass ich sogar meinen Atem
sehen kann. Am Ende des Flurs öffnet Nina eine schwere Tür,
und uns schlägt eine Wand aus warmer Luft und heiserem Lachen entgegen. Die Tür ist wie ein Portal, das uns von der kalten, weißen Welt der Eingangshalle in eine völlig andere bringt.

»Nicht das!«, jammert jemand, und irgendwer anders sagt:
»Klumpen.«

Wir kommen in eine große Küche. Ich muss mich beeilen,
um mit Nina Schritt zu halten, die um einen riesigen bronzenen Holzofen stürmt, auf dem allerlei Töpfe und Pfannen zischen. Drei Diener sitzen um eine wuchtige Holzplatte, die anscheinend als Tisch dient. Eine Frau mit krausen Haaren drückt
einem Jungen getrocknete Gerstenhülsen ins Gesicht, während er in ein Kochbuch vertieft zu sein scheint. Eine vierte Person – ein junger Mann – ist hinter einer Ecke kaum zu sehen,

während er pechschwarze Lederschuhe putzt. Er trägt die schicke schwarze Uniform eines Butlers, doch seine Haare sind strähnig und fettig.

»Hier steht eindeutig *Dinkel*«, sagt der Junge.

»Haben wir aber nicht.« Die Frau – vermutlich die Köchin – wedelt mit der Gerste vor seiner Nase herum.

»Schon wieder Kartoffeln?« Die Dritte am Tisch, ein Mädchen um die vierzehn, hat die Haare wie eine Krone um den Kopf geflochten und reißt einen Leinensack auf. »Lara hat gesagt, dass sie durch die viele Stärke beim Eislaufen schwerer zu heben ist.«

»Ich hab kein Problem, Lara zu heben«, murmelt die Köchin und schmeißt die Gerste in die Suppe. »Und zwar direkt hier aus dem Fenster.«

Als Nina sich räuspert, richten alle die Aufmerksamkeit auf uns. »Frau Vestergaard ist zurück. Und sie hat eine *Tochter* mitgebracht.«

Sofort ist die Gerste vergessen, und alle wirbeln herum. Die Worte sind wie ein Stich in mein Herz. Eve ist keine Waise mehr. Sie ist wieder eine Tochter.

»Was hast du gesagt?« Der Butler springt auf. Vor Aufregung lässt er die Politur klappernd zu Boden fallen.

»Sie hat so lange gesucht. Ich dachte schon, sie findet niemals eine …«

»Eine Tochter, endlich …«

»Ohne Vorwarnung?«, schreit die Köchin. Sie wird ganz hektisch, schnappt sich ein Handtuch vom Tisch und bindet sich eine Schürze um die Taille. »Sie wird ein Festmahl erwarten, und bis die Lieferung morgen kommt, hab ich kaum noch Reste da.« Sie wühlt sich durch alle Schränke, durch Kochbücher und Mehl und bellt Befehle. »Einen Nachtisch. Signe, guck nach, ob wir noch Feigen haben. Brock, los, zum Gewächshaus mit dir. Bring mir alles, was gut riecht. Mir fällt schon was ein.«

»Ich zeig dir dein Zimmer«, sagt Nina hastig zu mir, als wollte sie mich schnell hier wegschaffen, bevor die anderen mich bemerken.

Wir schlängeln uns durch einen zugigen Gang und drei Wendeltreppen hinauf zum Ostflügel mit den Unterkünften der Dienstboten. Hier ist es angenehm warm und schön hell, überall gibt es Winkel und Schränke und Arbeitsplätze. Unwillkürlich muss ich an meinen ersten Tag in der Mühle denken. Alle Waisen haben beobachtet, wie ich mit meinem Koffer in der Hand die Stufen zum Schlafraum hochgestiegen bin. Ich habe mir fest vorgenommen, nicht zu weinen, obwohl es so anders gerochen hat als zu Hause und niemand mir die Haare flechten oder aus der »Schneekönigin« vorlesen würde, wenn ich mit Fieber im Bett lag. Noch nie in meinem Leben bin ich so einsam gewesen wie in den folgenden drei Jahren, bis zu dem Tag, an dem Eve mit finsterer Miene und Wuschel unter dem Arm auf mich zugeschlichen ist. Ich stelle mir vor, dass sie auch jetzt eine Treppe hinaufsteigt, genau neben dieser hier, dass uns nur ein paar Wände voneinander trennen. Doch es muss sich völlig anders anfühlen, wenn man so ein Haus als Familienmitglied betritt – und nicht als Arbeitskraft auf Zeit, je nachdem, als wie nützlich man sich erweist.

Nina rattert die Hausregeln herunter, mit jedem Schritt wird sie kurzatmiger. »Abendessen ist um Punkt sieben, oder es gibt nichts. In den Räumen der Jungs sind keine Mädchen erlaubt. Das Gleiche gilt auch andersrum. Wir alle fahren einmal im Monat in die Stadt. Sperrstunde ist um halb neun. Und wenn es dunkel ist, wird das Haus unter keinen Umständen verlassen. Lass Frau Vestergaard niemals warten und sieh zu, dass du deine Arbeit immer ordentlich und pünktlich erledigst. Früher ist sogar noch besser.«

Als wir den zweiten Stock erreichen, bricht jemand hinter einer Tür in Gelächter aus. Nina schnaubt. »Was heckt sie jetzt schon wieder aus?«, grummelt sie und klimpert mit dem Schlüsselbund. »Unsere berühmt-berüchtigte Liljan.«

Nina steckt den Schlüssel ins Schloss, und mit einem Handumdrehen reißt sie die Tür auf.

»Nina!«, kreischt Liljan und lässt hastig etwas unter ihrem Kissen verschwinden. »Warum klopfst du nicht an?«

Ich folge Nina in den Raum. Die berühmt-berüchtigte Liljan hat strohblondes Haar. Ihre mandelförmigen blauen Augen funkeln verschmitzt. Sie wirkt, als könnte sie sich einfach für *alles* begeistern. Neben ihr, wahrscheinlich auf meinem Bett, sitzt ein Junge.

»Du darfst gar nicht hier sein!«, tobt Nina. Er dreht sich zu uns um. Seine zerzausten Haare stehen in alle Richtungen ab, er trägt eine Drahtbrille und hat dunkle Augen, bei deren Anblick ich auf einmal ein seltsames Gefühl im Magen spüre. »Und hier wird nicht gegessen!« Nina konfisziert ein paar halb ausgepackte Bonbons. »Wollt ihr die Ratten anlocken?«

Die beiden setzen brav beschämte Gesichter auf, doch sobald Nina ihnen den Rücken zudreht, zucken Liljans Mundwinkel. Der Junge schaut sie böse an und wirft ihr ein Bonbon an den Kopf, während Nina sich wieder an mich wendet. »Keine Jungs. Kein Essen auf den Zimmern«, wiederholt sie streng.

»Mach einfach nichts, was Liljan macht, dann bist du auf der sicheren Seite.«

»Aber Nina, mein strahlender Stern«, trällert Liljan. »Du hast uns noch gar nicht vorgestellt!«

»Das ist Marit Olsen. Marit, das ist Liljan Dahl, sie ist Hausmädchen und raubt mir noch den letzten Nerv. Und das«, sie packt den Jungen am Arm, »ist ihr Bruder, Jakob Dahl. Er wollte gerade gehen.« Sie zieht ihn zur Tür. »Frau Vestergaard wird nach dir klingeln, wenn sie dich braucht. Im Haupthaus wird die Uniform getragen. So gestärkt, dass sie auch ohne dich stehen würde. *Und komm ja nie zu spät!*« Sie schiebt Jakob auf den Flur und schmeißt die Tür ins Schloss.

»Hallo, Marit Olsen.« Liljan lehnt sich vor und stützt sich auf die Ellbogen. »Wofür wurdest du eingestellt?« Sie wickelt noch ein rot glänzendes Bonbon aus.

»Ich, ähm, bin die neue Schneiderin.« Ich stelle meine Tasche ab. Komisch, auf einmal vergeht ihr das Grinsen. Sie seufzt schwer und dreht sich weg. »Das da ist deins«, sagt sie und wedelt mit der Hand zu der ungemachten Strohmatte, auf der Jakob gesessen hat. »Sofie hat nur knapp zwei Wochen drin geschlafen.«

»Sofie?«

»Deine Vorgängerin.« Liljan presst die Lippen aufeinander. »Schneiderinnen machen es hier meistens nicht sehr lang.«

»Warum?«, frage ich zu schnell, aber Liljan zuckt bloß mit den Schultern und steckt sich ein Bonbon in den Mund.

Nervös betrachte ich mein neues Bett. Irgendwie fühlt es sich schlagartig an, als müsste ich Kleider anziehen, in denen jemand gestorben ist.

Ich mache mich an die Arbeit, lege das Federbett aus und

bewundere das Bettlaken und die Steppdecke aus Daunen. Im Zimmer gibt es einen kleinen Waschschrank und einen passenden Nachttopf. Das aufwendige Blumenmuster aus lavendelfarbenem Blauregen an den Wänden sieht aus wie Spitze. Als Liljan mir den Rücken zuwendet, fahre ich mit den Fingern darüber. Ich hab noch nie gehört, dass Dienstbotenzimmer so aufwendig eingerichtet werden.

Liljan lutscht an ihrem Bonbon. »Uniformen sind im hinteren Schrank.«

Ich schüttle die Strohmatratze aus und ziehe dann die schicke pechschwarze Vestergaard-Uniform an. Was würde Far denken, wenn er mich jetzt sehen könnte? Wie ich für seinen alten Arbeitgeber arbeite – und Magie nutze?

Sein Brief fällt mir aus der Tasche, und ich stecke ihn vorsichtig zwischen die Seiten von Hans Christian Andersens Geschichten. Wünsche mir zum hundertsten Mal, Far hätte meinen Namen geschrieben. Es ist das Letzte, was ich von ihm habe, und es war noch nicht mal für mich bestimmt. Selbst nach all den Jahren habe ich immer noch daran zu knabbern, dass er nur ihr geschrieben hat. Wieso?

»Abendessen!«, trällert Liljan plötzlich. »Hoffentlich hast du ein dickes Fell, Marit.« Auch wenn sie skeptisch klingt, kommt es mir fast vor, als wollte sie mir einen guten Rat geben. »Kommst du?«

Als sie die Tür öffnet, schlägt uns ein berauschender Duft entgegen, satt und reich hängt er in der Luft.

Ich schnüre mir die Schürze wie ein Schild um die Taille und folge Liljan nach unten.

✑

Die Stimmung beim Essen ist viel ausgelassener, als Ness es jemals zugelassen hätte. Ständig wuselt jemand hinein oder heraus, bei jedem Türschwingen fliegt neuer Tratsch durch den Raum. Die Diener laufen mit Terrinen voll Rotkohl und Platten voll Schweinebraten mit knuspriger Haut zum Haupthaus. Das Mädchen namens Signe schlägt Sahne, und die Köchin zaubert aus dem Holzofen einen Apfelkuchen mit karamellisierten Zimt-Apfelscheiben, die sich über den Kuchen winden wie die Blütenblätter einer Rose. Mir knurrt der Magen, und ich muss an Agnes denken, die wahrscheinlich gerade alleine in unserem Zimmer in Thorsens Laden sitzt. Sie hat immer gejammert und sich schützend über ihren Teller gebeugt, als hätte sie Angst, ich könnte ihr etwas wegessen. Eine winzige Sekunde lang tut sie mir fast leid.

»Und Frau Vestergaard hat wirklich eine Tochter mit nach Hause gebracht?«, fragt Signe. Alle tummeln sich um den Holztisch, die Gesichter von flackernden Wachskerzen erleuchtet, die Teller mit Essen vor ihnen.

Ich stehe unschlüssig im Türrahmen, als mir plötzlich etwas klar wird.

Magie flimmert um sie alle herum. So etwas habe ich noch nie gespürt – aber ich habe auch noch nie so viel davon an einem Ort gesehen. Irgendwie weiß ich einfach, dass sie da ist. Sie prickelt auf meiner Haut, als hätte ich einen extra Sinn, als würde ein leises Summen von ihnen allen ausgehen. Ich schnappe nach Luft, als mir wieder einfällt, wie genau Helene meine Arbeit an ihrem Mantel untersucht hat. Die Erkenntnis trifft mich wie ein Schlag. Natürlich hat sie genau gewusst, worum sie mich bittet. All ihre Diener haben Magie. Um eine Stelle in einem Haus wie diesem zu ergattern, muss man etwas Besonderes sein.

Und besonders wird man meistens durch Magie.

Jetzt weiß ich auch, woher sie mitten im November reife Pflaumen bekommt. Oder woher die wunderschönen Blumen in der Eingangshalle stammen. Was für eine Frau holt sich nur Menschen ins Haus, die für sie riskieren, vom Firn befallen zu werden? Eine Frau aus derselben Familie, die Männer ihr Leben in Minen aufs Spiel setzen lässt, ohne an die Waisen zu denken, die sie zurücklassen würden. Und trotzdem – ich sehe mich verstohlen um – wirkt niemand verängstigt oder unglücklich. Im Gegenteil, hier in der Küche ist die Stimmung eher warm und fröhlich. Fast schon familiär.

Zumindest bis zu dem Moment, als alle irgendwie gleichzeitig mich entdecken.

Es wird still im Raum, und alle wenden die Köpfe zu mir. Sie wirken verwirrt.

Die Köchin bricht das Schweigen: »Wer in drei Löffels Namen ist *das*?«

»Das ist Marit Olsen«, verkündet Nina mit klarer Stimme. »Sie ist Frau Vestergaards neue Schneiderin.« Meine Arme wollen sich wie von selbst vor der Brust verschränken, aber ich zwinge sie, einfach locker hängen zu bleiben.

Der junge Mann mit den langen, fettigen Haaren lässt seinen Löffel auf den Tisch knallen und stößt ein tiefes Knurren aus. »Ich dachte, die Arbeit dürfte jetzt endlich *Ivy* übernehmen.«

Die Köchin lässt fast einen Glasteller auf den Tisch fallen, und ein Riss zieht sich einmal quer durch die Mitte. Sie flucht leise und sieht dann mit gequältem Blick zu einem Mädchen in meinem Alter, mit einem blonden, geflochtenen Zopf und einem Muttermal, das ihr wie ein Kuchenkrümel auf der Wange sitzt. »Ivy«, sagt die Köchin, »wir haben alles getan. Ich dachte wirklich, dieses Mal darfst du bleiben.«

»Ach, Tante Dorit«, antwortet das Mädchen mit leuchtenden Augen. »Es ist doch nicht deine Schuld. Es tut mir leid, dass ich nicht das sein kann, was Frau Vestergaard braucht. Meine Nähkünste sind nicht schlecht, aber gegen jemanden mit Magie habe ich natürlich keine Chance.« Sie legt die Hand auf den Sprung im Glas, und als sie sie wegzieht, ist der Teller wieder ganz. Als hätte sie ihn *geheilt*. Hitze steigt mir in die Wangen. Ich habe noch nie gesehen, dass jemand Magie so unverhohlen einsetzt – oder so offen darüber spricht. Irgendwie fühle ich mich entblößt. Als würde ich in einem Spiegelkabinett stehen und auf Winkel meines Körpers schauen, die ich bisher noch nie zu Gesicht bekommen habe.

»Irgendjemand wird deine Talente schon zu schätzen wissen«, meint die Köchin zu Ivy. »Und wenn Helene Vestergaard auch nur ha–«

»Dorit!«, fällt Nina ihr scharf ins Wort. »Das reicht.«

Dorit schleudert eine großzügige Portion Salat auf einen Teller. »Ich weiß noch, wie Ivy genau hier ihren ersten Zahn verloren hat.« Sie schluchzt erstickt auf. »Ich hab meiner Schwester Rhody doch versprochen, immer auf sie aufzupassen.«

Wieder drehen sich alle zu mir um.

*Ganz toll.*

Am Tisch ist kein Platz mehr frei, und es macht auch niemand Anstalten, zur Seite zu rutschen. Also laufe ich verlegen zur Wand hinüber und quetsche mich auf einen kleinen Sitz in der Ecke. Ich denke an Eve und daran, wie leicht man Menschen, die man von klein auf kennt, ins Herz schließt, ganz egal, was danach passiert oder was später aus ihnen wird.

Das kann ich wirklich gut nachvollziehen. Es bedeutet aber nicht, dass ich mich verjagen lasse. Ich tue, als würde ich die Blicke nicht bemerken. Immerhin habe ich ein ganzes Jahrzehnt im Waisenhaus und drei Monate mit der Schnepfe Agnes überlebt – bei so einer Begrüßung wie hier werde ich also nicht gleich in mich zusammenfallen wie ein Salatblatt.

Vor allem nicht, wenn da gerade eine Platte mit Krustenbraten herumgeht. Wachs tropft von den flackernden Kerzen, als die Wärme des Ofens über den Tisch rollt. Der Krustenbraten sieht so knusprig aus, dass mir das Wasser im Mund zusammenläuft. So was habe ich nicht mehr gegessen, seit ich sechs war.

Das Mädchen neben mir nimmt sich ein Stück. »Brock«, fragt sie zuckersüß und hält den Teller dann dem Jungen mit den fettigen Haaren entgegen. Er schnappt ihn mir vor der Nase weg. Ich balle die Hände im Schoß zu Fäusten. Brock reicht den Teller in die andere Richtung weiter, schön weg von mir. Dann lehnt er sich vor und murmelt leise: »Ivy ist hier aufgewachsen, sie verdient die Stelle.«

Ich starre ihn unverwandt an. »Warum besprichst du das nicht mit Frau Vestergaard?«

»Warum verschwindest du nicht einfach?«

»Darum«, erwidere ich trotzig. Als Antwort wird der Brotkorb einfach über meinen Kopf hinweg weitergegeben. Ich räuspere mich und frage, ob mir wohl bitte jemand die Schüssel Rotkohl reichen würde.

Doch meine Bitte wird ignoriert.

Ich stehe auf, um mir selbst etwas zu nehmen, aber kurz bevor ich die Schüssel erreiche, schnappt Dorit sie sich und schiebt sie auf die Arbeitsplatte. Wenigstens hält mich niemand auf, als ich mir die pampigen Tomaten nehme, die noch auf dem Boden der Salatschüssel liegen. Dabei hasse ich Tomaten. Jakob Dahl beobachtet mich vom anderen Ende des Tisches aus, blinzelt durch die dunklen Wimpern hinter seiner Brille in meine Richtung. Er sieht nicht unfreundlich aus, aber er lächelt mich auch nicht nett an.

Hoffentlich fällt ihm nicht auf, wie ich das Gesicht verziehe, als plötzlich über Eve getratscht wird.

»Hat sie schon jemand gesehen?«, fragt ein Junge mit dunklen kurzgeschorenen Haaren, während er sich weiter Essen in den Mund schaufelt. »Die Tochter, mein ich. Wie sieht sie aus?«

»Sie ist ein süßes kleines Ding, recht schmächtig. Kann mir nicht vorstellen, dass sie in dem Waisenhaus genug zu essen bekommen hat …«, sagt Dorit.

»Sie hat *dunkle* Haut, stimmt's?«, unterbricht sie ein Mädchen mit spülwasserfarbenem Haar. Sie kaut laut und mit offenem Mund. »Kommt sie überhaupt aus Dänemark?«

Ich hole scharf Luft.

»Sie ist eine Tänzerin, genau wie Frau Vestergaard«, erwidert jemand links von mir. »Lara hat ein Tutu gesehen, als sie den Koffer ausgepackt hat …«

»Ich hab gehört, sie kommt aus demselben Waisenhaus, in dem auch Helene aufgewachsen ist …«

»Glück muss man haben! Ich wünschte, Frau Vestergaard würde mich auch adoptieren!«, ruft der erste Junge und erntet Gelächter. Er dreht sich zu dem Mädchen mit den Spülwasserhaaren und dem anstößigen Kauen um. »Vom Tellerwäscher zum Thronfolger. Dann müsstest du meine Handtücher am Kamin vorwärmen, Rae, und mich mit Feigen füttern.«

Rae streckt ihm die Zunge raus. »Die würde ich aber zuerst anlecken.«

Wut lodert mir wie Flammen durch die Adern. Ich möchte ihnen sagen, dass die Person, über die sie hier ganz beiläufig am Esstisch tratschen, ein wunderbarer Mensch ist. Die Worte brennen mir auf der Zunge, ich bin schon fast aufgestanden, doch … »Tja, also«, setzt Brock mit kalter, tonloser Stimme an. Er hält seine Gabel hoch und betrachtet die Zinken im Licht. »Ich glaube, ich würde mich für den Rest meines Lebens nicht mehr sicher fühlen, wenn Helene mich adoptiert.«

Ich erstarre, schlucke die Worte wieder hinunter. Ganz unauffällig lehne ich mich zurück. Lausche gespannt.

»Ach, hör doch auf«, grummelt Rae abfällig. »Nicht das schon wieder.«

Brock zuckt mit den Achseln und spießt das Fleisch mit seiner Gabel auf. »Aleks Vestergaard war ein gesunder Mann in der Blüte seines Lebens. Mehr will ich gar nicht sagen.«

Am anderen Tischende schiebt Jakob sich nachdenklich die Brille hoch.

»Er hatte was am Herzen«, erklärt Rae genervt. »Er wurde nicht ermordet, Schwachkopf. Wer sollte ihn denn ermorden? Helene?« Sie lacht.

Urplötzlich wird mir ganz schlecht.

»Du weißt, wer.« Brocks Miene verfinstert sich. Er nimmt einen Knochen und stochert sich damit zwischen den Zähnen herum. »Aber ein geschickter Schachzug von Helene. Er nimmt einen Erben aus dem Spiel, sie holt einen anderen dazu. Als würde sie mit einem Bauern die Königin schützen.«

»Schluss jetzt«, befiehlt Nina über alle Köpfe hinweg. »Du weißt, ich dulde solche Gerüchte über den Tod unseres Hausherren nicht. Es ist würdelos, es ist dumm und alles andere als angemessen.«

Ich ziehe meinen Kragen zurecht, höre mein Herz laut in den Ohren pochen. Worüber reden sie da? Brock deutet doch nicht wirklich an, was ich vermute?

Aleks Vestergaard wurde doch nicht ermordet?

»Marit.« Ich schrecke hoch, als Ivy mich anspricht. Die letzte Tomate rutscht mir von der Gabel und landet in einer roten Pfütze auf meinem Teller. »Hier«, flüstert sie. Auf ihrem Teller ist noch ein Haufen Krustenbraten und Rotkohl, und sie schiebt ihn zu mir herüber.

In Gedanken immer noch bei Brocks Vorwurf sehe ich sie verwundert an.

»Danke«, flüstere ich zurück. Mein Mund wird ganz trocken.

»Du bist zu nett, Ivy«, sagt Brock, als wäre er angewidert.

»Du weißt, ich liebe dich, und du weißt, wie sehr ich bleiben will«, antwortet sie und streicht ihre Serviette glatt, »aber du musst Marit nicht verscheuchen. Dann kommt bloß jemand anders. Das ist doch immer so.«

Offenbar sind die anderen am Tisch fertig damit, über Eve zu spekulieren und den potenziellen Mord an Herrn Vestergaard zu diskutieren. Jedenfalls hat sich die allgemeine Aufmerksamkeit wieder mir zugewandt. Ich bin eh viel spannender.

»Das sehe ich anders.« Brock spricht jetzt so laut, als wollte er sicherstellen, dass auch alle es mitbekommen. »Irgendwann werden Frau Vestergaard die magischen Ersatzschneiderinnen ausgehen, und dann wird sie einsehen, dass sie besser jemanden wählt, der sowieso schon gut zu uns passt.« Er wendet sich zu mir. »Ich bin Ivys Bruder, Dorit ist ihre Tante. Willst du also lieber Haare, Sand oder Glas in deinem Frühstück?«

Der ganze Tisch verfolgt gespannt, wie Brock gelassen Butter auf ein Stück Brot schmiert. Und wie ich wohl reagiere.

Es juckt mir in den Fingern. Irgendwie muss ich beweisen, dass ich mich von diesen Leuten nicht vertreiben lasse.

Ich schnappe mir ein Messer und säge durch ein riesiges Stück Fleisch von Ivys Teller.

»Wenn die Stelle wieder frei wird, sage ich dir zuerst Bescheid, Brock«, verkünde ich und schwinge das Messer zumindest vage bedrohlich. »Sollte ich gehen, lasse ich es dich wissen, indem ich dich mit deinen dreckigen Haaren am Geländer festknote.«

Einen Moment lang herrscht Stille. Brock verschluckt sich beinahe, und alle anderen starren mich mit offenen Mündern an. Mithilfe meiner Magie könnte ich das wahrscheinlich tatsächlich.

Dann bricht Liljan in schallendes Gelächter aus und haut mit der flachen Hand auf den Tisch. »Tja, Brock, sieht fast so aus, als würde Marit sich von dir nicht so leicht einschüchtern lassen.«

»Da hast du dein dickes Fell«, murmele ich. Sieht aus, als hätte ich genug Eindruck gemacht, um in Ruhe aufzuessen, denn alle beschäftigen sich wieder mit sich selbst, stellen das Geschirr klappernd in die Spüle und wenden sich dann den abendlichen Aufgaben zu. Nur Jakob bleibt noch bei mir am Tisch, seine Augen funkeln nachdenklich hinter den Brillengläsern.

»Was?«, frage ich schließlich leicht irritiert und mit dem Mund voll Beerenkompott.

Zu meiner Überraschung hebt er sein Glas und prostet mir schweigend zu. Dann dreht er sich weg, jedoch nicht, ohne mich vorher unerwartet und herzerwärmend anzulächeln.

# 8

WIE DIE GEISTER LANG VERSTORBENER SEELEN kehren
mit meiner Ankunft hier auch meine Albträume zurück.

*»Es passt nicht zu ihm«, sagt Ingrid, »uns so lange warten
zu lassen.«*

*Sie zieht die Vorhänge am Küchenfenster zu.*

*Meine Schwester ist dreizehn, ich sechs, und unser Vater ist
spät dran. Er arbeitet eine Dreiviertelstunde von hier in den
südlichen Vestergaard-Minen, und eigentlich ist er immer
pünktlich zu Hause, um sich vor dem Abendessen aus den
Kleidern voller Kalksteinstaub zu schälen und zu waschen.
Normalerweise pfeift er fröhlich, während er sich den Schmutz
aus dem Schnurrbart spült, selbst wenn das Wasser so kalt ist,
dass kleine Eiskristalle darin schwimmen.*

*Ich warte, schwinge mit den Beinen und mache Knoten in
das Handtuch in meinem Schoß.*

*Auch Ingrid zerknüllt immer wieder ihr Taschentuch und
schrubbt den Holztisch so lange, bis ihre Hände ganz rot sind.
Sie ruiniert den Teig vom Roggenbrot, der zu einer klebrigen
Masse in sich zusammenfällt. Schaut ständig aus dem Fenster.
Bis wir es schließlich hören. Das Klingeln der Glöckchen an
seinem Pferd. Wir rennen zum Fenster, es beschlägt von unserem Atem.*

*Als sie die schwarze Uniform mit den goldenen Quasten*

*sieht, gibt Ingrid einen erstickten Laut von sich. Das Klopfen an der Tür klingt, als würde ein Ast unter dem Gewicht des Schnees zerbrechen.*

*Der Mann in Schwarz streckt uns einen Umschlag mit dem dunklen Vestergaard-Siegel entgegen – Schlägel und Eisen. Ingrids zarte Finger zittern so sehr, dass sie ihn kaum öffnen kann.*

*Der Mann wartet, während sie den Brief liest. Er bringt ein höfliches »Tut mir leid« heraus und tippt sich an den Hut. »Ich muss Ihnen ein paar Fragen stellen. Ihnen und Ihrer Schwester.«*

*»Bitte, nicht heute Abend«, presst Ingrid hervor. »Das muss bis später warten.« Die Tür fällt mit einem Donnern hinter ihm zu, doch das ist nicht so schlimm wie das Geräusch des Riegels, als Ingrid abschließt. In der Sekunde weiß ich es sicher – als sie den Schlüssel im Schloss umdreht.*

*Denn jetzt kommt Far nicht mehr herein. Wenn er denn noch nach Hause kommen würde.*

*Ich fange schon an zu wimmern, bevor sie sich umdreht und den Brief laut vorliest. Ich schluchze und schlage sie mit meinen kleinen Fäusten, als sie die Worte ausspricht.*

Es gab einen Unfall in den Minen.

Erdrutsch.

Darunter begraben.

*Noch lange nachdem die Dunkelheit hereingebrochen und das Feuer im Kamin erloschen ist, sitzen wir zusammen in der Küche. Sie klammert sich ununterbrochen an diesem Brief fest, lässt ihn nicht los.*

*»Was machen wir jetzt?«, frage ich und lege dann, müde vom Weinen, den Kopf auf dem sauberen Tisch ab. Mein Atem wird ruhiger. Vielleicht denkt sie, ich wäre eingeschlafen.*

»*Ein Unfall*«, *murmelt sie, mehr zu sich selbst.*

*Ich öffne die Augen und sehe, wie sie die Hände noch fester um den Brief schlingt, ihn mit ihren sanften Fingern zerknüllt. Die Tinte der Worte schmiert sich auf ihre Haut. Sie blinzelt, einmal, zweimal. Ein Schleier legt sich über ihren Blick. Sie ballt die Hände an den Seiten zu Fäusten, Magie pulsiert durch ihren Körper.*

Ich spüre, wie sich Finger um meinen Arm legen.

»Marit, alles in Ordnung?«

Als ich die Augen aufschlage, kniet Liljan neben meinem Bett und schüttelt mich.

»Du hast ... geweint«, sagt sie sanft.

»Mir geht's gut«, gebe ich zurück und schlinge mir die Decke wie einen Kokon um den Körper, um mein hämmerndes Herz. Drehe mich von ihr weg. »Tut mir leid«, presse ich hervor.

Jetzt, im Licht des Morgens, kann ich riechen, wie der Duft von frischem Kaffee und irgendetwas Warmem, Teigigem aus der Küche nach oben wabert, und sofort meldet sich der Hunger bei mir. Während der Albtraum langsam verklingt, ziehe ich die Decke noch etwas fester um mich. Allein die Vorstellung, mit Dorit und Brock um ein paar Bissen vom Frühstück zu kämpfen, erschöpft mich. Liljan beobachtet mich noch einen Moment, will sich versichern, dass es mir gut geht. Dann schließt sie unsere Zimmertür sanft hinter sich.

Ich stehe auf, wasche mich und schlüpfe in die Uniform, als Liljan wieder im Türrahmen auftaucht. Sie stellt etwas auf meinem Nachttisch ab: dampfenden Kaffee und eine Serviette, die auseinanderfällt und ein einzelnes, frisches Brombeerküchlein enthüllt.

»Ganz ohne Haare, Sand und Glas«, verkündet sie.

»Danke«, murmle ich überrascht, und Wärme breitet sich in meiner Brust aus.

»Lass es bloß Nina nicht mitbekommen«, meint sie. »Wenn nötig, iss auch die Serviette.«

Ich lächle verlegen. Die Brombeeren sind noch warm, als ich in das Küchlein beiße.

Unten inspiziert Nina, ob meine Schürze und Haube weiß und gestärkt genug sind, bevor sie mir den Schlüssel zu meinem Nähzimmer überreicht, zusammen mit Anweisungen, wie ich Helene in den zahlreichen Räumen finden kann. Meine Schritte hallen durch das labyrinthartige Haupthaus. Es scheint, als würde man von jedem Raum in einen nächsten kommen. Flure führen in alle erdenklichen Richtungen. Einige sind hell erleuchtet, andere werden von Dunkelheit verschluckt. Die Eichenpaneele in verschiedenen Schattierungen fügen sich am Boden zusammen wie raffinierte Puzzleteile, und die goldenen Wandleuchten scheinen mit den gemusterten Tapeten zu verschmelzen.

Mein Herz macht einen freudigen Satz, weil ich Eve gleich wiedersehe.

Helene Vestergaard sitzt an einem Frisiertisch und lässt sich von Liljan die Haare zu einem strengen Dutt hochbinden. Die Vorhänge und Bettdecken in ihrem Zimmer sind aus schwerem Brokat und mit Silber und Blau bestickt. Aus einer Ecke des Zimmers strömt Wärme hinter den glühenden Goldtüren eines Kachelofens hervor. Die weißen, mit Blumen verzierten Kacheln reichen bis unter die Decke.

»Marit, hast du dich schon eingelebt?«

Ich betrachte mich im Spiegel. Der Albtraum hängt mir

noch in dunklen Schatten unter den Augen, das wächserne Vestergaard-Siegel auf dem entsetzlichen Brief geistert mir noch immer durch den Kopf.

»Ja, Frau Vestergaard.«

»Gut. Ich habe eine Aufgabe für dich, bei der Eile geboten ist. Ich brauche mehrere Kleider für mich und Eve.« Ihre Ohrringe baumeln im Spiegel wie Wassertropfen, die ihr von den Ohrläppchen geflossen und dann gefroren sind. »Liljan hat dir meine Maße und die Entwürfe im Nähzimmer bereitgelegt.«

»Ich fange sofort an.«

»Eves Onkel – Philip, der Bruder meines verstorbenen Mannes – wird uns zu Mortensaften Gesellschaft leisten«, erklärt Helene. Liljan hebt eine dunkle Haarsträhne an und entblößt so Helenes Nacken. »Bis dahin müssen die ersten Kleider fertig sein.«

Mortensaften – der Abend vor dem Martinstag, an dem es für gewöhnlich ein großes Festmahl gibt, um die Ernte zu feiern – ist bereits morgen. Das Geräusch von zerspringendem Glas dröhnt mir in den Ohren. Sie verlangt tatsächlich von mir, dass ich mit meiner Magie zwei ganze Kleider innerhalb eines Tages nähe.

Helene beobachtet mich im Spiegel. »Ist das ein Problem?«

»Ganz und gar nicht«, antworte ich tonlos und entferne mich mit leisen Schritten. Sobald die Tür sich hinter mir schließt, lasse ich mich gegen die Wand sinken. Angst kribbelt mir unter den Rippen.

Die Tür auf der anderen Seite des Flures steht gerade so weit auf, dass ich freie Sicht auf einen dunklen Fuß habe, der unter einer Bettdecke hervorlugt. Eves linker Fuß, der immer irgendwie der Decke entkommt. »Du schläfst wie ein Seestern«, habe ich einmal gemault, als wir uns ein Bett teilen mussten. Sie hat gegähnt und sich Arme und Beine so dicht an den Körper gezogen, bis sie nur noch ein winziger Ball war und die Ballerinafüße gänzlich verschwunden sind. »Jetzt bin ich eine Schnecke.« Sie hat gekichert und unerträglich laute Schnarchgeräusche von sich gegeben. *Chrrr-schhhh, chrrr-schhh.* Es hat so unecht geklungen, dass ich losprusten musste und selbst dann nicht aufhören konnte, als Sare gedroht hat, mich mit dem breiten Ende vom Besen zu verdreschen.

Jetzt bleibe ich vor Eves Tür stehen, würde am liebsten wie früher zu ihr ins Bett klettern. Doch das geht nicht mehr. Sie ist eine Vestergaard und ich bin nur ein Dienstmädchen. Also haste ich weiter zu meinem Nähzimmer, das in einer kleinen Nische im dritten Stock des Dienstbotentrakts auf mich wartet. Als ich die Entwürfe an einer Pinnwand entdecke, verschlägt es mir den Atem. Diese Stickarbeit, die Schnürungen, die Knöpfe und Perlen – all das würde mich ohne Magie sicher eine ganze Woche kosten, selbst wenn ich Tag und Nacht arbeiten würde.

Ich zaubere eine messerscharfe silberne Schere hervor und gleite mit den Fingern sehnsüchtig über die teure Seide und den dicken Brokat, die ich im Schrank finde. Dabei denke ich wieder an gestern Abend. Wie die Magie durch die Küche pulsiert ist, und wie ruhig und entspannt trotzdem alle waren. Wie seltsam es ist, dass sie alle hierbleiben *wollen.*

Mit einer Stecknadel zwischen den Zähnen denke ich nach, während ich das Mieder auf die Schneiderpuppe ziehe. Wahrscheinlich ist es genau wie bei den Männern in den Minen. Niemand zwingt sie dazu, so wie auch mich niemand gezwungen hat, diese Arbeit anzunehmen. *Doch ist es richtig, Menschen für sich arbeiten zu lassen, wenn sie sich dabei solcher Gefahr aussetzen?* In Gedanken versunken ramme ich die Stecknadeln in den zarten Stoff der Schneiderpuppe. *Oder habe ich den Vestergaards all die Jahre Unrecht getan?*

Weil es einfacher war, sie zu beschuldigen als meinen Vater und seine Entscheidungen?

Ich stehe vor dem Kleid, das ich abgesteckt habe, als wäre es mein Gegner. Beiße die Zähne aufeinander, spüre, wie die vertraute Spannung im Kiefer wächst. Wenn ich zu viel darüber nachdenke, werde ich mir noch ausreden, Magie zu gebrauchen. Also gebe ich der Angst keinen Raum mehr. Ich stelle mir vor, wie ich an der Kante eines Kais entlangschlendere und die dunklen Wellen unter mir beobachte.

Und dann nehme ich meinen Mut zusammen und stürze mich hinein.

Augenblicklich schießt der kribbelnde Frost mir durch die Glieder, und es erschüttert mich jedes Mal – wie *gut* es sich anfühlt. Als würde ich genau das machen, wozu ich bestimmt bin. Doch dann verschlingt die Angst alle Freude. Ob sich unter meiner Haut inzwischen schon winzige Spuren Firn gebildet haben, frostige Kristallflicken, obwohl ich doch in all den Jahren so sparsam mit der Magie umgegangen bin? Plötzlich sehe ich nur noch Ingrid vor mir. Sehe ihre steifen blauen Zehen. Wie der Firn sich durch ihren Körper gefressen hat und man sie mir schließlich weggenommen hat, um sie einzuäschern.

*Denk an die glückliche Ingrid*, ermahne ich mich und rufe mir den Faschingsmorgen ins Gedächtnis. Unter Lachen hat sie so getan, als würde sie Far mit einem Zweigbündel schlagen, das wir aus Birkenzweigen, Federn und Eierschalen zu-

sammengebunden hatten. Als ich ihm damit auf den Kopf ge-
tippt habe, um ihn aus dem Bett zu locken, hat Far mich fürchterlich angebrüllt. Danach stellte er das Bündel jedoch in eine
Vase, als wäre es ein wunderschöner Strauß und kein Haufen
hässlicher Zweige. Später am Abend wurde ich zur *Katzen-
königin* gekürt. Ich hatte – wie es sich beim traditionellen *Kat-
zenschlagen* in Dänemark gehört – ein Holzfass mit einem Ast
zerschlagen, sodass Unmengen an Süßigkeiten herausgepurz-
zelt sind. Doch eigentlich hatte Ingrid alles für mich vorbereitet.
Sie hatte vorher mit aller Kraft auf das Fass gehauen, sodass
nur noch ein letzter Hieb nötig war und ich die Belohnung
und den Titel bekam.

Es trifft mich wie ein Schlag, als mir klar wird, dass ich inzwischen älter bin als sie bei ihrem Tod.

Ich arbeite den ganzen Tag hindurch, bis die Sonne unter-
geht und die Perlen auf dem Stoff für Eves Kleid funkeln
wie zarte Rauchwölkchen. Kaum vorstellbar, was die Magie
in meinem Inneren angerichtet hat. Doch als ich in den Spiegel
schaue, glühen meine Wangen. Vor Freude. Ich fühle mich lebendig. Meine Haut und meine Nerven knistern förmlich vor
Leben.

Zur Sicherheit schließe ich das Nähzimmer hinter mir ab,
damit Brock nicht auf die Idee kommt, die Kleider zu ruinieren, bevor ich sie sicher bei Helene und Eve abliefern kann.

Zurück im Zimmer, wartet auf meinem Kissen ein gefalte-
ter Brief auf mich.

»Der ist von Helenes Tochter. Für … dich?« Liljan mustert
mich mit hochgezogenen Brauen und streicht die Falten ihrer
Uniform glatt, bevor sie sie weghängt. Ihre unausgesprochene
Frage schwebt zwischen uns in der Luft.

»Wirklich?« Bevor ich den Brief öffne, drehe ich ihr den Rücken zu. Ich erkenne sofort Eves vertraute, ungleichmäßige Handschrift, den mittleren Strich ihrer W, der viel höher ist als die anderen beiden.

*Marit,*
*hab dich gesucht. Wo bist du? In all den Fluren verloren gegangen? Von einem Monster gefressen worden? Hast du zu viel an Wolle geschnüffelt? (Ha, ha!) Oder ein Schläfchen gehalten? (Chrrr-schhh, chrrr-schhh …)*
*Wollte dir ein Wienerbrød mit der Mandelfüllung aufheben, die du so magst, aber diese Nina hat mir verboten, es aus der Küche mitzunehmen. Da hab ich es selbst gegessen.*
*Komm mich bald besuchen.*
*In Liebe, Eve*
*und Wuschel*

Wärme erblüht in meiner Brust wie eine Blume. Liljan beobachtet mich immer noch. Mir fallen wieder Brocks aufschlussreiche Kommentare von gestern Abend ein – dass jemand Aleks Vestergaard umgebracht hat, dass Eve irgendeine Art *Pfand* sein könnte. Wie schnell solche Behauptungen wohl verstummen würden, wenn die anderen von meiner Freundschaft zu Eve wüssten? Vielleicht nützt es mir, wenn ich es noch eine Weile geheim halte – und in der Zwischenzeit Augen und Ohren offenhalte. »Nur ein paar Anweisungen für die Kleider, die ich nähe«, lüge ich. »Wusstest du, dass Philip Vestergaard morgen Abend zum Essen kommt?«

Ein schwacher Versuch, das Thema zu wechseln, aber Liljan beißt an. »Dorits Mortensaften-Gans zergeht dir auf der Zunge. Schmeckt wie Butter. Als würde man tatsächlich Magie essen.«

Ich hole das Buch von Hans Christian Andersen hervor und stecke Eves Nachricht zu dem Brief meines Vaters zwischen die Seiten. Dann kremple ich mir die Ärmel hoch und untersuche meine Handgelenke.

Erleichtert seufze ich auf. Nichts zu sehen, keine Spur vom Firn.

Aber es ist ein Tanz mit dem Feuer. Und die Flamme brennt immer höher bei Helenes unmöglichen Aufgaben und dem Haus voller Diener, aus denen die Magie nur so herausfließt.

Früher oder später findet Eve heraus, dass ich sie all die Jahre angelogen habe. Schnell schiebe ich die Ärmel wieder nach unten.

*Auf keinen Fall darf sie die Wahrheit von jemand anderem erfahren als von mir.*

Deshalb erzähle ich es ihr heute Abend selbst.

# 9

IN DER NACHT WARTE ICH, BIS LILJAN gleichmäßig
atmet und das Mondlicht wie Splitter weißen Glases durch
das Fenster schneidet, bevor ich mich mit Eves neuem Kleid
unter dem Arm aus dem Bett schleiche. Eine Kerze anzuzünden, traue ich mich nicht, also taste ich mich blind die Treppen
hinab. Bei jeder knarzenden Stufe zucke ich zusammen. Der
Flur zum Haupthaus ist kalt und dunkel wie ein Grab. Mit
einer Hand streife ich an der Wand entlang und beiße mir auf
die Knöchel der anderen, aus einer albernen Kindheitsangst
heraus, dass ich einem Wicht oder *Draugr* in die Arme laufen
könnte. Oder, noch schlimmer, Brock.

Als ich das Haupthaus erreiche, lausche ich einen Moment
lang, bevor ich langsam die Stufen zur zweiten Etage erklimme.
Kaum zu glauben, dass ich es wirklich riskiere, geschnappt zu
werden. Ich drücke Eves Kleid noch fester an mich, während
ich auf Zehenspitzen an Helenes Schlafzimmer vorbeischlei-
che. An Eves Tür klopfe ich so sanft wie möglich, genau fünf
Mal in dem Takt, den wir auch schon in der Mühle benutzt
haben, wenn wir reden wollten. So weiß sie, dass ich es bin.
Sie reißt die Tür auf und steht im Nachthemd vor mir, die Haare eingeölt und in ein Seidentuch gewickelt. Ein breites Grinsen schleicht sich auf ihr Gesicht. »Was machst du denn hier?«,
flüstert sie und zieht mich ins Zimmer.

Freude kribbelt mir im Magen.

»Dir dein Kleid bringen.« Sie nimmt es mir ab und läuft damit zum Fenster. Dort bricht sich das Mondlicht darin, die Perlen strahlen wie flüssiges Silber. Eve betrachtet es aus jedem Winkel, bestaunt die Verschlüsse des Korsetts und den geschwungenen Ausschnitt. »Das hast du an einem Tag gemacht?« Zum ersten Mal schwingt so etwas wie Misstrauen in ihrer Stimme mit. »Marit, wie geht das?«

Da ist sie, die Gelegenheit. So früh habe ich nicht mit ihr gerechnet. Ich zögere, schaue Eve in die tiefbraunen Augen. Wie erklärt man einem Menschen, den man liebt, dass man ihm so lange etwas verschwiegen hat? Unbeholfen schlage ich den Saum vom Unterkleid hoch, um ihr etwas zu zeigen. Früher in der Mühle habe ich versteckte Taschen in unsere Kleider genäht, damit wir Zeichnungen und Süßigkeiten, Federn und Steinchen vor Ness und den älteren Mädchen verstecken konnten. »H-hier, Eve, guck mal«, stottere ich. Winde mich. »Wenn du mich irgendwann mal brauchst, behaupte einfach, dass eins deiner Kleider genäht werden muss, und steck mir eine Nachricht in die Tasche.« Ich schiebe den Finger hinein, um es ihr zu demonstrieren. »Guck, genau wie früher. Erinnerst du dich noch an das Morsen, das ich dir beigebracht habe?«

Ich selbst habe es von Far gelernt. Eines Tages habe ich ihm über die Schulter gesehen und gefragt, was all die Striche und Punkte zu bedeuten haben, die er sich angesehen hat. Mit viel Geduld hat er mich gelehrt, meinen Namen zu schreiben. Bald wurde es zu einem Spiel – immer haben wir uns Nachrichten geschrieben. Im Staub auf dem Fensterbrett oder im Frost an der Fensterscheibe. Es war unsere Art, zu kommunizieren. Und dann, nach seinem Tod, habe ich das Wissen an Eve weitergegeben.

»Warum sollte ich dir eine geheime Nachricht schicken müssen?«, neckt sie mich und schiebt ihren Finger neben meinen. »Ich stecke lieber ein Stück von Dorits Kuchen rein, damit du auch was davon abbekommst.«

»Na ja«, setze ich vorsichtig an. »Hier sind die Dinge etwas anders.«

»Wie meinst du das?« Sie legt das Kleid auf ihren Koffer.

»Die Umstände haben sich geändert. Es ist vermutlich keine gute Idee, wenn du dich so offensichtlich mit den Dienstboten abgibst.« Ich halte inne. »Oder mit mir.«

Die Erkenntnis flackert in ihren Augen auf. »Ich schäme mich nicht für dich, Marit.«

»Oh, das weiß ich doch.« Schnell greife ich nach ihrer Hand. »Aber es ist besser so. Sieh es als unser kleines Spiel. Wenn du mir eine Nachricht schickst, antworte ich dir sofort.«

Ich lasse ihre Hand los und sehe mich in ihrem Zimmer um. Kaum zu glauben, aber die Wände sind bereits verziert mit pinkfarbenen Rosen und Zeichnungen von Ballerinas. Ein paar davon sehen Eve sogar ähnlich. Während ich die Bilder im Mondlicht betrachte, krampft sich mein Magen zusammen.

Wenn ich jetzt die Wahrheit erzähle, gebe ich zwei Dinge zu: erstens, dass ich sie angelogen habe. Und zweitens, dass ich mit jedem weiteren Tag hier bei den Vestergaards ganz bewusst riskiere, dass der Firn sich unter meine Haut frisst. Beide Tatsachen werden sie wütend machen und verletzen.

Ich kenne Eve und weiß, wie gerissen und schlau sie ist. Wahrscheinlich wird sie behaupten, ich hätte etwas gestohlen, und mich rauswerfen lassen – nur, um mir das Leben zu retten.

Ich wende mich von ihr ab. *Nein*, entscheide ich mit flatternden Nerven. Ich werde ihr nichts von meiner Magie erzählen. Noch nicht.

»Musst du schon wieder gehen?«, fragt sie.

»Eigentlich ja.« Aber ich klettere mit ihr auf das Bett, kuschle mich unter die warme Daunendecke und inhaliere den Duft ihres Haaröls und des Zahnpulvers. »Wie ist es?«, flüsterte ich und schmiege mich noch enger an sie. »Hier zu sein?«

Sie atmet tief durch und rollt sich zusammen wie eine Katze. »Als wäre man furchtbar hungrig und würde sich mit so viel köstlichem Essen vollstopfen, bis einem schlecht wird. Guck dir doch all diese hübschen Sachen an.« Mit der flachen Hand streicht sie über die glänzende Tagesdecke. »Manchmal frage ich mich, warum sie mich ausgewählt hat. Was, wenn ich nicht das bin, was sie wollte?« Eve dreht sich um, sodass sie mit dem Rücken zu mir liegt und flüstert der Wand entgegen: »Vielleicht ändert sie ja ihre Meinung und schickt mich zurück in die Mühle. Ich hab beinah Angst, es hier zu genießen. Als würde ich irgendwann aufwachen, und alles ist wieder weg.«

»So funktioniert das nicht«, verspreche ich. »Rückgabe ausgeschlossen.« Ich drücke einen Kuss auf das Tuch um ihre Haare, und das schlechte Gewissen wegen der Geheimnisse, die ich vor ihr habe, sticht mir wütend in den Bauch.

Sie dreht sich wieder um und legt sich den Kopf auf den Ellbogen. »Wie ist es unten?«

»Großartig«, antworte ich eilig.

»Sind alle nett zu dir?«

»Klar«, flunkere ich.

»Sollten sie auch.« Sie kichert schelmisch und kuschelt sich tiefer unter die Decke. »Sonst muss ich sie hinauswerfen lassen. Machst du jetzt diese Sache mit dem Gesicht?«

»Welche Sache mit dem Gesicht?«

»Du weißt schon. Die ich so mag, mit dem Streicheln.«

Immer, wenn interessierte Eltern ein anderes Mädchen mit nach Hause nehmen wollten, habe ich Eve abends ins Bett gebracht und ihr mit den Daumen über die Augenbrauen gestrichen; von der Nase bis zu den Schläfen, und dann die Wangenknochen entlang. So sanft, wie ich nur konnte. »Hier.« Genau das mache ich auch jetzt, so wie früher. »Ich habe alles Hässliche und Schlechte von heute fortgewischt. Schlaf jetzt, morgen ist ein neuer Tag.«

»Heute bin ich froh, Marit«, murmelt sie, schon im Halbschlaf, »dass ich all die Male nicht genommen wurde. Sonst wären wir beide jetzt nicht hier zusammen.«

Mit einem dicken Kloß im Hals sehe ich auf sie hinab und küsse sie auf die Stirn. Dann schlüpfe ich aus ihrem Zimmer und bin schon fast wieder im Hauptflur, als Nina mit einer Kerze aus dem Dienstbotenflur kommt.

*Oh, verflucht.*

Ich presche die restlichen Stufen hinunter und schaffe es gerade noch hinter eine Vase, bevor sie um die Ecke biegt. Drei Sekunden später wären wir sicher ineinander gerannt. Mein Herz rast. Der Schatten eines anderen Dieners folgt Nina und versperrt mir den Weg in den Flur nach unten. Sie machen einen letzten Rundgang durch das Haupthaus, und Nina wird mich vermutlich entdecken, wenn sie wieder hinunterkommen. Ich kauere in der Dunkelheit, bis sie die erste Etage erreicht hat, dann öffne ich die Haustür einen Spaltbreit und schlüpfe nach draußen. Wie eine Ohrfeige schlägt die Nachtluft mir stechend kalt entgegen. Als die Tür hinter mir ins Schloss fällt, höre ich ein leises Klicken. *Ach, das ist doch nicht euer Ernst!* Ich atme scharf ein und drehe mich langsam um.

Der gefrorene Teich glüht weiß im Mondschein, als hätte er den ganzen Tag über das Licht in sich aufgesogen. Der Rauch aus dem Schornstein riecht nach dunklem Holz und weht in die Nacht hinaus wie Dampf aus einer Teetasse. Ich laufe um den Teich herum auf den Dienstbotentrakt zu und bete, dass die Lieferantentür zur Speisekammer immer noch unverschlossen ist. Doch sie gibt nicht nach, als ich daran rüttle. Ein erster Anflug von Panik steigt in mir auf. Wenn ich die ganze Nacht hier draußen bleibe, werde ich bestimmt erfrieren.

Davor habe ich mich schon immer gefürchtet. Nur dachte ich, der Frost würde von innen kommen.

Auf der Suche nach einem kleinen, harten Stück Eis versenke ich die Hand im Schnee. Vielleicht haben Liljan und ich uns nach dem Küchlein heute Morgen so weit angenähert, dass sie mich lieber hineinlässt, anstatt mich hier draußen erfrieren zu lassen oder bei Nina zu verpetzen. Mir klappern schon die Zähne, als ich aushole und mit dem Eisklumpen auf unser dunkles Fenster ziele.

»Marit?«

Erschrocken stolpere ich einen Schritt zurück, als Jakob aus dem Schatten heraus über den Teich gleitet. Das Licht des Mondes glitzert auf den Kufen an seinen Füßen.

»Himmel, Ross und Zosse!«, keuche ich. Eine Windböe fährt mir über die entblößte Haut am Hals. »Hast du mich erschreckt!«

»Tut mir leid.« Jakob fährt eine scharfe Kurve. Mir schlägt das Herz bis zum Hals, als ich meine kalten Hände in der

Schürze vergrabe. »Was verschlägt dich an diesem schönen Abend nach draußen?«, fragt er und kommt ans Ufer gefahren, kaum eine Armlänge von mir entfernt.

Ich rümpfe die Nase und fluche still. Das läuft alles überhaupt nicht nach Plan. »Ich brauchte etwas frische Luft. Und habe mich dabei anscheinend ausgesperrt. Kommen wir, ähm, irgendwie wieder rein …« Ich blinzele in seine Richtung. »… oder schläfst du hier draußen in einer Art Festung?«

Er grinst schief. »Es gibt einen Weg rein. Ich verrat ihn dir, sobald du dir eine bessere Geschichte einfallen lässt.«

Ich entdecke das Flackern von Ninas Kerze an einem Fenster. »Pass auf, da ist Nina«, flüstere ich. »Schnell, runter.«

Er tritt vom Eis, und zusammen ducken wir uns unter das Fensterbrett. Er strahlt eine angenehme Wärme aus. Ninas Gesicht erscheint über uns, sie sieht nach draußen. Dann, einen endlos langen Herzschlag später, verschwinden sie und ihr Kerzenlicht wieder.

»Du weißt hoffentlich wirklich, wie wir wieder nach drinnen kommen«, raune ich und seufze. Als er sich zu mir umdreht, wird mir auf einmal klar, wie nah sein Gesicht meinem ist.

»Und ob wir das wissen!« Liljans fröhliche Stimme ertönt links von mir. Sie lacht, als ich vor Schreck zusammenzucke, und schnürt sich die Schlittschuhe unter einem Dachvorsprung zu, an dem Eiszapfen so scharf und dicht wie Wolfszähne glitzern.

»Wenn Nina uns alle hier draußen erwischt …« Sie steht auf und grinst mich böse an. »… rasiert sie uns die Schädel und peitscht uns gehörig aus.«

»Wirklich?«, frage ich zögernd.

»Vermutlich nicht.« Jakob hat sich auch wieder erhoben.

»Hast du denn keine Fantasie?« Liljan legt die flache Hand auf das Fenster über ihrem Kopf. Sofort verdunkelt es sich, als wäre ein Schatten darübergekrochen. Ich starre hin, nicht sicher, ob meine Augen mir einen Streich spielen.

»Das war's für Nina«, sagt Liljan. »Sie kann so viel aus dem Fenster starren, wie sie will, aber uns sieht sie nicht mehr.« Mit einem entwaffnenden Lächeln dreht sie sich zu uns um und macht sich daran, auch alle anderen Fenster mit einer schwarzen Schicht zu verschleiern. Erkenntnis erblüht in mir wie eine Blume. Jetzt begreife ich, wer für die wunderschönen Muster auf unseren Zimmerwänden verantwortlich ist. Wie Eves Zimmer so schnell passend hergerichtet werden konnte.

Das ist alles Liljans Werk. Das Werk ihrer Magie.

»Gemeinsam haben wir schon Nina bezwungen«, Liljan tritt auf das Eis hinaus, »lasst uns jetzt zusammen auf Schlittschuhen über Dänemark laufen!«

Jakob streckt mir eine Hand entgegen und zieht mich hoch.

Als Liljan die flache Hand auf das Eis legt, sickert Farbe aus ihrer Berührung über die abertausenden Luftbläschen, die unter ihren Füßen zu sprudelnden Glasornamenten kristallisiert sind. Das Eis verwandelt sich in eine lebendige Karte von Jütland, Fünen und Seeland, mit sattgrünen Bergen und Gras, das im Wind wogt. Glockenblumen, Narzissen und Veilchen erblühen unter den Eiskristallen. Mir wird fast schwindelig, während ich wie ein Vogel auf Dänemark hinabblicke. Mein ganzes Leben lang habe ich mich gefragt, ob alle Menschen mit Magie genauso viel Angst davor haben wie ich. Doch Liljan nutzt sie mit Freude, verschwenderisch, als könnte sie aus einer Quelle schöpfen, die niemals versiegt. Ist sie bloß eine

Närrin? Jung und dumm? Denkt sie einfach nicht an die Konsequenzen, ist sie noch leichtsinniger als Ingrid?

Oder weiß sie etwas, das ich nicht weiß?

Während ich sie beobachte, regt sich etwas tief in mir. Neid. Ich liebe es, wie ich mich beim Nutzen von Magie fühle. Doch meine Freude wird immer durch die Angst vor den möglichen Folgen getrübt. Jakob steigt auf das Eis und macht eine ausladende Geste über die Karte. »Marit, wo ist dein Zuhause?«

»Ich komme aus Karlslunde«, antworte ich leise. »Südlich von hier.«

»Da?« Er deutet auf eine Stelle direkt unter Kopenhagen. Miniaturmenschen laufen durch die Straßen. Vor dem Königlichen Dänischen Theater strecken Ballerinas ihre Beine in die Höhe.

Ich schüttle den Kopf. »Weiter unten.«

Er lächelt und verschiebt den Finger. »Hier?«

»Noch mehr nach rechts.«

Er zieht die Brauen hoch und deutet auf eine andere Stelle. Dieses Mal muss ich beim Kopfschütteln lachen. »Ich zeig's dir.«

Jakob kommt mir entgegen. Die Sterne über uns leuchten wie ein funkelnder Pfad. Sie sehen ganz anders aus als die Sterne über der Mühle – nicht so trüb oder versteckt hinter Wolken aus Staub und Ruß. Hier wirft der Himmel das Strahlen unendlich vieler Lichtpunkte zurück wie ein zersplitterter Spiegel.

»Kannst du Eislaufen?«, fragt Jakob.

»Nein.«

»Hast du es denn schon mal versucht?« Er zieht seine Wollmütze zurecht.

Ich gerate ins Wanken und strecke meine Arme gerade noch rechtzeitig aus, um nicht hinzufallen.

»Nein«, wiederhole ich.

Von Hørsholm nach Karlslunde brauche ich acht mühsame Schritte. »Hier.« Ich zeige auf mein Zuhause. Stelle mir erst das kleine Reetdachhaus vor, dann die Mühle. Denke an Ness, schmecke Zimtstangen.

»Karlslunde«, grübelt Jakob und zieht ein Taschenmesser aus der Jacke. Er hat eine dünne, helle Narbe am Kinn, als hätte ihn irgendwann mal eine Katze so schlimm gekratzt, dass es geblutet hat. »Wo auch Helene herkommt?«

»Und Eve.« Ich schaue in den Himmel hinauf, hoch zum funkelnden Chaos aus Sternen, und denke über den Zufall nach, dass wir drei alle aus der Mühle kommen und hier gelandet sind, im selben Haus. Und doch hat das Schicksal uns so unterschiedliche Karten ausgespielt. Jakob beugt sich zum Eis hinunter und ritzt ein X hinein. »Jetzt kannst du, wenn du aus dem Fenster guckst, immer ein kleines Stück Zuhause sehen.« Er klappt das Messer wieder ein, und als er es wegsteckt, fällt mir auf, dass seine Ärmel ein kleines Stück zu kurz sind. »Also kennst du Eve schon länger?«

Ingrids Stimme flüstert mir aus der Vergangenheit ins Ohr. *Geheimnisse sind wie Knoten*, hat sie mal erklärt. *Sie verbinden uns miteinander*. Deshalb ergreife ich die Chance und gestehe: »Ja, wir sind zusammen aufgewachsen.«

Freundschaften zu knüpfen ist, als würde man über eine Eisschicht laufen, die mit jedem Schritt, den man aufeinander zugeht, unter den Füßen dicker wird. Ich mache einen vorsichtigen Schritt auf sie zu. Teste, wie sicher ich auf dem Eis stehe. »Denkt ihr, dass es hier gut für sie ausgehen wird?«

Jakob neigt den Kopf zur Seite. »Wie meinst du das?«

»Ist sie hier … sicher?«

Er sieht mich so verwirrt an, dass ich mit einem verhaltenen Lachen hinzufüge: »Das, was Brock gestern Abend gesagt hat. Das war doch alles nur Unsinn? Niemand hätte Herrn Vestergaard absichtlich verletzt, oder?«

Jakob und Liljan schauen sich kurz an.

»Nein«, sagt Jakob.

»Wahrscheinlich nicht«, fügt Liljan hinzu.

Ich hatte gehofft, sie würden mich beruhigen, aber stattdessen schlägt mein Unterbewusstsein jetzt Alarm.

»Wartet mal. Warum denkt Brock, dass jemand Herrn Vestergaard etwas antun wollte?«

»Da ist er nicht der Einzige. Diese Minen sind ein Vermögen wert«, meint Liljan.

Die Minen. Etwas flackert in meinem Kopf auf. Die Minen, die meinen Vater getötet haben, haben auch Herrn Vestergaard das Leben gekostet?

Jakob wendet sich leicht ab. »Du hast Nina gehört«, murmelt er. »Ich finde, du solltest es dabei belassen. Wenn du weiter hier arbeiten willst.« Es fühlt sich an, als hätte er mir eine Tür mit voller Wucht vor der Nase zugeschlagen. Ich versuche, nicht allzu enttäuscht zu sein, als das Eis unserer Freundschaft Risse bekommt wie eine zerbrechliche Eierschale.

Doch dann verliere ich die Balance, und seine Hand schießt hervor, um mich aufzufangen. Er ist kräftiger, als er aussieht, und hält mich, ohne dabei selbst aus dem Gleichgewicht zu kommen. Einen Herzschlag lang bin ich überrascht, wie stark sich seine Hand auf meiner Hüfte anfühlt. Doch er zieht sie so schnell wieder weg, als hätte er sich verbrannt. Ich schlinge mir die eigenen Arme um den Körper, um mich vor der Kälte zu schützen und vor der Enttäuschung, die mir die Kehle hochkriecht. Leise sage ich:

»Ich will nur wissen, ob Eve hier sicher ist.«

Er achtet peinlich genau darauf, etwas kalte Nachtluft zwischen uns zu bringen, bleibt aber nah genug, damit er mich fangen kann, falls ich wieder stürze. Er denkt angestrengt nach und sieht mich dann mit verändertem Blick an. Als wäre etwas passiert. Etwas, das ich nicht verstehe, aber es scheint seine Meinung zu ändern.

»Ich glaube nicht, dass Helene Aleks etwas angetan hat, falls du das meinst«, sagt er schließlich. Er wählt seine Worte mit Bedacht. »Bis zu seinem Tod war ich sein Kammerdiener. Und ich bin mir sicher, dass sie ihn geliebt hat. Von ihr droht Eve keine Gefahr.«

»Aber von jemand anderem?«

Jakobs Kiefer zuckt, und mein Puls geht schneller.

»Aleksander und Philip Vestergaard haben die Minen nach dem Tod ihres Vaters gemeinsam verwaltet. Als sie entdeckt haben, dass zwischen den Kalksteinen Edelsteine wachsen, hat sich der Wert der Minen verhundertfacht.«

»Philip Vestergaard?«, wiederhole ich, als es mir langsam dämmert.

Der Philip Vestergaard, der morgen zum Mortensaften herkommt?

»Als Aleks gestorben ist, hat Helene all seine Anteile geerbt. Ihr gehört jetzt die Mehrheit der Minen. Vielleicht ist das nicht, was Philip sich erhofft hat.«

Ein Schauer läuft mir über den Rücken. Diese verdammten Minen. Immer und immer wieder die Minen.

»Er kommt morgen, um Eve kennenzulernen«, sage ich. »Wie oft kommt er zu Besuch?«

»Im Sommer hat er viel in den Minen zu tun. Aber im Winter ist er eigentlich zu allen Feiertagen da.« Jakob zählt es an den Fingern ab. »Mortensaften, Weihnachten, Neujahr. Helene ist die einzige Familie, die er noch hat.«

Ich habe einen Kloß im Hals. »Glaubst du, es ist was Wahres dran? Könnte Philip gefährlich sein?«

Mir entgeht nicht, dass Jakob und Liljan sich mit Blicken verständigen, als sie an uns vorbeifährt, so wie Geschwister eben ohne Worte kommunizieren. Sie nickt, und ich scheine eine Art Test bestanden zu haben.

Jakob dreht sich zu mir um. »Du weißt, was in den Minen passiert ist. Der Erdrutsch hat viele Minenarbeiter das Leben gekostet.« Es ist keine Frage, sondern eine Feststellung. Und in ihr liegt so viel Überzeugung. Als wüsste Jakob schon mehr über mich, als ich preisgegeben habe. Ich kneife die Augen zusammen und nicke knapp.

»Ich glaube nicht, dass das die ganze Geschichte ist. Ich glaube, da steckt noch mehr dahinter.«

»Was soll das heißen?« Mein Magen verkrampft sich. »Denkst du, es war kein Unfall?«

Das Mondlicht, das sich in seinen Brillengläsern spiegelt, blendet mich auf einmal. »Ich denke, dass da etwas in den Minen ist, das sie vertuschen wollen.«

Meine Stimme ist kaum mehr als ein Flüstern. »Und was?«

»Philip ist zwar immer noch für die Minen verantwortlich, aber als Helene die Anteile geerbt hat, wollte sie, dass ich einen Blick in die Bücher werfe. Auf die Blaupausen – auf alles. Um mich zu vergewissern, dass die Minenarbeiter sicher sind. Dass so ein furchtbares Unglück nicht noch mal passiert. Aber als ich die Blaupausen gesehen habe … habe ich Dinge entdeckt, die mich zweifeln lassen, dass es beim ersten Mal überhaupt ein Unfall war.«

»Kannst du sie mir zeigen?« Der Kloß in meinem Hals ist kalt und hart wie Stahl. In meinem Inneren braut sich etwas Gefährliches zusammen. Etwas Hochexplosives.

Jakob zögert. »Als ich Helene gesagt habe, was ich herausgefunden habe, sollte ich … es gut sein lassen. Ich glaube, weil sie Angst hat, dass, wenn wirklich etwas Schreckliches passiert ist und Aleks darin verwickelt war, …« Er schluckt. »Auf der einen Seite verstehe ich, warum sie es nicht wissen will. Mir hat Aleks auch viel bedeutet. Sie würde ihn mit anderen Augen sehen. Sich anders an ihn erinnern. Es würde sich anfühlen, als würde er noch mal sterben. Deshalb lässt sie es hinter sich und macht weiter. Sie hat Eve adoptiert. Konzentriert sich jetzt auf die Zukunft. Aber um ehrlich zu sein …«, er zuckt mit den Schultern, »… konnte ich es nicht einfach so gut sein lassen.«

Liljan gleitet ein Stück auf mich zu. »Das ist schon lange her«, stellt sie fest. »Gibt es einen bestimmten Grund, dass du nach all den Jahren einen Blick darauf werfen willst?«

»Ja«, antworte ich sofort. »Den gibt es.« Vielleicht kann ich so herausfinden, was meinem Vater wirklich passiert ist. Dieser Unfall hat alles verändert. Er hat mich in die Mühle gebracht. Und ich kann es nicht ignorieren, wenn auch nur die geringste Möglichkeit besteht, dass die Vestergaards gefährlich sind oder etwas zu verbergen haben. Nicht, wenn Eve da oben friedlich schläft.

Jakob stößt einen Seufzer aus und wägt ab. »Die Blaupausen sind in der Bibliothek in der zweiten Etage. Ich kann sie dir zeigen. Morgen, wenn Philip da ist und alle abgelenkt und mit Mortensaften beschäftigt sind.« Er räuspert sich. »Aber … wenn irgendwas davon wahr ist, dann darf niemand mitbekommen, dass du herumschnüffelst. Brock nicht, Philip nicht, Helene nicht. Nicht mal Eve. Du musst vorsichtig sein.«

Vorsichtig sein.

Bis zu dieser Woche habe ich mein ganzes Leben damit verbracht, sehr, sehr vorsichtig zu sein. Vorsichtig mit meinem Herzen. Mit meiner Magie. Da ist sie wieder – die vertraute, schwelende Wut, die ich all die Jahre gegen die Vestergaards gehegt habe, als hätte ich es tief in meinem Inneren schon immer gewusst. Ich betrachte das rutschige Eis unter meinen Füßen und dann den tiefschwarzen Himmel über unseren Köpfen. Wie kommt jemand auf die schwachsinnige Idee, Schlittschuhlaufen lernen zu wollen? Warum sollte man das Risiko eingehen, wenn die Gefahr so groß ist, zu fallen und zwischen scharfe Kufen und steinhartes Eis zu geraten? Doch wenn man richtig Schlittschuhlaufen kann, ist es sicher wunderschön. So schön wie Ballett. Trotzdem braucht es nur eine falsche Bewegung – den Sekundenbruchteil einer falschen Entscheidung –, und schon ist all die Schönheit dahin, schon splittern Knochen und Eis gleichermaßen.

Ich räuspere mich und höre mich selbst sagen: »Vielleicht überlege ich es mir ja doch noch mal.«

»Was?«, fragt Jakob. »Ob du in Hørsholm bleibst?«

»Ob ich Schlittschuhlaufen lernen will.« Ich lächle ihn zaghaft an. »*Vielleicht.*«

Wieder spiegelt sich der Mond in seinen Brillengläsern, und die Schatten des Gestells tanzen ihm über die Wangen.

»Dann«, gibt er zurück, »kenne ich *vielleicht* jemanden, der es dir beibringen kann.«

# 10

ICH BIN SIEBZEHN JAHRE ALT und heute Abend werde ich zwei Dinge zum ersten Mal sehen: eine Leiche und wie mein Bruder Aleks aussieht, wenn er sich verliebt.

Er ist drei Jahre lang im Krieg und deshalb nicht zu Hause gewesen, und trotzdem sehe ich ihm immer noch gerne dabei zu, wie er sich vor dem ovalen Spiegel im Hausflur die Krawatte zurechtrückt. Er klappt gerade seinen Bartkamm aus Silber und Schildpatt auf, als die große Standuhr in der Eingangshalle fünf schlägt. Er nestelt an den Hornknöpfen seines Mantels herum. Der Ölgeruch seiner hohen Lederstiefel ist mir so vertraut, dass Aleks in der zunehmenden Dämmerung, wenn ich die Augen zusammenkneife, fast als unser Vater durchgeht.

»Fertig?«, fragt er jetzt, und ich nicke. Ich selbst lasse mir auch einen Schnurrbart stehen, den ich mit Pomade frisiert habe. Stolz streiche ich meinen Paletot glatt.

Aleksander sieht wirklich wie der Held aus, der er ist. Ein Mann, der mit Stolz nach Hause marschiert ist, nachdem Dänemark den Drei-Jahres-Krieg gewonnen und Preußen vertrieben hat, sodass die Herzogtümer unsere bleiben. Als er vor drei Jahren durch die Tür gegangen ist, habe ich mich auf ihn geworfen und bitterlich geschluchzt. Wie jemand, der die

Furcht so lange unterdrückt hat, dass sie vielleicht nie mehr einen Weg an die Oberfläche findet.

Aleks hilft meiner Mutter in die Kutsche. Wir führen sie heute in das Theater in Kopenhagen aus, so wie mein Vater es früher getan hat. Er hat in diesem Krieg sein Leben gegeben, aber wenigstens ist er nicht umsonst gestorben. Das ist das Einzige, das den Schmerz um seinen Verlust lindert. Die Kutsche rollt an der verschlossenen Stofffabrik vorbei, die mich vor all den Jahren abgewiesen hat. Die Gasse, in der ich den kleinen Jungen mit den magischen Kräften gesehen habe, ist dunkel und verlassen. Mir juckt es in den Fingern, wieder einmal zu schnipsen, um ein Feuer zu entfachen. Über die Jahre habe ich es so oft erfolglos versucht, dass es sich in einen Tick verwandelt hat.

»Wie war es heute in den Minen?«, fragt meine Mutter. Ihre Stimme ist so dünn wie Papier. Sie benutzt ihren Kosenamen für mich – *min skat*, »mein Schatz« – und legt ihre Hand über meine. Die blauen Venen kriechen unter ihrer Haut entlang wie Erzadern. Feine Linien, so zart wie Spinnennetze, fächern sich aus ihren Augenwinkeln auf. Der Verlust meines Vaters, die Sorge, dass sie auch Aleks und die Minen verlieren könnte, haben sie alt werden lassen. Es ist schön, sie mit gemachten Haaren und in einem schicken Kleid zu sehen. So wie sie früher war, als Vater noch gelebt hat. Und nicht dieser Schatten, zu dem sie geworden ist.

»Dein Schatz hat in den Minen nach Schätzen gesucht.« Als sie lächelt, drücke ich beruhigend ihre Hand.

Nach der Rettung der Herzogtümer wollte mein Bruder sofort mit der Rettung der Minen weitermachen. Wie ein Wirbelwind ist er zurückgekehrt und in die Fußstapfen meines Vaters

getreten, hat den Vestergaard-Minen wieder Leben eingehaucht. Denn der Sieg hat unsere Wirtschaft beflügelt, für den
Wiederaufbau war Kalkstein vonnöten. Und statt mich selbst
beim Betteln um Arbeit zu erniedrigen, laufe ich jetzt durch ein
vierzig Kilometer langes Königreich aus verschlungenen Wegen, in einer Mine, die meinen Namen trägt. Sogar versteckte
Höhlen habe ich gefunden, die sich – verborgen unter der Erde – zu ganzen leuchtenden Seen erstrecken.

»Dank Philip geht es in den Tunneln wieder zu wie in einem
Bienenstock«, erzählt Aleks lächelnd. »Er braucht mich eigentlich gar nicht mehr.« Mir hat unser Vater nur einen kleinen Anteil der Minen vermacht, den Rest hat Aleks bekommen. Also bin ich die rechte Hand meines Bruders, überwache
die Männer und arbeite mich nach oben, selbst wenn ich an
manchen Tagen mehr Zeit unter als über der Erde verbringe.

Während der gesamten Kutschfahrt halte ich die Hand meiner Mutter. Kopenhagen fängt langsam an zu funkeln, während der Lampist die Straße entlangschreitet und die Gaslaternen mit seinem langen Stock entzündet. Vor dem erdrückend
großen Theater steigen wir aus. Aleks scheint jeden zu kennen,
den wir treffen. Er lacht ausgelassen, schüttelt tatkräftig allerlei Hände und sprudelt förmlich über vor guter Laune. Ich
bleibe hinter ihm, dicht genug, um in seinem Schatten zu verschwinden, doch als ich mich in den verspiegelten Hallen entdecke, überkommt mich Stolz, weil mein Schnurrbart so wunderbar wächst und gedeiht.

»Fühlst du dich wohl?«, fragt Aleks unsere Mutter. Sie
seufzt verzückt, schaut in das Programm und entdeckt, dass
eine neue Ballerina Kopenhagen im Sturm erobert. Wir sitzen
zwar nicht in der besten Loge, aber es ist schon in Ordnung. Im

Krieg musste meine Mutter all ihre Juwelen verkaufen, und sie hat sie nie ersetzt. Eines Tages will ich sie wieder mit Edelsteinen im Haar sehen.

Als die Lichter ausgehen und der Vorhang sich hebt, betritt die berüchtigte Ballerina die Bühne. Sie ist jung, ihre Haut ist hellbraun und sie trägt ein langes wallendes Kleid. Die Haare hat sie in verschlungenen Rosetten hochgesteckt. Sie hat große dunkle Augen, und selbst aus der Entfernung kann man die Herausforderung darin leuchten sehen. Ich erkenne Tiefe und Kampfgeist, als hätte dieses Mädchen schon einiges Leid ertragen müssen. Niemand kann den Blick abwenden, als sie anfängt zu tanzen. Es ist, als würde sie uns alle an einer Schnur zu sich ziehen. Nach ihrem Solo bricht das Publikum in tosenden Beifall aus.

»Wundervoll«, keucht meine Mutter. Aleks ist wie verzaubert, als hätte er bis zu diesem Augenblick nicht gewusst, was Sehen wirklich bedeutet.

»Wer ist sie?«, fragt er.

Er lehnt sich vor, kann den Blick nicht abwenden. Sein Mund zuckt, er knetet sich die Hände.

Einen kurzen Augenblick lang habe ich gesehen, was er sieht. Doch als ich blinzle und wieder zu ihr schaue, ist es fort. Der Zauber ist gebrochen. Ich sehe nur noch eine Frau, die sich hoch auf die Zehen stellt. Und wieder hinunter. Hoch, hinunter.

Nach dem letzten Vorhang stürmt Aleks durch die Menschenmenge, gegen den Strom, direkt auf die Bühne zu. Er lässt mich mit Mutter allein. Auf dem Weg zur Kutsche lehnt sie sich an mich.

Als er zurückkommt, verschleiert ein gequälter Ausdruck

sein Gesicht. Er starrt aus dem Fenster, versucht, das aufgesetzte Lächeln nicht zu verlieren. Er ist aus dem Krieg zurückgekehrt, siegreich, womöglich unbesiegbar. Doch heute Abend haben wir Aleks für immer verloren.

Helene Lindt, so heißt die Ballerina. Sie hat ihn vernichtet, mit Spitze und Satin, brauchte weder eine Waffe noch ein einziges Wort.

℘

Als die Kutsche vor unserem Haus anhält, werde ich schon erwartet. Es klopft an meinem Fenster, und mein Freund Tønnes taucht auf, völlig außer Atem und bleich wie ein Gespenst.

»Kannst du mitkommen?« Etwas Drängendes liegt in seiner Stimme. »Ich muss dir was zeigen.«

Ich wünsche meiner Mutter und meinem Bruder eine gute Nacht und folge Tønnes hinaus in die Dunkelheit, über knackende Blätter und durch flackernde Schatten bis zur Leichenhalle am Stadtrand.

Die Brust schnürt sich mir zusammen, als wir auf die Tür zugehen. Bisher habe ich noch nie eine Leiche gesehen. Aleks ist bestimmt schon über viele gestolpert, im Krieg. Vielleicht hat ihn Helene Lindts Anblick vorhin deshalb so gequält. Weil sie so voller Leben ist.

Der Sarg meines Vaters war geschlossen, und ich hatte zu viel Angst, hineinzusehen. Habe mich nicht getraut, mich von ihm zu verabschieden.

Wir betreten den Raum, und bei dem Gestank, der mir entgegenschlägt, weiche ich instinktiv zurück. Versuche, die Übelkeit zu unterdrücken. Keine Ahnung, wie Tønnes den Geruch erträgt, immerhin arbeitet er hier. Aber ihm scheint es nichts auszumachen. Er zündet Kerzen an und zaubert ein Taschentuch hervor. »Halt dir das vor die Nase«, weist er mich an.

»Guck mal. Hast du so was schon mal gesehen?«

Ich nehme all meinen Mut zusammen und schaue zum Tisch. Zu dem entstellten Körper. Mir dreht sich der Magen um.

»Wie ist er gestorben?«, frage ich.

»Ein Baum ist auf ihn gefallen. Er hat ihn gefällt, und der Baum hat sich gerächt.« Der Tod lässt Tønnes völlig kalt. Dass ein Mensch, mit all seinen Träumen und Erinnerungen, in der einen Minute noch da und schon in der nächsten ausgelöscht sein kann, so schnell wie der eigene Atem in der Kälte verschwindet. Ich fand es schon immer ungerecht, dass es so lange braucht, um Leben zu erschaffen, aber nur eine Sekunde, um es zu beenden. Vermutlich bin ich ganz grün im Gesicht, denn Tønnes lenkt meine Aufmerksamkeit auf die Kleidung, mit deren Hilfe die Familie den Verstorbenen identifizieren soll, und auf die drei Kilo Eis, mit denen der Verwesungsprozess hinausgezögert wird. »Aber, Philip – dieses Mal ist die Autopsie nicht so abgelaufen wie sonst.« Er schwingt ein Messer, sodass es im Licht aufflackert. Seine Augen leuchten vor Aufregung, er ist ganz außer Atem. »Siehst du das, hier? Der Körper sieht nicht so aus, wie er aussehen sollte.« Als ich mir die Linien ansehe, die mit hoher Sorgfalt in den Mann geritzt wurden, will mein Magen sich am liebsten nach außen stülpen. Tønnes bringt mich zum Holzofen, auf dem kochendes Wasser die letzten Blutreste wegspült, und unwillkürlich muss ich darüber nachdenken, wie nah Schönes und Abscheuliches beieinanderliegen. Der heutige Abend ist das beste Beispiel.

»Tønnes«, frage ich durch das Taschentuch, »was soll ich hier?«

Sein Gesicht leuchtet, und auch in seiner Stimme ist die Aufregung nicht zu überhören. »Wenn ich das meinem Vorgesetzten zeige, heimst der die Lorbeeren nur alleine ein, und ich hab nichts davon. Muss er – eigentlich darf ich nämlich gar nicht hier sein. Deshalb dachte ich … vielleicht können wir Aleks fragen, ob wir die Minen benutzen dürfen. Schön versteckt und unbemerkt. Nur, bis wir uns was anderes überlegt haben.«

Mir ist nicht entgangen, dass er von *wir* spricht. Ich zögere. »Tønnes … ist das nicht falsch?«

Sein Kiefer zuckt. »Na ja, was macht es für einen Unterschied? Er ist ja schon tot. Ich denke, es kann viel Gutes daraus entstehen. Sehr viel Gutes.«

Wieder starre ich den toten Körper an, als blickte ich in eine Gletscherspalte hinab, so tief, dass ich mir nicht vorstellen kann, wo sie endet.

»Stimmt. Wir tun niemandem weh«, sage ich langsam und nehme mir das Taschentuch von der Nase. »Er ist ja schon tot.«

»Seine Familie wird es nie erfahren.« Tønnes deutet auf die Leiche. »Und *ihm* wird es wohl kaum was ausmachen.«

Ich denke an den Irrgarten unter der Erde. Niemand kennt die Gänge so gut wie ich. Vierzig Kilometer Tunnel, voll dunkler Ecken und verhallender Echos, voller Orte, an die die Minenarbeiter sich nicht wagen, weil Fledermäuse in den Wänden leben. Die Minenarbeiter akzeptieren mich allmählich, und Aleks lässt sich nur noch selten unter der Erde blicken. Einmal hat er mir zitternd erklärt, dass es sich da unten zu sehr nach Sarg anfühlt, nach ausgehobenen Gräbern im Krieg.

Ich erinnere mich an seine gequälte Miene, während er an Helene gedacht hat, und bin sicher, dass er sich in nächster Zeit wohl nicht in die Dunkelheit hinabwagen wird.

»Wir müssen Aleks nicht fragen«, sage ich mit wachsendem Selbstbewusstsein. »Wir können die Minen benutzen.«

Ich lege das Taschentuch auf den Tisch, denn ich rieche die Verwesung nicht länger und brauche es nicht mehr.

# 11

*Marit*
*Mortensaften: 10. November 1866*
*Anwesen der Vestergaards*

AM NÄCHSTEN MORGEN kommt der Anwalt vorbei, um Helenes Testament und Bankkonten auf den aktuellen Stand zu bringen. Draußen wartet eine Kutsche, um Ivy zu ihrer neuen Stelle in einer Glaserei in Kopenhagen zu bringen. Ich schlinge mir eine frische Schürze um die Taille und wage nebenbei einen Blick aus dem Fenster. Dorit drückt Ivy mit hochrotem Kopf einen geflochtenen Weidenkorb in die Arme, der bis zum Rand mit Essen gefüllt ist. Brock zieht sie an sich und flüstert ihr etwas in die Haare. Er sieht mitgenommen aus, und einen Moment lang überkommen mich Schuldgefühle.

Dann fährt Ivys Kutsche an, wirbelt eine Wolke aus Staub und Schnee hinter sich auf, und ich sage mir: *Ich bleibe ja nicht, um Brock oder den anderen weh zu tun.* Mit den Fingern gleite ich über die gestickten Worte an meinem Saum. Ich bleibe hier, um herauszufinden, was meinem Vater wirklich zugestoßen ist. Und um sicherzugehen, dass Eve nicht zu einem weiteren Namen wird, den ich in meinen Unterrock nähen muss.

Sobald ich einen Fuß ins Erdgeschoss setze, überhäuft Nina mich mit Arbeit. »Heute habe ich besonders viel für dich zu tun«, sagt sie und zieht ihre Schlüsselkette heraus. »Immerhin ist Mortensaften.« Offensichtlich werde ich für Ivys leeren

Stuhl am Frühstückstisch bestraft. Nina lässt mich Helenes Kleid für das Festmahl fertig nähen, danach soll ich Löcher in Socken stopfen und Servietten und Handtücher besticken.

»Das Leben ist schon ungerecht, nicht wahr?« Dorit beugt sich über die Gans, die es heute Abend geben soll, und hebt sie hoch. »Tut mir wirklich leid für dich, dass Sankt Martin sich unter deinen Vorfahren verstecken wollte. Und du als Buße deshalb jetzt zu unserem Festmahl serviert wirst.«

»Besser als irgendwelche anderen Vögel.« Liljan grinst. »Stellt euch vor, wir würden jetzt Krähe essen.«

»Oder Taube«, schlägt Jakob vor.

»Eule?«, entgegnet Liljan.

»Schwan.«

»Dodo.«

»Blaufußtölpel.«

Dorit verdreht die Augen und wischt ihr Messer ab. »Spaßvögel.«

Mit dem Satinkleid eile ich durch das Haupthaus. Es wiegt schwer wie Blei in meinen Armen, obwohl es doch bloß von einem Faden zusammengehalten wird, so hauchzart wie eine Spinnwebe. Draußen fegt der Wind durch die klirrende Kälte, doch hier drinnen entzündet ein Diener namens Oliver lodernde Feuer in allen Öfen, und Signe entfacht züngelnde Flammen an den Kerzen auf Tischen und Fensterbänken.

Als ich in die Küche zurückkomme, steht Dorit vor dem Herd und braut Glögg. »Marit, mach dich nützlich und geh zu Brock ins Gewächshaus.« Sie stopft Zimt und Kardamom in ein Seihtuch, und ich ziehe eine Grimasse in Liljans Richtung. »Besorg mir drei Zitronen und einen Armvoll Holunderblüten.«

»Durch die Hintertür«, erklärt Liljan. Sie sorgt gerade dafür, dass die Tischdecken schneeweiß sind. »Nimm den Laubengang, an dessen Ende ist das Gewächshaus.«

Ich ziehe meinen Mantel über und mache mich auf den Weg durch die Gärten hinter dem Haus. Die Luft ist eisig, und dunkle Nacht zieht allmählich über den Himmel. Trotzdem bleibe ich abrupt stehen. Obwohl winzige Schneeflocken unbeirrt zu Boden gleiten, hängen vor mir über dem Fußweg duftende Blüten von weißem Blauregen wie Laternen aus Spitze. Immergrüne Pflanzen ranken sich in Säulen hoch über den Laubengang. Der Duft von Jasmin vermischt sich mit dem von Tannennadeln – das Beste aus Frühling und Winter verwoben zu einer verführerischen Note. Ich teile einen Vorhang aus Ranken und betrete einen verborgenen Gang. Hier schafft der Wind es nicht hinein, und auf einen Schlag ist es angenehm kühl und still. Kies knirscht unter meinen Füßen, als ich mich einen Schritt vorwage und mit den Fingern behutsam eine der Blüten streife. Die Ränder verlaufen ins Violette, und einige Pflanzen setzen langsam Frost an.

Jemand hält sie mit Magie am Leben.

Ich zittere vor Freude darüber, dass so etwas in dieser Welt existiert, und einen Moment lang gehört es ganz mir. Ich möchte in diesem ruhigen Gang bleiben, so lange ich kann, wo der Firn und meine Angst auf einmal ganz weit weg zu sein scheinen. Wo das Leben erblühen kann, auch wenn das Eis von allen Seiten einzudringen versucht.

Zum Ende des Ganges hin werden die Blauregenblüten immer dunkler, tieflila, und weichen dann einer Tür, die ins Gewächshaus führt. Dahinter scheint Licht, und die Fenster erstrahlen in Flaschengrün.

»Hallo?« Zaghaft öffne ich die Tür. Ich muss in das Gewächshaus hinabsteigen wie in einen Keller. Als Erstes bemerke ich die Wärme, die mir entgegenschlägt, dann den Geruch von Grün und Erde in der Luft. Glaskugeln in den unterschiedlichsten Größen hängen von der Decke. In manchen stehen Kerzen, in anderen wachsen Kräuter. Ich durchschreite die kleinen Duftwolken. Minze beim ersten Schritt, Thymian beim nächsten, danach Lavendel und Basilikum. Wildnis, eingefangen im Glas. Kleine Silberschalen mit Rankpflanzen hängen wie Windspiele von oben herab und scheinen so etwas wie Gänge abzustecken. Ich folge einem bis zur Rückwand, die vor pinkfarbenen und weißen Blüten nur so überquillt.

Ich bin so überwältigt von dem Anblick, dass ich Brock, der in einer Ecke kauert, erst bemerke, als ich fast über ihn falle. Unzählige Blumen liegen in Haufen vor ihm auf dem Boden, und er arrangiert sie in riesigen Kristallglasvasen zu wunderschönen Sträußen für das Fest. Ich wollte mich nicht anschleichen, doch ich entdecke ihn und seine roten, verquollenen Augen einen kurzen Augenblick, bevor er mich bemerkt. Er sitzt hier alleine und weint.

Und *er* sorgt dafür, dass all das hier wächst und gedeiht.

*Wie passend*, denke ich, *dass seine Schwester ausgerechnet Ivy, also Efeu, heißt.*

Als ich mich räuspere, springt er vor Schreck auf.

»Ivy hat die ganzen Glaskugeln gemacht«, sagt er und wischt sich hastig die Tränen aus den Augen. »Bist du hier, um mir die auch noch zu nehmen?«

»Dorit braucht Zitronen und Holunderblüten. Aber was Saures habe ich wohl gerade schon gefunden«, necke ich, damit er nicht denkt, ich hätte ihn weinen gesehen. Ob er und Ivy wohl als Kinder in den Fluren Fangen gespielt haben? Ob sie immer im Gewächshaus vorbeigeschaut hat, um ihm Süßigkeiten zu bringen? Erinnert ihn alles, was er hier sieht, an sie? Ich pflücke drei Zitronen von einem nahe stehenden Baum und stecke sie in meine Schürze.

»Holunderblüten sind hier«, grummelt Brock und drückt mir genug Zweige in die Arme.

»Danke.«

Statt zu antworten, starrt er eine gefühlte Ewigkeit auf seine schmutzigen Hände und wischt sie schließlich an meiner Schürze ab.

Entgeistert starre ich ihn an, all mein Mitgefühl löst sich in Rauch auf, und stampfe dann zurück durch den Laubengang. Jetzt, da ich weiß, dass Brocks Magie dafür verantwortlich ist, hat er etwas von seinem Zauber verloren. Ich übergebe Dorit die Zitronen und die Holunderblüten. Sofort arrangiert sie die Zweige wie eine Krone um einen Mandel-Gugelhupf mit Holunderglasur. Die Gans brutzelt im Holzofen vor sich hin.

Nina bemerkt meine dreckige Schürze. »Hast du dich im Matsch gewälzt?«

»Komm her.« Liljan packt mich am Arm. Sie schnappt sich einen Kardamom-Krapfen, von dem die Orangenblütenglasur fast heruntertropft, und schiebt ihn sich in den Mund. Gerade noch so kann sie Dorit ausweichen, die ihr einen Klaps auf das Handgelenk verpassen will. Signe poliert die kleinsten Löffel, die ich je gesehen habe. Nina überwacht alles und gibt immer wieder ein seltsames Gurren von sich. »Sie klingt wie ein Huhn«, murmelt Liljan, als wir in den Flur hinausgehen.

»Nicht eher wie eine Turteltaube? Oder eine Stockente.«

»Pelikan, Pinguin, Flamingo.« Sie holt mir eine saubere

Schürze aus einem Schrank. »Steh mal für mich Schmiere. Oh!« Entzückung huscht ihr über das Gesicht. »Und wenn es Ärger gibt ...« Sie kichert. »... schrei wie ein *Vogel*.«

Sie lacht noch über ihren eigenen Witz, als sie mit eingezogenem Kopf in Ninas Büro schleicht, um sich die Schlüsselkette für das Haupthaus zu schnappen. Sie entdeckt einen Schlüssel mit Nummern darauf und flüstert: »Solange Philip da ist, ist Nina abgelenkt. Aber wir müssen ihn zurückbringen, bevor sie merkt, dass er weg ist.«

Mehr muss sie nicht sagen. Zum Beispiel, dass, wenn einer von uns erwischt wird, morgen eine neue Stelle für Ivy frei wird.

»Marit!«, wettert Nina aus der Küche.

»Quak, quak«, mache ich, und wir laufen auseinander.

တ

Zwei Stunden später tritt Philip Vestergaard durch die Haustür.

Ich warte den perfekten Zeitpunkt ab, um unbemerkt an Nina vorbei ins Haupthaus zu schlüpfen, während sie auf die Türklingel antwortet. Ich bin nicht sicher, was ich befürchte. Aber ich bin ganz sicher, dass ich da sein will, wenn Eve Philip zum ersten Mal trifft. Dunkle Neugier wabert durch meinen Körper, und immer wieder balle und öffne ich angespannt die Hände. Das alles war so viel einfacher, als diese Leute noch bloß Geister in meiner Fantasie waren. Geister, die mir die Liebsten genommen haben, anstatt ihnen mit Güte und Aufmerksamkeit zu begegnen.

Also mache ich mich auf alles gefasst. Noch bin ich nicht bereit, einen weiteren Vestergaard ungeschoren davonkommen zu lassen. Und ein kaltes Herz ist leichter zu ertragen als ein gebrochenes.

Philip steht wie ein König in der Eingangshalle. Sein Rücken ist mir zugewandt, er streift einen Wollmantel ab und reicht ihn Jakob. Darunter kommt ein schwarzer Smoking zum Vorschein, der ihm perfekt auf den Körper geschneidert ist.

Ich verschwinde in den Schatten, krieche unter einen kleinen Tisch in einer Nische, in der ich nicht so leicht zu entdecken bin. Das Herz schlägt mir wie wild bis zum Hals.

Dann dreht Philip sich um, und ich schaue ihm zum ersten Mal ins Gesicht.

Er sieht nicht angsteinflößend aus – nicht wie der körperlose Bösewicht aus meinen Albträumen. Er ist ein schneidiger Mann mit markantem Kinn und Augen in der Farbe von Meerglas. Er schaut zur Treppe hoch. Von hier aus kann ich nur Eves Finger auf dem Geländer sehen. Sie zittern wie Mottenflügel, während sie langsam herunterkommt. Am liebsten würde ich ihr ins Ohr flüstern: *Du musst ihn nicht davon überzeugen, dass du gut genug bist. Nicht mehr, niemanden mehr.*

Nur ein kleines Zucken in seinem Auge und der angespannte Mund verraten, wie überrascht Philip von Eves Anblick ist. Doch dann, schneller als ich blinzeln kann, sinkt er in eine tiefe Verbeugung. Und als Eve mit Helene an ihrer Seite die letzte Stufe erreicht, lächelt er sie an.

»Hallo.« Seine Stimme ist überraschend kräftig und angenehm. »Ich bin Philip, dein Onkel. Zugegeben, bisher hatte ich noch keine Nichte.« Ein verschmitztes Grinsen schleicht sich auf sein Gesicht. »Hoffentlich werde ich meiner Aufgabe gerecht.«

»Ich bin Eve.« Die Satinlagen und Perlen ihres Kleides schimmern und wallen ihr wie Wasser um die Beine. Sie knickst kontrolliert und anmutig und lächelt unsicher.

»Helene.« Jetzt dreht er sich zur Hausherrin um. Sie gestattet, dass er ihr zur Begrüßung einen frostigen Kuss auf die Wange haucht. Liljan hat erzählt, dass die Stimmung zwischen den beiden recht angespannt ist. Zuerst war da das Konkurrieren um Aleks' Zuneigung und jetzt der unbehagliche, vorübergehend ruhende Streit um das Sagen in den Minen. Vielleicht hat sich bei Aleks' Testamentsverlesung niemand mehr darüber gewundert als Philip, dass die Mehrheit der Minenanteile an Helene gegangen ist.

»Sollen wir?«, fragt sie und deutet Richtung Speisezimmer. Sobald sie den Flur verlassen, kommt Jakob mit Philips Mantel über dem Arm in die Eingangshalle. Ich springe unter dem Tischchen hervor und stelle mich bei der Garderobe hinter ihn. Wir wechseln einen kurzen Blick und warten auf Liljans Signal.

Doch es kommt nicht.

Stattdessen hören wir, wie die Dienstbotentür aufgeht. Rae kommt mit einer silbernen Karaffe auf uns zu.

»Hier rein«, wispert Jakob und öffnet die Garderobe ein Stück weiter. Ich schlüpfe hinein. Er stellt sich vor mich, streicht die Mäntel glatt und schirmt mich mit seinem Körper ab.

Über seine Schulter hinweg kann ich das Speisezimmer gerade noch sehen.

Sie stehen sich gegenüber, die gesamte Länge des riesigen Tisches zwischen sich. Um sie herum funkelt und flimmert es: Kronleuchter hängen über ihren Köpfen, flackernde Kerzen werfen Schatten, die sich in den Kelchen brechen und an den Wänden tanzen. Eve sitzt zwischen ihnen, und bei der Menge an Tafelsilber steht ihr die Panik ins Gesicht geschrieben. Sie versucht, sich auf dem ausladenden Tisch zurechtzufinden wie auf einer Landkarte.

»Eve.« Philip faltet seine Serviette auseinander. »Helene hat erzählt, dass du eine Tänzerin bist. Warst du jemals im Ballett?«

Unsicher sieht Eve zu ihm auf. »Nein.«

»Ich habe vor, dich mitzunehmen«, sagt Helene zu ihr und hebt sich einen Kelch an die Lippen. »Wir sehen es uns bald zusammen an.«

»Wir sollten zu dritt gehen. Wie wäre es mit übermorgen?«

Helene sträubt sich sichtlich gegen Philips Vorschlag.

Brock trägt eine Terrine auf einem Tablett an der Garderobe vorbei. Er wirft Jakob einen seltsamen Blick zu.

»Wenn ich noch länger hierbleibe, fängt er an, Fragen zu stellen«, flüstert Jakob mir zu. Seine Augen leuchten wie flüssige Dunkelheit. »Ich sollte besser weg sein, bevor er zurückkommt.«

Ich nicke, wage kaum, zu atmen.

Brock stellt die Terrine vor Helene ab und hebt den Deckel.

»Wir sind noch dabei, uns einzuleben«, antwortet Helene Philip mit beherrschter Stimme. »Wir finden einen späteren Termin.«

»Aber die Königsfamilie wird übermorgen dort sein«, gibt Philip zurück, während Brock ihm Suppe in die Schüssel schöpft. »Würdest du die Königsfamilie nicht gerne treffen, Eve?«

Sie lässt ihren Löffel in die Suppe fallen, sodass es spritzt.

Helene ist bemüht, das Fehlverhalten zu übersehen.

»Ich wusste nicht, dass du inzwischen so vertraut bist mit der Königsfamilie«, sagt sie zu Philip.

»Wir haben ein Geschenk für sie. Eine Edelsteinkette für Prinzessin Dagmar. Zur Hochzeit.«

»Oh, wie großzügig von uns.« Helene klingt gereizt. »Wie wäre es, wenn du das nächste Mal fragst, bevor du Unmengen unseres Geldes ausgibst und meine Tochter irgendwohin einlädst?«

Brock legt auf jeden Teller eine Scheibe Schwarzbrot.

»Komm schon, Lil«, murmelt Jakob.

Einer von Helenes Pelzmänteln kitzelt mich an der Wange. Langsam komme ich ins Schwitzen.

Philip scheint Helenes Ärger zu gefallen. »Ich baue eine Beziehung auf.« Er lächelt Eve zu. »Je näher wir den königlichen Hoheiten stehen, desto besser ist es für unsere Familie.«

*Unsere Familie.* Eves Augen leuchten auf. Philip beugt sich zu ihr wie zu einer Verbündeten.

»Wusstest du, dass man König Christian IX. inzwischen den ›Schwiegervater Europas‹ nennt?«, fragt er sie mit verschwörerischem Tonfall.

Helene streicht mit den Fingern über den Rand ihres Weinkelchs.

»Warum nennt man ihn denn so?«, fragt Eve. Ihr scheint sein Plan zu gefallen. Die Königsfamilie zu treffen. Im Ballett, mit ihrer eigenen Familie. Bald bleibt kaum ein Traum übrig, der noch nicht in Erfüllung gegangen ist.

»Weil seine Kinder in Königshäuser in ganz Europa einheiraten.« Mit der Messerspitze zeichnet er eine unsichtbare Karte auf seine Serviette. »Diese Woche heiratet seine Tochter, Prinzessin Dagmar, den zukünftigen Zar von Sankt Petersburg. Und sein Sohn Georg ist der König von Griechenland.«

Jakob lauscht gespannt. Er ist mir so nah, scheint jedoch sorgfältig darauf zu achten, mich nicht zu berühren. »Und eine andere Tochter ...«, flüstert er. Sein Blick trifft meinen. Sein Atem riecht nach Pfefferminz, ich spüre ihn heiß im Nacken. »... Alexandra. Sie ist die zukünftige Königin Großbritanniens und Kaiserin von Indien.«

Die Spitze von Philips Messer leuchtet. »Und es gibt noch mehr Nachkommen. Königin Louise scheint sie wie Figuren auf einem Schachbrett zu bewegen.« Er lacht. »Wie bei einer Partie Daldøs. Spielst du Daldøs?«

Seine Stimme klingt immer noch freundlich, doch Helene sieht ihn durchdringend an, mit verengten Augen. So, wie man einen Gegner beim Kartenspielen ansieht, um sein Blatt einzuschätzen.

Vielleicht bilde ich mir das aber auch nur ein.

Im rechten Auge des Porträts von Gorm dem Alten – des ersten Königs von Dänemark – leuchtet ein reflektierendes Licht auf. Liljans Signal. Endlich. Ich berühre Jakobs Hand.

Seine Haut ist warm und weicher, als ich es mir vorgestellt hätte.

Er öffnet die Garderobe, und ich werfe einen letzten, zögernden Blick über die Schulter, bevor Jakob uns zu einer Tür führt, hinter der ich einen Schrank vermutet habe. Doch es ist eine versteckte Treppe, über die wir in die erste Etage gelangen. Gerade als Brock sein Tablett wieder aufnimmt, ziehen wir die Tür hinter uns zu.

Liljan wartet vor der verschlossenen Bibliothek auf uns.

»Wir sind fast erwischt worden«, sagt Jakob.

»Tut mir leid«, flüstert Liljan. »Lara macht die Betten, und alle anderen sind entweder in der Küche oder im Speisezimmer beschäftigt.« In Gedanken bin ich immer noch in der Eingangshalle, doch ich muss mich auf die Aufgabe konzentrieren, die jetzt auf mich wartet. Liljan steckt den gestohlenen Schlüssel ins Schloss. »Wenn Nina uns erwischt, sperrt sie uns aus, bis wir zu Eisstatuen gefrieren.«

»Sie benutzt uns als Rattenköder«, meint Jakob.

»Oder sie rammt uns Nadeln in die Haut und gebraucht uns als Nadelkissen«, schlage ich vor und verdiene mir ein anerkennendes Lächeln von Liljan.

Wir schleichen uns in die Dunkelheit. Die Bibliothek erinnert an eine Höhle. Der muffige Geruch von Leder und altem Papier liegt in der Luft. Sie ist rund wie ein dunkler Globus. Bücher winden sich an den Wänden entlang, und die Kante eines Geländers deutet auf eine weitere Etage hin. Das Vestergaard-Wappen ist wieder und wieder in die Kassettendecke eingelassen. Jakob zieht die schweren Vorhänge zu und entzündet eine Kerze. Liljan schließt die Tür hinter uns ab. Mir juckt es in den Fingern, eins der dicken alten Bücher aufzuschlagen und zu hören, wie der Rücken knackt, als wäre er aus Eis.

Jakob wirft einen Blick auf die Uhr. »Wir haben etwa fünfundzwanzig Minuten, bis das Festmahl zu Ende ist und sie sich für Philips Brandy und Zigarre in das Studierzimmer zurückziehen.« Er schiebt eine Leiter an Regalen entlang, in denen Bücher in verschiedenen Grüntönen stehen. Moos-, Salbei- und Smaragdgrün. Wie Rankpflanzen klettern sie die Wand hinauf.

»Nachdem Helene mich gebeten hat, die Blaupausen anzugucken, habe ich Liljan gesagt, sie soll Kopien davon machen, nur zur Sicherheit.« Schneeregen prasselt von außen gegen die Fenster, während Jakob auf die Leiter klettert.

»Ich wusste nicht, dass du ein Experte für Minenarchitektur bist«, sage ich. »Gehört das auch zu deinen Aufgaben hier?«

Liljan kichert. »Jakobs Aufgabe ist es, ein Experte für alles zu sein.«

»Ich habe die Blaupausen in einem Buch über antike Botanik versteckt, aber seitdem sind die Regale umgeräumt worden«, erklärt Jakob. »Ich brauche also eine Minute.«

»Eine Minute?« Wenn ich schätzen müsste, würde ich sagen, hier stehen bestimmt zehntausend Bücher.

Doch er streicht mit einer Hand langsam über die Buchrücken. Seine Augen verengen sich, zucken konzentriert hin und her, die Augenbrauen wackeln.

Verblüfft beobachte ich, wie er die erste Reihe innerhalb einer Minute abarbeitet, dann die nächste. Einfach, indem er mit den Fingerkuppen kurz über jedem Buchrücken verharrt.

»Musst du die, um sie zu lesen, nur … berühren?«, frage ich vorsichtig.

Liljan verschränkt die Arme. »Jakob ist der einzige Mensch, auf dessen Magie ich nie neidisch war.«

»Es ist eher wie überfliegen«, erklärt er abwesend. »Ich behalte nicht viel, durchsuche sie nur.«

»Er behält ziemlich viel«, widerspricht Liljan.

Ich kann nur mit einer Mischung aus Faszination und Entsetzen zuschauen. »Macht ihr euch denn nie Sorgen um den Firn?« Wie können sie ihre Magie so sorglos hinauslassen, ohne den Tod die ganze Zeit im Nacken zu spüren, so wie ich?

Jakobs Hand hält eine Sekunde lang inne. »Ich könnte Stunden verschwenden, jedes Buch durchzublättern, oder ich nutze meine Magie.« Er macht mit der nächsten Reihe weiter. »Klar, der Firn ist immer eine Gefahr, aber vielleicht nimmt er mir auch nur die Stunden, die ich sonst mit tatsächlichem Lesen verschwendet hätte. Verstehst du?«

»So hab ich das noch nie betrachtet.« Ich drehe mich zu Liljan um. »Und wie siehst du das?«

»Ich habe keine Lust, mir so viele Gedanken darüber zu machen. Kann doch sein, dass es mich nie trifft.« Sie zuckt mit den Achseln, und mein Herz verkrampft sich, als ich daran denke, wie Ingrid zu Eis erstarrt auf dem Boden gelegen hat. »Und, na ja, selbst wenn … Jakob findet einen Weg, um mich zu heilen.«

»Liljan, sei nicht dumm«, mischt Jakob sich von oben ein. Röte steigt ihm ins Gesicht. »Wir sind noch Jahre von einer Heilung entfernt, wenn es denn überhaupt eine gibt.«

*Heilung?* Verwirrt lehne ich mich gegen ein Regal. Magie nutzen, ohne sich um den Firn sorgen zu müssen? Der Gedanke ist mir noch nie gekommen. Das würde alles ändern. Meine Welt, mein Leben. Ich könnte alles um mich herum verschönern. Alles mit nur einer Berührung flicken, so wie Mathies' Markise. Ich könnte tun, was ich so liebe. Vielleicht sogar mit *jemandem*, den ich liebe.

Mit jemandem, der selbst Magie hat.

Hitze steigt mir ins Gesicht, und ich schiebe die Vorstellung beiseite.

»Ihr glaubt wirklich, dass es eines Tages eine Heilung geben könnte?«

Jakob zuckt mit den Schultern. »Ich würde gerne bei Dr. Holm in Kopenhagen studieren, um eine zu finden. Ich will ihn fragen, ob ich bei ihm in die Lehre gehen kann.« Er spannt den Kiefer an. »Er hat den Firn untersucht. Dank ihm verstehen wir ihn schon viel besser. In der Abhandlung, die er veröffentlicht hat, erklärt er, dass Firn eine eisige Ablagerung ist, die sich in unseren Venen als natürliches Abfallprodukt der Magie sammelt. Also kein *Draugr*-Fluch.« Er grinst schief. »Die Vestergaards haben alle möglichen Verbindungen in der Gesellschaft. Ich hoffe, dass mir meine Beziehung zu ihnen hilft, Dr. Holm von mir zu überzeugen.«

»Die Vestergaards können viele Türen öffnen«, stimmt Liljan ihm zu. Dann flüstert sie: »Sie nutzen uns wegen unserer Magie aus. Da können wir sie doch auch ausnutzen, wenn du mich fragst.«

Doch eine Sache spukt mir immer noch im Kopf herum. Ein Jucken, das mir seit letzter Nacht auf dem Eis keine Ruhe lässt. »Woher wusstest du es, Jakob?«, frage ich langsam. »Dass ich schon über den Erdrutsch und die Minenarbeiter Bescheid weiß?«

»Das ist in Dänemark doch überall bekannt, oder?« Er weicht meinem Blick aus.

»Nein. Da ist noch mehr. Du warst dir sicher.« Meine Stimme ist nur ein Flüstern. »Du kannst Bücher mit einer bloßen Berührung lesen. Geht das auch mit Gedanken?«

Er lacht auf und räuspert sich dann. »Nein, was ich lesen kann, ist dein …« Wieder räuspert er sich. »Dein … ähm.«

»Dein Unterkleid«, hilft Liljan. »Hast du etwas in dein Unterkleid geschrieben?«

Erinnerungen an meinen Vater und Ingrid überwältigen mich. Ich spüre sie in den Knoten an meinem Saum.

»Tut mir leid«, sagt Jakob ruhig. »Es war wirklich keine Absicht.«

Ich spüre, wie ich feuerrot anlaufe, und verschränke die Arme. Selbst ohne Kleidung könnte ich mich nicht so entblößt fühlen wie gerade. Jetzt verstehe ich auch seinen seltsamen Blick gestern auf dem Eis, als er mich an der Hüfte gepackt hat, damit ich nicht falle. Und warum er danach so plötzlich seine Meinung geändert hat. Helene will nicht wissen, was in den Minen passiert ist. Aber nach der Berührung muss ihm klar geworden sein, dass ich es sehr wohl wissen will.

»Wir haben höchstens noch fünf Minuten«, erinnert Liljan uns. »Erzähl ihr von den Todesanzeigen.« Die Worte wabern ihr wie Dampf aus dem Mund.

»Bei dem Erdrutsch ist etwa die Hälfte der Minenarbeiter umgekommen, richtig?«, setzt Jakob an. Er verlagert sein Gewicht, um mit der Leiter zur nächsten Abteilung zu gelangen. »Aber sie wurden nie ersetzt. Ich habe die Protokolle gesehen. Seit dem Unfall hat es sehr wenige neue Mitarbeiter gegeben. Es sind immer noch dieselben paar Menschen.«

»Und ein Minenarbeiter hat an dem Tag frei gehabt«, fügt Liljan hinzu.

»Er ist in derselben Woche gestorben.« Jakob schluckt schwer, seine Finger fliegen immer noch über die Buchrücken wie über Klaviertasten. »Könnte natürlich nur Zufall sein.«

Doch mich überläuft ein Schauer. Ich spüre die kalte Angst bis tief in meine Knochen, als wäre etwas zum Greifen nah. Als müsste man nur die oberste Rinde vom Baum kratzen, um zu sehen, was darunter liegt.

»Drei Minuten.« Liljan schielt durch eine Lücke im Vorhang aus dem Fenster.

»Hab's«, ruft Jakob und schnappt sich ein Buch. »*Plinius der Ältere und Theophrast über die Botanik der Antike.*« Er rutscht die Leiter hinunter und wirft das Buch aufgeschlagen auf den Tisch.

Ein Stück Papier versteckt sich darin, mit einer gezeichneten Karte darauf. »Das sind die Blaupausen, die Helene mich hat angucken lassen. Ich habe alle Bücher über Minenarchitektur, über Stützausbauarten, Traglasten und Belüftungssysteme studiert, die es in dieser Bibliothek gibt. Und das hier habe ich herausgefunden: Angeblich ist die Mine hier eingestürzt.« Er zeigt auf die Karte. »Aber das ist unmöglich, wegen der Statik. Die Trümmer wären in die andere Richtung gefallen. So, wie es passiert ist, muss der Erdrutsch gezielt ausgelöst worden sein. Durch irgendeine Explosion.«

Mir wird übel.

Ich atme tief durch und schlinge mir die Arme enger um den Körper, drehe mich zur Wand.

Jakob sagt hinter mir ruhig: »Ich dachte, du verdienst die Wahrheit. Ich würde es wissen wollen, wenn es mein Vater wäre.«

Liljan kommt zu mir und berührt mich sanft am Arm. »Geht es dir gut?«

Mein Vater ist wahrscheinlich ermordet worden. Und wenn ich die Bankkonten und den Brief an Ingrid bedenke, hat er vermutlich sogar gewusst, was passieren würde.

Von unten dringt ein dumpfes Lachen zu uns nach oben, eindeutig von Philip.

Ich balle die Hände zu Fäusten.

»Ich will wissen, was an dem Tag in den Minen passiert ist.« Meine Stimme klingt heiser wie ein Reibeisen. »Kannst du diese Blaupausen noch ein bisschen länger verstecken?«

Jakob nickt und schiebt sie zurück zwischen die Buchseiten.

Bis wir die Bibliothekstür wieder verschlossen und Ninas gestohlenen Schlüssel zurückgebracht haben, habe ich eine Entscheidung getroffen.

Philip Vestergaard wird Eve nur über meine Leiche mit nach Kopenhagen nehmen.

# 12

HELENE RUFT MICH am nächsten Morgen zu sich und verlangt zwei weitere schicke Kleider, eins für sich und eins für Eve. Es ist nicht schwer zu erraten, wofür sie gedacht sind. Für das Ballett mit Philip, und sie braucht sie sofort.

Etwas kribbelt in mir, fast wie eine Warnung. Was auch immer vor all den Jahren in den Minen passiert ist – möglich, dass dieses Geheimnis zusammen mit Aleks gestorben ist. Immerhin war er damals für die Minen zuständig. Doch bis ich herausgefunden habe, was meinem Vater zugestoßen ist – und noch wichtiger, warum es ihm zugestoßen ist –, behalte ich den verbliebenen Vestergaard-Bruder besser im Auge.

Was bedeutet, dass ich mir auch eine Einladung ins Ballett beschaffen muss. Und wenn das nicht klappt, dann … muss ich den Abend vielleicht sabotieren.

An besagtem Tag betrete ich mittags Helenes Zimmer. Ich lasse den Stoff des Kleides los, sodass er sich über den Boden ergießt. Die Perlen klirren auf den Holzdielen wie Hagelkörner. Ein zufriedener Ausdruck tritt auf Helenes Miene, und als sie auf mich zukommt, um das Kleid entgegenzunehmen, ziehe ich es leicht zurück.

»Sie haben erwähnt, dass ich eines Tages vielleicht auch Tanzkostüme für Eve nähen soll.«

Sie nickt.

»Bisher war ich noch nie beim Ballett. Es würde mir sehr helfen, wenn ich sehen könnte, wie die Stoffe sich in echt bewegen.« Mit einem Räuspern bemühe ich mich um eine ruhige, feste Stimme. »Vielleicht könnte ich mit meinem Lohn eine Parkettkarte kaufen.« Für den Bereich, in den Diener, Arbeiter und Beamte gehören.

Helene blinzelt, und ich bin fast überrascht, als ich einen Moment lang den Anflug von Wärme in ihrem Blick erkenne. Vermutlich erinnert sie sich noch daran, wie es ist, eine Waise zu sein. Selbst nach all den Jahren.

»Ja, gute Idee.« Sie nimmt das Kleid und untersucht die Säume. »Bring auch Liljan mit«, weist sie mich an. »Ich bezahle die Karten. Ich habe für euch beide eine Aufgabe, also betrachtet es als Recherche.«

Ich halte ein triumphierendes Lächeln zurück. Ein paar Minuten später schaffe ich es sogar, eine Portion vom köstlichen, in Wein getränkten Rindergulasch zu retten, bevor Dorit es wegräumen kann.

»Liljan«, rufe ich und löffle mir das Gulasch in den Mund. »Schon mal im Ballett gewesen?«

Sie schnaubt. »Klar, mit meiner schwebenden Kutsche aus Buttertoffee, als der König von Frankreich zu Besuch war.«

»Gut, ich habe uns Karten besorgt.« Ich reiße ein Stück vom Brot ab und tunke es in mein Essen. »Für heute Abend.«

Ihr klappt die Kinnlade herunter.

»Was? Die Schneiderin arbeitet gerade mal ein paar Tage hier und kriegt schon Karten fürs Ballett?«, fragt Lara laut, während sie das Geschirr schrubbt, und wirft mir einen bösen Blick zu. »Das kann doch wohl wirklich nicht wahr sein!«

»Es ist die Entscheidung von Frau Vestergaard«, gibt Nina

zurück. »Pass auf, dass du vor Neid nicht grün wirst, sonst wirft Dorit dich noch zusammen mit dem Gemüse in den Topf.«

Und so stehen Liljan und ich knapp drei Stunden später in unserem Zimmer und machen uns für einen Abend mit den Vestergaards zurecht. Liljan summt vor sich hin, während sie in ein honigfarbenes Kleid schlüpft und sich einen knallroten Umhang um die Schultern bindet. Auch ich ziehe mein Kleid an, Liljan knöpft es mir im Rücken zu. Früher war es mal leuchtend grün, doch jetzt sieht es eher so aus wie diese Algen, die sich in abgestandenen Gewässern bilden. Aber als ich hinter ihr die Treppe hinabstapfe, verändert sich das Kleid auf einmal vor meinen Augen. Ein satter Ton irgendwo zwischen Grün und Blau, einem Edelstein gleich, rauscht über den Stoff, als hätte Liljan mich mit Farbe übergossen.

»Hm, ja, viel besser«, sagt sie abschätzend und dreht sich unten zu mir, um ihre Arbeit zu bewundern. Dann wirbelt sie unter den Blicken der restlichen Diener im Kreis, die uns entweder freudig oder voller Neid anschauen. »Wenn ich nicht zurückkomme«, ruft Liljan über die Schulter, »bin ich mit einem schneidigen Tänzer abgehauen, und Jakob kann all meine Sachen haben!«

Nina verschluckt sich beinahe. »*Fräulein Dahl!*« Ich erhasche Jakobs Blick, gerade als die blau-grüne Farbe über meine Knie fließt.

»Pass auf, dass sie nicht tatsächlich mit einem schneidigen Tänzer abhaut.« Er lehnt sich gegen den Türpfosten.

»Mach ich, versprochen.« Ich beobachte ihn aus dem Augenwinkel, während ich meinen Hut unter dem Kinn festknote.

»Du siehst hübsch aus«, haucht er. Ein heißer Schauer fährt mir durch den ganzen Körper. Jakob dreht sich um und schlendert davon.

Eve ist schon draußen, in ihrem neuen Mantel mit den goldenen Stickereien an den Ärmeln. Die silbernen Perlen am Saum ihres Kleides blitzen darunter hervor. Sie sieht wahnsinnig elegant und viel älter aus – als hätte sie den Namen Vestergaard wie ein Kleidungsstück übergestreift und wäre zu einer völlig anderen Person geworden.

»Marit, ich liebe dieses Kleid«, ruft sie mir entgegen und hebt den Mantel an, um noch mehr silberne Perlen zu zeigen. »Und dich dafür, dass du es genäht hast.« Sie kommt auf dem schneebedeckten Weg zu mir gelaufen und schlingt ihre Arme um mich.

*Erinnerst du dich noch an deine Mutter?*, haben wir uns früher in der Dunkelheit flüsternd über das Schnarchen der anderen Waisen hinweg gefragt.

*Erinnerst du dich noch daran, wie euer Haus gerochen hat?*

Über ihre Schulter hinweg werfe ich einen Blick zu Helene, auf den perfekt geflickten Mantel, der sich wie Tinte über das Kleid legt, das ich mit meiner Magie erschaffen habe. Ihre Wangen sind mit Rouge hervorgehoben, die Lippen dunkelrot geschminkt, und der leichte Duft von Narzissen und Moschus umgibt sie wie eine Wolke. Sie steht ganz steif neben uns – sicher hat sie gehört, was Eve zu mir gesagt hat. Zu einem ihrer Hausmädchen, während sie selbst diese Worte noch nicht von ihr gehört hat. »Ich dich auch«, flüstere ich zurück und drücke Eve kurz und fest. Dann löse ich mich schnell von ihr. Vielleicht etwas zu schnell. Eve runzelt die Stirn, bevor sie in die Kutsche steigt.

Auf dem Weg herrscht erwartungsvolles Schweigen, die Dämmerung färbt den Himmel. Eve grinst und zittert ununterbrochen.

»Ist dir kalt?« Helene beugt sich vor, um die Heizkiste näher an Eves Füße zu schieben.

»Nein, ich bin aufgeregt!« Eve atmet so tief ein, die Luft muss köstlich schmecken.

»Ich habe einen Lehrer für dich engagiert«, erzählt Helene. »Aber im Tanzen möchte ich dich selbst unterrichten.« Sie strafft die Schultern. »Als ich dich das erste Mal in der Mühle habe tanzen sehen, wusste ich sofort um dein Talent. Es ist selten, aber du hast es, Eve. Genau wie ich. Du hast noch nie auf Spitze getanzt, oder?«

»Nein.«

»Sobald du die Grundtechniken beherrschst, zeige ich es dir. Und …«, Helene beugt sich vor, »… wenn du willst, noch so viel mehr.«

»Was meinst du?«, fragt Eve. Inzwischen ist die glitzernde Stadt vor uns schon zu sehen. Die Gaslaternen hängen in der Dunkelheit wie leuchtende Früchte an Baumstämmen. Aus der Ferne übertönt ein Glockenläuten das Hufgetrappel, und der geschmolzene Schnee strahlt hell auf dem Kopfsteinpflaster.

»Im Moment ist Spitzentanz nichts weiter als hoch, runter, hoch, runter.« Helene dreht das Handgelenk, um es zu demonstrieren. »Aber es kann sich weiterentwickeln, irgendwann ist das, was sie gerade in Italien und Russland ausprobieren, der neue Standard. Sprünge und Drehungen, Pirouetten und Fouettes. Im dänischen Ballett wird der Fokus eher auf die männlichen Tänzer gelegt, aber es gibt so viel mehr Möglichkeiten. Ich möchte, dass wir diese Grenzen hinter uns lassen.«

»Das würde mir gefallen«, flüstert Eve ehrfürchtig. »Aber ... ich werde natürlich niemals auf Bühnen tanzen.« Ein Schatten huscht ihr über das Gesicht. Nur ganz kurz, dann ist er wieder weg. »Ich unterscheide mich zu sehr von den anderen Ballerinas.«

Mein Magen zieht sich zusammen, während wir durch die breiten Straßen Kopenhagens zum *Kongens Nytorv* – zum Neuen Königsmarkt – fahren. Ich erinnere mich noch daran, wie der Schlachter in Karlslunde immer einfach über Eve hinweggesehen hat, als wäre sie gar nicht da. Die meisten der interessierten Eltern haben sie kaum eines zweiten Blickes gewürdigt, andere wiederum haben etwas zu lang hingesehen. Und ich erinnere mich an diesen einen Tag vor zwei Jahren, als ein Mann mit saurem Atem auf Eve zugestolpert ist und von ihr ein Dokument als Beweis sehen wollte, dass sie keine Sklavin ist. So beiläufig, wie ihr diese Bemerkung jetzt über die Lippen gekommen ist, hat sie wahrscheinlich noch viele andere solcher Situationen erlebt, von denen sie nichts erzählt hat.

»Du bist von den Westindischen Inseln, richtig?«, fragt Helene.

Eve streicht über die Stickerei auf ihrem Mantel. »Meine Mutter kommt daher. Ich weiß nicht mal, von welcher Insel genau. Sie war das Dienstmädchen einer Familie namens Ankers.« Ihre Stimme ist jetzt nur noch ein Flüstern, als wäre der nächste Satz so etwas wie ein Geständnis: »Wer mein Vater ist, weiß ich nicht.«

»Soweit ich weiß, war mein Vater irgendein namen- und gesichtsloser Däne.« Helene streicht ihre Handschuhe glatt. »Aber meine Mutter kam von Saint Croix.«

Schockiert sieht Eve sie an, die Augen weit aufgerissen. Liljan tut alles, um sich nicht anmerken zu lassen, dass sie zuhört – davon hat sie sicher auch noch nichts gewusst. Ich betrachte Helene genauer. Ihre hellbraune Haut, die dunklen Augen. Der Teil der Geschichte ist mir ebenfalls neu.

»Das wusste ich nicht.« Diesen Gesichtsausdruck habe ich bei Eve noch nie gesehen. Aber allmählich dämmert mir, dass Ness Bescheid gewusst haben muss. Und langsam verstehe ich besser, warum sie Helene an dem Tag eingeladen hat, um Eve tanzen zu sehen.

»Tja. Na ja. Nur sehr wenige wissen das. Ich habe meine Haut abgepudert und einfach mitgespielt.« Helene verzieht nicht eine Miene, während sie einen Ballettschuh aus ihrer Tasche holt. Er ist aus weichem Satin, nur die Spitze sieht steif und stabil aus, mit Stoff verstärkt. »Ich habe das Spiel lang genug gespielt und bin inzwischen so weit aufgestiegen, dass ich jetzt vielleicht die Möglichkeit habe, es zu ändern. Hast du schon mal von einem Mädchen namens Marie Taglioni gehört?«

Eve nickt. »Natürlich. Sie war die erste Tänzerin, die eine ganze Vorführung auf Spitze getanzt hat.«

»Genau, und das ist nicht mal fünfzig Jahre her. Du siehst, Ballett erweckt zwar den Anschein, dass es festgefahren ist, aber in Wahrheit entwickelt es sich ständig weiter. In den 1600ern waren Tänzerinnen kaum erlaubt. Vor hundert Jahren hatten Ballettschuhe noch Absätze. Ballerinas haben in schweren Kleidern mit so vielen Lagen getanzt, dass Sprünge fast unmöglich waren. Doch dann hat Marie Taglionis Vater ein Kostüm entworfen, das es bis dahin noch nicht gegeben hat. Leicht, luftig und romantisch.« Sie wirft mir einen Seitenblick zu. Deshalb hat sie mir in Karlslunde die Stelle als Schneiderin angeboten. Weil sie, wenn sie Eve und mich betrachtet, genau daran erinnert wird. »Das Kostüm reichte Marie nicht bis zu den Knöcheln. Es hatte nicht mal Ärmel. Doch ihr Vater hat sie unterrichtet, hat sich Schrittfolgen und Kostüme ausgedacht, um ihre Stärken zu unterstreichen. Das war ein großes Wagnis.«

Helene hält Eve den Schuh entgegen. Sie nimmt ihn, ohne aufzusehen. Völlig in Gedanken versunken fährt sie mit den Fingern die Wölbungen entlang.

»Er hatte den Weitblick, sie das Talent. Und zusammen haben sie das Ballett revolutioniert«, fährt Helene fort. »Das möchte ich auch. Dass wir das Ballett verändern. Und auch, wie eine Ballerina auszusehen hat.« Sie schenkt Eve ein zartes Lächeln. »Als Marie Taglioni ein Vertrag in Russland angeboten wurde, war sie so berühmt, dass ihre Spitzenschuhe für zweihundert Rubel verkauft wurden. Sie haben sie in Sauce eingekocht und den Ballerinas beim Training zum Essen vorgesetzt.«

Eve bleibt ganz still. Einen Moment später fragt sie leise: »Aber was, wenn ich nicht will, dass die Leute meine Schuhe essen?«

Ich unterdrücke den Drang, nach ihrer Hand zu greifen.

Das übernimmt Helene für mich.

»Das ist mehr als in Ordnung«, sagt sie sanft. »Eve, hör mir zu. Du musst nicht tanzen, wenn du nicht willst. Ich möchte nur, dass du die Wahl hast.«

Irgendwann hebt Eve doch den Blick. »Na ja, wenn jemand

aus meinen Schuhen ein Festmahl zaubern kann, dann wohl Dorit.«

Helene lacht laut auf, und es fühlt sich an, als würde die beiden etwas Bedeutendes verbinden. Ein unsichtbarer Faden verwebt sie miteinander, hier, genau vor meinen Augen. Traurigkeit überkommt mich, eine Welle der Eifersucht. Es ist, als wäre ich aus einem Zug gestiegen, in dem die beiden jetzt ohne mich weiterfahren. Zu einem Ort, von dem ich immer geträumt habe, an dem ich jedoch noch nie war.

Unsere Kutsche hält vor den Säulen des Königlichen Dänischen Theaters. Die Türen schwingen auf, die Luft riecht nach Salzwasser und süßem Zedernholz. Die Lichter des Theaters funkeln, und Helene wird von einer Menschentraube belagert, sobald sie auf die Straße tritt.

Sie schiebt Eve zum Eingang. Die dreht sich alle paar Schritte nach hinten, um sicherzugehen, dass ich nicht verloren gegangen bin. Alle um uns herum haben sich herausgeputzt, eine überwältigende Duftwolke aus parfümiertem Samt, Zigarrenrauch und Pomade hüllt uns ein. Da sind so viele Stimmen, doch mir entgehen auch dieses Mal das dezente Flüstern und die langen Blicke auf Eve nicht, als Helene sie durch die Menge führt. Sobald wir das Foyer betreten, umgibt uns ein warmer Schleier. »Das Theater ist zu klein für Kopenhagen«, schnieft jemand. »Ein anderes ist schon in Planung.« Doch ich war noch nie in einem solch gewaltigen Gebäude. Es ist wie eine Kathedrale aus Marmor, Gold und Samt. Liljan und ich schlagen den Weg zum Parkett ein, gemeinsam mit den anderen Dienern. Wir haben Glück und ergattern einen Sitzplatz auf einer der wenigen Bänke.

Eve und Helene schreiten durch die vergoldeten Reihen

über uns. Je höher mein Blick über die Ränge gleitet, desto teurer werden die Stoffe und desto funkelnder die Juwelen. Und dann erheben sich alle gemeinsam, als die Königsfamilie angekündigt wird.

»Seine Königliche Hoheit König Christian IX. und Königin Louise.«

Das Herz schlägt mir bis zum Hals, als Dänemarks Königspaar, flankiert von Wachen, eintritt. Neben mir reckt Liljan den Hals, um besser sehen zu können. Das Licht fällt auf Eve. Sie steht direkt neben Philip Vestergaard, nur zehn Schritte vom Königspaar entfernt.

Die Kluft zwischen uns wird immer größer.

*Ich habe Angst, dass Fledermäuse ein Nest in meine Haare bauen*, hat sie mir mal in der Dunkelheit zugeflüstert, nachdem sie in der Mühle schreiend und zappelnd aus einem Albtraum aufgewacht ist. *Und ich habe Angst zu ertrinken*, war meine Antwort, als ich meine Finger mit ihren verwoben habe. Die Angst, die uns verbunden hat, blieb unausgesprochen:

*Ich habe Angst, dass niemand mich wählt.*

*Ich habe Angst, dass ich am Ende alleine zurückbleibe.*

Helene verzieht keine Miene, als Philip sich über Eve hinweg zu ihr beugt, um ihr etwas ins Ohr zu flüstern. Und es ist nicht gerade beruhigend für meine Nerven, als auf einmal die schweren Türen ins Schloss fallen und die Lichter erst flackern, dann ausgehen.

Dunkelheit legt sich wie ein bleierner Schleier über den Theatersaal. Dass ich Eve nicht mehr sehen kann, treibt meinen Puls in die Höhe. Doch plötzlich ertönt ein ohrenbetäubender Beckenschlag, und das Orchester setzt ein. Der Vorhang hebt sich, eine Ballerina erscheint zum Klang einer einfachen, aber unheilvollen Violinenmelodie auf der Bühne. Der Scheinwerfer fängt jeden Stein auf ihrem starren, kanariengelben Korsett mit eingenähten Fischknochen ein, unter dem sich ein üppiger Rock aufbauscht. Die Diener um mich herum sind ganz entzückt, beobachten gespannt den Tanz der Ballerina. Doch ich habe nur Augen für die Kostüme. Für mich ist der Körper der Tänzerin wie der Atem, der dem Kostüm Leben einhaucht, sobald sie es anzieht.

Schweigend verfolgen Liljan und ich die Vorstellung, bis die Luft um uns herum in Bewegung gerät. Kleine Papierschnipsel fallen aus Dachsparren, wie bei einem winzigen Schneesturm. Der Schnee bildet kleine Haufen auf der Bühne, und eine Reihe Tänzer bewegt sich in ihren silbernen Satinschuhen in perfekter Harmonie durch die Böen. Das Publikum atmet vor Begeisterung hörbar auf und applaudiert. Es sind nur Papierschnipsel und Kleider und normale Menschen, doch beim Zuschauen läuft mir Gänsehaut über Arme und Nacken. Ich darf Zeugin sein von solch reiner, überwältigender Schönheit, dass mich ein Freudenschauer durchfährt.

»Spürst du das?«, flüstert Liljan, und mir wird klar, dass dieses eisige Kitzeln sich genauso anfühlt wie die ersten Momente, wenn ich meine Magie rufe. Liljan sieht sich im Publikum um. Die Gesichter wenden sich zur Bühne wie Sonnenblumen zur Sonne. »Selbst Leute ohne Magie können es spüren. Wenn etwas so schrecklich schön ist«, flüstert sie mir ins Ohr, »wenn jemand einen Ton perfekt trifft oder so außergewöhnlich tanzt oder diese eine Kombination aus Noten spielt, dass sich dir die Nackenhaare aufstellen …«

»Ja«, murmele ich, »man kann die Magie spüren. Auf der Haut.«

Ich drehe mich um und betrachte Eves Gesicht, ihre dunklen Augen, die das Licht der Bühne reflektieren, doch als ich das nächste Mal hinaufsehe, beobachtet Philip mich. Er hat mein ständiges Starren bemerkt. Hastig wirble ich wieder nach vorne und mache mich ganz klein, versuche zu verschwinden. Für den Rest des Abends wage ich es nicht noch mal hochzusehen. Doch beim letzten Mal ist mir auch Helenes Ausdruck aufgefallen, ein Spiegelbild von Eves Miene. Beide haben sehnsüchtig auf die Bühne gestarrt. Helene sieht dort ihre Vergangenheit – und Eve erhascht einen Blick auf ihre Zukunft.

❧

Nachdem der Vorhang gefallen ist, steigt der Applaus um uns herum wie wildes Vogelgeflatter hoch bis in die oberen Ränge, durch die offenen Türen strömt eine angenehme Kühle in den Saal. »Komm«, fordert Liljan mich auf. Ich wage noch einen Blick nach oben. Philip beobachtet mich nicht mehr. Er ist in eine Unterhaltung mit einem Mann neben ihm vertieft, der sich mit langen Fingern an seinem Hut festklammert. Seine Wangen sind eingefallen, die Haare lockig, er hat eine hohe Stirn und eine auffällige Nase.

Ich habe noch Jakobs Warnung im Ohr. Dass ich vorsichtig sein soll. Mit einem mulmigen Gefühl folge ich Liljan. Gerade bin ich unheimlich froh, dass sie bei mir ist.

»Mit wem unterhält Philip Vestergaard sich da?« Wir drängen uns an den Menschen vorbei, die die Treppen nach unten strömen. Lachen und aufgeregte Stimmen umgeben uns.

»Mit Hans Christian Andersen«, antwortet Liljan. »Dem Märchenautor.«

Ich höre immer noch, wie mein Vater uns aus der Märchensammlung vorgelesen hat. *Far*, denke ich, und mir zieht sich das Herz zusammen. Mit den Worten dieses Mannes hast du mich so oft getröstet. Jetzt bist du weg, und er ist hier.

Wachleute in blauer Uniform und mit Bärenfellmütze werden auf uns aufmerksam, als wir uns der königlichen Familie nähern. Blut pulsiert mir in den Ohren, während ich alle betrachte: Philip und Helene Vestergaard. Hans Christian Andersen. Die dänische Königsfamilie. Helene hat sich aus der Asche der Mühle erhoben, um Eve aus all den Waisen herauszupicken und hierherzubringen, damit sie jetzt mit der Königin sprechen kann. Helene ist die unmögliche Nadel, die Eve wie einen Faden durch Stoff zieht, durch den sie es niemals allein geschafft hätte – genauso wenig wie ich. Doch Helene näht uns mitten hinein.

»Wir warten besser hier«, flüstert Liljan und zieht mich in eine dunkle Ecke.

»In Paris haben sie zwar vornehmere Tänzer, mehr Dekoration und aufwändigere Kulissen, aber solch eine Vielfalt an wahrlich poetischer Ballettkomposition, wie Bournonville uns hier dargeboten hat, findet man nur in Kopenhagen«, sagt Herr Andersen gerade. Er deutet auf den Mann neben sich – wahrscheinlich August Bournonville, der berühmte Ballettmeister und Tanzlehrer. Er hat eine lange Nase und die dunklen Haare auf eine Seite gekämmt.

»Es ist Aufgabe der Kunst, die Denkweise zu vertiefen, den Verstand zu schärfen und die Sinne zu erfrischen«, erwidert Bournonville.

Beide drehen sich unwillkürlich um, als die Königin das Wort ergreift: »Herr Andersen, Sie müssen unbedingt wiederkommen und den Kindern aus Ihren Märchen vorlesen.« Sie trägt eine funkelnde Krone, Schichten aus Satin in den Farben schillernder Muscheln und strahlende Perlen, die in mehreren Reihen ihr Dekolleté zieren. Ihnen steht der Reichtum wahrlich ins Gesicht geschrieben, und trotzdem sind sie nicht nach Sankt Petersburg zur Hochzeit der Prinzessin gereist. Noch heute Morgen habe ich gehört, wie Nina Dorit erzählt hat, die Königsfamilie könne es sich nicht leisten.

»Bitte erlaubt uns, die Gelegenheit zu nutzen, Euch ein kleines Geschenk zu überreichen, als Zeichen der Wertschätzung und Ergebenheit für Eure Familie.« Philip nickt einem Wachmann zu, der ein rechteckiges Samtkästchen hervorholt. Er trägt nicht die blaue Uniform der königlichen Wache, sondern eine schwarze, golden bestickt mit dem Vestergaard-Wappen. »Für Prinzessin Dagmar«, sagt Philip zu Königin Louise. »Mit den besten Wünschen für eine lange und glückliche Ehe.«

Als die Königin in das Kästchen schaut, erhasche ich einen kurzen Blick auf rote Steine. Sie zieht die Brauen hoch, und ihre Krone funkelt wie Morgentau, als sie sagt: »Wie großzügig. Wir danken der Familie Vestergaard.«

Das laute Tosen im Theater ist inzwischen einem leisen Brummen gewichen. Hier und da wird hinter vorgehaltener Hand gekichert und verstohlen zur Loge hochgesehen, als wäre sie die neue Bühne.

»Wir stehen Euch zu Diensten.« Philip verbeugt sich. »Und schwören, Dänemark zu unterstützen, wo wir nur können.« Auch er trägt einen schweren roten Stein am Zeigefinger. Neben ihm sinkt Helene in einen eleganten Knicks. Ein goldenes Diadem ist in ihr Haar verflochten, dezent und filigran.

Ich bin bloß eine verwaiste Schneiderin, ein einfaches

Dienstmädchen. Wie soll ich allein ein Komplott aufdecken, in das eine der mächtigsten Familien Dänemarks verwickelt ist?

»Wie überaus entzückend«, bemerkt Hans Christian Andersen, »dass so etwas Schönes in der tiefen Dunkelheit unter unserer Erde entstehen kann.«

*Und wie überaus schrecklich*, geht es mir durch den Kopf, *dass ein von mir geliebter Mensch dort sterben musste.*

Wieder denke ich an den Brief meines Vaters, den sie bei seiner Leiche gefunden haben, und erzittere. Irgendwie muss er geahnt haben, dass er diesen Brief niemals abschicken würde. *Sei eine Gerda.* Das waren seine Worte.

Und als ich Hans Christian Andersen dort neben Philip Vestergaard stehen sehe, kommt mir plötzlich ein Gedanke, den ich noch nie in Betracht gezogen habe. All die Jahre hat es mich so sehr verletzt, dass der letzte Brief meines Vaters nicht für mich bestimmt war. Doch vielleicht war es gar keine Beleidigung, dass er sich nur an Ingrid gewandt hat.

Vielleicht war es ein *Hinweis.*

Weil sie etwas anderes aus dem Brief hätte herauslesen können als ich.

*Ich habe die Konten aufgelöst*, hat er geschrieben.

Was, wenn er das nicht getan hat? Ingrid hätte herausfinden können, ob irgendeine Zeile aus dem Brief gelogen war. Was, wenn er versucht hat, uns etwas mitzuteilen?

*Sei eine Gerda.*

Was, wenn Jakob recht hat und der Tod der Minenarbeiter kein Unfall war? Was, wenn diese Männer – und mein Vater – über etwas gestolpert sind, das jemand um jeden Preis im Dunkeln lassen wollte?

Was, wenn es diese Konten von meinem Vater immer noch gibt?

Herr Andersen bemerkt, dass ich ihn aus dem Schatten heraus anstarre, und nickt mir kaum merklich zu. Am liebsten wäre ich zu ihm gerannt und hätte ihm die Arme um den Hals geschlungen. Wegen der Märchen, die er mir und meinem Vater geschenkt hat. Weil er heute Abend ins Ballett gekommen ist und mir einen Hinweis in einem zehn Jahre alten Rätsel geliefert hat, von dem ich nicht einmal wusste, dass es existiert.

# 13

ICH MUSS UNBEDINGT NACH KOPENHAGEN ZUR BANK.
Nina einen freien Tag abzuringen, stellt sich jedoch als
schwierig heraus. Immerhin habe ich gerade erst hier angefangen und schon den Abend im Ballett verbracht. Deshalb mache ich so viel wie möglich ohne Aufforderung, nutze immer
nur kleine Tropfen meiner Magie und hoffe auf eine passende
Gelegenheit, um sie zu fragen. Doch die lässt sechs Tage auf
sich warten.

Und dann wird sie mir auch noch ausgerechnet von Brock
beschert.

Der Morgen ist eisig. Ich bin noch ganz verschlafen, schlür-
fe an meinem Kaffee und flicke Tischdecken, in die sich kleine
Löcher gebrannt haben, als Nina plötzlich nach mir schreit.

»Marit! Marit? Wo bist du?« Ihre Stimme klingt beinahe
hysterisch. Mit einem aufgeregten Kribbeln im Bauch haste
ich zu ihr. Wenn ich jetzt Ärger bekomme, dauert es wieder
mindestens eine Woche, bis ich herausfinden kann, ob in der
Bank ein weiterer Hinweis auf mich wartet.

Nina ist in der Küche und umklammert ihre Schürze.

»Die Vorhänge in der Wohnstube sind hinüber«, jammert
sie. »Bloß noch Fetzen, als wäre ein Tier darin herumgeklet-
tert und durchgedreht.«

»Ein kleines Tier?«

»Eine Spitzmaus?«, schlägt Jakob mit ernster Miene vor.

»Oder eine Bisamratte?«, versucht Liljan es.

»Marit, los jetzt! Bring sie in Ordnung, bevor Frau Vestergaard es mitbekommt.« Mit lauter Stimme wendet Nina sich an alle anderen in der Küche: »Und wehe ich erwische euch noch mal mit Essen außerhalb vom Speisezimmer. Dann dürft ihr euch um die Nachttöpfe kümmern.« Sie packt mich am Arm und zerrt mich in den Flur. »Ich stelle Fallen auf. Für Ratten.«

Über ihre Schulter sehe ich, wie Brock mir grinsend mit einer Gartenschere zuwinkt.

*Ah.* Also haben nicht irgendwelche Ratten die Vorhänge auf dem Gewissen.

Sondern eine ganz bestimmte Ratte.

Für diese Arbeit brauche ich mehr als nur ein paar Tropfen Magie. Die ganze Zeit über plane ich meine möglichst kreative Rache an Brock. Eve dehnt sich im Festsaal, in den Helene zumindest vorübergehend die Tanzstunden gelegt hat. Morgens tanzt Eve, nachmittags überhäuft ein Lehrer sie mit Lektionen in Mathematik, Grammatik, Rhetorik und dänischer Geschichte. Helene selbst bringt Eve alles über Dänisch-Westindien bei – über den Sklavenaufstand von 1848 unter der Führung von General Buddhoe und Saint Croix' daraus resultierende Emanzipation. Manchmal bittet Eve Jakob abends, ihr alles Mögliche über Sterne und Planeten, über Medizin oder die Minen beizubringen.

Als ich an die Nachricht denke, die ich gestern in der Tasche eines ihrer Kleider gefunden habe, muss ich lächeln... -.-. ..../ .-.. .. . -.... / -.. .. -.-. ....

*Ich liebe dich.*

Als Antwort habe ich ihr – natürlich in Morsecode – eine

Wegbeschreibung zum Laubengang geschickt, der sie zum Gewächshaus führt.

Gerade als ich die letzten Stiche setze, baut Nina sich vor mir auf und inspiziert meine Arbeit mit geschürzten Lippen. Statt der Fetzen, die von den Vorhängen noch übrig gewesen sind, hängt in der Wohnstube jetzt wieder der gewohnt üppige Brokat.

»Du hast es geschafft«, bemerkt Nina widerwillig. Langsam nimmt ihr Gesicht wieder Farbe an, und ich wittere meine Gelegenheit. Wie ein roter Teppich rollt sie sich vor mir aus.

»Ja.« Ich folge ihr zurück in die Küche. »Also, wegen meinem freien Tag …«

Sie zieht eine Augenbraue hoch.

»Du bekommst einen halben. Und du besorgst mit Liljan noch ein paar Dinge, die ich aus der Stadt brauche.«

»Ich kann sie fahren«, bietet Jakob sofort an.

»Nehmt den Phaeton.« Mit einem Schnauben wendet Nina sich ab.

ᴄᴢ

Am nächsten Morgen sucht Liljan, wie eigentlich jeden Morgen, ihre Socken.

»Geh schon vor, ich komme sofort nach«, verspricht sie und wühlt auf Knien in ihrer Kleidertruhe.

In der Küche sortiert Brock Samen und Ableger, die Helene aus Saint Croix hat liefern lassen: Minze, Kokosnuss, Guave, sogar Ananas. »Wie soll ich etwas wachsen lassen, das ich noch nie vorher gesehen habe?«, murmelt er und untersucht die Blätter.

»Sieh zu, dass es klappt«, sagt Dorit. »Für das Weihnachts-
menü, das Frau Vestergaard mir gegeben hat, brauche ich das
alles.«

»Ach Brock, danke für deine Hilfe gestern«, sage ich aufrichtig und fülle heiße Schokolade in eine silberne Blechdose.
Er sieht wunderbar verwirrt aus, und ich winke ihm zum Abschied zu, bevor ich meinen Mantel schnappe und Jakob nach
draußen folge.

Er streckt die Hand aus, um mir auf den Phaeton zu helfen,
achtet aber darauf, meine Ärmel nicht zu berühren. Dann setzt
er sich auf den Fahrersitz.

Beim Ausatmen stieben ihm kleine Wölkchen aus dem
Mund. Wieder und wieder öffnet und schließt er die Knöpfe
an seinen Handschuhen, als wäre er furchtbar nervös. Ich lege
mir zwei dicke Felle über die Beine. »Heute gebe ich meine Bewerbung bei Dr. Holm ab«, sagt Jakob. Er zieht einen weißen
Umschlag aus der Tasche und stößt ein Lachen aus. »Fünfmal
habe ich sie neu geschrieben.« Er räuspert sich und verstaut
den Umschlag wieder. Erneut fällt mir auf, wie gut er aussieht.

Unsicher frage ich: »Glaubst du wirklich, dass man eines
Tages den Firn heilen kann?«

»Wenn jemand das schafft, dann Dr. Holm.« Mit leuchtenden Augen dreht Jakob sich auf dem Sitz zu mir um. »Seine
erste Forschungsarbeit hat schon so viel verändert. Dank ihm
begegnen die Menschen Magie nicht mehr mit so viel Angst
oder Argwohn. Und Leute wie wir bekommen viel eher Stellen
wie in diesem Haus. Zum ersten Mal hat jemand eine nachvoll-
ziehbare Erklärung, was wirklich mit uns passiert.«

»Hat auch schon mal jemand anders nach einer Heilung gesucht?« Als ich die Blechdose öffne, steigen Dampfschwaden wie entflohene Geister in den Himmel.

Jakob zuckt mit den Schultern und spielt gedankenverloren an den Zügeln. »Firn ist ja nichts Ansteckendes, wie zum Beispiel Cholera. Es sind nicht so viele Menschen betroffen, deshalb ist es auch nicht so dringend. Nur die Magischen sind betroffen – und selbst da auch nur die unteren Schichten. Die Reichen nutzen ihre Magie nicht so häufig, dass es gefährlich werden könnte. Deswegen ist der Drang, eine Heilung zu finden, nicht sonderlich groß. Bestimmt denken manche sogar, dass wir es verdienen, weil es unsere Entscheidung ist, Magie zu nutzen.« Ich gieße die heiße Schokolade in einen Becher, hochkonzentriert, damit ich nichts verschütte. So offen über Magie zu reden, fühlt sich immer noch seltsam an. »Aber manche haben eben auch nur dank Magie Arbeit, ein Dach über dem Kopf oder Essen auf dem Tisch«, fährt er fort. Als ich ihm den dampfenden Becher reiche, berühren sich unsere Hände flüchtig, und sofort verspüre ich ein Flattern im Bauch. »Manchmal ist die Entscheidung nicht so einfach.«

»Socken gefunden«, verkündet Liljan stolz, als sie schwungvoll auf den Phaeton klettert.

»Oh, schön«, bemerkt Jakob. »Ich bin so froh, dass wir endlich wieder über Unterwäsche sprechen.«

Liljan lacht und packt ein paar *Æbleskiver* aus – rundes Gebäck mit Preiselbeerfüllung. Auch ihr halte ich einen Becher mit heißer Schokolade hin. »Zu besonderen Anlässen mischt Helene Goldstaub unter den Kakao«, erzählt sie. Ich nehme einen großen Schluck, um meine Nerven zu beruhigen, die auf einmal durchgehen, als Jakob die Pferde antreibt. Wir fahren wirklich in die Stadt. Seit einer Woche habe ich kaum an etwas anderes denken können. Wieder und wieder habe ich über das gegrübelt, was Jakob in der Bibliothek und in der Nacht auf dem Teich gesagt hat.

Warum würde man die Hälfte seiner Arbeiter ermorden und es dann vertuschen?

Würde man nicht.

*Es sei denn, man will sicherstellen, dass irgendetwas niemals ans Licht kommt.*

»Und was machen wir jetzt?«, fragt Liljan. »Zeit für eine Runde *Fürchterliche Fakten*!«

»Das ist Liljans liebster Zeitvertreib«, erklärt Jakob feierlich.

»Bei der Seeschlacht auf der Kolberger Heide hat Christian IV. sich einen Granatsplitter im Gesicht eingefangen«, erzählt Liljan. Jakob lenkt den Phaeton durch ein dunkles Waldstück. »Eins seiner Augen war hinüber. Als ein Arzt es entfernen wollte, hat Christian IV. den Splitter extrahieren und daraus *Ohrringe für eine seiner Geliebten* fertigen lassen.«

»Niemals!« Ich schlage sie mit meiner Serviette. »Das kann nicht stimmen.«

»Doch!« Sie schlägt mit ihrer Serviette zurück und verteilt all ihre Krümel in meinen Haaren. Die Luft um uns herum duftet nach Kiefernnadeln und Schokolade.

Obwohl mein Magen sich immer weiter zusammenzieht, muss ich lächeln. Das hier ist völlig neu für mich – mit Freunden nach Kopenhagen zu fahren, heiße Schokolade zu trinken und ausgelassen zu lachen. Das ist so viel wertvoller als hundert Ballettvorstellungen zusammen.

»Und der Thron des Königs besteht aus Einhornhörnern«, meint Liljan jetzt.

Jakob räuspert sich. »Eigentlich aus Narwal-Stoßzähnen.«
»Musst du immer alles besser wissen?« Sie schnipst ihm liebevoll gegen das Ohr. »Hoffentlich findet Dr. Holm das nicht
zu nervig.«

»Abwarten. Noch hat er mich nicht angenommen«, antwortet Jakob steif.

Er umklammert die Zügel so fest, dass seine Knöchel weiß
hervortreten. Ich versuche, das Ziepen im Bauch zu ignorieren.
Niemals wollte ich mein Herz an jemanden verlieren, den mir
der Firn womöglich nehmen könnte. Doch wenn Jakob wirklich eines Tages eine Heilung findet … Ganz kurz lasse ich den
Funken Hoffnung tanzen, bevor ich ihn wieder verscheuche.
Auf eine Zukunft zu hoffen, macht mir Angst. Als würde
ich mit einem Faden nähen, der jeden Augenblick reißen könnte. Als ich mein Leben in der Mühle und bei Thorsen einfach
akzeptiert habe, hat es sich zwar trostlos, aber so viel sicherer
angefühlt. Jetzt bin ich umgeben von Helene und Eve, von Philip und der Königsfamilie, von Jakob und Liljan – von Menschen, die so sehr hoffen, die Zukunft verändern zu können.

Ich trinke den letzten Schluck der heißen Schokolade. All
die Bitterkeit hat sich am Boden des Bechers gesammelt. Ich
bin die Einzige, die noch der Vergangenheit nachhängt.

In der Stadt angekommen, bindet Jakob die Pferde an, und
wir teilen uns auf. Mit einem Winken macht er sich auf den Weg
zum Postamt. Liljan und ich laufen an den Gaslampen vorbei
zur Schneiderei. Aber zuerst lege ich einen Abstecher bei der
Nationalbank ein. Wäre ich schon hunderte Male hier gewesen, wären die Erinnerungen wahrscheinlich miteinander ver-
schmolzen und mir durch die Finger geronnen wie feiner Sand.
Doch es hat nur diesen einen Tag gegeben, und er strahlt mich

an wie eine glänzende Münze auf dem Grund eines Brunnens. Ich sehe genau vor mir, wie Ingrid um den Laternenmast wirbelt. Wie mir mein Sesambrötchen aus der Hand fällt.

»Sollen wir Ivy kurz Hallo sagen?«, fragt Liljan, als wir uns der Glaserei nähern. Die Fensterscheiben sind so klar wie frisches Wasser. Nur ein Streifen an der oberen Kante trägt das rot-goldene Muster unseres Nationalwappens mit den drei blauen Löwen, den neun purpurnen Herzen und der Krone von Christian V.

»Ich –« Die Worte bleiben mir im Halse stecken.

Direkt hinter einer der Scheiben steht jemand, den ich kenne.

Das honigblonde Haar, diese hübsch geschwungene Nase. Ich packe Liljan am Arm und ziehe sie mit mir außer Sichtweite, gerade als er sich umdreht.

»Ist das Philip Vestergaard?« Mein Herz rast. Ausgerechnet heute ist er hier. Ich richte mich auf und wage noch einen Blick.

Er scheint uns nicht bemerkt zu haben und wendet sich wieder zu Ivy um, lächelt sie an.

Sie erwidert sein Lächeln herzlich.

*Was macht er hier?*

»Warum verstecken wir uns?«, zischt Liljan. »Wir wollen doch nur zur Schneiderei.«

»Nein.« Als ich sicher bin, dass weder Philip noch Ivy in unsere Richtung schauen, haste ich zur Nationalbank an der Ecke. »Erst muss ich hier noch etwas erledigen.« Ich zupfe meinen Mantel zurecht, damit die Vestergaard-Uniform nicht darunter hervorblitzt.

»Was denn?« Liljan mustert mich. »Ich komme mit. Dann

holen wir die Stoffe nachher zusammen. Da brauche ich nämlich deine Hilfe.«

»In Ordnung.« Sie folgt mir, als ich die schweren Türen aufziehe und auf den Schalter zugehe. Hier drinnen ist es nur schwach beleuchtet, und ich muss mich räuspern, um die Aufmerksamkeit eines Mannes mit Monokel zu bekommen, der in einen Stapel Unterlagen vertieft ist.

»Ja?« Er hebt den Blick.

»Ich möchte gerne auf mein Konto zugreifen.« Ich ziehe meine Handschuhe aus und lege möglichst viel Autorität in meine Stimme. »Gerda Olsen mein Name, das Konto wurde 1856 von Claus Olsen eröffnet.«

Er schaut in seinen Unterlagen nach und verschwindet dann. Liljan durchbohrt mich mit Blicken.

»*Gerda?*«, flüstert sie. »Psst!«, mache ich.

Als der Mann zurückkommt, sagt er: »Und was wünschen Sie heute mit Ihrem Konto zu tun, Fräulein Olsen?«

Fast hätte ich mich übergeben. Aufregung und Furcht durchzucken mich. Mein Vater ist tatsächlich hier gewesen. Er hat mir etwas hinterlassen.

»Ich möchte es bitte auflösen.«

»Sehr gerne.«

Mit zitternden Händen fülle ich die Papiere aus, und der Mann reicht mir einen Umschlag mit etwas Geld. Das Geld, das mein Vater für Ingrid und mich beiseitegelegt hat, mit den Zinsen, die über die letzten, unberührten zehn Jahre zusammengekommen sind. Es ist nicht viel, aber immer noch mehr, als ich je in Händen gehalten habe. Vielleicht reicht es sogar, falls ich die Vestergaards jemals überstürzt verlassen muss. *Danke, Far.* Ich blinzle die Tränen weg, die sich plötzlich in meine Augen gestohlen haben. Es ist so lange her, dass sich jemand um mich gekümmert hat. Fast habe ich vergessen, wie es sich anfühlt.

Dann bemerkt der Bankangestellte: »Hier ist noch etwas.« Er liest eine Notiz in den Unterlagen. »Ungewöhnlich. Wir haben noch etwas anderes für Sie aufbewahrt. Der Kontoinhaber sollte wiederkommen, um es abzuholen. Doch anscheinend hat er das nie getan.«

Das kleine Paket, das er mir entgegenstreckt, passt perfekt in seine Hand.

Ich nehme es an mich. Es ist leicht wie eine Feder.

Wir verlassen die Bank und gehen an der Glaserei vorbei. Philip scheint nicht mehr da zu sein. Ich suche mir eine schmale, ungestörte Gasse und stelle mich in den sanft fallenden Schnee. Liljan späht mir über die Schulter.

In dem Paket liegt ein kleines Täschchen, das jemand scheinbar hastig aus Musselin genäht hat.

Doch die Nadelstiche sind nicht bloß einfache Nadelstiche. Für ungeübte Augen sieht es sicher nach unsauberer Arbeit aus. Doch ich erkenne etwas anderes darin. Eine Nachricht.

»*Wenn ihr das findet*«, lese ich im Saum, »*bedeutet es, dass ihr beide sehr clever seid, und ich entweder im Gefängnis oder tot bin.*«

Das alles waren Hinweise, die nur wir finden konnten. Denn Ingrid hätte gewusst, dass die Zeilen im Brief meines Vaters eine Lüge waren.

Und ich hätte die Morsenachricht entschlüsseln können.

Ich drehe das Täschchen um. Dabei fällt mir ein kleiner roter Edelstein in die Hand.

Ich schließe die Finger um den Stein und streiche über die

übrigen Punkte und Striche, die mein Vater uns hinterlassen hat.

Sie verlaufen um das gesamte Täschchen, und ich habe Schwierigkeiten, alles zu entziffern. Vor allem, als Tränen meine Augen füllen und drohen, überzulaufen. Neue, ungelesene Worte von einem Menschen zu entdecken, der schon zehn Jahre unter der Erde liegt, ist, als würde man den wertvollsten Schatz der Welt bergen.

*Die Minen kosten Menschenleben. Ich bin nicht sicher, bis zu wem das Ganze hinaufreicht. Findet einen Weg, diese Nachricht an König Friedrich zu überbringen. Selbst, wenn ihr dafür eure Magie braucht. Seid vorsichtig und lasst euch nicht erwischen. Bittet ihn, in den Minen nach den Steinen zu suchen und erst aufzuhören, wenn er sie mit eigenen Augen gesehen hat. Oder es sterben noch mehr Menschen.*

Ich halte den Edelstein hoch. Im Sonnenlicht glitzert er dunkel.

. ... / ... - . .-. -. ... -. / -. --- -.- ... / -- . ..... .-. / -- . -. ... -.- .-. ..... -.
-.. -.

*Es sterben noch mehr Menschen.*

Eine Träne fällt auf den Musselinstoff. Meinte er sich selbst? Die Minenarbeiter, die bei dem Erdrutsch umgekommen sind?

Ich zerknülle den Stoff in meiner Hand.

Oder meinte er damit vielleicht noch etwas anderes?

»Was ist das?«, fragt Liljan atemlos.

Ich hebe den Edelstein noch einmal hoch, damit sie ihn besser sehen kann. Er ist rot, wie ein Granat. Leicht, kaum so groß wie eine Münze, doch seine schreckliche Wahrheit wiegt furchtbar schwer in meinen Fingern.

Far hat den Vestergaards misstraut. Genug, um nach Kopenhagen zu kommen, unsere Konten aufzulösen und ein geheimes zu eröffnen. Er hat vorgehabt, zurückzukommen, den Stein zu holen und den König von Dänemark einzuschalten.

Und als er erkannt hat, dass er es nicht mehr aus den Minen hinausschaffen würde, muss er Ingrid den Brief geschrieben haben. Ein Hinweis, den ich erst jetzt entschlüsseln konnte.

Jakob hatte recht. Der Tod meines Vaters war kein Unfall.

*Es sterben noch mehr Menschen.*

Er hat etwas gewusst – und was immer das war, es hat ihn umgebracht.

Ich schließe die Hand um den Stein. Was soll ich tun, jetzt, wo all diese Menschen tot sind? Mein Vater wollte, dass ich mich an König Friedrich wende. Aber das ist Jahre her. Er ist inzwischen auch nicht mehr am Leben.

Und … was ist, wenn noch andere Teile aus dem Brief gelogen sind? Mein Vater ist davon ausgegangen, dass Ingrid und ich ihn zusammen finden. Alles, was er geschrieben hat, könnte etwas völlig anderes bedeuten. Zum Beispiel das genaue Gegenteil. Angespannt balle ich die Hände zu Fäusten. Ingrid würde es verstehen.

»Lass uns gehen«, sage ich zu Liljan und stecke den Edelstein ein. »Sonst wartet Jakob noch auf uns.«

Durch die sich windenden Straßen laufen wir zur Schneiderei, doch vor den funkelnden Scheiben eines Juweliers halte ich inne und denke nach. Womöglich hat der Edelstein seine Bedeutung bereits verloren. Womöglich wurde sie zusammen mit meinem Vater, mit König Friedrich, mit Aleks Vestergaard begraben. Doch der Stein ist vielleicht immer noch genug wert, um mich und Eve von hier wegzubringen. Damit wir irgendwo ein neues Leben beginnen können.

Ich muss herausfinden, was für ein Edelstein es ist, und wie viel er wert ist.

Also ziehe ich ihn wieder aus der Tasche. Doch Liljan reißt ohne Zögern meinen Arm nach unten, und ihr Gesicht ist zum ersten Mal todernst. »Nicht hier«, murmelt sie. »Die Juweliere handeln alle mit den Vestergaards. Lass lieber niemanden wissen, dass du ihn hast.«

Ich stolpere vom Fenster weg. Verwirrung, Furcht und Einsamkeit übermannen mich. Liljan schiebt ihren Arm unter meinen. Dieses Mal färbt sich meine Kleidung bei ihrer Berührung nicht bunt. Es ist eine tröstende Geste, und ich spüre, wie Hoffnung mich von innen wärmt.

»Marit, wir helfen dir«, haucht Liljan. Und sie bleibt hier mit mir stehen, auf dieser ruhigen Straße – Schneeflocken schweben zu Boden, unser Atem riecht immer noch nach Schokolade –, und lässt mich weinen.

# 14

»ICH ... HABE KEINE AHNUNG, WAS DAS IST.«
Jakob schaut von der Linse seines Mikroskops hoch, die
dunklen Augen funkeln nachdenklich hinter seinen Brillengläsern. Wir sitzen in der Dachstube des Hauses, eine kleine Kammer über den Dienstbotenzimmern, vollgestopft mit Truhen
voller alter Bilder und Porzellan. Hier hat Jakob seine Bücher
zu wackeligen Türmen gestapelt und einen klapprigen Tisch
unter ein Dachfenster gestellt. Jetzt zieht er die Kerze näher
zu sich und beugt sich wieder über den Edelstein, um ihn unter
einem winzigen Mikroskop zu untersuchen. Es ist aus Bronze,
oben abgerundet und klein genug, dass es in seine Tasche passt.
»Irgendwie lässt er sich nicht bestimmen.« Er kneift die Augen
zusammen. »Er hat alle Merkmale eines echten Edelsteins: diese kleinen Mängel – Kratzer und Macken auf der Oberfläche –,
und sogar Wachstumsstrukturen erkennt man bei genauem
Hinsehen. Aber ich kann nicht sagen, was für ein Edelstein es
ist.«
Ich stoße einen langen Seufzer aus und lege meine Nähar-
beit beiseite, an der ich ohne jegliche Magie in einer Ecke gearbeitet habe. Jakob winkt mich zu sich herüber, und als ich
mich über das Mikroskop beuge, streifen meine Haare seinen
Arm. Die rote Oberfläche des Steins verwandelt sich auf einmal in Buntglas, das unter der Linse in allen möglichen Farben

explodiert. Da sind Splitter aus sattem Blau, strahlendem Pink und sogar Gold. Und dazwischen entdecke ich immer wieder dunkle Flecken mit glitzernden Sprenkeln aus Silber, die funkeln wie ein Nachthimmel.

»Es gibt nur eine begrenzte Anzahl roter Edelsteine auf der Welt«, sage ich. »Da sollte doch rauszufinden sein, welcher es ist.«

Wieder betrachte ich den Stein, dieses Mal ohne Mikroskop, und muss auf einmal an die roten Steine denken, die in dem Kästchen gewartet haben, das Philip Königin Louise beim Ballett gegeben hat.

»Da gibt es nur ein Problem«, bemerkt Jakob. »Natürlich können wir alle roten Edelsteine in der Bibliothek nachschlagen. Aber mit meiner Magie kann ich nur Wörter lesen, keine Bilder. Das wird uns bei der Suche also viel mehr Zeit kosten.«

*Zeit.* Mir schnürt sich der Hals zu. Die eine Sache, die ich nicht habe. Die Angst vor dem Firn lauert unter den angespannten Muskeln meiner Schulterblätter und tief in meiner Magengrube. Mit jedem Tag, den ich länger hierbleibe, muss ich mehr Magie einsetzen.

Und jede Nacht kämpfe ich gegen die Bilder von Ingrids kaltem Körper und kann erst schlafen, wenn ich meine Handgelenke ganz genau untersucht habe.

»Aber zu dritt geht es schneller«, behauptet Jakob sanft, als er meinen Gesichtsausdruck bemerkt. Mehr als ein Nicken bringe ich nicht zustande.

In dieser Nacht verstecke ich das Geld meines Vaters in der Strohmatratze. Dann entzünde ich ein Streichholz und beobachte, wie die Flamme am Kerzendocht züngelt. Ich halte den Edelstein ins Licht, drehe ihn zwischen den Fingern.

Streiche immer wieder über den eilig bestickten Saum des Täschchens.

*Es sterben noch mehr Menschen.*

Ich schließe die Augen und betrachte meine Erinnerungen auf einmal durch eine neue Linse. Durch die erhellte Linse dieses Edelsteins.

Denn in der Nacht, in der meine Schwester gestorben ist, hat sie sich große Sorgen gemacht.

ℰℐ

Ich dachte, ich wüsste, warum. Immerhin gab es viele Dinge, um die sie sich Sorgen machen musste. Ob wir das Haus verlieren könnten, wie wir uns Essen leisten sollten. Sie hatte schon ganz dunkle Ringe unter den Augen, von den Nächten, in denen sie, statt zu schlafen, ruhelos durch den Flur wanderte. Am meisten machte sie sich darum Sorgen, dass jemand kommen und uns mitnehmen, vielleicht sogar trennen, könnte. Als das Klopfen an unserer Tür ertönte, ließ sie den Holzlöffel mit einem Scheppern auf den Herd fallen, und ich wusste genau, was sie dachte, als sie mir zurief, ich solle mich verstecken.

Sofort hörte ich auf zu essen und erstarrte. Sah sie nur an.

»Versteck dich«, wiederholte sie. »Jetzt, Marit. Und komm erst wieder raus, wenn ich es sage.«

Ich lief direkt ins Nebenzimmer und riss die Holzkiste unter dem Fenster auf. Früher hatte ich dort immer mit meiner Puppe gespielt, und es roch muffig. Erst jetzt fiel mir auf, dass ich meinen Löffel immer noch in der Hand hielt.

Ich wünschte, wir wären einfach davongerannt. Ich wünschte, ich wäre bei ihr geblieben. Ich wünschte, ich hätte die Arme um sie geschlungen und ihr gesagt, wie sehr ich sie liebe.

Ich weiß nicht, wie viele Männer an dem Abend da waren. Mindestens drei. Ich hörte ihre Stiefel auf dem Holzboden und ihre tiefen Stimmen. Hörte, wie sie ihr Fragen stellten. Über Vaters Arbeit in den Minen, über sein Vermögen und seine Konten. Danach, wo er etwas aufbewahren würde, das er verstecken wollte. Ob er uns etwas zum Verkaufen dagelassen hätte, damit wir uns im Falle seines Ablebens selbst versorgen könnten. Ihre Stimmen klangen besorgt, aber auch drängend. Und als Ingrid ihnen erklärte, dass sie nichts wisse, benahmen sie sich, als hätte sie etwas falsch gemacht. Sie gingen von Raum zu Raum. Als wären sie auf der Suche nach etwas.

In meinem Versteck war es eng und heiß. In der Kehle spürte ich ein Kratzen, doch schnell wurde mir klar, dass es die Angst war. Sie wuchs. Je länger die Männer da waren. Je näher die Schritte kamen. Ich hörte meinen eigenen Herzschlag, wie er laut und schnell in meinen Ohren pochte. Um ihn zu übertönen, saugte ich an dem Löffel und konzentrierte mich auf den zarten Holzgeschmack.

»Du hast eine Schwester«, sagte einer von ihnen, als sie in das Zimmer kamen, in dem ich mich versteckte. Ich rutschte in der Kiste hin und her, und heiße, stille Tränen tropften mir auf die verschränkten Arme.

»Sie ist nicht hier«, erwiderte Ingrid hastig.

»Wo ist sie denn? Wir wollen mit ihr sprechen. Nur ein paar Fragen.« Ich konnte sein Gesicht nicht sehen. Aber er klang nicht, als würde er lächeln. »Hör zu, Kleines. Wir tun euch nicht weh.«

Durch den Schlitz zwischen Deckel und Kiste beobachtete

ich, wie Ingrid die Fäuste an ihrer Seite ballte. Ich sah, wie sie sich zu kleinen Muscheln verkrampften, bis ihre Knöchel ganz weiß wurden. Das war es. Daran konnte ich erkennen, wann sie Magie nutzte.

Ihre Stimme zitterte. »Sie ist erst sechs.«

Schlagartig veränderte sich die Luft im Raum. Ich nahm den Löffel aus dem Mund und legte ihn vorsichtig neben mich. Wagte, den Deckel ein kleines Stück weiter nach oben zu drücken, damit ich ihr Gesicht sehen konnte. Meine Schwester war schon immer das hübscheste Mädchen gewesen, das ich je gesehen hatte. Ich liebte, wie sie ihre Augen beim Lachen zusammenkniff, und die kleine Lücke zwischen ihren Schneidezähnen. Die Art, wie sie anerkennend mit den Fingern schnipste, wenn jemand einen guten Witz erzählte. Doch an diesem Abend, für die Dauer eines Atemzugs, sah sie unsagbar traurig aus. Dann holte sie tief und lang Luft. Schloss die Augen. Und als sie sie wieder öffnete, hatten sie sich verändert. Jetzt lag etwas Wildes, Entschlossenes darin.

»Hier ist nichts«, sagte sie mit seltsam ruhiger Stimme. Sie klang sorglos und beinahe tröstlich. »Wir wissen von nichts. Ihr habt mit uns beiden gesprochen, das Haus durchsucht, aber nichts gefunden. Jetzt geht ihr zufrieden und werdet niemals das Bedürfnis verspüren, wiederzukommen.«

Mit ihrer Magie hatte Ingrid immer sagen können, ob andere Menschen lügen.

Doch an diesem Abend … schöpfte sie aus einer viel tieferen Quelle. Sie nutzte Magie, von der ich nicht wusste, dass sie sie besaß.

Sie brachte die Männer dazu, ihre Lügen zu glauben.

Sie drehten sich um und verschwanden. Als ich den Deckel

meiner Kiste vollständig öffnete, sah ich noch, dass einer von ihnen eine Narbe in der Form eines Angelhakens auf der Wange hatte. Er wirkte fast benommen, während er zur Tür ging. Meine Lungen verkrampften sich, als wäre ich zu lange unter Wasser gewesen. Ich wartete, bis die Tür ins Schloss fiel, bevor ich aus meinem Versteck kletterte.

Doch Ingrid starrte nur auf ihre Handgelenke.

Als sie zu mir hochsah, setzte mein Herz einen Schlag lang aus. Und ich wusste, selbst in der Sekunde, dass dieser Augenblick mich mein Leben lang verfolgen würde.

Irgendetwas war ganz und gar nicht in Ordnung.

»Marit …« Angst huschte ihr über das Gesicht. »Ich glaube …«, flüsterte sie verzweifelt, »… ich glaube, ich bin zu weit gegangen.«

Ich schaute zu ihren Handgelenken und sah das Blau. Wie es sich wie Spitze unter der Haut entlangwand.

»Ingrid!« Ich schrie, obwohl ich wusste, dass es bereits zu spät war. Stacheldraht schlang sich um mein Herz. Ich befahl meinen Füßen, zu rennen. Hatte das Kinderlied über Eis und Magie im Ohr – vielleicht musste ich ja nur ein Feuer entfachen, sie bloß ausreichend wärmen. Vielleicht wäre das genug. Immer wieder zerbrachen die Streichhölzer. Ich weiß noch, wie ich in unser Zimmer eilte und ihren Lieblingsschal suchte, den in den verschiedenen Lilatönen. Ich schlang ihn ihr um den Hals, wickelte sie in jede Decke, die ich finden konnte, und legte mich neben sie. Betete mit ihr.

Ich weiß noch, wie es sich angefühlt hat. Dieser Moment, in dem es zu still war. Als mir klar wurde, dass sie mich nicht mehr hören konnte.

Jetzt schlinge ich mir in meinem Bett die Arme um den Körper. Ich habe immer geglaubt, diese Männer wären gekommen, um uns von zu Hause wegzuholen. Um das Haus zu Geld zu machen und uns in die Mühle zu bringen. Ich habe geglaubt, dass Ingrid sie deshalb weggeschickt hat und so viel Angst hatte.

Doch jetzt wirbelt mir ein neuer Gedanke durch den Kopf. Ich lasse nicht zu, dass er sich einnistet. Betrachte ihn nicht genauer, denn er ist so furchtbar, dass ich es kaum ertrage. Doch ich spüre, wie er mich umkreist.

Erst jetzt verstehe ich, dass die Männer aus den Minen waren.

Womöglich haben die Taten meines Vaters Ingrid umgebracht. Er hat den Edelstein ohne Erlaubnis genommen, und die Leute von den Minen wollten ihn zurück. Womöglich haben sie ihn des Diebstahls verdächtigt. Womöglich hätten sie alles getan, um den Stein zurückzubekommen.

Mit den Fingern fahre ich über seine gestickten Worte. Womöglich sind viele Menschen wegen seiner Entscheidungen gestorben.

Also hat Ingrid sie überzeugt, uns in Ruhe zu lassen. Sie hat sie weggeschickt.

Und dann ist sie gestorben.

～

Feine Risse bilden sich in meinem Herzen, als ich den Edelstein gegen das Licht halte. Was könnte diesen Stein so wertvoll machen? So wertvoll, dass Menschen dafür sterben müssen? Nichts, was ich tue, wird meinen Vater und meine Schwester wieder lebendig machen. Doch dieser Stein – und was ich als

Nächstes damit tun werde – könnte mich in Gefahr bringen. Er könnte die Vestergaards verletzen. Und damit auch jeden, der für sie arbeitet. Im flackernden Kerzenschein sehe ich zu Liljan hinüber, lausche ihrem gleichmäßigen Atmen. Vor allem Eve könnte dieser Stein verletzen. Und ist das nicht das genaue Gegenteil von dem, was ich ursprünglich erreichen wollte?

Mein Vater hat so verzweifelt versucht, uns einen Hinweis zu hinterlassen. Es muss furchtbar gewesen sein, dort unten in den Minen zu sterben. Ist es schnell gegangen, oder musste er leiden? Hatte er überhaupt Zeit, um an mich zu denken? Ich schlucke einen Kloß hinunter und denke an Ingrid. An ihre geballten Fäuste, als diese Männer in unser Haus gekommen sind. An das, was sie riskiert hat, um mein Leben zu schützen.

Ich hole meinen Unterrock hervor. Der Stein funkelt, wärmt mir die Handfläche.

Wer könnte die Minenarbeiter umgebracht haben, und warum? Wer hätte einen Vorteil davon?

Meine Nadel blitzt im Kerzenschein silbern auf.

Aleks? .- .-.. . -.- ...

Philip? .--. .... .. -.. .. .--.

Einer der anderen Minenarbeiter?

Jakob hat erzählt, dass in den letzten zehn Jahren kaum neue Arbeiter eingestellt worden sind. Die Männer, die am Abend von Ingrids Tod in unserem Haus waren, arbeiten also wahrscheinlich *immer noch* dort. Ein plötzlicher Schauer lässt meine Zähne klappern. Aber warum wurden nur ein paar der Arbeiter umgebracht und andere verschont?

Fast alle anderen Schachfiguren sind über die Jahre ersetzt worden. König Friedrich, Aleks Vestergaard, mein Vater und die anderen Minenarbeiter sind alle tot. Wenn ich herausfinden will, was wirklich passiert ist, muss ich jemanden finden, der schon seit damals in die Sache verwickelt ist. Helene hat erst zwei Jahre später in die Familie eingeheiratet. Der einzige lebende Verbindungspunkt ist also Philip.

Ninas Schritte erklingen auf der ächzenden Treppe. Ich betrachte die Punkte und Striche am Saum meines Unterrockes.

Gibt es noch jemand anderen, der an dem Tag etwas gewonnen hat? Oder etwas verstecken wollte?

Finde das Muster.

Verbinde die Knoten.

*Ich bin eine Schneiderin*, denke ich und puste die Kerze aus.

Gut, dass ich genau das besonders gut kann.

# 15

DREI TAGE SPÄTER trinken wir morgens gerade Kaffee und verputzen Toast mit Himbeermarmelade, als der Brief kommt. Liljan stürmt mit dem Umschlag in der Hand auf Jakob und mich zu. Ein rotes Wachssiegel prangt auf der Rückseite und erinnert an vertrocknetes Blut.

»Für dich!«, ruft sie und hält den Brief Jakob hin. »So schnell! Dr. Holm muss einen Lehrling sehr nötig haben.«

»Oder sehr unnötig«, gibt Jakob zurück und zögert, bevor er den Brief entgegennimmt.

»Ich habe uns sogar ein paar Minuten ohne Brock und Nina erkauft«, verkündet Liljan.

»Wie das?«, frage ich.

Sie wackelt mit den Augenbrauen. »Ich habe für Nina eine Spur aus Brotkrümeln gelegt, die direkt in Brocks Zimmer führt.« Sie hebt einen Finger und neigt lauschend den Kopf.

»BROCK!«, kreischt Nina nicht mal eine Sekunde später.

»Wie aufs Stichwort. Also, was steht drin?« Sie sieht zu Jakob und klatscht in die Hände. »Oh – du hast ihn schon gelesen, nicht wahr?«

Jakob umklammert das Papier und läuft rot an. »Es steht drin, dass er mich in Betracht zieht.« Seine Hände zittern, als Liljan ihm den Umschlag entreißt und das Wachssiegel bricht. »Aber er möchte mich erst persönlich treffen.« Ein Lächeln schleicht sich auf sein Gesicht. »Um zu sehen, ob ich vielversprechende Ideen habe.«

»Die du natürlich hast.« Liljan liest den Brief.

»Gut, aber wie soll ich sie ihm vorführen?«, murmelt er mehr zu sich selbst.

»Wahrscheinlich sind ein Lied und eine Tanzeinlage am besten?«, schlägt Liljan vor und zieht provozierend eine Augenbraue hoch.

»Oder vielleicht ein paar *Fürchterliche Fakten*«, sage ich todernst. Jetzt bin ich dran, den Brief zu lesen. »Liljans liebster Zeitvertreib.«

»Ich kannte mal eine Frau, die ihren eigenen Sohn mit Pocken infiziert hat«, setzt Jakob an und verleiht seiner Stimme einen unheimlichen Klang. »Sie hat ihm die krümeligen Krusten in seine Kratzer gerieben.« Mit einem bösartigen Lachen fügt er hinzu: »Absichtlich!«

»Das ist ja furchtbar!« Angewidert zucke ich zurück. Liljan klatscht im selben Moment fröhlich in die Hände.

»Oh, ja!«, ruft sie hämisch. Sie läuft gerade erst warm. »Mehr davon.«

»Warum macht jemand denn so was?« Vor meinem inneren Auge sehe ich, wie mein Vater eins meiner winzigen Puppen-Teetässchen in den riesigen, von der Arbeit schwieligen Händen hält.

»Eigentlich war das eine ziemlich gute Sache«, erklärt Jakob schnell. »Das nennt man Variolation – im Grunde der Vorgänger der Impfung. Menschen haben sich Teile von Pusteln in kleine Wunden an Armen oder Beinen gerieben, damit sie sich mit den Pocken infizieren und am Ende immun dagegen werden. So hat der Körper die Pocken angegriffen, und nicht die Pocken den Körper.« Er sieht mich an und fügt mit sanfter Stimme hinzu: »Sie hat also eigentlich das Leben ihres Sohnes gerettet, und das vieler anderer.«

Während wir erneut Ninas Schlüssel klauen, erläutert er uns seine anderen Ideen. Er spricht von Pflanzen, Wickeln und Desinfektionsmitteln, von Bluttransfusionen und heißen Schwefelbädern. Als wir über die Dienstbotentreppe zur Bibliothek hochsteigen, erzählt er gerade, wie der Firn zu seinem Namen gekommen ist: Er wurde nach dem Schnee benannt, der ganz oben auf Bergspitzen liegt. Der schmilzt immer nur ein kleines bisschen, bevor er wieder gefriert und so eine immer dichter werdende Eisschicht bildet. Das hat Dr. Holm wohl daran erinnert, was die Magie in unseren Adern anstellt.

In der Bibliothek stopfen wir uns Bücher über Edelsteine unter die Uniformen und schmuggeln sie, eins nach dem anderen, hoch in Jakobs Dachstube, um sie nach der Arbeit durchzugehen.

Es gibt so viele rote Edelsteine. Ich blättere durch die Seiten: Rubin, Karneol, Granat, Sonnenstein, roter Beryll, Zinnober. Man findet unendlich viele Einträge in Enzyklopädien, doch Jakob sucht auch nach anderen Hinweisen, die uns helfen könnten: Legenden oder antike Folklore, medizinische Zwecke. Alles, was es rechtfertigen könnte, Menschen wegen eines roten Steins umzubringen. Liljan hat sich in einen Beitrag über Sonnensteine bei den Wikingern vertieft, wendet sich dann aber den Notizbüchern zu, die Jakob neben dem Tisch gestapelt hat. »Jakob, hast du etwa darüber nachgedacht, uns von Blutegeln aussaugen zu lassen? Oh, bei allen Kletterpflanzen, bitte lass das nicht die Heilung sein. Kannst du nicht einfach eine gutschmeckende Medizin für uns erfinden?«

»Sicher, während ich eure Leben rette, sorge ich auf jeden Fall dafür, dass es auch noch gut schmeckt«, antwortet Jakob sarkastisch. Er fährt sich durch die Haare und rückt die Brille zurecht.

»Okay, ich helfe dir, aus diesen furchtbaren Notizbüchern eine wunderschöne, professionelle Ausgabe all deiner Ideen zu zaubern«, schlägt Liljan vor. »Marit kann sie binden …« Ich nicke. »… und dann nimmst du sie mit zu deinem Treffen mit Dr. Holm.«

»Und ich helfe dir mit deinem Anzug.« Er wirft mir einen gequälten Blick zu. »Was denn?«, frage ich. »Deine Ärmel sind viel zu kurz, und der Stoff am Kragen ist schon ganz verschlissen.«

Er verdreht die Augen, sagt aber tonlos: »Danke.«

»Dank uns, indem du den Firn heilst«, meint Liljan. Da kann ich wieder nur nicken.

»Ach, und Jakob?« Sie klimpert mit den Wimpern. »Wenn es so weit ist: Lakritz mag ich am liebsten.«

❦

Später am Nachmittag schiebe ich den Blauregen beiseite und schreite durch die angenehme Kühle des Laubengangs. Die Schatten, zuerst noch ein freundliches Lila, werden mit jedem Schritt dunkler, bis sie fast die Farbe von Brombeeren haben. Vor der Tür zum Gewächshaus halte ich inne, weil ich ein Flüstern vernehme. Schuhe schlurfen über den Boden, jemand fällt hin. Dann ein leises Fluchen.

Sacht öffne ich die Tür und entdecke Eve, die allein zwischen den Orangenbäumen ihre Tanzschritte übt. Noch hat sie mich nicht bemerkt und probiert sich an einer neuen Drehung. Wieder fällt sie hin, und noch einmal. Doch dieses Mal entdeckt sie mich beim Aufstehen.

»Bist du wegen der Pflaumen hier?«, frage ich.

Ein breites Grinsen erscheint auf ihrem Gesicht. »Hier ist es warm. Und es riecht gut. Aber nicht nach Wolle oder Mottenkugeln.« Sie wirbelt so schnell um die eigene Achse, dass ich lachen muss.

»Soll ich dir zeigen, was ich gerade lerne?« Sie kichert, fast schüchtern, und demonstriert, was Helene ihr beigebracht hat. Ich sehe die Veränderung jetzt schon. Es liegt eine gewisse Grazie in der Art, wie sie die Hände hält und den Rücken streckt. Ihre Muskeln zucken kraftvoll, während sie langsam ein Bein ausstreckt. Voller Anmut bewegt sie sich inmitten der Glaskugeln, zwischen all den Obstbäumen. Das Licht fällt durch die Blätter und wirbelt umher, als wären wir unter Wasser.

Ich lehne mich gegen die Wand, an eine Stelle, die nicht mit Moos bedeckt ist. *Was wird aus uns, wenn mein Vater tatsächlich versucht hat, die Vestergaards zu stürzen?* Wenn sein Tod wirklich kein Unfall war – und die Vestergaards tatsächlich darin verwickelt sind –, will ich Eve schnappen und mit ihr soweit es geht wegrennen.

*Doch was, wenn sie das nicht möchte? Was, wenn sie* das hier *möchte?*

Und wenn Eve erfährt, dass diese Leute meinen Vater ermordet haben, und sich trotzdem für sie entscheidet? Was wird dann aus uns – aus mir?

Ganz kurz erhebt sie sich auf die Zehenspitze, sinkt dann wieder herunter und strahlt mich an.

Begeistert klatsche ich in die Hände. »Du bist so gut geworden. Jetzt schon.« Ich umarme sie. »Und gewachsen bist du auch.«

»Ich bin ziemlich sicher nicht mehr gewachsen, seit ich acht bin.« Sie lacht, und bei dem Geräusch fühle ich mich schuldig, dass ich diesen Stein in meiner Tasche vor ihr verstecke. Es fühlt sich falsch an, noch etwas vor ihr zu verheimlichen.

»Macht der Unterricht denn Spaß?« Ich lasse sie los. »Ist es gut, dass du jetzt alles über den Ort lernst, von dem deine Mutter kommt?«

»Ja.« Eve hebt die Arme in einem Bogen über den Kopf. »Sehr. Aber es ist auch seltsam, dass ich diese Sachen über sie *lernen* muss. Oder über mich. In der Mühle wollte ich das alles immer wissen … ist es komisch, dass es mir jetzt Angst macht?« Gedankenverloren dreht sie sich um sich selbst. »Ich könnte mich plötzlich anders fühlen. Oder verändern.« Unglaublich, wie langsam und kontrolliert sie sich drehen kann. »Oder anders über mein früheres Ich denken.«

Mit der Hand streife ich den Edelstein in meiner Tasche und schlucke schwer.

Man sagt, dass unsere Vergangenheit ein Anker ist, der uns Sicherheit und Halt gibt, uns am Boden hält. *Aber vielleicht ist das gar nicht immer gut*, denke ich. Vielleicht bietet die Vergangenheit manchmal auch gerade genug Antrieb, damit wir uns von ihr lösen und aufsteigen können.

Eve versucht ein letztes Mal, die komplizierte Drehung zu meistern, landet am Ende jedoch wieder auf dem Knie.

»Vorsichtig.« Ich helfe ihr auf.

»Ich bin vorsichtig«, murrt sie beharrlich und klopft sich den Staub ab.

»Nein, das … Sei einfach vorsichtig. Behalt Philip im Auge, in Ordnung?«

Etwas flackert in ihrem Blick auf. »Warum?«

»Ich habe bei ihm kein gutes Gefühl.«

Aus dem Augenwinkel bemerke ich eine Bewegung, und Brock tritt hinter ein paar Lorbeersträuchern hervor. Wie lange hat er da wohl schon gestanden und gelauscht? Wie in Zeitlupe drehe ich mich zu ihm um. Mit gestrafften Schultern steht er da, die Arme hinter dem Rücken verschränkt.

»Entschuldigen Sie, Fräulein Vestergaard, belästigt diese Dienstmagd Sie?«, fragt er.

Eve wirbelt herum. »Entschuldige, Marit, belästigt dieser Dienstbote *dich*?«, schießt sie entrüstet und mit leuchtenden Augen zurück. Brock weicht einen kleinen Schritt nach hinten und versucht, sich den Schock nicht anmerken zu lassen. Ich schaffe es kaum, mir das Lachen zu verkneifen. Eve und ich haben schon immer aufeinander aufgepasst. Wir gegen den Rest der Welt. Einmal, als Sare sich über ein paar Mohnsamen zwischen Eves Zähnen lustig gemacht hat, habe ich über die Knöpfe ihres Kleides gestrichen, sodass es aufgesprungen ist, sobald ich im nächsten Raum verschwunden bin.

Danach hat niemand mehr über Eves Zähne gelacht.

»Nein, Fräulein Eve. Hier ist alles in Ordnung«, antworte ich respektvoll. Brock verbeugt sich entschuldigend, und als er den Kopf gesenkt hat, zieht sie eine Grimasse und macht eine Geste in seine Richtung, von der ich nicht mal wusste, dass sie sie kennt.

»Lass mich wissen, falls sich das ändert«, sagt sie und schreitet anmutig aus dem Gewächshaus und durch den Blauregenvorhang.

Vielleicht braucht sie mich gar nicht so sehr, wie ich angenommen habe.

Sobald sie weg ist, versperrt Brock mir den Weg durch die Tür.

»Dieser nette kleine Streich mit den Süßigkeiten in meinem Zimmer, warst du das?«

»Nein«, antworte ich wahrheitsgemäß.

Ich will ihn beiseiteschieben, doch er bewegt sich keinen Millimeter, wie eine Steinmauer.

»Weißt du, Marit, ich habe dich beobachtet.« Langsam und bedrohlich verschränkt er die Arme. »Wie du herumschleichst. Der Bibliothek Besuche abstattest, oder Jakobs Ecke oben in der Dachstube. Irgendwas hast du vor. Und all diese Verstöße«, er hat sie an den Fingern abgezählt, »interessieren Nina bestimmt brennend.« Er drückt den Rücken durch, damit er mich noch weiter überragt.

»Du kannst mich nicht vertreiben«, sage ich mit leiser Stimme. Ich mache einen Schritt auf ihn zu. Jetzt, da er von meiner Verbindung zu Eve weiß, kann ich sie genauso gut zu meinem Vorteil nutzen. »Wenn es darauf ankommt, habe *ich* bei den Vestergaards einen Stein mehr im Brett als *du*. Aber …« Ich mache noch einen Schritt nach vorne und pflücke eine saftig pinkfarbene Pampelmuse vom Baum. »… wenn du es riskieren willst, bitte. Denk nur dran, dass ich jemanden da oben habe, der sich für mich einsetzt. Und vielleicht interessiert es Frau Vestergaard ja, wer schuld ist, dass sie sich immer wieder neue Schneiderinnen suchen muss. Oder wer ihre Vorhänge verunstaltet.«

Er macht mir gerade so viel Platz, dass ich mich an ihm vorbei durch die Tür zwängen kann.

Doch dann folgt er mir in den Laubengang. »Weißt du, was ich noch herausgefunden habe?« Er versucht, mit mir Schritt zu halten. Genervt beschleunige ich meinen Gang. »Du bleibst nachts lange wach, um deine Aufgaben ohne Magie zu erledigen.« Im Gehen zieht er eine silberne Münze aus der Tasche. Der Talisman, den er immer bei sich hat. Den er, abergläubisch wie er ist, jedes Mal in den Fingern dreht, wenn er Magie einsetzt. »Du nutzt deine Magie nicht gerne, stimmt's? Du *bunkerst* sie.«

»Und?« Ich reiße die Küchentür auf. Vielleicht sollte ich meine Drohung wahrmachen und ihn wirklich mit den Haaren am Geländer festknoten. »Was interessiert dich das?«

Fast hätte ich Liljan nicht bemerkt. Nur an Brocks Blick erkenne ich, dass sie sich nähert. Er hat gesehen, dass sie das Treppengeländer hinunterrutscht. Erst im letzten Moment bremst sie vor uns ab. Doch Brock ist nicht schnell genug – sie schnappt ihm die Münze direkt aus den Fingern.

»Halt dich fern!«, trällert sie.

Er flucht. »Liljan, du bist eine verfluchte …«

Höhnisch hält sie ihm die Münze vor die Nase, wirbelt herum und hüpft in die Küche, in der alle anderen das Abendessen vorbereiten.

»Liljan!« Brock stürmt ihr hinterher, doch sie wirft den Talisman über seinen Kopf hinweg Lara zu, die ihn kichernd fängt und zu Oliver schmeißt. Brock greift danach, erwischt ihn aber nicht, weil Liljan hochspringt und ihn wieder schnappt.

»Wie willst du dir den Firn denn jetzt bloß vom Hals halten?«, zieht sie ihn auf.

»Mach es wie ich«, ruft Signe, als Liljan ihr die Münze zuwirft. Sie reicht sie an Oliver weiter und zuckt mit den Schultern. »Bete.«

»Oder benutz nur Magie, wenn du an einem Feuer sitzt«, meint Oliver. Er wirft den Talisman zu Declan.

»Lass alles auf einmal raus und mach dann eine Woche Pause«, rät der. Die Münze fliegt in hohem Bogen durch die Luft und glänzt dabei im Schein des Feuers.

»Nein, jeden Tag ein kleines bisschen.« Jakob fängt den Talisman und schnipst ihn in einen von Dorits Messbechern.

»Du brauchst die richtige Dosis«, sagt sie. »Dann schmeckt es von alleine magisch.«

»Geh sparsam mit deiner Magie um«, sagt Rae verträumt. Sie nimmt die Münze aus dem Becher und sieht Brock mit funkelnden Augen an. Sie hält ihm die Münze hin. »Und mit der der anderen.«

Also machen sie sich doch Gedanken. Tragen Talismane wie Rüstungen. Verschleudern ihre Magie, unterstützen sich gegenseitig, hoffen auf das Beste. Mir kommen Ivys Glaskugeln im Gewächshaus in den Sinn, und ich frage mich, ob dadurch wohl Brocks Pflanzen irgendwie besser wachsen. Ob Ivy, so wie Ingrid es für mich getan hat, ein wenig von ihrer Magie abgezweigt hat, um jemandem zu helfen, den sie liebt.

»Marit hat irgendwas vor«, platzt es aus Brock heraus. Er spannt den Kiefer an, und in seinem Blick lodert ein Feuer. Am liebsten würde ich mich in einer Ecke unsichtbar machen. »Und ich traue ihr nicht über den Weg. Ich glaube, sie spioniert uns aus.«

»Was?«, kreische ich.

»Sie schnüffelt für die Vestergaards herum. Will aber nicht zugeben, warum sie wirklich hier ist. Denkst du nicht, du hättest uns diese winzig kleine, entscheidende Information nicht vorenthalten dürfen? Dass du Eve schon gekannt hast, bevor ihr beide hergekommen seid?«

»Ist das wahr?«, fragt Rae. Sie stellt sich neben Brock und verschränkt die Arme. »Kanntest du sie vorher schon?«

»J–ja«, stammle ich. »Aber, verstrickt noch mal, ich spioniere euch nicht aus.«

Mit dem Holzlöffel noch in der Hand stellt sich auch Dorit an Brocks Seite. Jakob und Liljan kommen zu mir. Wir spalten uns wie eine aufreißende Naht. Als hätte er dasselbe gedacht, zieht Brock sich die Jacke aus und reißt sie absichtlich in der Mitte entzwei. Entgeistert starre ich ihn an.

»Hm.« Er verzieht das Gesicht. »Sieht aus, als müsste das geflickt werden.« Er zögert eine Sekunde, dann hält er mir die Jacke hin. »Soll ich dir meinen Talisman leihen?«, fragt er boshaft.

Bevor ich reagieren kann, greift Jakob gereizt nach der Jacke und schleudert sie Brock entgegen.

»Kümmer dich selbst drum.«

Er zieht die Schulterblätter zusammen und stellt sich schützend vor mich. Ich versuche, die tanzenden Muskeln unter seinem Hemd nicht zu beachten.

»Ist schon gut«, sage ich ruhig und trete vor, schaue zwischen den zwei Fronten hin und her. »Es stimmt, ich kenne Eve schon sehr lange. Aber ich bin nicht hier, um herumzuschnüffeln. Ich will nur auf sie aufpassen. Wir sind zusammen aufgewachsen, sie ist wie eine kleine Schwester für mich.« Ich strecke die Hand nach Brocks zerrissener Jacke aus. »Letztendlich«, sage ich sanft, »weiß man vorher nie genau, wie weit man für eine Schwester gehen würde, oder?«

Immerhin sieht Brock ein klein wenig verlegen aus, als er mir die Jacke gibt.

»Trotzdem werde ich beim Flicken ein paar ziemlich unfreundliche Wörter benutzen«, lasse ich ihn wissen.

»Erst mal musst du dich um etwas anderes kümmern.« Nina platzt in die Küche. »Ein warmes Abendkleid für Eve. Herr Vestergaard will mit ihr und Frau Vestergaard zum Tivoli.«

Philip will Zeit alleine mit Eve und Helene verbringen.

Schon wieder.

*Er ist nur nett*, rede ich mir ein. Außerdem will er in den Tivoli, einen öffentlichen Park, in dem überall Menschen sind. Er kümmert sich um die Witwe seines Bruders, die einzige Familie, die ihm noch bleibt.

Dennoch behagt mir die Vorstellung überhaupt nicht.

Und das kann ich nur schwer verbergen, obwohl Brock meine Reaktion ganz genau beobachtet.

»Du hast was vor«, wiederholt er, grinst mich hinterhältig an und steckt seinen Talisman wieder ein.

Ich reiße ein Messer hoch, richte es auf ihn, bis er endlich davontrottet, und schneide dann damit in meine Pampelmuse.

»Meint ihr, ich schaffe es auch irgendwie in den Tivoli?«, raune ich Liljan und Jakob zu.

»Wir sollten alle hingehen«, schlägt Liljan vergnügt vor. »Du hast schon die Karten für das Ballett besorgt.« Sie leckt sich Marmelade von den Fingern. »Überlass das diesmal mir.«

# 16

DER TIVOLI IST EIN EINZIGES LICHTERMEER.
Ich folge Helene und Eve durch die Abenddämmerung zu
dem hölzernen Tor mit einem Kartenhäuschen auf jeder Seite.
Hinter dem Tor winden sich vom See aus Kanäle und Gräben
durch die Gärten. Das Licht der Gaslampen spiegelt sich im
tintenschwarzen Wasser. Ein markerschütternder Schrei lässt
mich zusammenfahren. Der Krieg ist einfach noch zu präsent.
Doch dieser Schrei wird bloß von einer der Achterbahnen
durch die Nacht getragen. Die Scharniere ächzen, und als einer der Waggons beschleunigt, ertönt noch mehr Kreischen,
vermischt mit Lachen. Irgendwo ist das Knallen von Feuer-
werk zu hören.

Ich atme tief durch und entspanne mich. Dänemark ist wunderschön.

Neben mir macht Eve riesengroße, begeisterte Augen.

Helene wirkt gereizt. Sie ist noch steifer als sonst in meiner
Gegenwart, als wären ihre Glieder von einer Eisschicht überzogen. Sie trägt den Mantel mit der Blumenstickerei und wie
immer keinerlei Schmuck. Sie trägt niemals Schmuck. Bestimmt will sie mich damit kränken.

Aleks mag die Minen zwar das erste Mal gerettet haben,

doch *ich* habe die Edelsteine gefunden und uns damit ein zweites Mal gerettet.

Nicht er.

Ich.

Heute Abend folge ich dem Duft von gebrannten Mandeln und heißem Glögg durch das Holztor. Der Kies knirscht unter meinen Stiefeln. Hinter einer Ecke entdecken wir die Tivoli-Jugendgarde, etwa dreißig Mädchen und Jungen in Uniformen wie denen der dänischen Königsgarde. Helene kauft Eve an einem Stand eine Tüte mit Haselnüssen und Marzipan. Dann neigt sie den Kopf in einer stillen Frage und kauft, auf mein Nicken hin, noch zwei herrlich dampfende Becher Glögg.

Mit der nackten Hand reicht sie mir einen davon.

Aleks hat es geliebt, dass sie sich nicht mit Schmuck aus den Minen behängt. Schon immer hat sie einfache Glasperlen den hinreißenden Rubinen oder dunklen Saphiren vorgezogen, die sich wie Feuer um die Haut züngeln. Aber sie kann sich noch so sehr weigern, unsere Edelsteine zu tragen, sie bezahlen trotzdem das Haus, ihre Kleidung und das Essen. Aleks hat das Vestergaard-Anwesen in Hørsholm von unserem neu erworbenen Vermögen gekauft. Wir haben die Ketten und Ohrringe ersetzt, die unsere Mutter im Krieg verkaufen musste. In den besten Logen im Theater gesessen und Helene beim Tanzen zugeguckt. Und auf der Hochzeit meines Bruders haben die Vestergaard-Juwelen im Haar meiner Mutter gefunkelt wie ein Universum dunkler Sterne.

Nur Helene hat keine getragen.

»Kannst du das bitte lassen?« Ihre Stimme schneidet wie Stahl durch die eisige Luft. Offenbar habe ich unbewusst »Den tapre Landsoldat« gesummt. Jetzt nippe ich am Glögg.

Feuerwerkskörper zünden über unseren Köpfen und malen glitzernde Spuren aus Feuer und Rauch an den Himmel.

»Ist das Magie?«, fragt Eve ehrfürchtig und schaut nach oben. Sie klingt beinahe verängstigt. Ich betrachte dieses kleine Mädchen, das Helene aus dem Waisenhaus mitgebracht hat.

»Nein, hauptsächlich Schwarzpulver.« Meine Antwort scheint sie zu beruhigen.

»Hast du etwas gegen Magie?«

Sie nickt. »Niemand sollte Magie nutzen.« Jetzt liegt Abscheu in ihrer Stimme. »Es ist grausam.«

Mir entfährt ein überraschtes Lachen. Eve zuckt zusammen.

»Du weißt schon, dass um dich herum alle Menschen Magie nutzen? Sogar die, die für dich arbeiten. Jeden Tag.«

»Was?« Sie wirkt entsetzt. »Das ist nicht wahr.«

»Ich versichere dir, es ist wahr.«

»Aber – bringt es sie nicht um?«

Sie sucht Helenes Blick, als könnte die ihr alles erklären, ihr eine Antwort geben, um den Schock zu mildern. Es ist äußerst amüsant und ich muss erneut kichern.

»Genau, Helene, hast du kein schlechtes Gewissen?« Ich nehme noch einen großen Schluck aus meinem Becher. »Dass du deine Diener so viel Magie für dich nutzen lässt?«

Die Musik der Jugendgarde wird leiser, im See spiegeln sich die Lichter. Helenes Schweigen ist so eisern, dass die Luft um sie herum beinahe gefriert.

»Jeder entscheidet selbst«, wendet sie sich schließlich an Eve. »Ob es ihnen das wert ist oder nicht. Ich bezahle sie sehr gut.«

Eve schluckt schwer. »Aber nicht … *jeder* im Haus hat Magie, oder?« Sie beobachtet Helene argwöhnisch. »Es ist keine *Bedingung*?«

Doch Helene hört nicht zu. Sie kocht vor Wut über mein Grinsen, das ich nicht mal versuche zu verstecken. »Guck mich nicht so an, Philip«, keift sie. »Denkst du, ich weiß nicht, was es bedeutet, für etwas zu bezahlen? Einen Teil meines Lebens für etwas aufzugeben? Was, glaubst du, ist Ballett für mich? Den Großteil meines Lebens habe ich geübt und geprobt, nur für die wenigen Momente auf der Bühne. Mein Körper hat gelitten. Und jetzt ist es vorbei. Vielleicht hat es mein Leben nicht verkürzt, aber es hat mir trotzdem Zeit geraubt.« Sie kippt den Rest ihres Glöggs auf die Straße. »Jeder entscheidet selbst.«

»Wir sind aber genervt heute Abend, nicht wahr?« Ich lehne mich auf ein Holzgeländer. »Noch mehr als üblich.«

»Du bist auch sehr nervig«, gibt sie zurück.

Ein plötzlicher Aufruhr geht durch die Menge, als die Königsgarde durch das Tor marschiert. Interessiert wende ich mich um. Also kommt der König heute Abend auch her.

Eve geht ein paar Schritte auf ein Karussell zu und untersucht die Schnitzereien im Holz. Und dann, so leise, dass nur ich sie hören kann, gibt Helene widerwillig zu: »Bournonville und ich sind uns nicht einig. Ihm missfällt meine Zukunftsvision für das Ballett, für die Tänzerinnen. Er will während seiner Abwesenheit jemand anderem die Leitung übergeben.« Sie wendet den Blick ab. »Ich weiß nicht mal, ob sie Eve vortanzen lassen.«

»Dann gründe doch deine eigene Tanzkompanie«, sage ich leichthin, doch Helenes Reaktion überrascht mich: »Genau das habe ich vor. Eve und ich könnten Tänzerinnen bei uns ausbilden – nach unseren eigenen Regeln«, sinniert sie. »Und einen Salon veranstalten, bei dem sie auftreten.« Ihr Blick schweift in die Ferne. »Und wenn Dänemark uns nicht will, gehen wir nach Paris. Oder nach Sankt Petersburg.«

König Christian IX. schreitet durch das Holztor, gemeinsam mit seiner ganzen Gefolgschaft.

»Vielleicht ist es aber auch Zeit, mich anders zu orientieren.« Gedankenverloren streicht sie sich mit den Fingern über die Lippen. »Womöglich sollte ich mich mit dem Minengeschäft auseinandersetzen.«

Ich reiße den Kopf zu ihr herum und versuche, meine Panik zu verstecken. Das kann ich nicht zulassen. Helene muss sich von den Minen fernhalten. Unsere lockere Abmachung muss bestehen bleiben: Sie erlaubt mir, über die Anteile zu verfügen, die Aleks ihr vermacht hat, und mischt sich nicht ein, niemals.

»Du willst der Welt also dein Talent vorenthalten?«, frage ich. »Ich hätte nie gedacht, dass du so schnell aufgibst.«

Da kommt mir eine Idee.

»Eve«, rufe ich. »Komm mal mit.«

Ich nehme sie am Arm und gehe mit ihr auf den König zu. Helene ist direkt hinter uns.

Meine Gedanken rasen. König Christian IX. mag zwar Europas Schwiegervater sein, aber er ist auch furchtbar unbeliebt. Die Krone saß kaum auf seinem Kopf, da hat er schon den zweiten schleswigschen Krieg und unsere Herzogtümer – unsere lebenswichtigen Handelsadern, die, für die mein Vater gestorben ist – an Preußen verloren. Seine Herrschaft steht auf tönernen Füßen, er hat große finanzielle Schwierigkeiten und versucht verzweifelt, sich mit dem Parlament zu arrangieren. Gerüchten zufolge will er sogar Dänemarks Unabhängigkeit aufs Spiel setzen.

Mir schnürt sich die Brust zu. Ich will mich nicht wieder fühlen wie dieser kleine Junge, der machtlos in der Kälte steht, kurz davor, alles zu verlieren, und sehnsüchtig Macht und Magie in einer Seitengasse anstarrt.

Wenn wir Vestergaards unsere Karten richtig ausspielen, haben wir die Möglichkeit, hier etwas zu gewinnen.

Der Vorsteher der Garde erinnert sich an den Abend im Ballett und lässt mich passieren.

»Eure Hoheit«, grüße ich den König. »Welch Ehre, Euch wiederzusehen.«

»Philip, meine Tochter Dagmar lässt Ihnen für das ausgefallene Hochzeitsgeschenk danken.«

»Für Euren Sohn König Georg I. habe ich auch noch ein Zepter«, erwidere ich leichthin. »Was für ein glücklicher Zufall, dass ich Euch hier treffe. Wir haben gerade über eine Einladung gesprochen. Es wäre uns eine Ehre, wenn Ihr uns im neuen Jahr mit Eurer Anwesenheit in Hørsholm beehren würdet. Vielleicht kann meine Nichte Eve sogar für Euch und die Königin tanzen.«

Helene verkrampft sich neben mir. Unauffällig packt sie mich mit eisernem Griff am Arm, widerspricht mir jedoch nicht. Wie könnte sie auch? Der Stein rollt bereits.

Hinter mir schwankt Eve.

Der König setzt ein höflich interessiertes Lächeln auf. »So?«

Ich gehe einen Schritt auf ihn zu. »Ich möchte gern über eine Angelegenheit von größter Wichtigkeit mit Euch sprechen«, sage ich so leise, dass nur er mich hören kann. »Etwas, das Euren Kindern hilft und ganz Dänemark.«

Jetzt liegt echte Neugier in seinem Blick. Ich habe seine Aufmerksamkeit.

Also trete ich wieder einen Schritt zurück. »Die formelle Einladung bringt Euch ein Kurier.«

»Ausgezeichnet.«

»Was machst du denn da?«, flüstert Helene mit zusammengebissenen Zähnen, sobald wir außer Hörweite sind. Von ihrem Griff bekomme ich vermutlich einen blauen Fleck am Arm. Ich schüttele sie ab. »Ich bringe Bournonville dazu, alles noch einmal zu überdenken. Was soll er denn tun, wenn du den König auf deiner Seite hast? Sorg dafür, dass es atemberaubend wird. Wenn nötig mit Magie. Mit der Unterstützung des Königs kannst du das Ballett revolutionieren und nebenbei den Namen Vestergaard noch größer machen.«

*Und dich schön von den Minen fernhalten.*

Ich sehe zu Eve, ein explodierender Feuerwerkskörper erhellt ihr zögerliches Gesicht. »Gern geschehen.« Ich tätschle Helene die Schulter.

»Danke«, murrt sie widerwillig. Sie sieht mich misstrauisch an, doch zum ersten Mal denke ich, dass sie wunderschön ist. Zum ersten Mal sehe ich in ihr keine Bedrohung. Ich zünde mir eine Zigarre an und führe sie durch die gewundenen Wege des Tivoli. Später in der Kutsche schläft Eve sofort ein. Helene deckt sie mit einer Decke zu, die Stille in der Kabine wiegt schwer.

Wieder erwische ich mich beim Summen und höre sofort auf. Ich dachte, Helene würde auch schlafen, doch sie fragt leise: »Warum schenkst du der Königsfamilie all diese Juwelen? Was für ein Spiel spielst du?«

Ich hole tief Luft. Ihr gehört dank Aleks immer noch die Mehrheit der Minenanteile, und wenn mein Plan aufgehen soll, muss sie ihn zumindest teilweise unterstützen.

»Ich schleiche mich in ihren engeren Vertrauenskreis.«

»Ja, du kaufst dich in den Kreis ein. Aber ... warum? Was versprichst du dir davon? Haben wir dadurch irgendeinen Vorteil mit den Minen?«

»Weißt du, warum Dänemark den ersten Krieg gewonnen, den zweiten aber verloren hat?«

Sie stutzt, runzelt die Stirn. Vermutlich denkt sie, ich würde das Thema wechseln, um einer Antwort auszuweichen.

Das stimmt aber nicht.

»Man sagt, wir hätten uns aus dem zweiten Krieg von Anfang an heraushalten sollen ...«, setzt sie an.

»Möglich. Die beiden Kriege waren völlig unterschiedlich. Im ersten, in dem mein Vater und mein Bruder gekämpft haben, kam Großbritannien uns zu Hilfe. Im zweiten nicht.«

»Philip, was hat das mit den Juwelen zu tun?«

Ich schließe die Augen.

Denke an die Vögel, die auf einmal aufgehört haben zu singen. An den Krieg.

An die Leichen.

Da ist ein Mann gewesen, neben mir in den Schützengräben. Er hatte Magie. Hat mich an den kleinen Jungen in der Gasse erinnert, so wie er mit den Fingern geschnipst hat.

Mich durchfährt ein Schauer.

Ich denke an die erste Leiche, die ich je gesehen habe. Damals, zusammen mit Tønnes in der Leichenhalle.

»War er furchtbar?«, fragt Helene sanft. »Der Krieg?«

»Hast du jemals wirklich Angst empfunden?«, frage ich zurück. »Wusstest du, dass sie einen bestimmten Geschmack hat?« Ich dachte, ich hätte schon als kleiner Junge gewusst, was Angst bedeutet. Als ich mich um meine Mutter gesorgt habe, um meinen Bruder. Darüber, dass wir verhungern könnten. Aber da im Krieg – da habe ich völlige Zerstörung und Erniedrigung erfahren. Da habe ich zum ersten Mal den Geschmack echter Angst wahrgenommen. Sie schmeckt nach feuchtem Schimmel. Kanonen mit Kartätschen geladen, Munition, die an mir vorbeirast, Männer mit zerfetzten Gesichtern. Ab und zu träume ich immer noch davon. Krankentragen voller Stroh, das vor Blut nur so trieft.

»Philip ...« Helene stockt.

Ich höre sie kaum. In Gedanken bin ich wieder auf dem Schlachtfeld. Ich habe keinen armen Bauern bezahlt, damit er meinen Platz dort einnimmt, wie so viele andere Reiche es getan haben.

Vielleicht wollte ich meinen Vater stolz machen, in die Fußstapfen meines Bruders treten. Vielleicht hatte ich das Gefühl, es zu verdienen, wegen der Sache, die in den Minen passiert ist. Nachdem die Bomben die Latrinen in Dybbøl zerstört hatten, flogen überall Körperteile herum, vermischten sich mit den Teilen, die schon zu faulen begonnen hatten. Die perfekte Brutstätte für Typhus. Überall Dreck, Schlamm und Blut.

Ich erinnere mich noch genau an den Moment, in dem die Vögel aufgehört haben zu singen.

Das ist immer ein sicheres Zeichen, dass der Tod naht – in den Minen genau wie im Krieg.

Ich öffne die Augen wieder. »Weißt du, warum Großbritannien uns beim zweiten Mal nicht geholfen hat? Wegen Königin Viktoria. Wegen der verdammten Königin Viktoria.« Ich blicke nach draußen in den Himmel. »Das britische Volk wollte uns helfen. Doch ihre älteste Tochter hat den preußischen Kronprinzen geheiratet. Also hat sie sich auf deren Seite gestellt. Solche Kleinigkeiten entscheiden über das Schicksal von abertausenden Menschen. Diese Hochzeit hat das Schicksal eines ganzen Landes geändert. Sie hat uns ein Viertel von Dänemarks Gebieten gekostet, unsere Würde und unzählige Leben. Als wir nach Hause marschiert sind, hat niemand ›Den tapre Landsoldat‹ gesungen. Die Hälfte von uns hat es nicht mal zurückgeschafft.«

Mein Mund ist staubtrocken, und ich schlucke schwer. Dann betrachte ich den roten Stein an meinem Finger.

»Wenn du verhindern könntest, dass das je wieder passiert, würdest du nicht alles daran setzen? Wenn es etwas gäbe, das du ändern könntest, dann würdest du es tun, oder nicht? Wenn du diese Macht hättest?«

»Hast du sie?«, fragt Helene mit klarer Stimme.

Ich schmecke den Schimmel auf der Zunge. »Du denkst, wir sind völlig verschieden. Aber, Helene, wir sind gleich. Wir haben uns beide aus eigener Kraft hochgearbeitet. Und wir beide haben noch einiges vor, um den Platz in der Gesellschaft einzunehmen, der uns zusteht.«

Und wenn wir es richtig anstellen, werden wir nicht nur das schaffen.

Wir werden die gesamte Welt verändern.

# 17

AM SELBEN ABEND ARRANGIERT Liljan auch für uns einen Ausflug in den Tivoli. Ivy haben wir ebenfalls eingeladen. Alle zusammen schlendern wir die gestutzten Buchsbaumhecken des Vergnügungsparks entlang, und ich achte darauf, dass wir auch ja nicht zu weit hinter den Vestergaards zurückfallen.

Über unseren Köpfen baumeln bunte Lampen an Schnüren und schmücken den Park wie Perlenketten. Der Mond selbst ist die strahlendste Perle. An jedem Stand riecht es nach Zucker und Alkohol, die Verkäufer preisen getrocknete Feigen an, Rosinen und kandierte Äpfel. Ich bin noch nie im Tivoli gewesen, doch Far hat immer erzählt, dass er kurz nach der Hochzeit oft mit meiner Mutter hier gewesen ist. Sie hat sich auf den Achterbahnen die Seele aus dem Leib geschrien und sich so fest an ihn geklammert, dass ihm beinahe die Finger gebrochen sind. Und nach jeder Fahrt wollte sie am liebsten gleich ein neues Ticket kaufen. Ich weiß nicht, wie sie ausgesehen hat, bei ihrem Tod war ich drei. Porträts gibt es auch nicht, doch in meinem Kopf habe ich ein Bild von ihr gewoben: dunkle Haare, rosige Wangen und stets ein Lachen auf den Lippen, immer die Hand meines Vaters umschlungen.

Sie hieß Johanne.

Es ist ein schöner Abend. Mein Wollmantel und die Handschuhe, die ich mit Zobelresten gefüttert habe, wärmen mich. Als ich trotzdem ein wenig zittere, reicht Jakob mir seinen Schal, und ich drücke die Nase tief in den Stoff – natürlich nur wegen der Kälte. Nicht etwa wegen seines Dufts.

»Ich habe kalte Füße«, jammert Liljan und stampft auf den Boden.

»Mehr Glögg!«, schlägt Rae vergnügt vor.

»Guck mal, Ivy.« Brock bleibt vor einem Stand mit Bonbons stehen. »Hier gibt es auch Zitrone, deine Lieblingssorte.«

Ich nutze die Gelegenheit, um mich davon- und näher an Eve und Philip zu schleichen. Sie sind in eine Unterhaltung vertieft, und Eve zuckt zusammen, als ein Feuerwerkskörper über ihr den Himmel erhellt. Es knallt und raucht, doch als ich fast in Hörweite bin, kommt plötzlich Bewegung in die Menschenmenge. Es wird geflüstert und geraunt, fast klingt es, als würden Libellen zum Flug ansetzen. *Die Königsgarde. Der König ist hier.* Ich werfe einen letzten Blick in Eves Richtung, weiß aber genau, dass es in dem Aufruhr aussichtslos ist, sie weiter im Auge zu behalten. Widerwillig gehe ich zurück zu den anderen.

Eigentlich dachte ich, meine kurze Abwesenheit bliebe unbemerkt. Aber so viel Glück habe ich natürlich nicht.

Auf dem Weg nach Hause zieht Brock eine Packung Bonbons heraus, die er gekauft hat. Er gießt sie seiner Schwester wie kleine Kristalle in die Hände. »Weißt du was, Ivy? Mach doch solche Bonbons mal aus Glas. Die sehen dann genauso aus, nur dass man sich die Zähne dran abbricht.«

Ivy mustert die Bonbons auf ihrer Handfläche. »Du bist nicht mal halb so gemein, wie du gerne wärst.« Bei der Bemerkung verschlucke ich mich beinahe an meinem Glögg.

»Habt ihr euch immer gut verstanden?«, fragt Liljan und grinst Jakob verschmitzt an. »Unsere Mutter hat uns ständig in einem ihrer alten Korsetts zusammengeschnürt.«

»Das kann ich mir kaum vorstellen«, sage ich.

»Er hat mein Tagebuch gelesen«, erwidert Liljan empört, als wäre sie deswegen immer noch wütend.

»Die Gedanken einer Neunjährigen«, sinniert Jakob. »Schillernd. Und voller Klagen über mich.«

»Ich konnte es ja nicht mal verschließen. Du hast mich wahnsinnig gemacht.«

»Und du hast dich gerächt. *Du ...*« Jakobs Wangen laufen rot an.

»Stimmt! Ich hab die Rückseiten deiner Hosen braun gefärbt.« Liljan bricht in schallendes Gelächter aus. »Als hättest du reingemacht.«

»Nur fürs Protokoll«, murmelt Jakob trocken und zupft an seinem Kragen. »Das hab ich nicht.«

»Hör auf.« Liljan schnappt nach Luft, Tränen laufen ihr über das Gesicht. »Sonst passiert *mir* das gleich.«

Er zieht ihr mit so viel geschwisterlicher Zuneigung am Zopf, dass ich Ingrid und Eve furchtbar vermisse. Liljan schlägt seine Hand beiseite und zeichnet ein Spielfeld auf die gefrorene Fensterscheibe.

»Was hast du vorhin gemacht, als du dich weggeschlichen hast, Marit?« Brock beugt sich vor und flüstert mir ins Ohr. Erschrocken zucke ich zurück. »Was denn? Dachtest du, ich bemerke das nicht?«

»Warum schnüffelst du mir immer hinterher?« Warnend drücke ich meine Ferse auf seinen Fuß. »Schwein.«

»Fass dir mal an die eigene Nase.« Er tritt meinen Fuß weg.

»Warum macht mein Schnüffeln mich zum Schwein, deins ist aber in Ordnung? Du warst doch wieder hinter den Vestergaards her.«

»Bei *mir* ist es in Ordnung, weil ich einen guten Grund habe.«

»Jeder denkt, sein Grund wäre gut. Merk dir das, kleines Schneiderlein.«

Ivy lehnt sich zu uns. »Was flüstert ihr da?«

»Ich gehe nur sicher, dass Marit nicht vom Weg abkommt und nie wieder zurückfindet«, sagt Brock mit einem bedrohlichen Unterton. Ich wackle mit dem Kopf, um die wachsende Spannung in meinem Nacken zu lösen. Ivy zwirbelt das Ende ihres Zopfes zwischen den Fingern.

»Brock, hör mal …« Der neckende Tonfall in ihrer Stimme ist verschwunden. »Ich werde nie mehr zu den Vestergaards zurückkommen. Auch nicht, wenn sie mich bitten.« Ihr Atem riecht nach den süßen Zitronenbonbons. »Ich nutze nämlich keine Magie mehr. Und ihr solltet das besser auch lassen.« Jetzt lauschen Liljan und Jakob ebenfalls unserem Gespräch. »Ihr alle solltet das – wirklich. Es gibt sicher andere Arbeit, die euch weniger abverlangt. Ich habe gehört, dass andere Diener eigentlich nie länger als zwei, vielleicht drei Jahre im selben Haus bleiben.«

»Ivy …«, setzt Brock tonlos an. »Du weißt genau, dass es da draußen nichts Besseres gibt. Die Vestergaards zahlen richtig gut. Sie sind niemals grausam. Und wir können jederzeit gehen, wenn wir wollen.«

»Das stimmt.« Liljan zieht sich ihre Decke enger um den Hals. »Weshalb ich eigentlich sogar noch lieber bleibe.«

»Uns geht es gut, für den Moment«, beteuert Brock. »Wir

wissen, wie vorsichtig wir sein müssen. Wo wir Magie abzapfen und einsparen können. Wir helfen uns gegenseitig. Passen aufeinander auf.« Er senkt die Stimme. »Außerdem glaube ich, dass Tante Dorit schon seit Jahren keine Magie mehr genutzt hat.«

»Das habe ich auch gedacht.« Ivy stockt. »Aber … irgendwie erwartet Helene inzwischen immer mehr. Vor allem, seit Eve da ist.«

»Das ist nicht Eves Schuld«, sage ich viel zu schnell und viel zu abwehrend. »Sie hat keine Ahnung, dass wir Magie haben. Wenn sie es wüsste, hätte sie was dagegen.«

»Na, dann …«, sagt Brock nach einem Moment bedeutsamen Schweigens, »… sollte sie es vielleicht erfahren.«

Ich zucke mit den Schultern, als wäre es mir egal, denn wenn er herausfindet, dass es das nicht ist, hat er wieder mehr Macht über mich. Und ich gebe ihm auf keinen Fall noch ein Druckmittel.

»Ivy, ich kann jetzt noch nicht gehen.« Er klingt fast verbittert. »Ich bin nicht wie Vater. Ich bin vorsichtig, spare. Wenn ich noch zwei Jahre den Vestergaard-Lohn bekomme, müssen du und Mutter euch nie wieder Sorgen ums Geld machen.«

»Du bist überhaupt nicht wie er«, erwidert Ivy sanft. Wieder spielt sie mit ihrem Zopf, dann legt sie die Hand mit den winzigen Fingern und den abgekauten Nägeln auf Brocks.

Die Kutsche bremst so abrupt, dass Liljan und ich von unseren Sitzen geschleudert werden.

Ich lande halb auf Jakobs Schoß.

»Tut mir leid«, stammle ich. Hitze steigt mir ins Gesicht, als ich ihn unter mir spüre. Jemand klopft energisch gegen die Kutschentür.

»Hier ist die Polizei«, brüllt es von draußen. »Wir müssen die Kutsche durchsuchen.«

Die Tür wird aufgerissen.

»Guten Abend«, sagt ein Mann, während er jedem von uns seine Laterne ins Gesicht hält. Er hat einen dichten Schnurrbart und trägt eine marineblaue Uniform. Hinter ihm warten noch drei weitere Uniformierte, das Licht des Feuers flackert über ihre Mienen. Sofort zieht sich mein Magen zu einem Knoten zusammen. Für den Bruchteil einer Sekunde sehe ich in ihnen die Männer, die in unser Haus gekommen sind, als Ingrid gestorben ist. Ich suche die Angelhakennarbe auf ihren Gesichtern.

Doch dann blinzle ich, und es sind wieder Polizisten.

»Entschuldigen Sie die Unannehmlichkeiten, aber wir suchen jemanden«, sagt der Erste schroff. »Eine Frau aus einem der Häuser in dieser Gegend ist verschwunden.«

»Verschwunden?«, fragt Jakob.

»Ja, eine Dienstmagd.« Der Polizist mustert uns sorgfältig. Prüft die Papiere in seiner Hand. »Ist Ihnen heute Abend etwas Ungewöhnliches aufgefallen? Eine ältere Dame, die allein unterwegs ist? Etwa fünfundsechzig, graue Haare.«

Einstimmiges Kopfschütteln.

»Hoffentlich finden Sie sie bald«, murmelt Jakob. »Es ist eiskalt heute Nacht.«

Der Polizist nickt abwesend. »Seien Sie vorsichtig und halten Sie die Augen offen.«

Er schließt die Tür wieder.

»Oh je, hoffentlich finden sie sie schnell.« Liljan schielt aus dem Fenster, und die Kutsche setzt sich wieder in Bewegung.

»Vielleicht will sie nicht gefunden werden«, meint Ivy. »Sie ist eine Dienstmagd. Vielleicht ist sie weggelaufen.«

»Ivy …« Brocks Miene verfinstert sich. »Was ist denn los mit dir? Irgendwas stimmt doch nicht. Du wirkst schon den ganzen Abend komisch. Ist in der Glaserei etwas passiert?« Seine Stimme ist kaum mehr als ein Flüstern, als er noch hinzufügt: »Mir kannst du es sagen.«

Sie beobachtet die ersten Schneeflocken durch das dunkle Fenster, als ein plötzlicher Schauer sie erfasst.

»Ich habe gesehen, wie jemand den Firn bekommen hat«, sagt sie so leise, als wäre sie ganz weit weg. »Ein kleiner Junge.« Sie kneift die Augen zu, schluckt schwer. »Er war noch so jung. Hat mich ein bisschen an dich erinnert, Brock. Seine Mutter kam immer mit ihm in den Laden und dann, letzte Woche, waren sie auf der Straße.« Ihre Stimme bricht. »Wahrscheinlich hat sie nicht bemerkt, dass er die ganze Zeit Magie genutzt hat, um sie vom Regen abzuschirmen. Seine Mutter hat geschrien. Und ich habe gesehen, wie er durch ihn durchgekrochen ist.« Auf einmal wird es viel zu warm in der Kutsche, zu angespannt. »Wie dunkle Äste. Sein Körper sah so unnatürlich aus, wie er da auf der Straße gelegen hat. Seine Mutter hat versucht, ihn zu verdecken, damit niemand ihn mit diesem Ausdruck ansieht. Mit Ekel oder Angst, oder als wäre er nicht mehr menschlich. Dabei war er doch bloß ein kleiner, süßer Junge.« Ich kann ihn in Ivys Augen sehen, den Albtraum, der plötzlich wahr geworden ist. »Wie dumm wir sind«, flüstert sie, »dass wir es überhaupt riskieren.«

Ein schweres, unheilvolles Gefühl legt sich über uns wie eine dicke Decke. Ivy hat eine unausgesprochene Regel gebrochen, dieselbe, die wir auch in der Mühle hatten: Niemals gestehen wir uns ein, welch düstere Zukunft uns womöglich alle erwartet. Trotz all der Annehmlichkeiten im Haus der Vestergaards darf ich das nicht vergessen. »Ivy …«, setzt Brock an.

»Ich bin fertig mit meiner Magie«, verkündet sie. »Und ich wünschte, ihr wärt es auch.«

Sie spielt immer noch mit ihrem Zopf, als die Kutsche unter einer Gaslaterne vor der Glaserei anhält und sie aussteigt. Sie hat das Leben ihrem Zuhause, ihrer Familie vorgezogen.

Doch sie hatte all diese Dinge jahrelang.

Jetzt, da ich weiß, was es heißt, ein Zuhause zu haben, sich zu Hause zu fühlen – vielleicht ist es sogar schlimmer, wieder zur Sicherheit, zur Einsamkeit zurückzukehren.

Als wir das Vestergaard-Anwesen erreichen, sehe ich Eve gerade noch durch die Vordertür verschwinden. Erleichtert atme ich durch. Philip ist schon wieder auf dem Weg zu seiner Kutsche, als wir aussteigen.

Er nickt uns kurz zu, hebt sogar die Hand zum Abschied. Eine unerwartet freundliche Geste. Die meisten Menschen seines Standes würden einer Gruppe Diener keinerlei Beachtung schenken.

Und in diesem Augenblick sehe ich ihn. Den Ring, den er trägt.

Eine unsichtbare Schlinge legt sich mir um die Brust, und meine Finger sind schlagartig eiskalt.

Er ist mir schon im Theater aufgefallen, aber natürlich hatte er da noch keine Bedeutung für mich.

Unverhohlen starre ich ihn an, während Philip in die Kutsche steigt, mit der Hand auf der Tür. Der Fahrer hält die Laterne so, dass das schimmernde Rot genau zu sehen ist.

Der Stein, den Philip trägt, sieht genauso aus wie der von meinem Vater.

# 18

»JAKOB«, FLÜSTERT LILJAN AM NÄCHSTEN MORGEN.
Sie zieht ihn am Ärmel in unser Zimmer, als er auf dem Weg
nach unten daran vorbeikommt, und schließt hinter ihm die
Tür möglichst unauffällig.

»Ähm, hallo, Marit.« Verlegen schaut er sich um.

Ich springe auf.

»Du musst mir helfen. Ich brauche alle Aufzeichnungen
über die Vestergaard-Edelsteine, die wir finden können«, sage
ich. »Verkäufe, Vorräte, Edelsteinarten, die sie abbauen. Jeden
Schnipsel, den du auftreiben kannst. Meinst du, du und Liljan
könnt mir dabei helfen?«

»In Ordnung ...« Er denkt über meine Forderung nach,
wirkt jetzt konzentrierter. »Gibt es einen neuen Hinweis?«

»Ich weiß, das ist viel verlangt«, weiche ich aus. Sie riskieren
ihre Arbeitsstelle. Werden noch tiefer in diese Verschwörung
hineingezogen. Trotzdem hole ich den Stein meines Vaters
aus der Tasche. »Ich glaube, Philip hat gestern Abend genau
so einen Stein getragen.«

Jakob dreht sich zu Liljan um. »Bist du dabei?«

»Spionieren wir sie aus!«, ruft sie überschwänglich, erstarrt
im nächsten Moment jedoch mitten in der Bewegung.

Ninas Schritte sind auf der Treppe zu hören, und es scheint,
dass sie auf uns zustürmt.

»Versteck dich«, drängt Liljan Jakob, und ich deute auf den schmalen Schlitz zwischen der Wand und meiner Strohmatratze. Ich falle auf die Knie und tue, als ob ich meine Uniformen in der Truhe falten würde, um Nina den Blick zu versperren.

Und zwar in letzter Sekunde. Sie klopft einmal gegen die Tür und wirbelt dann herein, ohne eine Antwort abzuwarten.

»Marit«, bellt sie. »Eve sagt, das hier muss sofort genäht werden.«

Sie hält das Kleid in der Hand, das Eve gestern im Tivoli getragen hat.

»Ja, natürlich.« Hastig reiße ich es ihr aus dem Arm. Als ich zurücktrete, kann ich Jakobs warmen Atem am Bein spüren.

Sie mustert uns einen Herzschlag lang mit zusammengekniffenen Augen. Sie spürt unsere Nervosität, bekommt sie aber nicht zu fassen. Dann, nach einer Ewigkeit, macht sie auf dem Absatz kehrt und verschwindet.

Ich umklammere Eves Kleid, den satten pinkfarbenen Stoff, den ich extra für sie ausgesucht habe. Streiche über den Satin, bis ich den kleinen, sauberen Riss im Stoff finde. Als hätte ihn jemand absichtlich beschädigt, mit einer Schere.

Das Herz schlägt mir bis zum Hals, während ich den Saum umschlage und unauffällig den Daumen in die geheime Tasche stecke.

Im Inneren finde ich einen Papierfetzen mit Punkten und Strichen.

SOS.

»Entschuldigt mich.« Ich fliege förmlich die Treppen hinab, durch den Flur ins Haupthaus und wieder hoch zu Eves Zimmer.

Sobald sie die Tür öffnet, platzt es aus mir heraus: »Geht es dir gut?« Ich komme in ihr Zimmer und schließe die Tür sofort hinter mir, um Laras neugierigen Blicken zu entgehen, die den Flur fegt. »Ist gestern im Tivoli irgendwas passiert?«

»Marit.« Eve wirft mir ein Paar Satinschuhe zu und setzt sich, um ihre Strümpfe anzuziehen. »Kannst du die Schnüre an denen festnähen? Ich ziehe mich an, während wir reden. Ich muss dir so viel erzählen, habe aber nur ganz wenig Zeit.«

Ich schiebe Wuschel beiseite und setze mich auf das Bett.

»Ich habe tolle Neuigkeiten.« Sie zieht sich die Strümpfe über die Beine. Ihr ganzer Körper scheint in einer Mischung aus Furcht und Aufregung zu sirren. »Gewaltige, die besten Neuigkeiten überhaupt. Aber zuerst – Marit, wusstest du, dass ein paar der Diener hier Magie haben?«

Mein Herz setzt einen Moment aus.

»Ich weiß nicht genau, wie ich das finde. Es fühlt sich falsch an. Ich will nicht, dass sie sie nutzen.« Sie runzelt die Stirn. »Vor allem nicht für mich. Kannst du herausfinden, wer es ist? Oder weißt du es schon?« Sie schaut mit ihren großen braunen Augen zu mir hoch.

Ich erwidere den Blick. Ich muss es ihr sagen. Darf sie nicht länger anlügen. Ich ringe um die richtigen Worte. Wie soll ich es ihr sagen? Ich stelle die Schuhe beiseite.

»Eve, ich …«

Doch sie schnappt sich ein neues Paar Schuhe und zieht sie an. »Und noch was, Marit. Es geht um Philip.« Sie zieht die Schnürbänder fest. »Er hat etwas geplant. Wir haben gestern im Tivoli den König getroffen, und Philip hat ihn eingeladen. Den *König*, Marit!«, kreischt sie. »Er kommt *hierher*! Um mich tanzen zu sehen!«

Ein Schauer läuft mir über den Rücken. Ich denke an den

Brief meines Vaters, an den geheimen roten Stein in meiner Tasche. Daran, dass er wollte, dass wir mit dem König sprechen. Um jeden Preis.

Soll ich Eve wirklich jetzt die Wahrheit sagen? Riskieren, sie zu verärgern? Unsere Beziehung aufs Spiel setzen, die mir mehr als alles andere bedeutet? Riskieren, meine Stelle zu verlieren – so kurz bevor tatsächlich der König hierherkommt? Das könnte die einzige Gelegenheit sein, die ich jemals bekomme.

»Ich weiß nicht, ob ich das schaffe«, sagt Eve. Sie greift über das Bett und nimmt meine Hand. Das Zittern in ihrer Stimme fährt mir direkt ins Herz, findet jeden noch so kleinen Riss darin und droht, es zu brechen.

»Ich helfe dir«, verspreche ich und wiederhole, was Liljan an dem kalten Tag in Kopenhagen zu mir gesagt hat. Ich schließe meine Hand um Eves. »Ich bin bei dir.«

Lara klopft an die Tür und ruft: »Fräulein Eve? Der Tanzlehrer ist hier.«

»Ich muss los«, flüstert sie und küsst mich auf die Schläfe. Und dann, so schnell wie Schneeflocken schmelzen, ist sie und dieser Moment verschwunden.

∽

»*Hygge*«, hat meine Schwester mal gesagt, »kann man nur schwer erklären, weil es ein Gefühl ist. Es ist, als würde man versuchen, eine Farbe zu beschreiben.«

Meine Kopfhaut prickelte herrlich, während sie meine Haare zu einem Zopf flocht und durch den Raum gestikulierte: Zum Feuer, das im Herd loderte, zum Schnee, der draußen alles in helles Weiß tauchte. Mein Vater stand über dem Kohleofen, und der Kessel fing unter seinen großen Arbeiterhänden an zu pfeifen. »Für mich ist es Honigtee und Æbleskiver mit Zimt und Zucker. Ein gemütlicher Sessel, eine Decke und ein gutes Buch. Wenn wir drei glücklich und zufrieden sind.« Sie schloss die Augen und lächelte. »Wenn es hier warm ist ... «, sie legte sich die Hand aufs Herz, »... obwohl die Welt furchtbar kalt ist.«

*Hygge*. Allein bei der Erwähnung steigt mir der Duft von Nelken, Zitrusfrüchten und Kerzenrauch in die Nase, von heißen Kohlestücken, die blau und orange brennen. In dem einen Jahr hat Ingrid eine Krone aus Draht gebastelt und sie mit Filzblüten und Glasvögeln verziert. Ich weiß noch, wie ich der Spitze ihres weißen Nachthemds gefolgt bin und Kerzen auf dem Kaminsims aufgestellt habe. Ich erinnere mich, wie sie Vanilleplunder nach einem alten Rezept unserer Mutter gemacht und Eiweiß mit Orangenschale aufgeschlagen hat.

Diese Wärme, die einen erfüllt, wenn man zufrieden ist, wenn man sich zu Hause fühlt, obwohl der Rest der Welt bitterkalt ist – genau das soll der König spüren, wenn er Eve tanzen sieht. Er soll sich wünschen, er könnte ewig dort sitzen und ihr zusehen.

Die ersten Dezemberwochen habe ich wie im Fieber Festtagskleider genäht und dicke Samtbänder an Tannenkränze gestickt, die jetzt an allen Fenstern und Türen hängen. Doch heute ist Heiligabend, und alle Diener haben frei. Ich trage das blaugrüne Kleid vom Abend im Ballett. Wir halten uns an den Händen, singen Lieder und stehen um den Weihnachtsbaum, der mit Girlanden der dänischen Flagge geschmückt und mit Kerzen erleuchtet ist. Ninas Stimme klingt beim Singen erstaunlich kräftig.

Für unser eigenes Festmahl hat Dorit heißen Butterrum gezaubert. Die Mischung aus Ahornsirup, Butter, rotem Pfeffer und Zimt prickelt mir auf den Lippen. Kerzen flackern in den Fenstern. Auf den Tellern türmen sich Schweinebraten mit Pflaumenfüllung, in Johannisbeersaft eingelegter Rotkohl, eingedickte Bratensoße und karamellisierte Bratkartoffeln. Wir alle kosten von der typisch dänischen Süßspeise, die Dorit auf Helenes Bitte hin kreiert hat: *Rødgrød* – rote Grütze. Heute hat Dorit die üblichen Beeren jedoch zur Feier des Tages durch köstliche Guave ersetzt.

»Wie ist es denn so in der Glaserei, Ivy?«, fragt Lara und zieht sich einen Stuhl heran, nachdem wir das Tischgebet gesprochen haben. Ich weiß nicht, ob es an Heiligabend liegt, oder daran, dass Ivy heute hier ist – doch Dorit tischt mir tatsächlich eine ganze Portion vom Schweinebraten auf.

»Gut«, antwortet Ivy. »Aber ich vermisse Dorits Kochkünste und rieche immer nach Glaspaste.«

»Ach, das ist gar nicht dein Parfüm?«, neckt Brock sie.

»Ich habe gehört, dass der König kommt.« Sie ignoriert ihren Bruder und lässt ihren Kommentar auf uns wirken. Es ist eindeutig, was sie davon hält. »Wie aufregend.«

Ich muss an all die Arbeit denken, die Helene mir für Eves Kostüme aufhalst. Ivy hatte recht, diese Veranstaltungen, um Eves Zukunft zu sichern, verlangen uns mehr und mehr Magie ab. Je dringender wir ein echtes Zuhause für Eve schaffen sollen, desto weniger fühlen wir uns selbst zu Hause.

»Na ja, Seine Königliche Hoheit hat noch nicht zugesagt«, bemerkt Brock. Als er sie breit angrinst, beugt sie sich zu einem großen Jutebeutel zu ihren Füßen.

»Ich wollte mich noch für letztes Mal im Tivoli entschuldigen. Ich hatte das Gefühl, dass wir im Streit auseinandergegangen sind. Deshalb ... habe ich Geschenke dabei!« Die Arme voller kleiner, in braunes Papier gewickelter Pakete steht sie auf und verteilt sie.

»Dann hast du deine Meinung über Magie geändert?«, fragt Brock.

»Nein«, erwidert sie stolz. »Die hier habe ich schon vor Monaten gemacht und dann von Hand fertiggestellt.«

Als sie sich mir nähert, senke ich den Kopf, konzentriere mich ganz und gar darauf, mein Fleisch zu schneiden, denn ich erwarte, dass sie an mir vorbei direkt zu Liljan geht. Doch stattdessen legt sie ein Päckchen genau vor meinen Teller. »Frohe Weihnachten, Marit.«

Mit einem unerwarteten Brennen in den Augen sehe ich zu ihr hoch. »Frohe Weihnachten, Ivy.«

In jedem der Pakete ist ein Glaswürfel. Sie sind fantastisch. Schwer und klar, als wären sie aus Eis. Die Kanten meines Würfels sehen aus wie genäht, wie bestickt. »Das sind Briefbeschwerer«, erklärt Ivy. »Aber ich habe auch eine Kuhle reingemacht, in die ihr Teelichter stellen könnt.«

Dorit strahlt sie an. »Guck dich nur an, Schätzchen. Immer erhellst du unser Leben.«

»Wie wunderschön!« Brock mag noch so ein elendiger Fiesling sein, doch wenn er seine Schwester ansieht, wirkt er wie ein völlig anderer Mensch.

»Der Nisse wird diesen Risalamande *lieben*«, sagt Liljan und schaufelt sich eine große Portion vom Milchreis mit Sahne und der versteckten Mandel auf den Teller. Sie zwinkert mir verstohlen zu, während ich warme Kirschsauce von meinem Löffel lecke. Früher in der Mühle habe ich Eve an Heiligabend auch dänische Sagen vorgelesen, während sie vorsichtig an ihrem Honigherz von Mathies geknabbert hat.

»Der Nisse ist ein Kobold und trägt eine spitze rote Kappe«, habe ich ihr erzählt. »Er ist ungefähr so groß wie du und stellt allen möglichen Unsinn an, wenn man ihm nichts zum Naschen hinstellt.«

»So einen Unfug machen wir hier nicht«, verkündet Nina warnend. »Den Nisse gibt es nur im Märchen. Aber wisst ihr, was es wirklich gibt?« Sie hält inne und trinkt einen Schluck Butterrum. »Ratten.«

Davon lässt Liljan sich nicht abschrecken. Später am Abend stößt sie die Tür zu Jakobs geheimer Kammer auf und trägt ein Tablett mit heißer Schokolade und noch mehr Risalamande hinein. Etwas von der Schlagsahne schwappt über und landet auf dem Fußboden. »Dafür wird Nina den Vestergaards meinen Kopf auf feinstem Porzellan servieren.« Sie stellt das Tablett ebenfalls auf den Boden.

»Sie wird uns hacken wie Mandeln.« Ich reiche Jakob einen Becher. »Und uns im Risalamande verstecken.«

»Vor allem, wenn sie erfährt, dass ich gestern die hier reingeschmuggelt habe«, meint er und zieht eine Dose Butterkekse hinter einer Vase hervor.

Gierig greife ich nach einem Keks, tunke ihn in die Sahnehaube meiner heißen Schokolade. Ich beobachte, wie die Krümel langsam einsinken, und kuschle mich in meine Decke.

»Für dich, Lil.« Jakob zieht ein Paket unter einem Kissen hervor und gibt es Liljan. Sie unterdrückt ein freudiges Kreischen, als sie das Papier aufreißt und ein Buch mit Gruselgeschichten entdeckt. Auf dem Umschlag sind ein abgehackter

Kopf und ein Helm voller Stacheln zu sehen.»Danke!«Glücklich drückt sie sich das Buch an die Brust.

»Du bist echt verrückt«, sagt Jakob voller Liebe.

»Und das ist für Marit.«Sie drehen sich um und halten gemeinsam ein Geschenk hoch.

»Die Kopien, die du wolltest«, verkündet Liljan und überreicht sie mir feierlich.»Du musst sie allerdings zerstören, wenn du damit durch bist.«

Jakob hat alles gefunden, worum ich ihn gebeten habe, und Liljan hat exakte Kopien erstellt. Jeder noch so kleine Schnörkel ist zu sehen. Ich blättere durch den Stapel und überfliege die Berichte. Bezahlungen an die Minenarbeiter, Verzeichnisse und Daten der Edelsteine. Sie wurden über ein Netz von vier Juwelieren verkauft, die alle zu einem Hauptgeschäft in Kopenhagen gehören. Es wird Stunden dauern, das alles durchzuarbeiten. Der Stapel ist so hoch wie meine Hand breit.

Jakob räuspert sich.»Noch eine Sache, die vielleicht hilft.« Er überreicht mir ein schweres Paket. Ich reiße es auf und halte einen dicken Wälzer über Edelsteine, Mineralien und Metalle in den Händen.»Das ist das ausführlichste Buch, das ich finden konnte.«Ich schlage es auf, spüre sein Gewicht auf meinem Schoß. Es muss ein Vermögen gekostet haben.

»Danke«, hauche ich neben Liljan, und wir beide sitzen da und drücken uns die Bücher wie Schätze ans Herz.

»Jetzt bin ich dran.«Für Liljan habe ich drei Paar Socken genäht, weil sie ihre doch ständig verliert. Und Jakob bekommt dicke Handschuhe zum Eislaufen. Als er sie anzieht, entsteht eine Lücke zwischen Handschuhen und Hemd, weil seine Ärmel wie immer ein paar Zentimeter zu kurz sind.

»Danke.«Seine Haare sind noch zerzauster als üblich, und

als er sich die Hände auf die Knie legt, berührt sein nacktes Handgelenk auf einmal meins.

Er zieht den Arm nicht weg. Die zarte Berührung schickt mir ein Prickeln unter die Haut. Ich warte darauf, dass er sich bewegt, doch das tut er nicht. Vielleicht ist dieser Moment für ihn so belanglos, dass er ihm gar keine Aufmerksamkeit schenkt.

Oder er will mich tatsächlich berühren.

Bei der Vorstellung werde ich so nervös, dass es aus mir herausplatzt: »Ich habe eine Idee!«

»Hm?« Liljan schaut von einer Illustration einer Kanone auf, eine halbe Zuckerstange hängt ihr aus dem Mund.

»Was, wenn wir Helene vorschlagen, die Vestergaard-Edelsteine in die Kostüme zu nähen? Wir erzählen ihr, dass wir für Eve etwas ganz Besonderes machen und nur Edelsteine verwenden wollen, die aus den eigenen Minen stammen. Und dass alle rot sein müssen.«

»Du bist ein Genie!«, ruft Liljan triumphierend an ihrer Zuckerstange vorbei. »Das ist perfekt!« Sie springt auf und veranstaltet einen kleinen Freudentanz. Jetzt rührt auch Jakob sich wieder, zieht meine Handschuhe aus und entzündet einen kleinen Kohleofen in der Ecke. Und obwohl die Flammen züngeln und tanzen, fühlt sich die Stelle neben mir furchtbar kalt an.

»Lasst uns für immer hierbleiben«, wispert Liljan. Sie schickt eine Farbwelle über die Wände um uns herum und verwandelt das fade Weiß in einen schneebedeckten Tannenwald. Als Jakob sich zurücklehnt, gähnt sie und legt ihm den Kopf auf die Schulter.

Nicht mal eine Minute später ist sie eingeschlafen, als hätte sie das Zimmer verlassen. Ganz vorsichtig legt Jakob sie mit dem Kopf auf eins der riesigen Kissen und deckt sie zu. Dann sieht er mich einen Moment zu lange an. Als würde gleich etwas passieren.

Ich zögere. Dann strecke ich den Arm aus und lege die Finger um sein Handgelenk.

Ich spüre, wie sein Puls sich beschleunigt.

»Hier.« Ich berühre den Saum seines Ärmels. Auch mein Herz rast, als ich die Fäden löse. »Das Bündchen sollte bis hier reichen«, erkläre ich und streife mit den Fingern über die Stelle auf seinem Arm. Ein Hauch von Wärme wirbelt über meine Haut, ein Prickeln wandert mir den Arm entlang, und mir fällt auf, wie still Jakob geworden ist. Wie nah wir uns sind, wie sein Atem bei meiner Berührung schneller geht. Schlagartig wird es warm hier drinnen, als hätte der Frühling den Winter vertrieben, als würden Bienen geschäftig summen und Blumen aus der Erde sprießen. Als würde das Leben erwachen.

»So«, sage ich, als ich seine Ärmel verlängert und die Knöpfe verschoben habe. Ich lasse die Hände sinken. »Sieht sehr gut aus.«

Er läuft rot an. »Danke«, sagt er mit heiserer Stimme und legt abwesend die Finger auf die Stelle, die ich bis eben berührt habe.

Mit Kribbeln im Bauch sinke ich noch tiefer in meine weiche Decke und lausche Liljans gleichmäßigem Atmen. In der Ecke knistert das Feuer.

»Vielleicht kannst du *damit* den Firn heilen«, murmle ich.

»Womit?« Ein Lächeln umspielt Jakobs Lippen. Wir liegen zu dritt unter dem Dachfenster, unter Sternen und Schnee, und obwohl es sicher hundert gute Gründe gibt, warum es nicht passieren sollte, wünsche ich mir genau jetzt nichts sehnlicher, als dass er sich über Liljan lehnt und mich küsst.

»Hygge«, antworte ich leise und denke an Ingrid. Wie sie sich mit geschlossenen Augen an die Brust gefasst und gelächelt hat, weil Zufriedenheit und Glück sie von innen heraus gewärmt haben.

෮෭

Drei Tage vor Silvester fährt Jakob in die Stadt, um Dr. Holm zu treffen. Liljan klettert mit ihm in die Kutsche, weil sie Besorgungen für Nina zu machen hat. Jakob winkt mir mit einer Hand zu. In der anderen hat er das Ideenbuch, das ich heute Morgen noch für ihn gebunden habe. Liljan hält inne, wirft einen Blick über die Schulter, und auf einmal liegt eine Art Schimmer in der Luft. Ich spüre, dass wir dabei sind, eine Veränderung in Gang zu setzen.

Und dann sind die beiden weg.

Nach den Feiertagen leert sich das Haus – Philip fährt zurück in den Süden. Zu Silvester wird er zwar noch einmal wiederkommen, doch danach sehen wir ihn hoffentlich monatelang nicht mehr. Seine Kutsche fährt durch den Schnee davon, und endlich kann ich wieder durchatmen. Ivy ist die Letzte, die heute abreist. Sie will sich eins der Vestergaard-Pferde leihen, sattelt es gerade im Stall. In ein paar Tagen wird auch sie wiederkommen, um auf das neue Jahr anzustoßen. Ich zupfe an meiner Schürze und werde dieses unsichere Gefühl einfach nicht los, das sich wie Spinnweben um meine Brust legt.

Zeit, Helene auf die Steine anzusprechen.

Ich laufe auf ihr Schlafzimmer zu, Liljans Kopien und Skiz-

zen trage ich in einer Ledermappe unter dem Arm. »Du musst
es nur selbstsicher präsentieren«, hat Liljan mir gestern Abend
gesagt und dabei purpurne und scharlachrote Farbe auf das
Papier gezaubert.

»Kannst du das nicht übernehmen? Du kannst so was viel
besser als ich.«

»Du schaffst das schon, Marit.«

Vor Helenes Tür bleibe ich stehen und zupfe mir einen un-
sichtbaren Fussel von der Schürze. Dann klopfe ich an. »Frau
Vestergaard?«

Nichts, nur Schweigen.

In der nächsten Sekunde wird die Tür so abrupt aufgerissen,
dass ich erschrocken rückwärts springe.

»Sie ist ausgegangen«, sagt Lara. Sie ist über und über mit
Ruß bedeckt – vermutlich hat sie Helenes Kamin gesäubert.
»Schon heute Morgen.« Ein Fleck ziert ihre Wange, und sie
hält den Staubwedel wie eine Waffe in der Hand.

»Ist Eve auch nicht da?« Ich drehe mich zu ihrem Zimmer
um, und bei der Hoffnung auf ein paar Momente mit ihr allein
macht mein Herz einen kleinen Hüpfer.

»Weiß nicht genau«, antwortet Lara. Unter uns wird die
Haustür mit einem fürchterlichen Kratzen aufgerissen.

Jemand taumelt herein, Schnee wirbelt durch die Eingangshalle.

»Wer ist da?«, ruft Lara und späht über das Treppengeländer.

Kälte wabert von draußen herein.

»Helft mir«, ertönt eine Frauenstimme. »Ich brauche Hilfe.
Draußen, auf der Straße.« Ein röchelndes Luftholen, es klingt
fast wie ein Schluchzen. »Ich glaube, sie sind beide tot.«

Lara lässt den Staubwedel fallen und schreit.

Denn da in der Eingangshalle steht Helene Vestergaard.

Und die Vorderseite ihres Mantels ist getränkt mit dunkelrotem Blut.

# 19

»IN DER KUTSCHE«, presst Helene hervor. Sie zittert am ganzen Leib. »Hilfe.«

Wie durch Wasser wate ich auf die Eingangshalle zu, höre, wie jemand fragt: »Was ist passiert?«

Ich gehe weiter. Furcht und Stille kriechen durch mich hindurch, weben sich wie eisige Fäden durch meinen Körper. Ich höre nichts, keinen Laut.

Und dann bricht alles über mich herein.

Panik, laute Stimmen, mein eigener Herzschlag, der mir feucht und heiß in den Ohren pocht.

»Ist das Ihr Blut, Helene?«

Benommen schüttelt sie den Kopf.

»Von wem denn?«

*Liljan?*

*Jakob?*

*Eve.*

Bei den anderen würde mein Herz auch brechen, doch bei ihr … oh, bei ihr wäre es am schlimmsten.

Ich stolpere die Treppen hinunter, auf die offene Haustür zu, gegen eine Wand aus eisiger Luft, als Nina die Kutsche aufreißt. Declan hält das erste Bündel fest umklammert und schleppt es zum Lieferanteneingang. Galle steigt mir die Kehle hoch. Er ringt mit dem Gewicht des schlaffen Bündels.

Das Gewicht eines Menschen.

Nina keucht auf.

»Brock, hilf uns!«, schreit sie über die Schulter.

»Was ist passiert?« Er taucht in der Küchentür auf und packt sofort mit an.

»Macht drinnen den Tisch frei«, weist Nina uns an. »Wir brauchen heißes Wasser und Verbandszeug.«

»Und holt Jakob«, ordnet Helene an.

»Er ist nicht hier«, sagt Lara mit bleicher Miene. »Er trifft sich in der Stadt mit Dr. Holm.«

Helene flucht, als das Bündel zwischen Brock und Declan ins Wanken gerät. Blut tropft in den weißen Schnee. Ein Mann stöhnt, und als die Decke zur Seite rutscht, erkenne ich ihn mit Schrecken:

Es ist Philip.

Brock und Declan schleifen Philip in die Küche. Wir hasten an ihnen vorbei und räumen den Tisch. Suchen Tücher, mit denen wir die Blutung stoppen können.

»Hol Dr. Holm her«, bellt Helene Declan an. »Los!«

»Das Mädchen«, murmelt Philip träge, während sie ihn auf den Tisch legen. »Wurde angegriffen … hab versucht … ihn abzuwehren.« Er zuckt zusammen, und Blut fließt aus einer Schnittwunde an seiner Seite.

Alles um mich herum steht auf einen Schlag still, als wäre selbst der Staub in der Luft erstarrt.

Welches Mädchen?

Wo ist Eve?

Warum ist sie nicht bei Helene?

Furcht erfasst mich. So große Furcht, dass ich mich nicht traue zu fragen. Mit Eisfingern klettert sie Wirbel für Wirbel meinen Rücken hinauf, umschlingt mein Herz mit Frost und Dunkelheit.

»Welches Mädchen?« Brock schaut panisch von Philip auf. »Was für ein *Mädchen* meint er?«

Helene atmet tief durch und tritt einen Schritt vor. Ihr Ausdruck, so voller Kummer, voller Mitgefühl, spricht Bände. Sie sucht Dorits Blick, legt ihre blutverschmierte Hand zuerst auf die der Köchin, dann auf Brocks.

»Ich konnte sie in die Kutsche ziehen«, haucht sie. »Es tut mir leid, aber es war schon zu spät.«

»Oh, Ivy«, flüstert Nina. »Oh … nein.« Völlig kraftlos lässt Dorit sich auf einen Stuhl fallen.

Unser panisches Treiben hat jeden Diener im Haus alarmiert, doch jetzt sind wir alle still. Vor Grauen erstarrt. Brock wirbelt herum und rast nach draußen zur Kutsche. Dorit versucht, aufzustehen und ihm hinterherzuhumpeln, doch Nina hält sie auf. »Nicht, Dorit. Bleib hier.«

»Was ist passiert?«, erklingt eine Stimme hinter mir. Eine kleine, verängstigte Stimme. Vertraut.

Auch ich wirbele herum. Sie ist es.

Eve.

Entsetzt und winzig klein. Sie wirkt verkrampft, überhaupt nicht so elegant wie sonst. Ich unterdrücke einen Aufschrei und dränge mich an all den Dienern vorbei zu ihr. Berühre sie unauffällig am Handgelenk, als niemand hinsieht. Inhaliere den Duft ihres Haaröls und der Creme, mit der sie die Ledersohlen ihrer Ballettschuhe einschmiert. Spüre ihren Puls, wie er kräftig und schnell schlägt.

»Was ist mit ihm passiert?«, fragt sie flüsternd und starrt zum Tisch, als Philip aufschreit.

»Sieh nicht hin.« Ich ziehe sie an mich. Blut läuft vom Tisch und bildet eine Lache auf dem Boden. In der Küche riecht es nach Eisen. Irgendetwas auf dem Herd verbrennt.

»Besorg Handtücher«, weist Helene Nina an. »Und Eve – kann jemand sie ins Haupthaus bringen?«

»Ich mach das«, melde ich mich hastig zu Wort. Übelkeit steigt in mir auf.

»Nein, Marit. Dich brauche ich hier.« Sie sieht mir in die Augen. Mit aller Kraft ignoriere ich das dunkle, getrocknete Blut in ihren Haaren. »Du musst ihn nähen.«

*Was?*

*Nein.*

Als ich Eves Handgelenk loslasse, sinkt sie an der Wand hinab und kauert sich in den Schatten zusammen. Starrt zu Philip.

»Ich habe keine medizinische Ausbildung.« Verzweifelt sehe ich mich um.

»Die hat niemand hier. Aber wir müssen die Blutung stoppen, sonst stirbt er, Marit.« Helene packt mich an den Schultern und starrt mich eindringlich an. »Versuch es.«

Ich ringe die Hände und konzentriere mich auf ihren Duft. Da ist noch eine kleine Spur von Narzisse, von Leben. Rae und Signe bringen Handtücher. Der Kessel auf dem Herd kreischt schrill. Mit aufgewühltem Magen schleppe ich mich auf den Tisch zu. Philip windet sich vor Schmerzen. Er ist wie weggetreten. »Halt still«, sagt Helene. »Du verlierst zu viel Blut.«

»Hier ist etwas Laudanum, gnädige Frau.« Ninas Hände zittern, als sie ein wenig für Philip abfüllt und dann Dorit einen Löffel reicht. Er schluckt es, während ich ihm die Kleider vom Oberkörper schäle und versuche, mich dabei nicht zu übergeben. Überall ist Blut, und viel zu viel Fleisch. Ein paar der klaffenden Wunden sind so tief, dass ich glaube, sogar Muskeln zu sehen.

Ich schiebe noch mehr Stoff beiseite und finde darunter einen Flickenteppich aus vernarbter Haut. Kratzer und Schrammen. Manche sehen aus wie Verbrennungen, andere wie Schnitte. Einige sind frisch und noch nicht verheilt, andere sind älter und verblassen bereits.

So viele Narben. Doch jetzt ist nicht die Zeit, mich zu fragen, woher sie stammen.

»Du schaffst das«, ermutigt Helene mich. Sie stellt sich zu mir. Lara reicht mir eine Nadel und schwarzen Faden. Dabei habe ich keinen Schimmer, was ich hier tue. Keine Idee, wie ich dieses Chaos flicken soll. Ich reiße mich zusammen und wage ein paar zaghafte Stiche, doch aus Philips Seite sickert zu viel Blut, ich kann nichts sehen.

Er stöhnt auf, wird ohnmächtig.

Keine Ahnung, wie viel Blut ein Mensch verlieren kann, bevor er stirbt, aber vermutlich nicht viel mehr als das hier.

Wenn ich nicht bald etwas tue, stirbt Philip. Ohne Vorwarnung überrollt mich alles, was ich in mir vergraben habe: der Verdacht gegen die Minen. Die Vermutung, dass die Vestergaards mitverantwortlich sind für die Zerstörung meines Lebens. Oder dass Philip die Beziehung zu Eve nicht ohne Hintergedanken aufbaut. Ziemlich viele Gründe, ihn hier sterben zu lassen, oder? Obwohl ich ihn vielleicht retten könnte?

Ich lege die Nadel auf den Tisch und beschwöre meine Magie, spüre das kalte Kribbeln in den Fingern. Ich verbanne alle Gedanken aus meinem Kopf – daran, dass ich mit der Hand in Haut eintauche, die viel zu weit aufgerissen wurde, weiter hinein in die tieferen Schichten darunter. Mit geschlossenen Augen stelle ich mir vor, die Wunde wäre bloß einer der Vorhänge, die Brock zerstört hat. Mir kommt wieder in den Sinn, wie ich mit den Fingern über Mathies' Markise gestrichen bin und mir gewünscht habe, ich könnte auch die Wunden der Menschen heilen. Nun habe ich die Gelegenheit dazu. Ich berühre Philips Verletzung und stelle mir vor, ich würde ein Stück Stoff flicken. Ich lasse die Magie aus mir herausfließen und spüre, wie die Wunde sich langsam schließt.

Doch da sind noch viel mehr Wunden, als hätte jemand ihn mit einem Messer aufgeschlitzt. Ich konzentriere mich auf die drei schlimmsten. Während ich mit der letzten beschäftigt bin, fällt mein Blick auf Philips Hand. Auf den roten Edelstein.

Und dann ertaste ich etwas mit den Fingern. Etwas Kleines, Spitzes.

Vorsichtig pule ich es heraus.

*Was ist das?*

Eine Kugel?

Ein Schrapnell?

Nein, das macht keinen Sinn. Philip ist übersät mit Stichwunden.

Ich lege das kleine Ding beiseite und richte meine volle Aufmerksamkeit wieder darauf, die Wunden zu nähen.

Als ich fertig bin, lehne ich mich seufzend zurück.

»Du hast es geschafft.« Helene streift meine Schulter mit der Hand. »Danke.« Auf einmal sieht sie furchtbar erschöpft aus. Nina drängt sich mit Verbänden an uns vorbei und wickelt sie um Philips Wunden. »Bereitet das Gästezimmer vor«, wendet Helene sich an den Rest von uns. »Er bleibt hier, bis er gesund ist. Und …« Ihre Stimme bricht. Sie spannt den Kiefer an. »Jemand sollte den Leichenbeschauer informieren.«

Vor dem leuchtenden Schnee im Hintergrund erhebt Brocks Silhouette sich wie ein dunkler Schatten im Türrahmen. Er taumelt in die Küche, seine Schwester an die Brust gedrückt.

Ivy ist ebenfalls blutüberströmt. Ihre Hände und der hellblonde Zopf hängen schlaff in Brocks Armen, die Finger wirken leblos und kalkweiß.

Die Finger, mit denen sie die Briefbeschwerer erschaffen hat. Die Augen, mit denen sie mich trotz allem freundlich angestrahlt hat. Sie scheinen jetzt erloschen wie eine Kerze.

Atemlos lehne ich mich zurück, Lara geht mit einer Schüssel voll warmem Wasser neben mir in die Hocke. Mit aller Kraft schrubbe ich mir Philips Blut von den Händen, bis die Haut ganz rot ist und das Gefühl der Magie langsam abebbt. Aus reiner Gewohnheit untersuche ich meine Handgelenke.

Kein Firn zu sehen. Zitternd vor Erleichterung stoße ich die Luft aus.

Doch als ich aufsehe, starrt Eve mich an.

Ich hatte fast vergessen, dass sie da ist. Dass sie in eine Ecke gekauert dasaß und beobachtet hat, wie Magie aus mir herausgeströmt ist, obwohl ich geschworen habe, dass ich sie nicht besitze. Erkenntnis verschleiert ihren Blick wie Wolken die Sonne, und ihr huschen alle möglichen Gefühle als Schatten über das Gesicht: Entsetzen, Wut, Enttäuschung, Ungläubigkeit. Doch was letztendlich bleibt, ist bloß Trauer.

Die Art Trauer, die sich einnistet wie ein hartnäckiger Fleck, der etwas Wertvolles ruiniert, sodass man es irgendwann wegwirft und sich nur noch an die Erinnerung klammert.

℃

Etwa eine Stunde später kommen Dr. Holm, Liljan und Jakob trotz der Kälte leicht verschwitzt bei uns an. Ihre Pferde haben vor Anstrengung schon Schaum vor den Mäulern. Jakobs Gespräch mit Dr. Holm war gerade zu Ende, als Declan sie erreicht hat. Sie sind natürlich sofort aufgebrochen und überstürzt ins Haus geplatzt. Jetzt sind die Eingangshalle und die vordere Wohnstube überfüllt mit Polizisten, dem Bestatter und neugierigen Nachbarn aus dem Anwesen eine halbe Meile von hier. Philip wurde auf einer behelfsmäßigen Trage aus Laken und Brettern nach oben in eins der freien Schlafzimmer gebracht. Er ist nicht bei Bewusstsein.

»Und Sie, Frau Vestergaard?«, fragt der Polizeichef in der vollen Wohnstube. Zwei der Polizisten erkenne ich. Sie haben unsere Kutsche auf dem Rückweg vom Tivoli durchsucht. »Sie haben nichts gesehen?«

Ich habe mir inzwischen eine frische Uniform angezogen. Wir alle versuchen, Dorits und Brocks Aufgaben zu übernehmen. Doch selbst die Orchideen können den Geruch von verbranntem Kaffee nicht überdecken. Ich stelle eine frische Kanne Tee auf den Tisch und positioniere mich so, dass ich möglichst viel mitbekomme.

»Als ich sie gefunden habe, war der Angreifer schon weg«, antwortet Helene. Auch sie hat ein sauberes Kleid an und Liljan gebeten, das blutbesudelte zu verbrennen. »Er muss geflohen sein. Vielleicht sollten Sie die Krankenhäuser überprüfen. Womöglich ist jemand mit Kampfverletzungen eingeliefert worden.«

»Wir durchkämmen die gesamte Gegend«, versichert der Polizist und steckt seinen Notizblock weg. »Dennoch schlage ich vor, dass Sie, Frau Vestergaard, nicht mehr alleine reisen, bis wir den Täter gefunden haben. Seit letztem Monat werden schon zwei Personen vermisst, und bisher haben wir sie nicht finden können. Ich möchte Ihnen keine Angst machen, aber möglicherweise besteht da ein Zusammenhang.«

»Vielen Dank, meine Herren.« Als auch die letzte Gestalt aus der Eingangshalle verschwunden ist, schließt Helene die Tür und verriegelt sie zweifach.

Eve hockt in einem Versteck und lauscht, wie wir es früher in der Mühle gemacht haben, wenn Ness bis spätabends mit Eltern oder ihrem gelegentlichen Herrenbesuch geredet hat. Ich weiß noch, wie ich neben Eve auf den Stufen gekniet habe, und ihre Haare mich am Bein gekitzelt haben. An manchen Abenden musste ich ihr die Hand über den Mund legen, damit ihr Kichern uns nicht verrät. Ich werde sie nicht aufgeben. Zaghaft lächle ich ihr zu, doch sie dreht sich abrupt weg.

Liljan und ich zünden im Dienstbotentrakt mehr Kerzen als üblich an, damit die Dunkelheit selbst aus den hintersten Winkeln des Hauses verschwindet. Überall sehe ich dieselbe fassungslose Trauer, mit der auch die Waisen am ersten Tag in der Mühle immer zu kämpfen haben. Man betrachtet das Leben durch ein zersplittertes Fenster. Versucht, hinter den Verzerrungen etwas Vertrautes zu entdecken, dabei ist auf einmal nichts mehr wie vorher.

Ich kann nur noch daran denken, wie Eve mich angesehen hat: als hätte ich sie verraten.

Jedes Mal wenn ich die Augen schließe, sehe ich ihre Miene vor mir, ihre schlaffen Schultern und das hektische Blinzeln. Mein Bauch zieht sich zu einem Knoten zusammen. Wie nennt man es, wenn man jemanden vernichtet, den man liebt? Ein tonnenschweres Gewicht lastet auf mir, eine schreckliche, schleichende Kälte erfüllt mich.

Das genaue Gegenteil von *hygge*.

Wir beseitigen das restliche Chaos in der Küche, und ich sammle die letzten blutigen Handtücher ein, um sie zu verbrennen. Doch aus einem davon fällt etwas klirrend zu Boden. Ich hebe es auf.

Es ist klein, scharf und blutverkrustet: das Ding, das ich aus Philips Wunde gezogen habe.

Beinahe hätte ich es zusammen mit den Handtüchern weggeworfen. Bloß ein weiterer Teil dieses schrecklichen Tages, der vergessen werden will.

Doch stattdessen entscheide ich mich, zum Waschbecken zu gehen. Ich halte es unter Wasser und fange an zu schrubben. Rotes Blut fließt in den Abfluss.

Vorsichtig drehe ich das Ding zwischen den Fingern. Jetzt, wo es sauber ist, ist es fast transparent.

Ich halte es gegen das Licht und begreife endlich, was ich da in den Händen halte.

Einen Glassplitter.

# 20

AN DIESEM ABEND KRIECHE ICH INS BETT und starre in die Dunkelheit, als Liljan die Kerze ausbläst.

»Liljan«, flüstere ich. »Da war was Komisches, als ich Philip vorhin genäht habe.«

Sofort dreht sie sich im Bett zu mir um. »Was?«

»Da war ein Glassplitter.«

»Ein Glassplitter?«

»Ja.«

»Wo?«

»In seiner Wunde.«

Sie setzt sich auf.

»Ich kann mir nur nicht erklären, wie er da hingekommen ist ...«, murmle ich.

Der Tod scheint diese Familie und alle, die mit ihr zu tun haben, zu verfolgen. Erst mein Vater und die anderen Minenarbeiter. Dann Ingrid, nachdem diese dubiosen Männer den Stein in unserem Haus gesucht haben. Aleks Vestergaard. Ivy. Und jetzt ist Philip schwer verletzt und schwebt zwischen Leben und Tod.

So viel Gewalt und Unglück können doch kein Zufall sein.

Bisher war Philip mein Hauptverdächtiger, doch dieses Mal ist er selbst das Opfer. Und wenn man seiner Geschichte glaubt, hat er beim Versuch, etwas Heldenhaftes zu tun, fast sein Leben gegeben. Für ein Dienstmädchen wie mich.

... wäre da nicht dieser Glassplitter.

Liljans Stimme ist nur ein Flüstern. »Glaubst du, dass er von Ivy kommen könnte?«

»Das habe ich auch gedacht. Aber er hat gesagt, er wollte ihr helfen.«

»Er könnte lügen, oder?«

»Aber warum? Warum zum Teufel sollte er Ivy verletzen wollen? Das ergibt keinen Sinn.«

Schweigend schaue ich zur Zimmerdecke hoch.

»Da ist noch was, das mich beschäftigt.« Unruhig rutsche ich auf meiner Matratze hin und her. »Philips Geschichte geht nicht auf. Er ist vor Ivy losgefahren. Wie kann er dann zufällig da gewesen sein, als sie angegriffen wurde?«

»Weiß nicht. Und Helene hat den Angreifer auch nicht gesehen?«

Ich schüttle den Kopf und überlege. Es gibt keine weiteren Zeugen – wir haben nur Helenes und Philips Aussagen. Aber kann man ihnen trauen?

Auf einmal erstarrt Liljan, als vor unserer Tür ein Geräusch ertönt.

Ich habe es auch gehört.

Schritte und knarzende Bodendielen.

Ein kräftiges Klopfen lässt mich hochschrecken. Liljan springt auf die Füße, zieht ihren Morgenrock über und öffnet die Tür einen Spalt.

Das Mondlicht ist hell genug, dass ich den Saum von Eves Nachthemd unter ihrem Mantel erkenne, als sie in unser Zimmer stürmt.

»Eve?« Überrascht schlage ich meine Decke zurück.

»Ich muss mit Marit sprechen«, sagt sie leise, aber bestimmt zu Liljan.

Entschlossen dreht sie sich zu mir um und lässt den Blick kurz durch das Zimmer schweifen, während ich ein Streichholz suche und die Kerze anzünde. »Komm her.« Ich stelle das flackernde Licht ans Bett, setze mich im Schneidersitz darauf und klopfe auf die Steppdecke neben mir. Doch sie bleibt stehen, hält eine Armlänge Abstand. Liljan kriecht wieder unter ihre eigene Decke und macht sich so klein wie möglich.

»Nein.« Feuer lodert in Eves braunen Augen. Sie wirkt aufgewühlt. »Du hast mich *angelogen*, Marit.«

»Es tut mir leid, ich …«

»Weiß *sie* Bescheid?« Liljan wird von einem bösen Seitenblick getroffen und schrumpft noch weiter in sich zusammen. Ihre Decke nimmt das Muster der Tapete an. »Du kennst sie kaum einen Monat und hast ihr schon von deiner Magie erzählt?«

»Eve«, setze ich zu einer Erklärung an. »So ist das nicht. Sie hat auch Magie. Alle, die hier arbeiten …«

Eve stößt ein ungläubiges Lachen aus. »Also wissen *alle* Bescheid? Nur ich nicht?«

»Na ja, ja, aber …«

»Du hast mich mein ganzes Leben lang angelogen.« Sie verzieht die Lippen, wie sie es immer tut, wenn sie vor Wut weinen muss.

Ich halte den Mund. Denn es stimmt, ich habe gelogen. Immer und immer wieder, weil ich nicht wollte, dass sie sich Sorgen um mich macht. Und es zu lange versäumt habe, ihr die

Wahrheit zu sagen. Ich schäme mich, und meine Entschuldigungen kommen mir unzureichend vor.

»Marit.« Sie holt zitternd Luft, und die Worte stolpern ihr von den Lippen. »Ich weiß, dass du denkst, für mich müsste jetzt alles perfekt sein. Weil ich eine Familie habe, und mehr Geld, als ich mir jemals hätte erträumen können, und weil ich tanzen kann, aber ...« Sie schluckt, ihre Stimme wird immer höher, je näher die Tränen kommen. »... in Wahrheit habe ich dich hier am meisten gebraucht. Du bist das Einzige, das mir aus meinem alten Leben noch geblieben ist. Alles hier ist anders – *alles* –, und ich hätte bloß diese eine Sache gebraucht, die noch dieselbe ist.«

Ich habe das Gefühl, mein Faden gleitet viel zu schnell durch den Stoff, und wenn das Ende aus der Nadel rutscht, bevor ich es greifen kann, dann habe ich ihn für immer verloren. In der Mühle habe ich stets geglaubt, dass nur die Zukunft Eve und mich auseinanderbringen könnte – die Entscheidungen anderer Leute, die ich nicht kontrollieren kann. Doch stattdessen ist es die Vergangenheit. Meine eigenen Entscheidungen reißen uns auseinander.

»Aber du hast mich angelogen, die ganze Zeit. Jetzt fühlt es sich an, als wäre alles andere auch nicht echt gewesen. Du hast mir das auch genommen.« Heiße Tränen der Wut kullern Eve aus den Augen. Bei dem Schmerz in ihrer Stimme zieht sich mein Herz zusammen. »Früher war ich mir sicher, dass du mich liebst. Ehrlich gesagt war das die einzige Wahrheit, die ich kannte. Aber jetzt ...« Sie verstummt und zuckt mit den Schultern.

Ich sauge scharf die Luft ein. »Es ist immer noch wahr, Eve.« Ich versuche, den Schmerz in meiner Stimme nicht Überhand gewinnen zu lassen.«Ich weiß, ich habe gelogen, und es tut mir unendlich leid. Aber du musst mir glauben, dass ich alle Entscheidungen nur getroffen habe, weil du mir so wichtig bist.« *Manchmal habe ich damit sogar mein eigenes Leben riskiert*, denke ich, spreche es aber nicht aus.

Abwesend klopft sie mit den Fingern auf ihrem Mantel herum. Das macht sie immer, wenn sie verängstigt oder wütend ist. Ich habe sie wirklich verletzt.»Du warst für mich immer mehr eine Schwester als eine Freundin.«Jetzt zittert ihre Stimme.»Aber jetzt, Marit, bist du nichts von beidem. Also … solltest du dir vielleicht eine andere Stelle suchen, um mit deiner Magie zu arbeiten.«

Ihr ganzer Körper strahlt diese einschüchternde Selbstsicherheit einer Primaballerina aus, als sie aus der Tür rauscht. Jahre des Vertrauens, der Liebe, der Verbundenheit sind zerbrochen und dahin, einfach so. Es kam mir schon immer ungerecht vor, wie leicht Vertrauen zerstört werden kann. Im einen Moment war es noch da, und dann wurde es ausgelöscht.

Endlich wagt Liljan, wieder unter ihrer Decke hervorzukommen.»Ich wusste nicht, dass so viel Leidenschaft in einer so kleinen Person stecken kann.« Als sie meinen Gesichtsausdruck sieht, setzt sie sich auf und umschlingt ihre Knie mit den Armen.»Du weißt doch, wie wütend man werden kann, wenn man noch so jung ist. Sie meint es nicht so.«

Heiße Tränen tropfen auf meine geballten Fäuste. Ich wollte nie, dass Eve sich Sorgen um mich macht. Dass sie fürchten muss, der Firn könnte mich ihr eines Tages wegnehmen, so wie er ihr die Mutter genommen hat. Ich weiß, wie es ist, mit der Angst zu leben, dass der Firn einen geliebten Menschen holt. In all der Zeit habe ich gedacht, ich würde sie beschützen.

Stattdessen habe ich bloß eine Schutzmauer um mich selbst errichtet und Eve damit ausgeschlossen.

Ich ziehe mir die Decke bis unter das Kinn.

Ivys Briefbeschwerer scheint mich von der Fensterbank aus anzufunkeln.

ॐ

Am nächsten Morgen mache ich einen kleinen Umweg an Philips Zimmer vorbei. Die Tür ist nur angelegt, und so erhasche ich einen Blick hinein. Neben dem Bett sitzt sein Kammerdiener – ein schmächtiger Mann mit Schnurrbart und nervösen, spinnenartigen Fingern. Durch das Fenster fällt schwaches Sonnenlicht herein und lässt Philips Haut in einem ungesunden Grauton leuchten. Seine Brust scheint sich kaum zu heben. Zum ersten Mal läuft mir bei seinem Anblick kein kalter Schauer über den Rücken.

Er tut mir sogar leid.

Schnell laufe ich weiter, um ein Korsett zu holen, das ich für Helene flicken soll. Doch Dr. Holm diskutiert mit ihr in der Eingangshalle, und als er mich auf meinem Rückweg entdeckt, hält er inne. »Ist das die Schneiderin, die Philip genäht hat?«

Helene nickt.

»Das war gute Arbeit.« Er wirft den Kopf zurück. »Ich bin noch nicht auf die Idee gekommen, Wunden mit Magie zu nähen. Lassen Sie mich wissen, wenn Sie ihre Dienste hier nicht mehr benötigen.«

Ich drehe mich weg, bevor ich die Antwort hören kann. Er spricht von mir, als wäre ich eine Schere oder ein Skalpell, er benutzen kann. Schnell klemme ich mir das Korsett unter den Arm, laufe durch den unteren Flur und schlüpfe aus der Hintertür. Ich brauche etwas frische Luft – einen Moment voller Leben und Farbe. Vorsichtig schiebe ich den Riegel vom Gewächshaus zurück und wandere durch die Gänge, durch trübes Licht, vorbei an den Glaskugeln, und atme den feuchten Geruch der Dinge ein, die hier wachsen und erblühen.

Wenn Ingrid noch da wäre, hätte sie dann schon herausgefunden, was mein Vater uns mitteilen wollte? Hätte es einen einfacheren, einen direkteren Weg gegeben, wenn ich den Hinweis mit der Bank früher entschlüsselt hätte? Zehn Jahre sind vergangen, zehn Jahre voller Möglichkeiten, die verstrichen sind. Zeit, in der Menschen gestorben sind, Könige gekrönt wurden und Landesgrenzen sich verschoben haben. Vielleicht habe ich die Gelegenheit verpasst, und jetzt ist es zu spät. Weil ich mich so darin verbissen habe, dass Far Ingrid diesen Brief geschrieben hat und nicht mir, dass ich nicht sehen konnte, was direkt vor meiner Nase war.

Ich stecke violette Ranunkelstiele in alte Marmeladengläser, die ich zufällig entdeckt habe. Dann schiebe ich Erde über ein paar Samen, als würde ich ein Bett machen. Leben, Leben, Leben. Ein kleiner Akt des Widerstands, während alles um mich herum zusammenbricht oder stirbt. Zurück im Haus stelle ich die eingepflanzten Samen zu Ivys Briefbeschwerer auf die Fensterbank.

Auf dem Weg nach unten bleibe ich stehen, als ich fremde Stimmen vernehme. Zwei Männerstimmen dringen aus der Küche, und ich erkenne keine davon.

Vorsichtig umrunde ich die letzte Ecke und wische mir die restliche Erde von den Händen. Ein Mann sitzt am Küchentisch und schlürft lautstark den Haferschleim. Pomade glänzt in seinen Haaren. Das Hemd spannt über den Muskeln seines Oberkörpers, sein Gesicht leuchtet rot wie ein Hummer, und in einem Holster an seinem Gürtel steckt ein Revolver.

»Helene hat eine Wache eingestellt«, erklärt Nina. »Das ist Peder.«

Zur Antwort schlürft er wieder laut.

Ohne ihn aus den Augen zu lassen, rutsche ich auf den freien Platz neben Rae, die nervös bei jedem klitzekleinen Geräusch zusammenzuckt.

»Warum bist du immer noch hier, Malthe?«, fragt Brock den zweiten Mann, den ich jetzt als Philips Kammerdiener erkenne. Brock starrt ihn über den Rand seiner Kaffeetasse hinweg an, aber die Geste hat an Kraft verloren. Es gibt keinen Grund mehr, jemanden aus dem Haus zu ekeln. Ivy könnte den freigewordenen Platz nicht mehr füllen.

Der kleine Mann räuspert sich. »Ich kümmere mich um jegliche Belange von Herrn Vestergaard, solange er … unpässlich ist.«

»Klar, weil Leute, die unpässlich sind, ja so dringend Kammerdiener brauchen«, erwidert Brock vernichtend. »Rae, der hier ist kalt.« Er tippt gegen seine Tasse. »Kannst du ihn noch mal für mich aufwärmen?«

Sie springt auf, und sobald sie die Tasse berührt, steigt wieder der Dampf daraus empor.

Entsetzt starrt Malthe sie an.

»War das … Magie?« Ehrfurcht schleicht sich auf seine Miene. »Ihr nutzt Magie?«

»Du nicht?«, gibt Rae zurück.

»Nein. Herr Vestergaard stellt nur Leute ohne Magie ein.«

*Interessant.* Philip überrascht mich immer wieder.

»Weiß jemand, was genau passiert ist? Ich habe gehört, er wurde beim Versuch, einem jungen Mädchen zu helfen, verletzt.« Er versucht, uns Informationen zu entlocken, während er mit dem Finger durch seinen Kaffee rührt.

Doch Brock gibt ein warnendes Knurren von sich. »Sprich nicht von ihr.« Er stößt sich so heftig vom Tisch ab, dass sein Stuhl zu Boden poltert, und knallt dann die Tür hinter sich zu.

Malthes ungefragte Unterwanderung der Küche und seine Reaktion auf unsere Magie kommen nicht sehr gut an bei den Dienern. Demonstrativ rücken alle ein Stück von ihm ab, sodass eine deutliche Lücke entsteht.

*Viel Glück, Malthe*, denke ich und flüstere ihm im Vorbeigehen zu: »Das wird nicht leicht.« Dann nehme ich all meinen Mut zusammen und folge Brock nach draußen.

Er hat sich am Ende des Laubengangs zusammengekauert, ganz in der Nähe der Tür des Gewächshauses. Sein Rücken wölbt sich weg von mir, das Gesicht hält er über den Dreck.

Ich laufe auf ihn zu. Die in Lila getunkten Blauregenblüten schwingen im Wind, leicht wie Spitze. Doch auf einmal verändern die Blüten sich, wo gerade noch das hübsche Lila geleuchtet hat, schlägt mir jetzt der unansehnliche Ton eines hässlichen Blutergusses entgegen.

Und dann löst der Blauregen sich Ast für Ast auf.

Brocks Schultern beben, der Laubengang verwelkt und zerfällt mit jedem meiner Schritte mehr. Die Weinranken rollen sich auf und verschrumpeln, Blüten zerfallen zu Staub.

Als ich ihn erreiche, knie ich mich neben ihn in den Dreck. Der magische Ort ist verschwunden.

»Es tut mir leid, Brock.« Feuchte Kälte kriecht aus dem Dreck meine Knie empor. »Es tut mir so leid.« Die Schuld droht, mich zu erdrücken. Nichts lastet schwerer als Schuld. »Ich habe Ivys Stelle angenommen.« Endlich spreche ich den Gedanken aus, der mich verfolgt, mich um den Schlaf bringt. Der mich wünschen lässt, ich wäre nie hierhergekommen. »Wenn ich einfach gegangen wäre, wie du es wolltest, wäre sie vielleicht noch am Leben.«

Die letzten violetten Blüten werden von Brocks Stiefel zerquetscht.

Er holt bebend Luft und sieht mich an, das Gesicht von Zorn und Verzweiflung verzerrt. Die Tür zum Gewächshaus gleitet leise auf, und Dorit schlüpft hinein.

Wie aufs Stichwort kommt auch Rae aus der Küche. Sie schlendert den Weg entlang und stellt sich hinter mich. Da wird es mir klar: Ich sitze in der Falle. Rae reicht Brock eine riesige Gartenschere. Eine kühle Brise weht mir ein paar Haare in die Augen, sodass es sticht.

Mit der Schere in den Händen blinzelt Brock mich an, seine Augen sind blutunterlaufen.

»Lass uns in Ruhe, Marit«, sagt er.

Ich räuspere mich, meine Kehle ist ganz trocken. »Da ist noch was, das du wissen solltest.« Brock presst die Lippen aufeinander.

»Ich habe Philip vor ungefähr einem Monat bei Ivy in der Glaserei gesehen.«

Er verengt die Augen zu Schlitzen.

»Vielleicht spielt es keine Rolle. Aber dann sind sie – sie war bei … na ja, sie waren zusammen, als es passiert ist.« Ich schlucke. »Und ich habe das hier in Philips Wunde gefunden.« Brocks Gesicht färbt sich vor Wut rot, als ich ihm den Glassplitter reiche.

Dorit schlägt sich die Hand vor den Mund.

»Du traust Philip nicht«, stellt Brock fest. Er deutet mit der Gartenschere auf mich. »Ich hab gehört, wie du das im Gewächshaus zu Eve gesagt hast. Du schleichst immer herum und beobachtest ihn. Warum?«

Ich verziehe den Mund, spüre den Staub der zerfallenen Blüten im Haar. Ist Philip Opfer, Held oder Mörder? Ich kenne die Antwort nicht. »Bisher habe ich nichts rausgefunden. Aber ... immer, wenn er in der Nähe ist, scheinen schlimme Dinge zu passieren.«

Da sind die Gerüchte um Aleks' Tod, die Minenarbeiter, Ivy. Dass Philip den gleichen Stein am Finger trägt, den auch mein Vater mir hinterlassen hat. Was haben all diese Grausamkeiten gemeinsam?

Genau eine Person.

»Ich denke, es gibt ein paar Fragen über die Vestergaards, die noch beantwortet werden müssen«, sage ich zaghaft.

Brock sieht zum Fenster im ersten Stock hoch, zu dem Zimmer, in dem Philip liegt, noch immer ohne Bewusstsein.

»Das hier waren Ivys Lieblingsblumen«, sagt Dorit sanft. Sie hält unzählige leuchtend pinke Dahlien im Arm. »Wir begraben sie mit ihr.«

Brock schleudert die Schere mit solcher Wucht auf den halb gefrorenen Boden, dass ich zurückzucke. Dann streckt er mir eine zitternde Hand entgegen.

Er bietet mir das an, womit ich am wenigsten gerechnet habe: einen Waffenstillstand. »Wenn wir zurück sind, helfen wir dir dabei, diese Antworten zu bekommen.«

# 21

BROCK UND DORIT FAHREN am nächsten Morgen zu Ivys
Beerdigung. Ihr Zuhause ist etwa dreißig Meilen westlich von
hier. Eine schwere Schlinge legt sich mir um die Brust, als ihre
Kutsche das Gelände verlässt. In drei Tagen wollen wir uns in
Kopenhagen treffen.

Ich gucke ihrer Kutsche hinterher, bis sie nicht mehr zu sehen ist.

Dann gieße ich mir eine Tasse Kaffee ein und mache mich an
die Arbeit.

Versteckt zwischen den Tülllagen eines Kleides von Helene
liegen die beschriebenen Seiten, die Jakob und Liljan mir an
Heiligabend gegeben haben. Bevor alles aus dem Ruder gelaufen ist und sich in diesen Albtraum verwandelt hat.

Ich trinke einen Schluck Kaffee und blättere sie durch.
Glaubt man den Aufzeichnungen, werden in den Vestergaard-
Minen fünf verschiedene Edelsteine abgebaut: Diamanten,
Rubine, Smaragde, Quarze und Saphire. Sie werden auf vier
Juweliergeschäfte in ganz Dänemark verteilt, die alle einer Fa-
milie namens Jeppensen gehören. Ihr Hauptgeschäft ist in Ko-
penhagen.

In ganz Dänemark werden nirgendwo sonst Edelsteine gewonnen, nur in den Vestergaard-Minen.

Ich greife in meinen Unterrock und streiche über die glatten

Kanten des Steins meines Vaters. Im Sonnenlicht leuchtet er in einem satten Dunkelrot, im Schatten wirkt er fast schwarz. Es ist offensichtlich weder ein Diamant noch ein Smaragd oder ein Saphir. Wie ein Quarz sieht er auch nicht aus, und Jakob meint, es ist kein Rubin.

Nur wo kommt er her, wenn nicht aus den Vestergaard-Minen?

Ich drehe das letzte Blatt um. Vielleicht habe ich etwas übersehen?

Könnte es in den Minen mehr Steine geben, als die Vestergaards zugeben?

Oder woher kommt er sonst, wenn nicht aus den Minen?

Ich kaue auf meiner Unterlippe, grüble und wende mich schließlich den Finanzunterlagen zu. Es ist immer sinnvoll, das Geld im Auge zu behalten.

Die Zahlen in den Finanzberichten sind sehr akkurat notiert worden. Sie reichen mehrere Jahre zurück, und ich erkenne zwei ähnliche Handschriften, beide wahrscheinlich männlich. In den späteren Jahren sieht man nur noch eine der beiden. Da hat vermutlich Philip die Minen komplett übernommen.

Als ich auf die Löhne der Minenarbeiter stoße, muss ich zweimal hinsehen. Was hier steht, ist *viel* mehr, als mein Vater jemals mit nach Hause gebracht hat. Und es gibt genauso großzügige und regelmäßige Zahlungen an die Jeppensens – die Familie, die in Dänemark mit den Edelsteinen handelt. Murmelnd rechne ich die Zahlen zusammen und notiere sie auf meinem Unterrock.

Ich habe Thorsens Bücher gesehen. Weiß, wie viel Gewinn er mit dem Verkauf von Knöpfen, Wolle und Perlen macht.

Das kommt nicht annähernd an das hier heran – an diese unverschämt hohen, zusätzlichen Zahlungen.

Warum sollte man Juwelieren für den Edelsteinverkauf solche Summen zahlen? Brauchen die Juweliere die Vestergaards nicht mehr als andersherum?

»Marit?«, dröhnt Ninas Stimme von unten zu mir hoch. Es schwingt schon das erste Anzeichen von Unmut darin mit, also bleiben mir wahrscheinlich dreieinhalb Minuten, bevor sich daraus etwas Schlimmeres entwickelt. Doch ich will diese Unterlagen noch durcharbeiten und danach die Beweise zerstören. Sie liegen schon viel zu lange bei mir herum.

Und dann stolpere ich über die Geschenke an die Königsfamilie.

Mit dem Finger fahre ich die Beschreibungen entlang, stelle mir die Krone aus Diamanten und Rubinen für König Christian IX. vor und das passende Diadem für Königin Louise.

Ich sehe die Rubinkette vor mir, die für Prinzessin Dagmar bestimmt war – jetzt Maria Feodorovna, zukünftige Zarin von Russland. Das war also das rote Funkeln, das ich in dem Samtkästchen im Theater gesehen habe.

Doch die Liste geht noch weiter.

»Marit!« Dieses Mal klingt Nina schon etwas ungehaltener und näher. Schnell klemme ich meinen Stuhl unter die Türklinke und nähe hastig eine Auflistung der Geschenke in meinen Unterrock:

*Kette aus Diamanten und Smaragden* für Prinzessin Alexandra, in englische Königsfamilie eingeheiratet.

*Smaragdzepter* für Königssohn Georg I., König der Hellenen.

*Rubinring* für einen weiteren Sohn, Kronprinz Friedrich, angeblich ein Verlobungsring für die Prinzessin von Schweden.

Ganz schön ausgefallene, wertvolle Geschenke. *Warum?*

»*Marit!*« Jetzt steht Nina genau vor meiner Tür.

Könnte sein, dass die Vestergaards einfach außerordentlich großzügig sind.

Betrachtet man das Ganze allerdings etwas zynischer, kommt man wohl zu einem anderen Schluss: *Jeder, wirklich jeder, bekommt hier ein Stück vom Kuchen.*

Nina rüttelt am Türgriff. »Warum ist abgeschlossen?«

»Komme schon!« Hastig werfe ich die Unterlagen in den Ofen.

»Was machst du denn da drinnen?«, fragt Nina spitz, als ich die Tür öffne. Die Schuld brennt mir heiß auf den Wangen.

»Ich nähe Frau Vestergaards Kleid, das sollte ich doch.«

Nina verengt die Augen, sie ist ja nicht blöd. »Dorit sagt, du brauchst am Donnerstag einen freien Tag. Sie hat darum gebeten, für dich. Persönlich.« Sie schürzt die Lippen, und wir schweigen uns an. Ich ziehe eine Augenbraue hoch.

»Sieh zu, dass das Kleid fertig ist, bevor du gehst.« Sie sieht mich lange an, ehe sie die Tür wieder schließt.

Als ich zu meinem Nähtisch zurückkehre, sind die Vestergaard-Unterlagen bloß noch Asche.

In meiner Kehle bildet sich ein Kloß. Keiner der roten Steine aus Jakobs Büchern passt zu dem von Far oder dem von Philip. Ich bin also keinen Schritt weiter.

Bleibt nur ein Ort übrig, an dem ich mit Sicherheit herausfinden kann, was für einen Edelstein mein Vater mir hinterlassen hat. Aber ich kann wohl kaum einfach bei den Jeppensens einfallen und fragen …

Zumindest nicht als ich selbst.

Mein Blick fällt auf die üppigen Lagen von Helenes Kleid.

Brock, Dorit und ich wollen in Kopenhagen mehr über Ivys Tod herausfinden. Aber wer sagt, dass ich nicht auch noch ein bisschen tiefer graben kann, wenn ich schon mal da bin?

☙

Die Neujahrsfeier im Haus verläuft ausgesprochen ruhig, und als ich am dritten Januar in die Kutsche nach Kopenhagen steige, liegt Helenes Kleid sicher verstaut in einem Koffer zu meinen Füßen.

Nina hat mich und den Koffer morgens naserümpfend beobachtet, sich aber jeglichen Kommentar verkniffen.

»Heute Abend bist du wieder da«, ist alles, was sie gesagt hat. Also habe ich mich beeilt, aus der Tür zu kommen, bevor sie – oder ich – es sich noch anders überlegen konnte.

Im letzten Augenblick, gerade als die Kutschräder anfangen, sich zu drehen, rauscht Liljan durch die Tür. Sie streicht mir mit der Hand über Gesicht und Haare, bis meine Nase und meine Kopfhaut langsam zu kribbeln beginnen. Stolz betrachtet sie ihr Werk, haucht mir flüchtig einen Kuss auf die Wange und springt dann wieder aus der Kutsche. Ich verstecke die veränderten Haare unter einem Hut und knote ihn am Kinn fest. Jedes Mal, wenn wir über einen Stein holpern, schlägt der Koffer mir gegen den Fuß und erinnert mich daran, wie viel heute schiefgehen kann.

Und was dann alles Schreckliches passiert.

Ich weise Declan an, mich und meinen Koffer an der Ecke zur Nationalbank abzusetzen. Während wir besprechen, wann er mich wieder abholen soll, achte ich sorgfältig darauf, dass auch ja keine Strähne unter meinem Hut hervorblitzt. Dann, als die Pferde über das Kopfsteinpflaster davontraben, mische ich mich unter die Leute.

An diesem Morgen verschleiern dicke graue Wolken den Himmel. Es nieselt, und der letzte Schnee in den Straßenrinnen sieht viel eher aus wie Ruß. Dorit und Brock stehen mitten im geschäftigen Treiben neben einem Brunnen, von dem steinerne Tauben sich erheben. Keiner von beiden hat einen Schirm. Dorits ausgeblichenen mauvefarbenen Hut entdecke ich zuerst, dann auch Brock neben ihr. Beide wirken angespannt, keiner lächelt.

Ich packe den Griff meines Koffers fester und gehe auf sie zu.

»Was ist das«, fragt Brock grummelig und nickt zu meiner Hand. Gut, das heißt, er sieht mein Gesicht nicht allzu genau an.

Ich schürze die Lippen. »Wir sind heute doch alle auf ein paar Antworten aus.«

»Ist Philip aufgewacht?«, fragt er.

Ich schüttle den Kopf. »Die Polizei will mit ihm sprechen. Sie haben Helene aber gesagt, dass er kein Verdächtiger ist. Angeblich war Ivy einfach zur falschen Zeit am falschen Ort.«

Ich habe heute Morgen gesehen, wie ein paar berittene Polizisten auf Helenes Geheiß hin die Gegend patrouilliert haben. Im Moment gehen sie davon aus, dass der Täter bloß ein verwirrter Landstreicher war, der inzwischen schon lange weg sein dürfte.

Brock spannt den Kiefer an. Er hat noch mehr Fragen auf dem Herzen. Genau wie ich.

»Zuerst zur Glaserei«, stößt er hervor, und ich nicke ihm knapp zu. Wir vertrauen uns schon unter normalen Umständen kaum, und die Anspannung dieser Situation macht das

Ganze nur noch schlimmer. Der Geruch von Rauch und Salzfisch liegt in der Luft. Wir betreten die Glaserei, in der ich vor ein paar Wochen noch Ivy und Philip habe stehen sehen. Eine kleine Glocke läutet, und ein junges Mädchen mit riesigen, ruhelosen Augen tritt auf uns zu. »Kann ich Ihnen helfen?«

»Ja, wir möchten gerne mit einer Hanne sprechen.« Brock nimmt seinen Hut ab. »Arbeitet sie hier?«

Das Mädchen wird blass. »Ich bin Hanne. Worum geht es denn?«

Brock streckt die Hand aus. »Ich bin Ivys Bruder.« Er deutet auf Dorit. »Das ist ihre Tante.«

»Und ich bin ihre Cousine«, sage ich schnell.

»Oh«, keucht Hanne. »Mein Beileid.« Sie reißt die großen Augen noch weiter auf und späht zu beiden Seiten die Straße hinunter. Dann schließt sie die Ladentür hinter uns ab. »Kommen Sie mit.«

Die Stufen, die Hanne uns in die erste Etage hinaufführt, knarzen laut bei jedem Schritt. Sie öffnet die Tür zu einem kleinen Raum mit zwei runden Buntglasfenstern, die wie Bullaugen in der Wand sitzen. Hier riecht es leicht nach Seife, und obwohl der Raum kaum größer als ein Kleiderschrank ist und die Tapete schon verblasst, ist er doch ordentlich und sauber. »Wir haben nur ein paar Minuten, bevor der Ladenbesitzer wiederkommt«, sagt Hanne. »Er hätte bestimmt etwas dagegen, dass Sie hier oben sind. Aber Sie können Ivys Sachen mitnehmen.«

Ich drehe mich um die eigene Achse und inspiziere den Raum. Hier hat Ivy gelebt. Ihr Bett wurde schon abgezogen, nur noch die kahle Strohmatratze liegt dort. Der Anblick ist kaum zu ertragen. Als Dorit ein paar von Ivys Kleidern aus dem Schrank nimmt, fällt mir auf Hannes Nachttisch ein glä-serner Briefbeschwerer auf.

»Eigentlich hatten wir gehofft, dir ein paar Fragen stellen zu können. Erkennst du diese Person?« Schnell öffne ich eine Pa-pierrolle, die in meinem Unterrock versteckt war, und auf die Liljan ein sehr lebensechtes Porträt von Philip gezaubert hat.

Hanne nimmt mir das Papier aus der Hand und betrachtet es lange. Sie kneift die Augen zusammen, schüttelt dann aber den Kopf und gibt es mir zurück. »Nein. Ich meine, wir haben sehr viele Kunden, könnte also sein, dass ich ihn doch schon mal gesehen habe.«

Ich stoße einen Seufzer aus. »Aber dieser Mann war nicht regelmäßig hier?«

»Nein. Wie heißt er?«

Ich werfe Brock einen kurzen Seitenblick zu, bevor ich ant-worte. »Philip Vestergaard.«

Wieder schüttelt Hanne den Kopf. »Philip Vestergaard, wie von den Vestergaard-Minen? Nein, der hat hier in den letzten Monaten nichts in Auftrag gegeben. Warum?« Sie richtet die ruhelosen Augen auf mich. »Ist er der Verdächtige? Haben sie die anderen auch gefunden?«

Ich schweige, während ich Philips Bild wieder aufrolle.

»Nein, er ist kein Verdächtiger«, antworte ich vorsichtig. »Er wurde bei dem Angriff auch verletzt. Welche anderen meinst du?«

»Ich habe versucht, der Polizei davon zu erzählen. Dass an-dere Diener und Arbeiter auch verschwunden sind, genau wie Ivy. Seit ihrem Tod kommen Leute hierher und fragen mich aus, mindestens zwei am Tag. Sie vermissen einen Cousin, eine Tante oder einen Bruder. Wollen hören, was mit Ivy passiert ist,

weil sie fürchten, ihren Liebsten sei vielleicht das Gleiche zugestoßen. Ich habe versucht, der Polizei zu erklären, dass sie nur
eine von vielen ist. Aber sie ist die einzige …« Sie schluckt
schwer. »Die einzige …«

»Die einzige was?«, fragt Brock.

»Die einzige, die bisher … ähm … gefunden wurde. Also die
einzige Leiche.«

Dorit schließt die Augen und lässt sich gegen die Wand sinken.

»Also weiß die Polizei Bescheid? Dass auch andere Menschen in der Gegend verschwunden sind?«, presse ich hervor.

Wieder sieht Hanne mich mit den riesigen Augen an. »Viel
wichtiger ist die Frage, ob es die Polizei *interessiert*.«

Ihr Kinn bebt.

Ich muss daran denken, wie Ivy uns angefleht hat, keine Magie mehr zu nutzen, als dieses andere Dienstmädchen verschwunden ist. Wie lange hat die Polizei wohl nach ihr gesucht,
bevor sie aufgegeben haben? Wir würden es nie erfahren, sollte ihr etwas zugestoßen sein. Die Zeitungen verschwenden selten Tinte auf Nachrichten, in denen es um Diener geht. Manchmal liest man in Klatschblättchen von Firn-Toden, aber auch
da eher als lustige Unterhaltung.

»Aber vielleicht …«, überlegt Hanne hoffnungsvoll. »Jetzt,
wo ein Vestergaard – jemand Bekanntes, den sie *wichtig* finden – verletzt wurde … vielleicht beschäftigen sie sich jetzt
endlich damit? Und finden raus, was mit all diesen Menschen
passiert ist?«

Ruckartig drehe ich mich um. »Darf ich eure Toilette benutzen?« Ich bin verwirrter als vorher. Wenn noch andere Diener
verschwunden sind, ist Philips Geschichte über den Angreifer
womöglich doch wahr. Immerhin war er zusammen mit uns

im Tivoli, als das Dienstmädchen neulich verschwunden ist. Ich habe ihn mit eigenen Augen gesehen.

»Im Flur«, sagt Hanne. Schnell schließe ich mich dort ein. Keine Ahnung, ob ich noch den Mut aufbringen kann, meinen Plan mit Helenes Kleid durchzuziehen. Aber ich will auch nicht mit leeren Händen zu den Vestergaards zurückfahren, nicht ohne einen neuen Hinweis.

Mit zittrigen Fingern öffne ich die Knöpfe und steige in das Kleid. Es ist viel zu lang für meine Beine und an der Hüfte auch ein wenig zu eng. Mit geschlossenen Augen sende ich ein Stoßgebet aus. Das kühle Prickeln der Magie fließt durch mich hindurch, während ich das Kleid so ändere, dass es sich mir wie angegossen an den Körper schmiegt.

Als ich die Augen wieder öffne und einen Blick auf mein Spiegelbild erhasche, zucke ich zusammen. Für eine winzige Sekunde habe ich gedacht, jemand anders würde vor mir stehen. Liljan hat meine Haare heute Morgen in der Kutsche in ein kräftiges Rot gefärbt und all meine Sommersprossen verschwinden lassen.

Und jetzt, in Helenes Kleid, sehe ich reich aus – und fühle mich auch so.

Meine Arbeitsuniform stopfe ich in den Koffer, und als ich zurück in Hannes Zimmer komme, hängen Brock und Dorit die Kinnladen beinahe auf dem Boden.

»Ähm, was soll das denn?«, fragt Brock.

»Schnell.« Hanne wirft mir einen skeptischen Blick zu und schiebt uns aus der Tür. »Mir wäre es lieber, Sie sind nicht mehr hier oben, wenn mein Chef wiederkommt.«

»Danke«, sage ich und gehe zuerst die Stufen hinunter. Brock und Dorit sind direkt hinter mir.

»Was ist mit deinen Haaren passiert, Marit? Ist das ein Kleid von Frau Vestergaard?« Brock löchert mich mit Fragen, als wir die Straße entlanggehen. »Was für eine Nummer ziehst du hier ab?«

Erschöpft meldet Dorit sich zu Wort: »Marit, das war so nicht abgesprochen.«

»Tut mir leid. Aber ich lasse mir die Gelegenheit heute nicht entgehen.« Ich drücke Brock meinen Koffer gegen die Brust. »Pass für mich auf den hier auf.«

Ein tiefes Knurren ertönt aus Brocks Kehle, doch er hält den Koffer fest, und ich hebe beim Gehen vorsichtig den Saum des Kleides hoch. Dorit und Brock folgen mir. Ich rufe mir ins Gedächtnis, wie Helene geht. Kinn hoch. Elegante Schritte, selbstbewusst. Ich werde nicht in eine Pfütze oder in Pferdemist treten und so Beweise für diesen Ausflug schaffen. Nur zur Sicherheit gehe ich die Geschichte noch mal durch, die ich mir zurechtgelegt habe: Mein Name ist Johanne Ibsen (der Name meiner Mutter), ich bin zwanzig Jahre alt (hoffentlich nimmt man mir das ohne die Sommersprossen ab) und komme aus einem Dorf bei Karlslunde, dem, in dem die Madsens leben.

Zum bestimmt hundertsten Mal wünsche ich mir, dass sie Eve adoptiert hätten.

Der Juwelier taucht vor mir auf. Das Holz des Geschäfts ist in einem kräftigen Schwarz gestrichen und im Fenster steht in geschwungenen Goldbuchstaben *Jeppensen*. Dahinter liegt ein kleines Holzschiff, das Diamanten und Saphire durch die Gegend schippert.

Das ist das Hauptgeschäft der Jeppensens. Das, das die meisten Edelsteine verkauft und jedes Jahr von den Vestergaards eine gewaltige Summe gezahlt bekommt.

»Ihr habt eure Fragen gestellt. Jetzt bin ich an der Reihe«, sage ich zu Brock. »Für dich heiße ich heute Frau Ibsen. Und wenn du nicht mit reingezogen werden willst, solltest du am besten Abstand halten.«

So etwas Riskantes habe ich noch nie getan.

Direkt unter der Nase der Vestergaards nach den Edelsteinen zu fragen, in einem Kleid, das ich mir ohne Erlaubnis von Helene geliehen habe.

Wenn ich hierbei erwischt werde, bin ich meine Arbeitsstelle los, das ist klar.

Aber – und für den Gedanken hätte ich mich beinahe selbst ausgelacht – *töten* würde man mich dafür nicht, oder?

Ich laufe an der Straße vorbei, in der Liljan mich hat weinen lassen, und reiße mich zusammen.

Brock hält meinen Koffer immer noch umklammert, als er sich mit Dorit im Café gegenüber an ein Fenster setzt. Sie werden mich aus sicherer Entfernung im Auge behalten. Ich hatte darauf gesetzt, dass Hanne Philip etwas mehr belasten würde, damit sie nicht verraten, was ich jetzt vorhabe.

Wenn sie sich auf die Seite der Vestergaards schlagen und mich verpetzen, bin ich geliefert.

»Far, pass bitte auf mich auf«, murmle ich und betrete den Laden.

ᘓ

»Hallo«, rufe ich in das warme Halbdunkel des Ladens.

Dieses Kleid ist schwerer als gedacht. Bei jeder Bewegung steigt mir ein Hauch von Helenes Narzissenparfüm in die Nase.

»Hallo«, antwortet der Juwelier mit samtener Stimme. Sofort erhebt er sich hinter seiner schwarzen Holztheke und schwebt auf mich zu. Genauso würde auch Thorsen sich verhalten, wenn ein wohlhabender Kunde in den Laden kommt. Wir alle haben gelernt, die Zeichen zu deuten, selbst ohne offensichtliche Edelsteine oder Pelze. Auf die sichere Ausstrahlung kommt es an. Auf den Glanz der Kleidung, die kaum abgenutzten Schuhe.

Wohlhabende Männer sind meistens in Eile, weil sie sehr beschäftigt und wichtig sind.

Wohlhabende Frauen haben es niemals eilig.

Also sehe ich mich gemächlich um, begutachte den Laden, als hätte ich alle Zeit der Welt. Als würde mir das Herz nicht bis zum Hals schlagen. *Es ist kein Verbrechen, in diesem Laden zu sein*, rede ich mir ein.

Nur, dass es das vielleicht schon ist – in einem Kleid, das nicht mir gehört.

»Kann ich Ihnen helfen, gnädige Frau?«, biedert der Ladenbesitzer sich an.

Er mustert mich von Kopf bis Fuß. Ich spüre seinen abschätzigen Blick. Er sieht, wie jung ich bin, und fragt sich, ob ich wohl genug Geld habe, um seine Zeit wert zu sein. Hofft vielleicht, dass ich, weil ich unreif und ohne Begleitung bin, mehr Geld ausgebe, als ich sollte. Seine Miene erhellt sich etwas, als er die akribische Handarbeit – *meine* Handarbeit – an Helenes Kleid bemerkt.

Das ist gut, ich mustere ihn ebenfalls ausgiebig.

Und er hat keinen Schimmer, dass die finanziellen Details seines Geschäfts in meinem Unterrock genäht sind.

»Ich muss gestehen, dass ich normalerweise kaum Schmuck

trage«, höre ich mich sagen. Meine schwieligen Hände verstecke ich hinter dem Rücken, damit er die ungepflegten Nägel nicht sehen kann. Ich könnte diese Sache auf so viele Arten angehen: naiv, gerissen, arrogant, freundlich. »Doch mein Ehemann möchte mir gerne etwas schenken, das mir wirklich gefällt.« Die Mundwinkel des Juweliers zucken, er saugt die Informationen, die ich ihm hinwerfe wie Brotkrumen, in sich auf.

Die Edelsteine um mich herum glitzern und funkeln wie ein farbenfroher Garten aus Eiskristallen.

»Woher kommen diese Steine?«, frage ich und drehe mich um die eigene Achse. Ich fühle mich, als wäre ich im Inneren eines Kaleidoskops. »Aus Russland? Deutschland?«

»Direkt hier aus Dänemark, gnädige Frau.«

»Alle?«, frage ich gespielt ungläubig.

Er nickt leicht.

All das hier sind Edelsteine der Vestergaards. Die Zahlen, die ich in den Unterlagen gesehen habe, die reinen Gewinne, die sie einfahren, sind unglaublich. *Millionen* an Rigsdalern. Die Vestergaard-Edelsteine fließen durch Dänemarks Wirtschaft, durch das Königshaus, durch den Handel wie Blut durch Arterien und steigern den Wert der gesamten Nation. Ich mache einen Schritt auf einen Edelstein zu, der in einem einzigartigen Aquamarinblau erstrahlt und von zwei Diamanten eingerahmt wird. Was hat mein Vater über diese Minen herausgefunden?

Ich ziehe die Nase kraus, während ich so tue, als würde ich mich umsehen. Ich bin schon immer der Überzeugung gewesen, dass man mit Honig mehr Fliegen fängt, aber manche Leute springen besser auf Essig an. So wie Brock. Thorsen ist auch so ein Mensch, und wenn ich mir das Funkeln in seinen Augen ansehe, wette ich, der Juwelier gehört auch zu dieser Sorte.

»Mir gefällt die Vorstellung, einen dänischen Juwel zu tragen. Aber ...« Ich lasse meine Stimme arrogant klingen, wie die der schlimmsten Frau, die je in Thorsens Laden war. »... ich will etwas Außergewöhnliches. Etwas, das nicht jeder hat. Etwas ... anderes.«

»Etwas anderes?«

Ich lasse den Blick über den Schmuck gleiten und versuche dabei, die Preise zu erkennen. Ich habe alles Geld mitgebracht, das Vater uns hinterlassen hat, damit ich im Zweifel den schlichtesten Stein kaufen und mit nach Hause nehmen kann. Um ihn mit dem anderen zu vergleichen.

Doch als ich die Zahlen auf den Preisschildern sehe, verlässt mich der Mut.

Alles, was ich habe, ist immer noch nicht genug.

»Ich hätte gern etwas Tiefrotes. Aber keinen Rubin.« Verächtlich sehe ich mich um und seufze. »Ich fürchte, Sie haben nicht, wonach ich suche ...«

Je desinteressierter ich mich gebe, desto größer wird sein Interesse an mir.

Er kommt näher. Starrt mich an. Es ist ein Spiel. Ich habe meinen Zug gemacht, jetzt ist er an der Reihe.

»Selbstverständlich ist das hier nicht unser gesamter Bestand«, sagt er fast kokett.

Neugier durchflutet mich, doch ich blinzle ihn an, als würde er mich langweilen.

Er beugt sich zu mir, wie um mir ein Geheimnis zu verraten.

»Mit genug Vorlauf kann ich Ihnen Edelsteine in jeder Farbe besorgen, die Sie sich vorstellen können.«

Ich verenge die Augen. Nur die Vestergaards besitzen Edelsteinminen in Dänemark. In den Unterlagen ist von fünf offiziellen Steinen die Rede. Die Minenarbeiter bauen die Steine doch ab und dann *haben* sie eine bestimmte Farbe, oder nicht?

»Ich könnte Ihre Kontaktinformationen aufschreiben, Frau …?«

»Ibsen.«

»Und dann kann ich mich bei Ihnen melden, wenn wir eine größere Auswahl haben, Frau Ibsen.«

Meine Neugier wird immer größer, aber natürlich klappt das nicht so, wie er es sich vorstellt. Ich kann ihm schließlich schlecht die Adresse der Vestergaards geben.

»Hm«, mache ich unverbindlich. Ich brauche Antworten, und zwar heute. Mir schwant nichts Gutes, als ich mit den Fingern über den versteckten Stein in meiner Tasche streiche.

Ich könnte herausfinden, was er ist. Hier und jetzt.

*Soll ich es riskieren?*

Ich schließe die Finger um den Stein.

*Lass lieber niemanden wissen, dass du ihn hast*, hat Liljan gesagt, als wir zusammen in Kopenhagen waren. Liljan, die sonst vor nichts zurückschreckt, hat mich davor gewarnt.

Doch heute bin ich nicht Marit Olsen, Schneiderin der Vestergaards. Heute bin ich kaum mehr als ein Phantom, trage den Namen meiner toten Mutter und ein Kleid, das nicht mir gehört, und die Frage brennt mir auf der Zunge.

Endlich würde ich das Rätsel lösen können, das mein Vater mir aufgegeben hat.

*Was können Sie mir über den hier erzählen?*

Gerade will ich den Edelstein aus der Tasche ziehen, als Brock durch die Tür stürmt, die Stiefel schlammverschmiert und das Gesicht fast vollständig von einem Strauß üppiger rosafarbener Rosen verdeckt.

»Frau Ibsen?«, spricht er mich an. »Ein Geschenk für Sie. Von Ihrem Mann. Er möchte Sie jetzt gerne zum Mittag ausführen.«

»Wie aufmerksam von ihm.« Ich lasse den Stein ungesehen wieder in die Tasche fallen und nehme Brock den Blumenstrauß ab. Eine Dorne kratzt mich am Arm. »Die sind wunderschön. Ich sollte wohl ein andermal wiederkommen, um das zu besprechen.«

Der Juwelier verbeugt sich leicht. »Frau Ibsen.«

Brock hält mir die Tür auf und führt mich hinaus. Als ich an ihm vorbeigehe, flüstert er: »Halt die Blumen hoch. Malthe ist draußen auf der Straße. Keine Ahnung, ob er dich erkennt. Aber lassen wir es nicht drauf ankommen.«

Ungeduldig führt Brock mich am Ellbogen auf die Straße und zieht sich den Hut tief ins Gesicht, als tatsächlich Malthe direkt auf uns zukommt. Ich werfe einen kurzen Blick über die Schulter, während er die Stufen zum Juwelier hinaufsteigt. Er hat eine Ledertasche der Vestergaards bei sich, ich erkenne die Prägung des Wappens. Dann betritt er den Laden, und Brock und ich verschwinden in der Menge.

Vier Straßen weiter wartet Dorit in der Kutsche auf uns.

»Marit«, sagt sie und zieht die Tür verärgert hinter mir zu. »Mach so was nie wieder mit mir, sonst setzt es was mit dem Rohrstock.«

»Tut mir leid.« Ich lege die Blumen neben meine Füße.

»Meinst du nicht, sie hat diese Woche schon genug durchgemacht, auch ohne deine waghalsige Aktion?«, blafft Brock. »Du bringst uns beide in eine unmögliche Lage.« Er breitet eine Decke über Dorits Schoß aus. Und er hat recht. Auf einmal schäme ich mich fürchterlich.

»Tut mir leid«, sage ich noch mal. Die Rosen zu meinen Füßen riechen so kräftig, dass es mir zu Kopf steigt.

»Nächstes Mal, wenn du das Bedürfnis hast, eine Verkleidung zu stehlen und ein Theater aufzuführen, versuch es doch mal mit einer Polizeiuniform und befrag Philip.«

»Entschuldige mal, ich habe das Kleid nicht *gestohlen*«, erwidere ich. »Ich habe es geliehen.«

»Wortklauberei«, schnauft er.

Doch das stimmt nicht, ich bin keine Diebin. Es gibt eine Grenze zwischen einer kleinen Dummheit und einem echten Verbrechen, und die habe ich nicht überschritten. Im Laden konnte ich mir keinen der Steine leisten, und trotzdem hätte ich niemals einen gestohlen. Wenn ich etwas nehme – wie zum Beispiel Stoffe und Perlen von Thorsen –, dann zahle ich dafür oder gebe es zurück.

Leihen ist nicht das Gleiche wie Stehlen.

Moment, das bringt mich auf eine Idee.

»Eigentlich«, sage ich, »muss ich mich bei dir bedanken. Denn jetzt weiß ich, was ich mir als Nächstes leihe.«

Ich mag zwar keinen Stein stehlen können. Aber vielleicht kann ich – so wie dieses Kleid und die Perlen für Eves Kostüm – einen *leihen*. Und ihn zurückgeben, bevor Philip merkt, dass er weg ist.

»Gern geschehen übrigens«, sagt Brock barsch. »Dass ich dir da eben geholfen habe.«

»Danke«, antworte ich, jetzt sanfter. Hat er diese Rosen mit Magie erschaffen? Vermutlich. Wenn mir letzte Woche jemand gesagt hätte, dass Brock Magie nutzen würde, um *mir* zu helfen, hätte ich es niemals geglaubt. »Ich schulde dir einen Gefallen.«

»Genau, du hast ihn dir *geliehen*.« Brock lehnt sich mit dem Kopf gegen den Sitz und schließt die Augen. »Also musst du ihn auf jeden Fall zurückgeben.«

Ich schiele zu Dorit, um sicherzugehen, dass sie nicht zuhört. Ihre Brust hebt sich gleichmäßig, also ist sie wohl eingeschlafen. Ich ziehe meine Uniform aus dem Koffer. Nach dem seidigen Kleid von Helene fühlt sie sich ganz kratzig auf der Haut an.

»Ich, ähm, muss mich wieder umziehen.« Ich lege mir den riesigen Strauß auf den Schoß, um Brock die Sicht zu versperren, und fange an, das Kleid aufzuknöpfen. »Guck bloß nicht her«, drohe ich.

»Machst du Witze?«, fragt er. »Dann würde Jakob mich erwürgen.«

»*Ich* würde dich erwürgen. Außerdem … habe ich keine Ahnung, was du damit sagen willst.« Hitze steigt mir in die Wangen.

»Klar. Ihr beide seid so unauffällig wie eine Handgranate«, murrt er. Trotzdem sehe ich, dass er den Blick starr aus dem Fenster richtet. Nach kurzem Schweigen sagt er plötzlich: »Wenn du vorhast, noch mehr zu leihen, will ich dabei sein.«

Als wir auf die Straße zum Haus biegen, ist das Kleid zurück im Koffer, und ich trage wieder Uniform.

»Einen Plan habe ich noch, bevor es wieder ans Leihen geht.« Ich binde die Schnüre meines Huts unter dem Kinn fest. »Hoffentlich kommt es erst gar nicht so weit.«

»Ich kann mich nicht entscheiden, ob du unglaublich raffiniert oder der größte Trottel auf Erden bist.«

»Und ich kann mich nicht entscheiden, ob ich dich mag oder nicht. Du machst es mir aber auch schwer. Hier.« Ich ziehe seine geflickte Jacke aus dem Koffer und werfe sie ihm zu.

Er streicht mit dem Finger über die Stelle, an der der Riss war. Es sieht aus, als wäre er nie da gewesen.

»Hast du ein paar Beleidigungen eingenäht?«, fragt er.

Ich verziehe den Mund.

Ehrlich gesagt stehen dort jetzt Ivys Name, ihr Geburts- und ihr Todestag.

Genau wie bei meinen eigenen Kleidern.

»Das wüsstest du wohl gerne«, meckere ich und klettere aus der Kutsche.

Er verpasst mir einen Hieb mit dem Ellbogen. Ich strecke den Fuß aus, damit er stolpert. Doch dann nehmen wir Dorit in unsere Mitte, und als wir das Vestergaard-Haus betreten, begegnen wir uns fast auf Augenhöhe.

# 22

IN MEINEN ALBTRÄUMEN bin ich wieder im Krieg.

Ich bin wieder dort und kämpfe um die Herzogtümer. Ein endloser Kreislauf, als würde ich in einem Spiegelkabinett stehen und ins Unendliche starren. Ich war stolz, den Namen Vestergaard zu tragen. Stolz, für Dänemark zu kämpfen. Diese Herzogtümer haben meinen Vater das Leben gekostet, und das sollte auf keinen Fall umsonst passiert sein. Nicht, wenn ich es verhindern konnte. Also würde ich mein Leben eintauschen. Für Land, das wir bloß noch ein paar bedeutungslose Jahre lang halten können würden. Deshalb habe ich meine Uniform angezogen, die Lederstiefel zugeschnürt und bin in den Krieg gezogen.

Trüber, kalter Regen durchweicht alles. Lässt den Schlamm glitschig werden, festen Boden trügerisch. Genau so fühlt sich Krieg an. Sicherer Boden wird immer unsicherer.

Meine Streichhölzer sind auch aufgeweicht. Erfolglos versuche ich, mir eine Zigarette anzuzünden. Der Mann neben mir beugt sich vor, und ich höre, wie er mit den Fingern schnipst. Seine Zigarette leuchtet auf.

Instinktiv drehe ich mich zu ihm um. Denke an den Jungen, der in der engen Gasse mit den Fingern geschnipst hat. An mich als kleinen Jungen, der wieder und wieder vergeblich in der kalten Dunkelheit geschnipst hat.

»Früher habe ich mir das immer gewünscht«, sage ich langsam. *Magie.*

»Ganz schön blöder Wunsch …«, erwidert er. Seine Lippen formen die Worte um die Zigarette. »Ich würde mir eher Geld wünschen, einen Schatz, Gold. Oder dass ich sicher wieder nach Hause komme. Ein Mädchen, das ich lieben kann, vielleicht. Oder wenigstens einen Schirm.«

Ich würde mir meinen Vater zurückwünschen. Ich würde mir wünschen, dass ich Vater stolz machen kann. Dass er sein Leben nicht sinnlos geopfert hat.

»Liebe«, pruste ich. Er zündet meine Zigarette mit seiner an. »Das wünschst du dir?«

»Ne. Kartograph will ich werden. Nicht hier sein und mit Waffen feuern. Ich will die Antarktis sehen.« Er streckt mir die Hand entgegen. »Jasper.«

Einen Moment zu lange starre ich die Hand an. Die einzig echten Freunde, die ich je hatte, sind Aleks und Tønnes.

»Philip«, antworte ich schnell und schüttle seine Hand. Dann deute ich auf seine Finger. »Da wirst du aber froh sein, dass du das kannst – ein Feuer anmachen. In der Antarktis gibt es nichts als Eis.«

Er grinst zynisch und antwortet: »Eis ist wohl so oder so mein Schicksal. Was wünschst du dir denn, wenn nicht Liebe, Magie oder die karge Tundra?«

Die Kanonen sind verstummt. Die nächtliche Kälte ist brutal, der Gestank von Leichen und Abwasser beißend. Ich muss an das Taschentuch denken, das ich mir damals in der Leichenhalle vor den Mund gepresst habe. Hätte ich mich auf Tønnes'

Idee eingelassen, wenn ich gewusst hätte, wie es ist, einen Mann vor meinen Augen sterben zu sehen?

Ich bin nicht sicher.

»Vielleicht würde ich mir wünschen, zurückzugehen«, sage ich leise. »Eine Entscheidung rückgängig machen. Eine, von der ich zu der Zeit nicht wusste, dass sie so bedeutend sein würde.«

»Es ist nie zu spät.« Jasper zieht an seiner Zigarette. »Es sei denn natürlich, du schaffst es nicht hier raus. Dann ist es doch zu spät, Pechvogel.«

Ich schlucke und atme den Rauch ein. »Zurück kann ich nicht. Nur vorwärts, und das Beste aus den Trümmern machen.«

»Ist auch ein ziemlich großer Wunsch. Ich wünsche mir ein Brot mit ner großen Portion Räucherlachs und Butter. Und dass die dämlichen Briten mal einen Zahn zulegen.« Er stampft mit den Füßen. »Ich dachte, die wären längst hier.«

Am nächsten Abend rauchen wir wieder zusammen eine Zigarette, genau wie am Abend darauf. Die Preußen haben bessere Waffen. Solche, die man im Liegen nachladen kann. Wir müssen dafür aufstehen. Der Kanonenhagel hält an wie Donnergrollen, die Tage werden zu Nächten. Jeden Morgen stapeln sich mehr Leichen auf dem Boden, in den Gräben, auf den Krankentragen, die unter dem Gewicht ächzen. Bis wir es endlich kapieren.

»Es kommt keiner, um uns zu helfen«, sagt Jasper am vierten Abend. Er lehnt sich benommen auf sein Gewehr.

Und holt eine Zigarette raus.

Er hat recht. Dieses Mal kommen die Briten nicht, um uns zu helfen, wie sie es im Krieg meines Vaters und meines Bruders getan haben. Königin Viktoria hat sich schon auf die Seite der Preußen geschlagen. Wegen der Hochzeit ihrer Tochter.

Jasper schnipst mit den Fingern, und eine Sekunde lang sehe ich die Flamme zwischen den Kuppen tanzen.

Leider bin ich nicht der Einzige, der das sieht.

»Willst du ne ...«

Seine Frage stirbt im selben Moment wie er.

Ein Schuss zerreißt die Luft, und mir klebt Blut im Gesicht.

Ich habe immer gedacht, Magie wäre Macht. Doch Magie hat ihm nicht geholfen, nicht hier. Ich betrachte Jaspers schlaffe Hände, die Zigarette, die jetzt im Schlamm liegt und deren magische Flamme erloschen ist. Macht bekommt man viel früher, nicht erst auf dem Schlachtfeld, nicht durch Magie oder Panzer oder Waffen. Sondern durch Strategie. In den wunderschön vergoldeten Prunksälen, in denen Worte viel mächtiger sind als Kugeln. Dort, wo man Menschen noch umstimmen kann. Wenn wir erst mal hier sind, ist es zu spät.

Ich sorge dafür, dass Jasper angemessen bestattet wird. Zahle für seine Einäscherung und Beisetzung. Keine Ahnung, warum er mir so viel bedeutet hat. Ich habe ihn nur ein paar Tage gekannt. Vor ihm hat es so viele andere gegeben, und es werden ihm noch viele folgen.

Und dann fange ich an zu planen.

Was wünsche ich mir nun, da der Krieg vorbei ist und Dänemark die Niederlage einstecken musste?

Magie wünsche ich mir nicht mehr. Jetzt werde ich dafür sorgen, dass Dänemark nie wieder aufgeben muss oder bedroht wird. Los geht es mit dem Königshaus. Ich spiele ihr Spiel, plane strategische und kalkulierte Züge und sehe zu, dass mein Einfluss in diesen Prunksälen mächtig genug ist.

Ja, auf dem Weg werden noch mehr Menschen sterben. Menschen wie Jasper. Aber er hat sich für ein höheres Ziel geopfert, und sie werden das auch tun. Wenn jetzt ein paar Leute sterben, können später mehr überleben.

Ich habe immer noch die Möglichkeit, etwas Gutes aus den Trümmern zu ziehen.

Deshalb weiß ich genau, was zu tun ist, als ich wieder bei Bewusstsein bin und Helene mich besucht.

Obwohl sie ausgemergelt aussieht, wirkt sie stark. Ihre Arme sind verschränkt, das Haar streng zurückgebunden, und sie trägt ein Kleid, das sich bis auf den Boden ergießt. Mit ihrer Ausstrahlung hat sie schon immer jeden Raum in eine Bühne verwandelt. Sie ist die Einzige, an der Edelsteine trüb wirken.

»Philip«, sagt sie sanft. Sie hält einen goldumrandeten Briefumschlag in den Händen. »Der König hat unsere Einladung angenommen. Aber ich bin nicht mehr so sicher, dass es der richtige Zeitpunkt für Eve ist, vor ihm zu tanzen. Vielleicht sollten wir es lieber absagen. Oder wenigstens verschieben …«

»Willst du, dass Eve in die Königliche Dänische Ballettschule kommt?«, unterbreche ich sie.

»Na ja, natürlich. Wenn sie eine Ballerina werden und auf den Bühnen Dänemarks tanzen soll, dann muss sie auf diese Tanzschule. Sonst muss ich mir was anderes überlegen. Vielleicht sogar in ein anderes Land ziehen.«

Ich darf diese Gelegenheit, den König zu treffen, nicht verstreichen lassen. Nicht nach der Demütigung wegen Schleswig und Holstein und nachdem wir die Unterstützung unserer Verbündeten so überschätzt haben. In den letzten hundert Jahren haben wir zwar Land und Macht eingebüßt, aber wir bleiben dennoch stark.

»Wir spielen den Angriff und meine Verletzungen herunter. Ich will unsere Beziehung zum Königshaus oder Eves Eintrittskarte in die Tanzschule nicht gefährden.« Ich setze mich auf und unterdrücke ein Stöhnen, das mir bei dem stechenden Schmerz im Magen fast entfahren wäre. »Wir machen weiter. Wir brauchen so einiges von König Christian.«

Und er braucht einiges von uns.

*Ja, bringt den König nur her.*

Gemeinsam werden die Vestergaards und Dänemark unbesiegbar sein.

# 23

»PHILIP IST AUFGEWACHT«, VERKÜNDET LARA, als ich am nächsten Morgen die Küche betrete.

Liljan und ich sind letzte Nacht lange wach geblieben. Sie hat meine Haare in die ursprüngliche Farbe zurückgefärbt und auch die Sommersprossen wieder auftauchen lassen. Dann haben wir uns zwischen den Betten auf den Boden gesetzt, heimlich Lakritz gegessen und einen zweiteiligen Plan zurechtgelegt.

Der erste Teil hängt davon ab, ob der Salon noch stattfindet und ob ich unter dem Vorwand, Kleider damit zu verschönern, ein paar Steine beschaffen kann. Wenn dieser Teil schiefgeht, machen wir mit dem zweiten, dem schwierigeren Part weiter. Ein Plan, der jetzt, da Philip wach ist, noch unendlich kniffliger geworden ist. Ich streiche meine Schürze glatt. Besser, der erste Teil klappt. Und dafür muss ich jetzt loslegen.

Rae, Peder, die Wache, und Malthe, Philips Kammerdiener, sitzen bei Kaffee um den Küchentisch. Alles wirkt jetzt etwas trüber und leiser. Das Klirren der Töpfe scheint gedämpft. Niemand flüstert oder lacht oder peitscht jemanden neckend mit einem Handtuch aus. Dorit ist noch im Bett, und das Brot, das Rae gebacken hat, ist fast verkohlt und in sich zusammengefallen.

»Hat Herr Vestergaard denn seinen Angreifer sehen können?«, fragt Peder den Kammerdiener. Immer wieder wandert seine Hand zwischendurch zu seinem Revolver.

»Nein, er hat nur erkannt, dass es wohl ein Landstreicher war. Mittelgroß, helle Haare und Augen. Philip meint, er hat streng gerochen. Nach Alkohol.«

Eine schwammige Beschreibung, die in Dänemark auf so ziemlich jeden Mann zutreffen könnte. Helene sagt, sie hat nichts gesehen. Philips Informationen helfen auch nicht weiter. Kann sein, dass sie die Wahrheit sagen.

Oder aber sie decken sich gegenseitig.

»Ich mach das«, sage ich zu Lara und belade ein Tablett mit Kaffee und Sahne und stelle im letzten Moment auch noch eine Kristallvase mit Veilchen dazu. Im Flur zum Haupthaus ist es bitterkalt. Meine Schritte hallen an den Wänden wider, die riesige Vase auf dem Tisch in der Eingangshalle ist leer und riecht dennoch leicht nach verwelkten Blumen. Ich klopfe sanft an Helenes Tür. Im Flur ist es totenstill.

»Frau Vestergaard?«

Helene öffnet die Tür.

»Ich wollte nicht stören«, sage ich und halte ihr das Tablett entgegen. »Aber ich war nicht sicher, ob ich mit den Kostümen für den Salon weitermachen soll?« Ihr Blick ist so durchdringend, dass ich verstumme. Nach allem, was passiert ist, ist es doch klar, dass der Abend verschoben oder sogar abgesagt wird.

Helene nimmt mir den Kaffee ab und probiert einen Schluck.

Kühl sagt sie: »Wir machen weiter wie geplant.«

*Dann*, denke ich, *machen wir das auch*. Ich räuspere mich und betrete ihr Zimmer, um das Tablett abzustellen. »Dann würde ich gerne einen Vorschlag für die Kostüme machen«, wage ich mich voran. »Ich denke da an Vestergaard-Edelsteine. Ich könnte sie direkt auf Eves Kostüm sticken. In den Stoff.« Die Veilchen und die Sahne stelle ich auf den Waschtisch. »So wäre ihr Tutu selbst eine Art Schmuckstück.«

Helene zögert, verengt die Augen. »Die Idee gefällt mir«, gibt sie zu und starrt gedankenverloren auf ein Bild von Aleks. »Aber das würde ich lieber ein andermal angehen. Ich will Philip damit im Moment nicht belästigen. Außerdem fürchte ich, dass die Steine nicht rechtzeitig ankommen würden. Vielleicht beim nächsten Salon.«

Der König ist aber bei diesem anwesend. Ich beiße mir auf die Zunge, um sie nicht zu drängen, als Eve auf einmal durch die offene Tür schlüpft. Das Haar ist um ihren Kopf geflochten, und sie würdigt mich keines Blickes. Ich komme mir vor wie ein unbedeutendes Möbelstück. Eins, das bald ausgedient hat.

»Ich habe schon wieder eine Woche nicht geübt, Helene«, sagt sie zögernd. »Soll der Salon wirklich stattfinden? Ich … bin nicht sicher, ob ich bereit bin, vor dem König zu tanzen. Vielleicht sollte ich mich einfach auf die Aufnahme in der Tanzschule vorbereiten?«

Helene hält inne und stellt ihren Kaffee ab.

Sie dreht sich zu Eve um und sieht ihr direkt in die Augen. »Eve, ich fürchte, das ist nicht möglich.«

»Warum nicht?«

»Ich habe mit meinen Kontakten im Königlichen Dänischen Ballett über dein Vortanzen gesprochen, und wie es aussieht, denken sie, Dänemark ist noch nicht bereit für eine Veränderung. Sie sind noch nicht dafür bereit, dass die Ballerinas sich verändern«, erklärt sie verbittert. »Nicht so sehr wie wir.«

Eve wird ganz still. »Oh.« Mehr bringt sie nicht heraus.

»Aber wenn du den König von dir überzeugst, dann zwingen wir sie dazu.« Helene spannt den Kiefer an. »Ich möchte sie so gern zwingen.«

Beim Anblick von Eves niedergeschmetterter Miene lodert rasende Wut in mir auf und erstickt alles andere. Ich bin wütend auf mich selbst, weil ich sie verletzt habe. Wütend auf diese namenlosen Menschen, weil sie es wagen, ihr diesen Weg zu verbauen, obwohl sie dem Ziel schon so nah gekommen ist. Der Kloß im Hals wächst immer weiter, bis ich beinahe daran ersticke.

Natürlich verstehe ich nicht alle Facetten von Eves Schmerz, doch ich spüre ihn wie Stiche in mir selbst, wie splitterndes Glas. Es ist so viel schlimmer, wenn man ihr wehtut, als wenn man mir wehtut. Dieser Schmerz schlägt in eine andere Kerbe, gräbt sich immer tiefer. Also verwandle ich ihn in Wut, ohne darüber nachzudenken. Es ist einfacher, die scharfen Kanten meines gebrochenen Herzens nach außen zu wenden als nach innen.

»Also bleibt es dabei«, sagt Helene mit Nachdruck. »Marit, wir lassen uns für die Kostüme was anderes einfallen.«

»Proben wir denn heute?«, fragt Eve leise. Ihre übliche Anmut und Freude sind verschwunden. Sie bewegt sich wie eine rostige Blechdose – gebeugt und steif, als würde sie etwas Weiches beschützen wollen. Ich spüre, wie sie sich zusammenreißt. Als wäre sie gestoßen worden und müsste jetzt alle Kraft aufbringen, sich wieder aufzurichten.

»Ja, das sollten wir. Aber, vorher …«, sagt Helene sanft.

»Eve, hast du schon mal Sugar Cakes gegessen? Das ist eine Art Zuckerkonfekt, das man auf den Westindischen Inseln isst.«

Eve runzelt die Stirn und schüttelt dann den Kopf.

»Oh, das geht natürlich nicht«, erwidert Helene mit gespielter Strenge. Kurz zögert sie, doch dann legt sie ihre Hand auf Eves. »Das müssen wir auf der Stelle ändern.«

Mit dieser Wendung des Gesprächs habe ich nicht gerechnet. Genau wie mit der Tatsache, dass zwei Ballerinas direkt nach dem Frühstück Sugar Cakes naschen wollen. Doch ich folge den beiden mit gebührendem Abstand durch das viel zu stille Haus. Helene geht entschlossen die Treppen hinab und durch den Flur zum Dienstbotentrakt. Erst vor der Küche bleibt sie stehen.

»Hallo?«, ruft sie vorsichtig, um sich bemerkbar zu machen.

Es ist ein heikler Tanz zwischen den oberen und den unteren Etagen. Als Dienstbote lernt man die Schritte schnell und versteht, wie man mit den unausgesprochenen und unüberwindbaren Grenzen umzugehen hat.

»Ich möchte nicht stören.« Sie überschreitet die unsichtbare Grenze zur Küche.

Dorit rollt einen Teig mit dem Nudelholz immer und immer wieder aus. Mit ausdrucksloser Miene sieht sie auf. »Das hier ist Ihr Zuhause, gnädige Frau«, antwortet sie tonlos.

Helene zögert. »Es ist zwar mein Haus«, korrigiert sie sie, »aber das hier ist euer Bereich. Ich habe seit Jahren kaum einen Fuß hier reingesetzt …« Die unausgesprochenen Worte hängen schmerzlich im Raum: … *abgesehen von dem blutigen Tag, an dem Ivy gestorben ist.* »Bist du wirklich schon bereit, wieder zu arbeiten?« Wie ein Kleid streift sie die Autorität wieder über, ihre Stimme klingt allerdings immer noch sanft.

»Ich muss meinen Kopf und meine Hände beschäftigen, Frau Vestergaard.« Mit aller Kraft schiebt Dorit das Nudelholz über den Teig. »Ich kann nicht mit meinen Gedanken allein sein.«

Helene streicht ein Handtuch glatt. »Ich kenne diese Art Trauer«, meint sie. »Irgendwann wird es leichter.«

»Bitte.« Dorit deutet zum Tisch. Eve scheint einen Moment innezuhalten, als würde sie erwarten, Spuren von Philips und Ivys Blut zu entdecken. »Darf ich Ihnen etwas bringen?«, fragt Dorit und wischt sich hastig mit einem Geschirrtuch über die Augen. »Einen Tee? Etwas Gebäck?«

Helene hält sie davon ab, sich durch die Schränke zu wühlen.

»Eigentlich hatte ich gehofft, ich könnte selbst etwas backen. Mit Fräulein Eve.«

Dorit kann ihre Überraschung kaum verbergen. »Oh – also, ja, natürlich, gnädige Frau.«

»Ich brauche Zucker, Kokosnuss, Lorbeerblätter und frischen Ingwer.«

Während alle aufspringen und die Zutaten zusammensuchen, zieht Helene sich eine Schürze an und bedeutet auch Eve, eine überzuziehen. Aus dem Augenwinkel späht Eve zu mir, als könnte sie es sich nicht verkneifen. Als unsere Blicke sich treffen, funkelt sie mich böse an.

Helene dreht sich zu Eve um. »Am ersten Tag in der Kutsche hast du mir erzählt, dass ›Die Nachtigall‹ deine Lieblingsgeschichte von Hans Christian Andersen ist. Meine ist ›Die Schneekönigin‹.«

Das ist auch mein Lieblingsmärchen. Rae setzt einen Topf Wasser zum Kochen auf, Helene gibt Zucker, Lorbeerblätter und Ingwer hinein. Währenddessen erzählt sie Eve die Geschichte von Gerda und Kai, vom Teufel, der einen magischen Spiegel erschafft, durch den selbst das Gute in der Welt hässlich und verzerrt aussieht. »Als der Spiegel zerbricht, nisten sich einige Splitter – manche nicht größer als ein Sandkorn – in den Augen der Menschen ein, sodass sie nur noch das Schlechte um sich herum wahrnehmen.« Helene rührt die Kokosflocken in die zuckrige Masse. »Wenn es die Splitter bis in die Herzen der Menschen schaffen, lassen sie sie zu Eis gefrieren. Aber unsere Heldin, die junge Gerda, folgt ihrem Kindheitsfreund Kai, nachdem er einen Splitter ins Auge und ins Herz bekommen hat. Sie folgt ihm bis in den Palast der Schneekönigin. Als sie ihn findet, weint sie um ihn, und ihre heißen Tränen lassen sein gefrorenes Herz wieder auftauen.«

Wie jedes Mal, wenn ich diese Geschichte höre, frage ich mich, ob sie wohl irgendwie von unserer Magie inspiriert ist. Womöglich hat Hans Christian Andersen vom Firn gehört und sie deshalb geschrieben, hat ihr ein glückliches Ende geschenkt, obwohl im echten Leben keins auf uns wartet.

»In allen Geschichten steckt ein Funke Wahrheit«, meint Helene. »Manchmal habe ich den Eindruck, dass viele Menschen Glassplitter in den Augen haben. Und das will ich ändern.«

Sie fischt die Lorbeerblätter und den Ingwer aus dem Topf und gießt die Kokosnuss-Zuckermasse vorsichtig in kleinen Portionen auf ein Blech. »So, Sugar Cakes, wie meine Mutter sie früher auf Saint Croix gemacht hat. Die lassen wir jetzt abkühlen, und in der Zwischenzeit brauche ich einen Stift, bitte. Und etwas Schnur.« Sie setzt noch einen Topf Wasser auf und gibt wieder Zucker hinein.

»Den Trick hat Aleks mir gezeigt, damit ich verstehe, wie die Kristalle und Stalaktiten in den Minen sich bilden.« Und schon höre ich wieder aufmerksamer zu. »Aber er erinnert mich auch an ›Die Schneekönigin‹.« Helene rührt durch den Zucker, sodass im Wasser ein kleiner Wirbelsturm entsteht. Sie rührt, bis der Zucker sich aufgelöst hat, und schüttet dann alles in ein Glas.

»Der Zucker kristallisiert hier an der Schnur und wächst langsam immer weiter. In manchen Menschen wächst der Hass genauso.« Sie bindet ein Stück Schnur an den Stift und legt ihn so über das Glas, dass die Schnur in der Zuckerlösung hängt. »Aber jetzt kommt der schwierige Teil, Eve«, spricht Helene weiter. »Wir dürfen als Antwort auf den Hass keinen Hass in uns selbst wachsen lassen. Denn was da in uns wächst, ist nicht wertvoll oder schön. Es ist wie Gift, das uns von innen auffrisst und zerstört.« Sie stockt. »Wir wissen beide ganz genau, wie sehr manchen Leuten da draußen unser Aussehen aufstößt. Doch wir müssen aufpassen, dass unser Inneres nicht irgendwann so aussieht wie ihres.«

»Aber sie haben doch angefangen«, nuschelt Eve.

»Das stimmt. Aber nur ganz selten lassen diese Glassplitter sich mit Gewalt entfernen oder indem wir rationale Argumente anbringen. Manchmal schaffen wir es mit Schönheit und Ehrfurcht – mit Kunst, mit Büchern, vielleicht auch mit Tanzen – in die steinharten Herzen. Wir können sie zum Weinen und Nachdenken bewegen, und hin und wieder ist das genug, um die Splitter zu entfernen. Manchmal lassen sie uns durch die Tür der Schönheit hinein, und dann schaffen wir es weit genug in ihr Inneres, damit sie umdenken.«

Eve schweigt einen Augenblick lang, dann sagt sie: »Das klingt anstrengend.«

»Oh ja, furchtbar anstrengend. Und solltest du diese Bürde tragen müssen? Nein, Eve, nichts daran ist gerecht. Aber ich glaube dennoch, dass die Menschen sich ändern können.« Helene legt die Hand auf Eves Wange.

Die ersten mikroskopisch kleinen Kristalle bilden sich bereits an der Schnur. Eve starrt sie an, legt die Stirn gedankenversunken in Falten. Ich stelle mir mein Herz vor. Die scharfen Kanten der Splitter, die ich wie Stachel nach vorne gerichtet habe. Vielleicht muss ich jedes Mal einen Preis dafür zahlen, wenn ich meine Trauer in Wut umwandele. Vielleicht ist der Preis, dass mein Herz jedes Mal ein bisschen härter wird.

»Du trägst niemals Schmuck«, stellt Eve fest und berührt die Vestergaard-Kette um ihren Hals.

Helene schüttelt den Kopf. »Ich habe Glas am liebsten.« Ich beobachte aus dem Hintergrund, wie sie zum Fenster deutet. »Glas ist zerbrechlich, aber trotzdem kraftvoll. Es lässt uns durch die Mauern blicken, die wir um uns herum errichtet haben.« Sie holt einen kleinen Silberanhänger aus ihrer Tasche. »Es zieht niemals die Aufmerksamkeit auf sich selbst, sondern richtet sie immer auf das, was dahinterliegt.« Der Anhänger springt auf und enthüllt ein Bild von Aleks hinter einer kleinen Glasscheibe. Behutsam berührt sie sein Gesicht. »Es kann Dinge vor Schaden schützen. Und trotzdem, wenn du nicht sorgsam damit umgehst …« Sie lächelt reumütig und hebt die Kette um Eves Hals an. »Sei vorsichtig.«

Ihre Worte wirken so aufrichtig, dass ich nicht mehr sicher

bin, was ich glauben soll. Als ich sehe, wie Helene mit Eve umgeht, wie sie sie herausfordert, ermutigt und an sie glaubt, trifft mich die Erkenntnis plötzlich wie ein Schlag aus dem Hinterhalt.

Helene Vestergaard ist eine gute Mutter.

Die Art Mutter, die ich für Eve aussuchen würde, wenn ich könnte.

»Ich glaube, die sind fertig.« Helene gibt Eve einen der Sugar Cakes, die sofort ihre Zähne hineindrückt. Sie grinst und leckt sich über die Lippen. »Danke.«

Lachend nimmt Helene sich einen eigenen. »Vielleicht wird unser Lieblingsessen eine Kombination aus etwas Westindischem und etwas Dänischem. Das würde zu uns passen.«

»Ich bin jetzt bereit, zu proben«, verkündet Eve und steht auf. Sie reckt das Kinn in die Höhe, ihre Bewegungen sind wieder gewohnt fließend. Sie sieht wieder anmutig aus, aber mehr noch, sie sieht aus, als würde pure Macht sie durchströmen. »Möchtest du vielleicht sehen, woran ich arbeite?« Übermäßige Freundlichkeit liegt in ihrer Stimme, und ich blicke auf, voller Hoffnung, dass sie trotz allem entschieden hat, mir zu vergeben.

Doch sie spricht nicht mit mir. Auch nicht mit Helene. Sie streckt der Köchin die Hand entgegen.

Dorit wirkt überrascht, nickt aber nach einem unsicheren Seitenblick zu Helene und nimmt ihre Schürze ab. Eve zieht sie mit sich in den Festsaal, und zum ersten Mal seit Ivys Tod schleicht sich ein Lächeln auf Dorits ausgemergeltes Gesicht.

»Setz dich an die Kostüme, Marit«, sagt Helene. »Tu, was immer nötig ist, um sie strahlen zu lassen.«

Ich räuspere mich. »Ja, gnädige Frau.« Und schon rauscht Helenes Rock durch die zufallende Tür.

Hier allein in der Küche zurückgelassen zu werden, tut weh.

Ich gehe zu dem Glas. Zu den Kristallen, die sich Stück für Stück an der Schnur bilden.

Helene Vestergaard liebt Eve wirklich wie eine Tochter. Und – der Gedanke sticht mir wie ein Dolch ins Herz – macht das so viel besser, als ich es getan habe.

Ich drehe das Glas im Licht, und plötzlich, obwohl mir das Herz schmerzt, weiß ich, wie wir Philips Ring leihen und den Stein mit dem meines Vaters vergleichen können.

Ohne dass Philip merkt, dass er weg ist.

# 24

AN DIESEM ABEND HALTE ICH mit erhobener Faust vor
Brocks Tür inne und zögere.

Als er sie öffnet und mich sieht, huscht ihm Überraschung
über das Gesicht. Schnell lege ich mir einen Finger an die Lippen, damit er leise ist. Ich schiebe ihm meine schweren Edel-
steinbücher in die Arme und bedeute ihm unwirsch, mir nach
oben zu folgen.

»Unsere Runde wird immer größer«, verkünde ich überschwänglich, als ich Brock in Jakobs Dachstube führe. Jakob
schüttelt ihm die Hand, während ich mich in eins der riesigen
Kissen unter dem Dachfenster sinken lasse. Vorsichtig balan-
ciere ich Eves Glas mit den Zuckerkristallen in der Hand.

Liljan gießt heiße Schokolade in angeschlagene Porzellan-
tassen.

»Helene hat meine Idee mit den Steinen in den Kostümen
abgelehnt«, berichte ich und kuschle mich tiefer in das Kissen.
Eves Glas stelle ich auf den Boden. Brocks Blick huscht immer
wieder zum Schreibtisch, auf dem der Briefbeschwerer steht,
den Jakob von Ivy bekommen hat.

»Schade«, meint Liljan. »Aber nicht sonderlich überraschend.« Sie rührt mit einer langen Salzstange durch ihre Tasse. »Also machen wir wohl mit dem zweiten Teil vom Plan weiter.«

»Ich habe mich freiwillig gemeldet, Philips Pflege zu übernehmen, sobald Malthe weg ist«, sagt Jakob. »Bestimmt kann ich mir irgendwas ausdenken, um uns alle da reinzubekommen.«

»Den Ring bloß anzustarren, bringt uns aber nicht weiter«, grummelt Liljan und reicht jedem von uns eine heiße Schokolade. »Man braucht schon ein Mikroskop, um zu bestimmen, was für ein Edelstein es ist.«

»Genau«, sage ich. »Deshalb werden wir ihn uns leihen.«

Jakob prustet ungläubig. »Warte mal. Du willst den Ring von Philip Vestergaards Finger stehlen?«

»Nicht stehlen«, korrigiere ich ihn mit einem vielsagenden Seitenblick zu Brock. »Bloß leihen.«

Brock beißt in seine Salzstange. »Damit deine Fähigkeiten als Diebin nicht einrosten.«

»Ich gebe ihn ja zurück«, beharre ich. »Und sorge dafür, dass er gar nicht erst merkt, dass der Ring weg ist.«

»Oh.« Liljan reibt sich die Hände und schlägt die Beine übereinander. »Sprich weiter, kleine Marit.«

Ich halte Eves Kristallglas in die Höhe.

»Meint ihr nicht, wir vier könnten eine überzeugende Kopie herstellen? Etwas in der Art wie das hier, damit wir ein bisschen Zeit haben, Philips Stein zu untersuchen?«

»Ich weiß nicht.« Jakob guckt skeptisch. »Jeder weiß doch, dass Edelsteine wirklich schwer zu fälschen sind.«

Ich lasse mir von Brock das Edelsteinbuch reichen. »Genau das steht auch hier drin. Das größte Problem ist wohl, dass uns die entsprechenden Werkzeuge fehlen. Die beste Kopie, die bisher gelungen ist, war aus venezianischem Glas, aber das würde offensichtlich niemand für einen Rubin oder Smaragd halten. Dafür ist es zu trüb. Die Farben stimmen nicht. Es sei denn …« Ich drehe mich siegessicher zu Liljan um. »… man hat die *Magie*, um das hinzubekommen.«

Brock mustert die Kristalle, die im Glas neben meinen Füßen wachsen. »Du willst wirklich, dass wir eine glaubwürdige Fälschung machen, die auch einen Mann überzeugt, der sein Geld mit Edelsteinen verdient. Aus *Zucker*?« Er starrt mich fassungslos an.

»Nein.« Ich stehe auf und nehme Ivys Briefbeschwerer vom Tisch. »Ich dachte, wir machen sie aus Glas.«

Und als ich die Finger um das Glas lege, trifft mich ein Gedanke mit solcher Wucht, dass ich fast in die Knie gehe.

Langsam lasse ich den Briefbeschwerer sinken.

Ein gefälschter Edelstein, aus Glas.

Auf einmal muss ich wieder an den Tag denken, an dem wir Philip Vestergaard in der Glaserei gesehen haben.

Warum hat er Ivy besucht, aber nie etwas in Auftrag gegeben?

Warum war er bei ihr, als sie gestorben ist?

»Marit?«, fragt Jakob. »Alles in Ordnung? Du siehst aus, als würdest du gleich ohnmächtig werden.«

Der kräftige Duft der Schokolade steigt mir aus meiner unberührten Tasse in die Nase.

»Mir kam gerade eine furchtbare Idee«, flüstere ich.

Eine sehr furchtbare. Aber sie würde so vieles erklären.

»Was, wenn …« Mein Puls rast. »Was, wenn die Edelsteine aus den Vestergaard-Minen überhaupt keine Edelsteine sind?«

Meine Worte stoßen auf bestürztes Schweigen.

*Oh nein, das ergibt alles so viel Sinn.*

»Es gab nicht immer Edelsteine in den Minen«, erzähle ich.

»Die wurden erst vor etwa zehn Jahren entdeckt.« Ich lasse mich auf ein Knie sinken und stelle den Briefbeschwerer auf den Boden. »Wir haben die ganze Zeit schon vermutet, dass die Minenarbeiter umgebracht wurden.« Ich sehe zu Jakob. »Um irgendwas zu vertuschen – um irgendwas Wichtiges zu verheimlichen. Was, wenn die Männer herausgefunden haben, dass die Edelsteine nicht echt sind?«

»Mal langsam.« Jakob fährt sich nachdenklich durch die Haare. »Wie soll das stimmen? Es ist fast unmöglich, Edelsteine zu fälschen. Das hast du doch eben selbst gesagt.«

»Aber mit Magie wäre es möglich. Denkt doch mal nach. Man könnte eine annehmbare Fälschung herstellen, wenn man zum Beispiel die Fähigkeit hat, Glas zu formen.« Wieder halte ich Ivys Briefbeschwerer hoch. Ein intensiver, wütender Ausdruck legt sich auf Brocks Gesicht. »Und die Fähigkeit, es in jeder Nuance zu färben, die man möchte.«

»Eine Kombination«, sagt Jakob langsam, »aus Liljans und Ivys Magie, meinst du.«

Liljan schweigt. Sie klammert sich so fest an ihre Tasse, dass die Knöchel ganz weiß werden.

»Was, wenn …« Ich stocke. »… die Steine, mit denen die Vestergaards Millionen verdienen, gar nicht aus den Minen kommen, sondern durch Magie geschaffen werden? Ein normaler Mensch würde das niemals bemerken – nicht mal einer aus der Königsfamilie. Die Einzigen, denen es auffallen könnte, wären die Juweliere. Und ihr habt doch alle mitbekommen, wie viel die Vestergaards an die einzige Juwelierfamilie in Dänemark zahlen. Vielleicht bestechen sie sie, die Echtheit der Steine zu bestätigen und sich ansonsten rauszuhalten.«

Ja. Der Juwelier hat so gierig ausgesehen, als er mir Edelsteine in allen erdenklichen Farben versprochen hat. Wie kann man so etwas versprechen, wenn man die Farbe der Steine nicht selbst kontrollieren kann?

»Aber wenn das wahr ist, ergibt der Angriff auf Ivy noch weniger Sinn.« Brock kann seine Wut kaum im Zaum halten und steht auf. »Warum sollten sie Ivy dann töten? Sie würden sie doch lebend brauchen.«

Ich denke nach. »Vielleicht hat sie sich geweigert. Vielleicht … macht man so eine Arbeit nicht freiwillig. Oder …« – ich schnappe nach Luft – »vielleicht haben sie sie unterschätzt.«

Dann wäre sie zwar nützlich, aber auch gefährlich gewesen. »Vielleicht haben sie ihr auf der Straße aufgelauert, als sie alleine war. Um sie in eine Kutsche zu zerren und zu den Minen zu bringen.«

Brocks Augen funkeln bedrohlich. Er zieht einen Glassplitter aus der Tasche. »Aber sie hat sich gewehrt.«

Jakob entfährt ein Fluchen.

Das würde erklären, warum alle Minenarbeiter sterben mussten, die das Geheimnis kannten. Wie mein Vater.

Es würde erklären, warum Far wollte, dass der König sich der Sache annimmt.

Und es würde erklären, warum Ivy sterben musste und die beiden letzten Menschen, die sie lebend gesehen haben, Vestergaards sind.

Mein Herz springt mir fast aus der Brust. Wollte mein Vater uns das etwa vor zehn Jahren mitteilen? Decken wir gerade einen riesigen Skandal auf, der hier im Vestergaard-Anwesen entspringt und sich über ganz Dänemark erstreckt?

»Was machen wir denn jetzt?«, wispert Liljan. Ihre Augen

glühen in der Dunkelheit. »Wie sollen wir das jemals beweisen?«

»Wir brauchen einen Stein, der sicher aus den Vestergaard-Minen stammt«, sage ich. »Helene trägt keinen Schmuck. Also ist der von Philip der einzige, an den wir rankommen können. Und dann sagt Jakob uns, ob er aus Glas ist.«

Noch ein Gedanke huscht mir durch den Kopf: Womöglich hat mein Vater mir ja deshalb den Stein hinterlassen. Er hat mir einen echten Edelstein gegeben, wahrscheinlich einen der wenigen echten in ganz Dänemark, damit wir ihn mit den Fälschungen vergleichen können.

Und deshalb wollten die Männer ihn auch in unserem Haus finden, an dem Tag, als Ingrid gestorben ist.

Ich schließe die Augen.

»Aber wie sollen wir den Ring an Philips Finger gegen den anderen tauschen, ohne dass er uns erwischt?«, fragt Liljan.

Ich überlege. »Keine Ahnung.«

»Wir betäuben ihn«, schlägt Brock vor.

Jakob zuckt zusammen. »Okay – Moment mal.« Wieder fährt er sich durch die Haare. »Wenn das, was Marit da sagt, wirklich wahr ist, dann ist es grauenhaft. Und dann verdient Philip alles, was auf ihn zukommt. Aber ich soll mich um ihn kümmern. Er könnte unschuldig sein. Ihn zu betäuben und dann zu bestehlen, geht schon *ein wenig* gegen den medizinischen Ehrenkodex.«

»Dann halt dir die Ohren zu und guck weg«, schlägt Brock vor. »Dorit mischt das Mittel in sein Essen.« Er lässt die Knöchel seiner Hand knacken. »Mit dem größten Vergnügen.«

»Und ich tausche die Ringe aus«, melde ich mich freiwillig.

»Du machst dir die Finger nicht schmutzig.«

»Ich kann alles wachsen lassen, was du zum Betäuben empfiehlst. Damit tust du ihm einen Gefallen. Wenn nicht, muss ich es selbst versuchen.« Brocks Gesicht wird noch finsterer. »Aber ich kann nicht versprechen, dass ich ihn nicht umbringe.«

Obwohl meine Theorie besser gar nicht passen könnte, zupft mein Unterbewusstsein warnend an mir. Was wir jetzt vorhaben, könnte den Vestergaards schaden – und Eve. Es könnte jeden von uns die Zukunft kosten, unsere Anstellung, unseren Lebensunterhalt. Und es könnte sehr viele Leute sehr wütend machen.

Mächtige, gefährliche Leute. Leute, die schon früher getötet haben.

Eve fühlt sich bereits von mir betrogen – könnte sie mir meine Einmischung bei dieser Sache verzeihen?

Die Zweifel treten wieder in den Hintergrund, als ich mir die Unterlagen ins Gedächtnis rufe, die Unmengen an Vestergaard-Edelsteinen, dank denen der Gewinn in den letzten zehn Jahren unverschämt hoch war. Wie viel Glasmagie ist wohl nötig, um so viele Edelsteine herzustellen?

Mit Sicherheit mehr, als ein Mensch allein aufbringen kann.

Die Magie von zehn Menschen?

Zwanzig?

Noch mehr?

Und … machen sie das aus freien Stücken, so wie wir hier im Haus?

Oder passiert da unten in den Minen womöglich sogar noch viel Schlimmeres?

»Wenn die Ivy wehgetan haben …« Brock fährt bedrohlich mit dem Finger über den Rand seiner gesprungenen Tasse.

»… dann wünschen sie sich bald, dass sie mich nie getroffen hätten.«

Das Licht der Kerzen tanzt über die Wände, während wir zurück zu unseren Zimmern huschen, durch die dunklen Flure, die sich wie Adern durch das Haus winden. Wenn dieser Skandal wirklich hier im Vestergaard-Haus seinen Ursprung hat, dann wird es sie überraschen, woher sein Ende kommt. Nämlich aus den eigenen Wänden.

# 25

CHAOS BEHERRSCHT DAS HAUS. Der Ablauf des Salons steht immer noch nicht ganz, dabei kommt die Königsfamilie in weniger als vier Wochen. Ich erzähle Nina, dass Brock und ich uns zusammensetzen, um Vorhänge und Blumen für das Bühnenbild aufeinander abzustimmen. Stattdessen schleichen wir uns zu Liljan und Jakob in die Dachstube und tüfteln unseren Plan aus.

Ich werde in Erfahrung bringen, zu welcher Zeit Philip sich wo aufhalten wird, und unsere Vorgehensweise ausarbeiten.

Jakob wird herausfinden, welches Beruhigungsmittel Brock züchten soll.

Liljan wird einen falschen Stein aus Ivys Briefbeschwerer basteln. Jakob hat herausgefunden, wie man Glas mit Steinen und Öl schneiden und in Form bringen kann, anstatt mit den modernen Werkzeugen, die uns nicht zur Verfügung stehen.

Brock wird sich bei den Dienern in den Nachbarhäusern und Geschäften umhören, hier und da Fragen fallen lassen und so hoffentlich an noch ein paar mehr Informationen kommen. In der Glaserei hat Hanne erwähnt, dass noch andere Diener verschwunden sind. Wenn wir recht haben, sollte sich unter den Vermissten ein Muster erkennen lassen: Menschen mit Glasmagie, Farbmagie, die Metall oder Gold formen können. Alles, was nützlich ist, wenn man Edelsteine fälschen will.

Philip geht es immer besser, er läuft sogar schon wieder herum. Ich habe durch die Blumen in der Eingangshalle beobachtet, wie er sich angestrengt auf seinen Gehstock gestützt und versucht hat, die Treppen zu seinem Zimmer zu erklimmen.

Das Kristallglas steht auf der Fensterbank in meinem Zimmer. Jedes Mal, wenn ich sehe, wie der Zucker an der Schnur wächst, Kristall für Kristall größer wird, muss ich an Eve denken.

Unsere Beziehung ist genauso entstanden, ist mit der Zeit gewachsen. Mit jedem Moment und jeder Erinnerung ist sie stärker geworden. Meine Lüge hat all das zerstört, als hätte ich mit einem Hammer auf etwas Wertvolles eingedroschen.

Ich muss sie zurückgewinnen.

Also beobachte ich sie im Festsaal, ihrem behelfsmäßigen Tanzstudio. Das Parkett glänzt in der hellen Wintersonne. Eve tanzt neben einem älteren Mädchen mit hellbrauner Haut. Sie spricht Italienisch und zeigt ihr, wie sie mit den Augen einen Gegenstand fixieren soll, damit ihr bei den Drehungen nicht schwindelig wird. Helene scheint alle Gefallen einzufordern, die man ihr noch schuldet. Fast jeden Tag kommt ein neuer Gast zu Besuch, den sie während ihrer Ballettkarriere kennengelernt haben muss. Alle reisen mit genug Gepäck an, um vier bis fünf Tage zu bleiben. Sie bringen Eve Fouettes bei, die Akzente fliegen ihnen von den Zungen und ihre Ideen, wie das Ballett sich entwickeln könnte, prallen an den Wänden ab, widersprechen sich, werden laut und leise, vermischen sich wie Musik. Mir gegenüber bleibt Eve distanziert, auch während ich ihr Kostüm anpasse. Sie bedankt sich flüchtig und starrt mir auf die Stirn statt in die Augen.

Dorit konzentriert sich voll und ganz auf das Menü für den

großen Tag, als könnte sie so ihre Trauer in etwas Schönes verwandeln. Seit zwei Wochen lässt sie uns die Reste probieren, nachdem Helene ihre Einschätzung abgegeben hat: essbare Blüten, Rumcreme und Zitronentartes, die auf meiner Zunge anfangen zu zischen. Rinderfilet mit Paprika gefüllt und mit Blattgold verziert, goldbraune Pasteten mit echten glasierten Veilchen obendrauf. Viele Schichten Kransekage, dieses Mal mit einer Note von Mango und Kokosnuss. Und das sind nur die Gerichte, bei denen sie nicht mal Magie genutzt hat. »Ich bin zu alt, um beim Probekochen Magie zu verschwenden«, erklärt sie. Sie setzt Sirupspritzer und Beeren, während ich Korsetts und Schuhe mit Perlen, Zweigen und Edelsteinen verziere. »Das hebe ich mir für den König auf.«

Jeden Nachmittag laufe ich unter den kargen Gittern des ehemaligen Laubengangs entlang und beobachte, wann Philips Vorhänge geschlossen und wann sie offen sind, merke mir, wie lange er schläft. Ich spähe auch zu Eves Zimmer hinauf und erinnere mich daran, wie ich mit elf in der Mühle heimlich ein Porträt meiner Familie gestickt habe. Ingrid bekam eine Krone aus Blumen, mein Vater ein Buch, und ich stickte das gesamte Stück ohne auch nur einen Funken Magie. Darauf war ich wirklich stolz, bis Sare es eines Tages in meinen Sachen gefunden und behauptet hat, die Gesichter sähen aus wie gekochte Eier mit Perücken. Danach habe ich mein Werk mit anderen Augen gesehen und es in den Müll geworfen. Doch Eve hat es wieder herausgefischt und behalten.

Das habe ich erst ein Jahr später erfahren, als ich es in ihrem Kissenbezug gefunden habe.

Die dünne Schneeschicht knackt unter meinen Stiefeln. Es schüttelt mich – Einsamkeit kann sich genauso anfühlen wie

Kälte. Man fragt sich, ob man wohl jemals wieder erfahren wird, wie Wärme sich anfühlt.

Ich vermisse sie.

Schnell renne ich zu meinem Nähzimmer zurück und webe Nachrichten in alle Kleidungsstücke, die ich für sie mache. Es muss doch eine Möglichkeit geben, ihr zu zeigen, dass sie sich nicht in mir getäuscht hat. Dass ich um sie und um unsere Freundschaft kämpfen werde, die ich zerstört habe. Egal, wie lange es dauert. Ich fange an, ihre Kleider, ihre Kostüme, ihre Schuhe mit Worten zu bedecken. Nicht mit warnenden Worten der Angst, sondern mit Liebe.

Es sind noch drei Wochen bis zur Aufführung, als Helene und Eve sich entscheiden, wie Eves Kostüm aussehen soll. Ich fange ganz von vorne an und webe unsere Erinnerungen in jedes Stückchen Stoff. Erinnerungen sind wie ein Duett. Verschiedene Perspektiven und Harmonien von zwei Menschen verflechten sich miteinander. Das hier sind meine. Ich singe ihr die Stellen vor, die sie vergessen oder nie gekannt hat.

In das Gewebe des Korsetts schreibe ich: *Als du fünf warst, hast du mal Zeitung in Streifen gerissen, sie mit altem Kaffee eingefärbt und dann als Ohrringe getragen. Wie labbrige braune Algen haben sie dir an den Ohren gehangen, aber du hast gesagt, dass du dich damit wie eine Prinzessin oder eine berühmte Tänzerin fühlst.*

Auf die Rückseite ihrer Satin-Schnürbänder schreibe ich: *Dein Lachen habe ich schon immer geliebt. Wie es mit einem tiefen Dröhnen anfängt und dann immer lauter und lauter wird, bis du dieses Grübchen auf der Wange hast.*

Als sie in die Mühle gekommen ist, hat sie es geschafft, dass ich das erste Mal seit drei Jahren wieder gelacht habe.

In die langen Enden ihrer Haarschleife sticke ich: *Als du sechs warst, habe ich dir Geschichten von Hans Christian Andersen vorgelesen. Ich war so nervös, sie dir zu zeigen. Diesen besonderen Teil von mir, den ich bis dahin nur mit meinem Vater geteilt hatte. Und wenn du es blöd oder langweilig gefunden hättest, hätte es mir etwas sehr Wichtiges ein wenig verdorben. Aber deine Augen haben geleuchtet, und das hat diese Geschichten sogar noch besser und wertvoller gemacht, weil ich sie mit ihm und mit dir teilen konnte. Es hat sich angefühlt, als würde ein alter Samen wieder keimen.*

In jeder Falte ihres Tutus verstecke ich eine Erinnerung. *Als du mit fünf Schreiben gelernt hast, warst du so sauer auf mich, weil ich wollte, dass du den Stift richtig hältst, dass du ihn weggeschmissen hast und mir mit deinem Stiefel auf den Fuß getreten bist.*

*Mit drei hast du immer »Limomade« und »Efelant« gesagt. Das war so niedlich, dass ich dich nicht korrigiert habe und fast ein bisschen traurig war, als du irgendwann groß genug warst und die Wörter richtig ausgesprochen hast.*

Ich kann nicht mehr aufhören. Eve wird in Liebe gehüllt vor dem König tanzen. Jedes Mal, wenn ich die Stofflagen berühre, muss ich lächeln, weil unsere Erinnerungen sie wie schneebehangene Zweige umgeben werden. Was auch immer passiert, diese Erinnerungen werden bei ihr sein. Sie wird wissen, dass sie selbst in den Jahren als Waisenkind abgöttisch geliebt wurde.

»Klopf, klopf.« Vorsichtig drückt Jakob meine Tür auf. Seine dunklen Haare sind zerzaust, seine Lippen weich und rosig. »Liljan will, dass wir uns treffen.« Er deutet hoch zur Dachstube. Ich lege die Nadel beiseite und spähe zu den Büchern über

Medizin und Astrologie, die er sich unter den Arm geklemmt hat.

»Du warst bei Eve?«, rate ich und beiße mir von innen auf die Wange. »Wie geht es ihr?«

»Gut. Sie begreift schnell. Ich bringe ihr bei, was sie wissen will. Und in letzter Zeit will sie alles über den Firn wissen.«

»Was?« Meine Stimme bricht.

»Sie will wissen, wie er Menschen umbringt. Ob es eine Heilung gibt. Ob man irgendwann etwas dagegen tun kann.«

»Ja, na ja. Ihre Mutter ist am Firn gestorben«, raune ich.

»Kann sein, aber wenn sie sich eine Heilung wünscht …«, lächelnd dreht er sich wieder zum Flur um, »… dann vermute ich stark, dass sie dabei an jemanden denkt, der noch am Leben ist.«

Ich wage nicht, den Blick von seinen Schuhen zu heben, doch auf dem Weg in die Dachstube fühlt mein Herz sich ein klein wenig leichter an.

Brock und Liljan sind schon dort.

Liljan verriegelt die Tür hinter uns, bevor sie etwas aus ihrer Tasche zieht. Sie präsentiert es uns auf einem dicken Kissen, mit diesem schelmischen Grinsen, das Nina immer als besonders furchteinflößend beschreibt.

»Nina sagt, wenn du so grinst, siehst du aus wie eine tollwütige Ratte«, lässt Brock sie wissen.

Liljans Grinsen wird nur noch breiter.

»Und? Geht er durch?« Ihre Augen funkeln, denn sie kennt die Antwort bereits.

Wenn ich ehrlich bin, hat ein kleiner Teil von mir gehofft, Liljan würde es nicht schaffen, eine überzeugende Fälschung herzustellen. Denn wenn sie es doch kann, stimmt meine Theorie vielleicht tatsächlich – und beim Gedanken an den nächsten Schritt unseres Plans dreht sich mir der Magen um.

Ich seufze und nehme den Ring vom Kissen. »Bei der Ringgröße musste ich raten«, sagt Liljan. »Und es ist nur Blattgold, aber das wird schon gehen.«

Ich halte ihren Stein vor eine Kerze und beobachte, wie das Licht sich darin bricht. Es ist eine exakte Nachbildung. Kann es wirklich sein, dass das Edelsteingeschäft der Vestergaards bloß ein Geflecht aus Lügen und Betrug ist? Ich wollte es nicht glauben, doch jetzt hat Liljan bewiesen, was sie aus Glas und Farbe schaffen kann. Schnell hole ich den Stein meines Vaters hervor und halte die beiden nebeneinander.

»Er ist perfekt.«

»Dann ziehen wir es also durch?« Brock reibt die Hände aneinander.

Jakob nimmt die Brille ab und seufzt schwer. »Alles daran ist riskant.«

»Stellt euch nur mal vor, was Nina sagt, wenn sie es rausfindet!«, ruft Liljan vergnügt und nimmt mir den falschen Stein wieder ab.

Jakob sieht mich durch seine dunklen Wimpern an, als wollte er etwas fragen, und auf einmal fühle ich mich berauscht von all der Gefahr, auf die ich mich gerade einlasse. Von der Gefahr der Magie und der Geheimnisse der Minen, und, vielleicht vor allem, von seiner Nähe. Genauso hat es sich angefühlt, als ich immer wieder vergeblich versucht habe, mein Herz vor Eve zu verschließen. *Lass sie nicht zu nah an dich ran. Sorg dich nicht zu sehr. Nutz keine Magie. Hoffe nicht zu sehr auf eine Zukunft.* Doch auch jetzt höre ich auf keine dieser Warnungen.

Behutsam schiebe ich meine Hand durch die Schatten und streife seine. Bei der Berührung zucken mir prickelnde Funken über die Haut.

»Ihr seid dran, meine Vögelchen«, sagt Liljan und dreht den Stein zwischen den Fingern, sodass er im Licht flackert. »Lasst uns rausfinden, wie weit dieser Betrug reicht.«

# 26

MIR WIRD KLAR, dass nicht alles reibungslos läuft, als Malthe am nächsten Morgen am Frühstückstisch auftaucht.

Besorgt blicke ich Liljan über meinen Teller mit Dorits Øllebrød – Brei aus Roggenbrot mit Bier und Zucker – hinweg an.

»Schon wieder zurück, Malthe?«, fragt sie zuckersüß und rührt mit dem Löffel durch ihren Brei.

»Musste auf Anweisung des Herrn ein paar Dinge für den Salon vorbeibringen.«

Ich spiele mit dem falschen Edelstein, der zwischen dem kratzigen Stoff meiner Tasche wartet. Dass mehr Polizisten als üblich unterwegs sein würden, hatten wir eingeplant, denn sie patrouillieren schon seit Ivys Tod durch die Straßen. Doch dann, etwa eine Stunde später, geht die Haustür auf. Liljan sieht genauso erschüttert aus wie ich, als der Hauptmann der königlichen Leibgarde angekündigt wird. Hinter ihm trudeln acht weitere bewaffnete Männer herein und verteilen sich im Haus, inspizieren die Ein- und Ausgänge, den Speisesaal, die Küche und den Festsaal, alles wegen des anstehenden Besuchs des Königs.

Dorit summt, während sie geröstete Haselnüsse für die Mazarintorte hackt, doch ihr läuft Schweiß über den Rücken. Immer wieder sieht sie zu dem leeren Glas, in dem Brock bis heute

Morgen noch eine Pflanze hat wachsen lassen, die aussieht wie Mohn. Salz und Gewürze werden den Geschmack im heutigen Eintopf überdecken. Danach sollte Philip für ein paar Stunden tief und fest schlafen.

»Riecht gut«, sagt eine der Wachen zu Dorit. Sie schluckt schwer und wirft noch eine Handvoll gewürfelte Paprika in den köchelnden Eintopf.

Ich folge Brock in den Festsaal, wo wir angeblich untersuchen wollen, wie schwer die Samtvorhänge sein dürfen, damit sie mit dem Flaschenzug funktionieren, den er gerade entwirft. Declan baut eine aufwendige Bühne für Eve. Das Holz reagiert auf seine Berührung, unter seinen Fingern entstehen Muster aus kleinen Beinchen und verwirbelten Prägungen mit Blattgold. Um die Bühne herum verwandelt Brock den Festsaal in einen blühenden Garten. Jeden Tag entdeckt man neue Obstbäume, mehr Ranken und Wände voller Knospen. Durch die Zweige eines Orangenbaumes hindurch sehe ich, wie Eves Füße plötzlich wegrutschen, sich ineinander verhaken und sie hart auf der Hüfte landet. Frustriert stampft sie auf den Boden, und ihre Sommersprossen sind kaum noch zu sehen, als ihr die Hitze in die Wangen steigt.

»Noch mal«, verlangt Helene. Eve zieht sich hoch und geht wieder in Position, obwohl das sicher einen Bluterguss geben wird.

Philip lehnt auf einem Gehstock, ein Arm hängt in einer Schlinge und sein Hemd spannt über dem Verband um seinen Oberkörper. Er beobachtet die Szene mit undurchdringlicher Miene. Inzwischen kennen wir seinen Tagesablauf genau. Nach dem Rundgang durch das Haus wird er müde und schläft im Anschluss an das Essen immer eine Weile. Deshalb wird niemand bemerken, wenn er etwas tiefer oder länger schläft. Der Ring funkelt tiefrot und schwer an seinem Finger.

»Was machen die denn da?«, murmelt Brock mir zu, während er die Vorhänge über die Stangen zieht.

Malthe taucht mit einer kaffeebraunen Ledertasche im Arm auf. Es ist dieselbe, die er auch an jenem Tag in Kopenhagen bei sich hatte. Er flüstert Philip etwas zu, dann drehen die beiden sich um und laufen die Treppen hinauf.

»Heute ist schlecht. Das Haus ist voller Wachen«, antworte ich Brock leise. Mit den Fingern spiele ich an den Säumen der Vorhänge herum.

»Jakob hat aber nur eine Portion Beruhigungsmittel. Und wir können nicht noch einen Tag verlieren.« Brock zieht an den Schnüren, um die Vorhänge zu testen, und sie gleiten widerstandslos auf. Als Malthe wieder auftaucht, ist er allein – und die Tasche ist weg.

Steine. Das muss es sein … Bestimmt will Philip dem König etwas präsentieren, das mit den Edelsteinen zu tun hat. Ich binde die Vorhänge wieder zusammen und denke an die Geschenke für die gesamte Königsfamilie. Warum überschüttet man sie mit wertlosen Juwelen?

Ich muss unbedingt sehen, was in der Ledertasche ist.

Meine Nerven liegen so blank, dass ich das Mittagessen kaum anrühre. Dorit nickt mir unauffällig zu, als sie Brock Philips Tablett überreicht, der es durch das Haupthaus zu Jakob bringen wird. Peder patrouilliert durch die Eingangshalle.

Unsere Zeit läuft ab jetzt.

Dorit bringt sich in Position. »Sollen wir den Aufbau und den Ablauf vom endgültigen Menü durchgehen?«, fragt sie und entfaltet einen Plan über den gesamten Tisch, um Nina abzulenken. Liljan, Brock und ich machen uns durch die hinteren Gänge auf den Weg zu Philips Zimmer. Mein Magen fühlt sich an, als wäre er durch rostige Sprungfedern ersetzt worden, die sich auch noch zusammenziehen, als ich Eve am Ende des Flurs entdecke. Auch sie sieht uns drei und hält inne. Dann wendet sie den Blick ab und geht weiter, als hätte sie nichts bemerkt.

Liljan positioniert sich im vorderen Flur, und Brock fällt zurück, um die Treppen zum Dienstbotentrakt im Auge zu behalten.

Ich klopfe sacht an Philips Tür, genau fünf Mal, wie ich es bei Eve machen würde, und Jakob öffnet mir lautlos.

Ich trete ein, und mein Puls rast noch etwas schneller. Im Zimmer riecht es nach Seife, Blumen und Laudanum. Philip schläft, sein Atem geht schwer und gleichmäßig, und auf einmal überkommt mich ein stechendes Schuldgefühl.

Ist das hier falsch?

Doch ich habe mein Leben riskiert, um seins zu retten. Ein bisschen Laudanum und ein harmloser Tausch sind da doch nur gerecht.

»Wir haben ein Problem«, flüstert Jakob.

»Bitte sag mir, dass das ein Scherz ist.« Meine Augen gewöhnen sich langsam an den abgedunkelten Raum.

»Er hat nicht aufgegessen«, erklärt Jakob und nickt zum halbvollen Teller Eintopf. »Ich habe versucht, ihn zu überreden, aber er hatte keinen Hunger. Also habe ich ihm ein bisschen mehr Laudanum gegeben. Aber mehr habe ich mich nicht getraut. Das konnte ich nicht riskieren. Nur unser Zeitplan ist jetzt durcheinander. Ich kann nicht genau sagen, wie viel Laudanum er intus hat oder wie lange er weg ist.«

Mein Blick fällt auf den Ring. Philips Hand liegt auf der Decke.

»Dann müssen wir schnell sein.« Ich hole tief Luft. Doch als ich auf das Bett zugehe, entfährt mir ein Fluch.

»Hol Liljan«, sage ich sofort und halte die Fälschung hoch, um ganz sicher zu sein. »Die Steine sehen nicht gleich aus.«

Es liegt nicht daran, dass mein Erinnerungsvermögen mich in die Irre führt. Philips Stein hat tatsächlich die Farbe geändert. Ich untersuche ihn, während Jakob seine Schwester herruft. Das Rot des Steins ist jetzt dunkler, fast schwarz. Nicht mehr wie frisches, sondern eher wie getrocknetes Blut.

Ist es ein ganz anderer Ring? Oder wird er … dunkler?

»Könnte die Farbe sich ändern, weil der Stein durch Magie gefärbt wurde?«, frage ich, als Liljan sich neben mich kniet.

»Vielleicht lässt die Magie nach, weil der Stein vor sehr langer Zeit gemacht wurde?«, murmelt sie unsicher. »Weiß nicht. Meine Farben sind noch nie verblasst.« Sie berührt den falschen Stein, und sofort verändert sich die Farbe zu einem tieferen, satteren Rot. Sie gibt ihn mir zurück.

Doch ich zögere.

Sie mustert mich eindringlich. »Soll ich es machen?«, fragt sie schließlich.

*Ja.*

»Nein, ich schaffe das.« Ich spüre Jakobs Blick auf mir, als ich behutsam Philips Hand in meine nehme und den Ring von seinem Finger ziehe. Als ich den anderen hinaufschiebe, bewegt er sich leise stöhnend, wird dann aber wieder still.

»Geh«, sage ich zu Jakob und schiebe ihm den echten Ring in die ausgestreckte Hand. Er sieht mich lange schweigend an, sein Kehlkopf zuckt, und dann ist er verschwunden, um den

Stein in der Dachstube unter dem Mikroskop zu untersuchen.

»Kannst du mir noch drei Minuten verschaffen?«, bitte ich Liljan. Sie nickt, ohne zu fragen, und huscht hinaus auf den Flur.

Wieder schaue ich zu Philip, um sicherzugehen, dass er noch schläft, dann schleiche ich durch das Zimmer. Ich muss diese Ledertasche finden. Als Brock auftaucht, krieche ich schon mehr als eine Minute auf den Knien herum. Warnend hebt er einen Finger an die Lippen und versteckt sich hinter der offenen Tür.

Peders Stimme erklingt. Ich erstarre, schlüpfe dann aber hastig hinter das Bett.

Liljan ist voller Heiterkeit im Flur zu hören. Ich sehe praktisch vor mir, wie sie Peder mit großen Schritten den Weg versperrt. »Ich habe mir überlegt«, trällert sie, »dass wir mit der königlichen Leibgarde vielleicht über den Eingang zum Dienstbotentrakt reden sollten. Ich muss dir da was zeigen.«

Kurz herrscht Stille, in der ich nichts höre bis auf meinen eigenen Herzschlag.

Denn entfernen sich ihre Schritte in die andere Richtung, und ich kann durchatmen.

»Was machst du da?«, fragt Brock hektisch. »Die Zeit ist um. Wir finden einen anderen Weg, ihm den Ring zurückzubringen.«

»Diese Ledertasche. Zuerst muss ich sie finden.«

Brock überlegt einen Moment lang. »Beeil dich«, gibt er dann nach. »Ich halte Wache.«

Ich durchsuche das Zimmer, wühle mich durch die Schubladen und Schränke, und die Zweifel in mir gewinnen wieder

Oberhand. Was, wenn der Ring von Philips Finger tatsächlich eine Fälschung aus Glas ist? Würde der Skandal die Vestergaards ruinieren? Könnte ich Eve das wirklich antun? Aber bin ich es nicht meinem Vater, meiner Schwester, den toten Minenarbeitern schuldig, die Wahrheit ans Licht zu bringen? Endlich finde ich in einem der Schränke zwei Ledertaschen, direkt neben Philips glänzenden Stiefeln. Keuchend sinke ich auf die Knie.

»Schneller«, zischt Brock an der Tür. »Die Tür zum Dienstbotentrakt habe ich versperrt. Da kommt niemand durch. Aber Liljan kann Peder nicht ewig aufhalten.«

»Hilf mir mal.«

Ich schnappe mir die kaffeebraune Tasche, die Malthe bei sich hatte. Wir rütteln am Schloss und spielen mit einer meiner Nadeln darin herum, bis es endlich aufspringt.

Doch die Tasche ist leer. Was auch immer Malthe Philip gebracht hat, ist längst weg.

Ich fluche leise.

»Jetzt die andere.« Sie ist viel schwerer als die erste, also ist mit Sicherheit etwas drin.

»Schneller«, sagt Brock schon wieder. Dieses Schloss ist widerspenstiger, und eine weitere kostbare Minute verstreicht, ehe es endlich aufklickt. Ich schiebe die Klappe nach oben.

Im Inneren liegt ein Haufen Ringe, alle wild durcheinander.

Aber die Steine darauf sehen nicht aus wie die anderen Steine.

Diese hier sind alle schwarz. Ganz glatt.

Ich halte einen ins Licht. Er wirkt lädiert. Vielleicht verkohlt, als hätte jemand versucht, ihn zu zerstören.

»Wir sollten gehen«, flüstert Brock und blickt zur Tür.

»Meinst du, er würde es merken, wenn wir einen mitnehmen?«, frage ich besorgt.

Brock hält inne. Sicher sieht er mein Zögern, meine Angst. Ich weiß nicht, ob ich mutig genug bin, den Ring mitzunehmen. Alles zu riskieren, um die Wahrheit herauszufinden.

Er schließt die Tasche. »Ich halte den Kopf hin, wenn nötig.«

Bevor ich etwas erwidern kann, schnappt er sich den geschwärzten Ring aus meinen Fingern und stopft ihn in seine Tasche.

Auf einmal raschelt es hinter uns, und ich erstarre.

»Was macht ihr hier?«

Philip sitzt aufrecht in seinem Bett. Seine Stimme ist gespenstisch leise und eiskalt.

Und er sieht uns unverwandt an.

# 27

BROCK STEHT LANGSAM AUF und tritt die Tasche zurück in den Schrank.

Knallrote Farbe windet sich seinen Nacken hinauf, doch er spannt den Kiefer an und bleibt ganz still stehen. Wir haben beide denselben Gedanken. Menschen sind gestorben, damit dieses Geheimnis unentdeckt bleibt. Wir verlieren vermutlich mehr als unsere Arbeit, wenn Philip herausfindet, was wir hier machen.

Und dann schreit Philip nach seinem Leibwächter.

Eine halbe Sekunde später taucht Peder mit einer panischen Liljan im Schlepptau auf.

»Hol Helene«, befiehlt Philip. »Und ihr bleibt, wo ihr seid.«

»Was ist denn passiert, mein Herr?«, fragt Peder.

»Ich glaube, die beiden wollten mich bestehlen.«

Peder ist schnell mit Helene zurück, und Eve ist natürlich auch dabei. Wir alle quetschen uns in das winzige Zimmer. Ich kann Eve kaum ansehen, meine Wangen brennen wie Feuer.

»Ich frage ein letztes Mal.« Philip schlägt demonstrativ seine Decke zurück. Er greift nach seinem Gehstock und steht mit bedrohlichem Blick auf. »Was macht ihr hier?«

Nur ganz kurz sehe ich Eve in die Augen. Doch sie wendet den Blick ab, zieht sich unauffällig die filigrane Vestergaard-Kette vom Hals und lässt sie in der Tasche verschwinden.

»Oh.« Sie kichert nervös. »Es tut mir leid. Sie sind meinetwegen hier.«

Entgeistert starre ich sie an.

*Mach das nicht, Eve*, denke ich. *Ich verdiene das nicht.* Mein Herz schwillt in meiner Brust an, und ich muss die Tränen zurückhalten. Ich kann nicht glauben, dass sie immer noch für mich lügt.

»Ich habe meine Kette verloren, kurz vor dem … Unfall. Ich habe überall danach gesucht, mich aber nicht getraut, hier selbst nachzusehen.«

»Warum hast du mir nichts gesagt?«, fragt Helene. »Ich hätte dir geholfen.«

»Es war mir peinlich, dass ich sie verloren habe. Tut mir leid.« Eve verzieht das Gesicht. Sie trägt dick auf, da sind gerade genug Angst und Elend, dass man ihr glaubt. »Ich habe gehofft, dass ich sie finde und du niemals erfahren musst, dass ich so unvorsichtig war.«

Ich schlucke, wage aber nicht, mich zu bewegen.

»Natürlich helfe ich dir, sie zu finden«, meint Helene. »Sie kann ja nicht weit sein.« Sie zieht Eve neben sich und sieht zu Brock und mir. »Ihr könnt gehen.«

Ich nicke und eile auf die Tür zu. Dank Eve haben wir es fast geschafft.

»Moment«, sagt Philip. »Ich will mich überzeugen, dass das wahr ist.«

»Warum?«, fragt Helene scharf. »Ich glaube dem Wort meiner Tochter.« Ihre Augen funkeln warnend.

»Ich misstraue nicht deiner *Tochter*«, entgegnet Philip tonlos. Dann sieht er Brock und mich an. »Bitte leert eure Taschen.«

Brock blinzelt panisch, seine Pupillen werden ganz groß. Er holt tief Luft, als Peder einen Schritt auf ihn zu macht.

Es entsteht eine lange Pause.

»In Ordnung«, murmle ich.

Ich trete vor, stelle mich zwischen Brock und die anderen. Betont langsam greife ich in meine Taschen und stülpe sie nach außen.

Das Einzige, das hinausfällt, ist eins von Liljans Bonbons. Es landet auf dem Läufer zu meinen Füßen und rollt auf Eve zu.

Peder grummelt.

»Jetzt du.« Philip zeigt auf Brock.

Ich drehe mich zu ihm um und sehe quälende Angst in seinen Augen. So sieht jemand aus, der gleich alles verliert, was er noch hat.

Ich kann nichts tun. Ich stehe nicht mal nah genug, um ihn zu berühren.

Ganz langsam steckt Brock die Hand in seine Taschen und zieht sie nach außen. Eine nach der anderen. Weste. Jacke. Hose. Als nur noch die letzte Tasche fehlt – die, in der er den Ring versteckt hat –, hält er inne.

Ich muss etwas tun.

Ich schließe die Augen.

Ich muss.

Also stelle ich mir den Ring in seiner Tasche vor. Den Saum seines Ärmels, und wie er auf Brocks Handgelenk trifft. Noch nie habe ich Magie genutzt, ohne etwas tatsächlich zu berühren.

Mir bleibt keine Zeit. Ich darf nicht zulassen, dass er erwischt wird.

Völlig verzweifelt rufe ich meine Magie. Spüre, wie sie durch meine Adern zuckt, und dann die prickelnde Kälte. Fast kann ich die Nadelstiche in Brocks Tasche spüren. So, wie man ein Geländer in der Dunkelheit unter der Hand spürt. Ich konzentriere mich, als wollte ich meine Lungen mit so viel Luft wie möglich füllen, als wollte ich in metertiefes Wasser tauchen. Ich denke an Ingrid. Daran, wie tief sie an dem Abend getaucht sein muss, um die Männer von ihrer Lüge zu überzeugen, um ihre Magie etwas tun zu lassen, was sie noch nie zuvor getan hat.

An das, was es sie gekostet hat, versuche ich nicht zu denken.

»Also?«, drängt Peder. »Weiter geht's.«

Ich verwende eine Magie, die sich mir noch nie gezeigt hat, tauche immer tiefer und tiefer in das eiskalte Wasser hinab. Hoffentlich muss ich nicht so weit hinunter, dass ich den Weg zurück an die Oberfläche nicht mehr finde. Zügig löse ich die Fäden an Brocks Hemd, ziehe sie nach unten und nähe sie um den Ring wieder fest. Es fühlt sich unheimlich an, gleichzeitig glühend heiß und bitterkalt. Im Inneren brennen meine Lungen, drohen zu zerplatzen, während ich auf der Haut den Frost der Tiefe spüre.

Ich durchbreche die Oberfläche, hoffentlich noch rechtzeitig. Mit einem letzten Stoß ziehe ich die Knoten fest und verstecke den Ring im Saum von Brocks Hemdsärmel. Ein verborgener Schatz hinter ein paar Nähten.

Dann zwinge ich mich, die Augen zu öffnen, und es ist, als könnte ich endlich wieder Luft holen. Auf einmal pocht und brennt die Kälte in meinen Adern. So schmerzen auch mein Kopf und mein Gaumen, wenn ich Eis zu schnell gegessen habe.

Brock zieht die letzte Tasche heraus und präsentiert den leeren Stoff.

Geschafft.

Verärgert zuckt Philips Hand zur Tür, und der falsche Ring, den ich ihm auf den Finger geschoben habe, rutscht mit dem Stein nach unten. Einen kurzen Augenblick lang starrt Philip ihn an, und ich bete, dass er die lockere Passform seinem Gewichtsverlust seit dem Unfall zuschreibt.

Alle Anwesenden im Raum machen uns Platz.

Zitternd mache ich den ersten Schritt Richtung Freiheit, und meine Beine drohen unter mir nachzugeben. Liljans Hand schnellt hervor, sie stützt meinen Ellbogen, damit ich nicht falle.

»Wartet«, sagt Eve. Sie strafft die Schultern und schaut entschlossen zu Philip. »Ich finde, du schuldest ihnen eine Entschuldigung. Wusstest du, dass dieses Dienstmädchen dir das Leben gerettet hat?«

Schweigen legt sich über das Zimmer, und ich zwinge mich, Philip direkt anzusehen. Seine Haut ist bleich, doch seine Augen und sein Geist wirken stark. »Bitte vergebt mir die falsche Anschuldigung«, murmelt er. »Ihr versteht sicher, dass ich nach dem Angriff etwas misstrauischer bin.«

Ich nicke, Brock schaut erschüttert drein und nuschelt nur etwas Unverständliches. Peder, Eve und Liljan gehen hinaus, doch Helene hebt den Arm und versperrt mir den Weg.

»Philip, denk daran, dass du Gast in diesem Haus bist. In Zukunft kümmere ich mich selbst um meine Angestellten«, zischt sie warnend.

Er lächelt und nickt beinahe herablassend, und sie geht. Doch als ich Brock nach draußen folgen will, schnellt Philip hervor und packt mich am Handgelenk.

»Ich weiß nicht, was für ein Spiel ihr beiden spielt«, raunt er. Wieder rutscht der Ring über seinen Finger, und ich entdecke darunter eine alte Narbe, wie von einer Verbrennung. »Aber ich behalte euch im Auge.«

Ich reiße meine Hand los und unterdrücke den Drang, zu rennen. Zitternd halte ich den Kopf gesenkt und eile durch das Treppenlabyrinth, mit genügend Abstand zu Liljan und Brock, damit ich einen Moment für mich habe.

Im kühlen Treppenhaus zum Dienstbotentrakt halte ich inne, nehme all meinen Mut zusammen. Mit rasendem Herzen zähle ich bis drei, bevor ich den Ärmel meiner Uniform hochschiebe.

Die Haut darunter ist glatt und weiß wie ein Blatt Papier.

Ich lasse den Ärmel wieder fallen und stoße ein Dankesgebet aus. Das war eine ganz schön knappe Sache, viel zu knapp für meinen Geschmack.

Ich nestele am Schloss zur Küche, stolpere über meine eigenen Füße und breche dann auf der Bank zusammen. Meine Muskeln beginnen, unkontrolliert zu zucken. »Du sollst die anderen oben treffen«, sagt Dorit sanft. »Aber du bist ganz blass, Schätzchen. Tee?«

»Wasser«, krächze ich.

»Dämlicher Eintopf«, grummelt Dorit. »Hätte ich doch eine Pastete gemacht. Wenn er das ganze Ding gegessen hätte, wäre das alles nicht passiert.«

»Es ist nicht deine Schuld.« Meine Zähne klappern.

Ich will nach dem Glas greifen, stoße es jedoch um. Hastig stellt Dorit es wieder auf und gießt mir neues Wasser ein. Ich muss etwas essen. Fühle mich nicht gut. Ich konzentriere mich darauf, das kalte Wasser zu trinken, Schluck für Schluck.

Brock taucht plötzlich an meiner Seite auf. »Wie zum Teufel hast du das da oben gemacht?« Er setzt sich auf den Stuhl neben mir. »Geht es dir gut?« Sorge leuchtet weich in seinen Augen auf. Er sieht mich mit einer aufrichtigen Zärtlichkeit an, mit der man eine jüngere Schwester ansehen würde.

Mit der er früher Ivy angesehen hat.

»Ich habe dir noch einen Gefallen geschuldet«, krächze ich.

»Und ich begleiche immer meine Schulden.«

»Danke.« Er berührt mich sanft am Ellbogen, bevor er die Finger in das geheime Fach seines Ärmels schiebt.

Er reißt den dunklen Ring aus den Fäden und hält ihn mir entgegen.

Ich greife danach, als Liljan im Türrahmen erscheint. Bei ihrer Miene verkrampft sich mein Magen.

»Es tut mir leid, Marit«, sagt Jakob hinter ihr und schiebt sich die Brille hoch.

»Der Stein ist nicht aus Glas«, erklärt Liljan leise. Sie kommt zu mir und legt ihre Hand auf meine. »Wir lagen falsch.«

Ich lag falsch. Aber das kann nicht sein. Es hat so viel Sinn ergeben. Alle Fäden zusammengeführt. Meine Gedanken stürzen wie eine Lawine über mir ein. »Seid ihr sicher?« Gleich explodiert mir der Kopf.

»Er sieht *exakt* so aus wie der von deinem Vater«, sagt Liljan. »Bloß dunkler. Unter dem Mikroskop sieht man die gleiche Kristallstruktur. Aber es ist kein Glas, und auch kein Rubin.«

Doch … was dann?

Auf einmal sehe ich doppelt, und die Enttäuschung erdrückt mich beinahe. Der König kommt in weniger als einer Woche, und ich habe nichts vorzuweisen. Keinen Beweis für ein Verbrechen. Vielleicht, weil es von Anfang an keins gegeben hat. Vielleicht lag ich einfach falsch. Vielleicht lag ich von Anfang an falsch.

»Ich brauche einen Moment.« Ich will ins Gewächshaus, dort ist es warm, und es fühlt sich nach Leben und Hoffnung und Sicherheit an. Also stolpere ich durch den Laubengang und stoße die Tür auf. Warmes, goldgrünes Licht strahlt mir entgegen, als wäre ich unter Wasser und die Sonne würde auf die Oberfläche fallen. Ich schließe die Augen und atme den Duft ein, versuche, mein Herz zu beruhigen, meine Gedanken. Ich war so sicher, dass ich recht habe.

Jakob ist mir gefolgt.

»Marit, geht es dir gut?« Er ist in zwei Schritten neben mir. Als er mich am Ellbogen berührt, stieben prickelnde Funken meinen Arm hinauf. Doch als ich mich zu ihm drehe, zieht er mit der Hand meinen Ärmel ein Stück hoch.

Mein Herz setzt aus.

Habe ich da gerade etwas gesehen?

*Magie fließt wie Wasser.*

»Ich habe mir solche Sorgen gemacht.« Er zieht mich in seine Arme, als wollte er sichergehen, dass ich wirklich hier bin. Ich spüre seinen Herzschlag ganz deutlich an meiner Brust. »Und dabei ist mir klar geworden, dass ich dir etwas sagen muss.«

*Magie gefriert wie Eis.*

Ich rieche schneebedeckte Tannen in seinem Atem, auf seiner Haut. Bin ihm so nah, dass ich ihn fast schmecken kann. Das will ich schon so lange.

*Gebrauchst du zu viel …*

Er beugt sich vor, legt die Lippen auf meine Wange.

*... musst du bezahlen den Preis.*

Mit einem zaghaften, süßen Lächeln zögert Jakob, küsst mich dann aber noch mal, direkt auf den Mundwinkel.

*Marit,* höre ich Ingrid ganz deutlich, *... ich glaube, ich bin zu weit gegangen.*

Und statt Jakobs Kuss zu erwidern, zucke ich zusammen.

Er versteift sich, schreckt zurück, als hätte er sich verbrannt. »Tut mir leid«, keucht er hastig. »Ich dachte – tut mir leid.« Er macht noch einen Schritt nach hinten, um mir Raum zu geben. Schamesröte steigt ihm ins Gesicht.

Ich will es erklären, ihm sagen, dass er recht hatte, die Signale nicht missverstanden hat, doch ich kann gerade an nichts anderes denken als an das, was ich womöglich an meinem Handgelenk gesehen habe.

»Hier, nimm den.« Ich ziehe den Ring aus meiner Tasche und drücke ihn Jakob in die Hand, ohne hochzusehen.

»Marit«, setzt er vorsichtig an, und als ich ihm doch in die Augen blicke, sehe ich, wie sehr ich ihn verletzt habe. »Bitte vergib mir.« Er beobachtet mein Gesicht eindringlich. »Ich ... Bist du sicher, dass es dir gut geht?«

»Ja«, entgegne ich beharrlich und achte darauf, dass mein Arm bedeckt bleibt und die Tränen sich nicht aus den Augen wagen. »Untersuchst du den Ring bitte auch noch?«

*Bitte sag mir, dass all das, alles, was ich gerade getan und aufgegeben habe, nicht umsonst war.*

Brock und Liljan kommen zum Gewächshaus. Doch sie bleiben unsicher in der Tür stehen.

»Ist ... alles okay?«, fragt Brock, als er die Spannung bemerkt. »Ist hier irgendwas passiert?«

»Warum erzählst du uns nicht, was da oben passiert ist?«,

faucht Jakob und macht einen Schritt auf Brock zu. Seine Stimme hat noch nie so bedrohlich geklungen.

Ich wende ihnen den Rücken zu und schaue zu den Glaskugeln hoch, die von der Decke hängen, zu den grünen Ranken, die über unseren Köpfen schwingen. Blinzele die Tränen weg. Denn ich weiß genau, was ich gesehen habe.

Als ich endlich höre, wie die Tür hinter ihnen ins Schloss fällt, beiße ich mir auf die Lippe und nehme all meinen Mut zusammen.

Vorsichtig schiebe ich den Ärmel der Uniform hoch, um sie sehen zu können. Die kristallblauen Linien, die in einem hübschen Muster unter meiner Haut entlangkriechen.

Firn.

# 28

ICH UNTERSUCHE GENAU, wie und wo die Adern unter meiner Haut silberblau schimmern. Der Firn ist fortgeschritten, aber er hat mich nicht auf der Stelle umgebracht, so wie bei Ingrid. Offenbar habe ich gerade rechtzeitig aufgehört. Mein Atem beschleunigt sich. Ich sehe mein eigenes Grab vor mir: Jemand hat mittendrin aufgehört, meinen Namen in den Grabstein zu meißeln.

Mir wird speiübel, und Tränen steigen mir in die Augen. Ich kann nie wieder Magie nutzen. Nicht, wenn ich den nächsten Morgen erleben will. Dieser Teil von mir, von meiner Identität, ist von jetzt auf gleich und für alle Ewigkeit verloren. Was das für Konsequenzen mit sich bringt, kann ich mir vermutlich nicht mal vorstellen. Ich muss meine Arbeit bei den Vestergaards aufgeben. Neue Arbeit finden, bei der ich auch ohne Magie glänzen kann. Wieder zucke ich beim Gedanken an Jakob und Liljan zusammen, an Eve, die sich die Kette vom Hals zieht und sie in der Tasche versteckt. Alles, was ich jemals wollte, ist genau hier. Und ich muss das alles hinter mir lassen.

In der Stille meines Nähzimmers nähe ich aus Seide kleine Manschetten, die ich mir um die Handgelenke binde, um die verräterischen blauen Male zu verdecken. Ich sollte es Jakob und Liljan sagen, jetzt sofort. Doch ich will das Grauen nicht laut aussprechen. Viel lieber will ich mich zusammenrollen und so tun, als hätte der Firn mich nicht erwischt.

»Du hättest ihn wirklich nicht so an der Nase herumführen müssen«, sagt Liljan grimmig, als ich mich am Abend gerade aus meiner Uniform schäle. Sie fährt sich mit einer Bürste durch die langen, glänzenden Haare.

Ich erstarre. »Wie bitte?«

Sie schürzt die Lippen. »Meinen Bruder. Oder ist da jetzt was zwischen dir und Brock?«

»W–was?«, stammle ich und unterdrücke das hysterische Lachen, das meine Kehle hinaufkriecht. »*Nein.*«

»Ich habe gesehen, wie du mit Jakob umgegangen bist, und es hätte schon gespielt sein können.« Sie zieht die Bürste durch einen Knoten. »Aber ich dachte, du magst ihn. Er dachte das auch.« Sie hebt den Blick. Und zum ersten Mal sehe ich keine Fröhlichkeit darin. Er ist kalt und fest wie Marmor. »Du solltest lieber vorsichtig sein und nächstes Mal nicht mit den Herzen anderer Leute spielen. Vor allem nicht mit dem von meinem süßen, dämlichen Bruder.«

»Ich …«, setze ich an. »Ich mag ihn.« Sofort bekomme ich feuchte Augen. »Liljan.«

Mit einem tiefen Seufzer nehme ich die Manschetten ab und drehe die Handgelenke nach oben.

Das Geräusch, das sie macht, geht mir direkt unter die Haut. Sie schlägt die Hände vor den Mund, und bei dem gequälten Ausdruck in ihrem Gesicht lodert die Furcht in mir wieder auf. Schnell unterdrücke ich sie, halte sie in Schach, sperre sie weg.

»Du darfst es niemandem verraten«, flüstere ich.

»Oh, Marit.« Sie wischt sich die Angst aus dem Gesicht und legt die Bürste so behutsam beiseite, als könnte sie zerbrechen.

»Versprich mir, dass du es niemandem erzählst.« Ich binde die Manschetten wieder um und klettere ins Bett. »Ich will es Jakob selbst sagen.«

Sie nickt. »Ich fühle mich schrecklich, weil ich dich angemeckert habe. Grässlich. Ich bin wirklich eine tollwütige Ratte.« Sie kriecht neben mir aufs Bett. Ich kuschle mich in die Wärme meiner Decke, weil ich plötzlich unkontrolliert zittere. Liljan schlingt den Arm um meine Schultern und zieht mich an sich.

»Was machst du jetzt?«, flüstert sie. Ganz sanft streichelt sie mir durch die Haare, zieht einzelne Strähnen heraus wie Seide. Es ziept angenehm und kribbelt auf der Kopfhaut.

»Ich muss gehen«, nuschle ich in mein Kissen. Ein verrückter Teil von mir will Eve fragen, ob sie mitkommt. Das Geld von Far habe ich im Stroh der Matratze versteckt. Es ist genug für eine Bleibe und Essen für mindestens einen Monat. Bis dahin finde ich sicher eine Stelle, bei der ich keine Magie brauche. Ich könnte ihr nichts Großartiges bieten. Nichts, was auch nur annähernd an dieses Haus herankommt. Sie müsste das Tanzen aufgeben und Helene. Alles, was ich ihr bieten kann, bin ich.

Niemals würde ich Eve bitten, diese Entscheidung zu treffen. Doch tief im Inneren würde ich die Zeit gerne zu dem Moment zurückdrehen, in dem sie noch, ohne zu zögern, mich gewählt hätte.

Später in der Nacht, als das silberne Mondlicht über die Wand wandert und Liljan wieder in ihrem eigenen Bett liegt, werfe ich einen Umhang über mein Nachthemd. Liljan wälzt sich auf der Matratze, sagt aber nichts, als ich mit einem Bündel unter dem Arm durch die Tür husche.

Ich schleiche die Treppen hinunter und durch das Flurlabyrinth des Haupthauses. Es ist Geisterstunde, der Wechsel von einem Tag zum nächsten, das Haus ist still und dunkel. Ein leichter Orchideenduft liegt in der Luft, in der Ferne läutet leise eine alte Standuhr. Zaghaft klopfe ich fünfmal an Eves Tür und muss einen langen Augenblick warten. Inzwischen ist es mir egal, ob ich erwischt werde. Ich habe nichts mehr zu verlieren.

Sie soll nur diese Tür öffnen.

Je länger ich warte, desto schneller wird mein Puls. Ich knete mir die Hände. Würde sie aufmachen, wenn sie wüsste, um wie viel es geht? Dass ich auf dem schmalen Grat zwischen Leben und dem, was danach kommt, ganz schön ins Schwanken geraten bin?

*Vielleicht hat sie mich nicht gehört*, rede ich mir ein.

Aber sie hört mich immer.

Die Erkenntnis nistet sich in mir ein. Mit den Fingern streiche ich über die Adern am Handgelenk. Die Haut ist so dünn, dass ich die verhärteten Linien darunter spüren kann.

Als ich mich gerade abwenden will, geht die Tür endlich auf.

Eve reibt sich die Augen und späht in den Flur hinaus, und trotz allem füllt sich meine Brust augenblicklich mit Sonnenschein.

Ich gehe an ihr vorbei ins Zimmer.

»Was machst du hier, Marit?« Sie sieht zur Decke hoch und hinab auf ihre pinkfarbenen Fingernägel. Überallhin, nur nicht zu mir.

»Ich vermisse dich«, antworte ich schlicht. Zucke mit den Schultern und schlucke den Kloß in meiner Kehle hinunter. »Ich wollte mich für das bedanken, was du heute getan hast. Und dir sagen, dass es mir leidtut.«

»Weißt du …«, flüstert sie und spielt abwesend an ihrem Seidentuch herum. »Am schlimmsten ist, dass ich die ganze Zeit dachte, du wärst meinetwegen hier.«

Ich erstarre. »Wie meinst du das?«

»Du bist noch wegen was anderem hier, oder nicht? Wegen irgendwas, das du mir auch verheimlichst. Nicht wegen der Arbeit oder um in meiner Nähe zu sein. Sondern …« Ihre Augen füllen sich mit Tränen. »Was hast du in Philips Zimmer gemacht?«

Meine Brust zieht sich zusammen. »Ich wollte sichergehen, dass er keinen Grund hat, dich zu verletzen.« Schock spiegelt sich in ihrem Blick wider, und ich rede schnell weiter. »Aber ich habe mich geirrt. Bei so vielem. Ich habe dir nichts erzählt, weil … na ja, wenn alles in Ordnung ist, hättest du nie was davon erfahren müssen. Du hättest einfach … glücklich sein können.«

»Wie kommst du nur auf so was, Marit? Manchmal habe ich das Gefühl, du willst, dass ich mich zwischen dir und den Vestergaards entscheide. Wie soll ich das denn machen?« Sie verdreht die Augen, im selben Moment fällt ihr eine Träne auf die Wange. »Das ist ungerecht.«

»Es tut mir so leid. Ich wollte dich doch nur nicht verletzen, aber ich habe es gründlich verbockt. In Wahrheit weiß ich einfach nicht genau, wie ich hier hineinpasse. Und ich bin nicht gut damit umgegangen. Aber wenn ich ehrlich bin …« Ich hole tief Luft. »… bin ich manchmal ein ganz kleines bisschen neidisch auf Helene.«

»Auf Helene?«, fragt Eve ungläubig.

Schamesröte steigt mir die Wangen hoch. »Weil sie dir all das gibt, was ich dir nicht geben kann, und weil sie sich dazwischengeschoben hat, obwohl ich mich doch all die Jahre um dich gekümmert und dich geliebt habe.« Ich stocke. »Es ist nicht so, dass ich dir kein besseres Leben wünsche. Das tue ich! Ich wünschte nur, dass … ich es dir hätte ermöglichen können.«

Sie deutet mit dem Kinn auf meine Hände. »Was ist das?«

»Oh, das hab ich für dich gemacht. Dein Kostüm für den Salon.« Mit geschürzten Lippen hebe ich es hoch. »Und es gibt noch eine Überraschung.«

Ich hebe die Falten des Tutus an und zeige Eve die winzigen Stiche. »Das ist Morsecode. Erinnerungen, an dich, an uns.«

Sie kommt näher, und ich erkläre: »Bei der hier warst du acht. Du hast deine gekochten Möhren in den Ritzen zwischen den Holzdielen versteckt, weil du meintest, sie schmecken wie verdorbener Kürbisbrei, und als Sare dich verraten hat, hast du ihr im Schlaf eine in die Nase gesteckt.«

Zu meiner Überraschung kichert Eve. »Das weiß ich noch. Ich weiß auch noch, dass du in den nächsten paar Nächten Wache gestanden hast, bis ich eingeschlafen bin.«

»Ich habe feierlich geschworen, nicht zuzulassen, dass Sare dir eine Vergeltungsmöhre in die Nase steckt.«

»Die meisten Versprechen hast du gehalten«, raunt Eve.

Das waren meine Lieblingsmomente – wenn sie vor mir eingeschlafen ist. Diese magischen, verwundbaren Augenblicke kurz vor dem Einschlafen, wenn Stille und Frieden sie bedeckt haben wie frisch gefallener Schnee.

Ehrfürchtig streicht sie über eine andere Reihe meiner Nadelstiche. *Als du neun warst, habe ich dir mal meine monatliche Ration Milch überlassen, damit die Köchin dir einen Kuchen backt. Ich wollte so sehr, dass er gut schmeckt, aber er war trocken und bröselig, und der Zuckerguss hat nach Teer geschmeckt.*

»Das hatte ich vergessen.« Sie zieht die Finger weg. »Aber jetzt werde ich mich für immer dran erinnern.«

»Du hast jeden trockenen Bissen runtergewürgt. Und behauptet, nichts wäre je leckerer gewesen.«

Wieder kichert sie. »Aber er hat wirklich wie Teer geschmeckt.«

Sie klopft auf die Matratze, und ich bringe sie ins Bett, genau wie früher. Versiegle sie in der Decke wie einen Brief im Umschlag. Doch ein Geständnis brennt mir noch auf der Seele. Ich werde sie nicht mehr anlügen oder ihr etwas verschweigen. Egal, wie schmerzhaft die Wahrheit auch sein mag.

»Eve, du weißt doch von der Sache, die einen einholen kann, wenn man zu viel Magie nutzt, oder?«

»Firn?«

Ich nicke. »Ich kann nicht länger hier arbeiten. Ich kann nicht bleiben und tun, was Helene von mir erwartet oder verlangt.«

Sie setzt sich aufrecht hin. »Bist du in Gefahr?« Sie nimmt meine Hand, und ich muss aufpassen, dass sie die Innenseite meines Handgelenks nicht sieht. »Lüg mich nicht an, Marit.«

»Nicht, wenn ich gehe und nie wieder Magie verwende.«

Für einen endlosen Moment sieht sie mich mit ihren großen braunen Augen an. »Marit, du hast mich verletzt. Und manchmal machst du Dinge, weil du denkst, du müsstest mir leckeren Kuchen servieren. Dabei verschlucke ich mich eigentlich an trockenen Bröseln. Aber ...« Sie blinzelt. »... du bist die Familie, die ich selbst gewählt habe. Meine Schwester, auch wenn wir nicht wirklich verwandt sind. Und es spielt keine

Rolle, wohin du gehst oder was du tust. Ich will dich in meinem Leben. Ich hab dich lieb.«

Ich schließe die Augen. Alles, was ich mir je gewünscht habe, war, dass jemand mich auswählt, um Teil seiner Familie zu werden. Dabei wurde ich doch die ganze Zeit schon bedingungslos geliebt wie eine Schwester. Ich hole tief Luft, als wäre ich aus einem viel zu engen Korsett geschnitten worden. Zum ersten Mal seit Ivy gestorben ist, fühle ich mich besser.

»Jetzt mach die Sache mit dem Gesicht«, befiehlt Eve. »Vielleicht kann ich dich ja einstellen, damit du das jeden Abend machst.« Sie schließt die Augen und wispert: »Wenn du das machst, habe ich die besten Träume. Vielleicht hast du ja auch so was wie Schlafmagie.«

Ich streiche ihr mit den Daumen über die Augenbrauen und dann weiter über die Wangen.

»So, ich habe alles Hässliche und Schlechte von heute fortgewischt«, murmle ich. »Schlaf jetzt, und morgen ist ein neuer Tag.«

Ihre Lider flattern leicht, als würde sie schon träumen. Sie duftet nach Veilchen, nach der Kohle aus ihrem Zahnpulver und ein klein wenig nach Palmöl.

Lange ist es ganz still, und ich frage mich, ob sie schon eingeschlafen ist.

Doch dann macht sie »*Chrrr-schhhh, chrrr-schhh*« und späht aus einem Auge zu mir hoch. Ich drücke sie ganz fest, und mein dumpfes Lachen erfüllt mich von innen wie Sonnenschein.

# 29

AM NÄCHSTEN MORGEN IST DER FESTSAAL erfüllt vom
Duft nach Blumen, Zitronen und Seife. Er ähnelt immer mehr
einem grünen, lebendigen Innenhof, als würde der Frühling
das kalte Herz des Winters durchbrechen. Moos windet sich
wie ein flauschiger Teppich um die vergoldete Holzbühne, und
meine Vorhänge ergießen sich in dunklen Samtbahnen auf beiden Seiten.

Bevor der Salon stattfindet, muss ich noch ein Kleid und
zwei Uniformen beenden, doch zum Glück hatte ich sie schon
vor dem Firn halb fertig. Es wird knapp, aber wenn ich mich
anstrenge, kann ich es auch ohne Magie schaffen. Bevor ich
gestern gegangen bin, habe ich Eve zwei Dinge versprochen:
dass ich bis nach dem Salon bleibe, um zu sehen, wie sie für
den König tanzt. Und dass ich nicht mal mehr einen Funken
Magie nutze. Diese Versprechen gedenke ich um jeden Preis
zu halten.

Mit einem aufgeregten Kribbeln im Bauch steige ich die
Treppe zu Jakobs Dachstube hinauf. Er hängt über dem Schreibtisch, mit der Nase in Texten über historische Behandlungen
der Pocken.

»Willst du dir ansehen, was ich herausgefunden habe?« Seine Stimme klingt stark und freundlich. Er lächelt mich mühelos an, als wollte er zeigen, dass da nichts Ernsteres zwischen

uns ist. Dass wir auch nach der Sache im Gewächshaus noch Freunde sein können.

Als ich nicke, zeigt er mir den angelaufenen Ring. Sobald ich näher komme, beschleunigt mein Puls, wie zur Bestätigung, dass ich eben nicht bloß eine Freundschaft zwischen uns will.

»Den echten Ring habe ich gestern Abend zurückgegeben. Aber der hier …« Er hält ihn gegen das Licht. »Dieser dunkle Ring wirkt fast, als wäre er verbrannt.«

Ein Bild taucht in meinem Kopf auf. »Als ich Philip genäht habe, waren da überall auf seinem Körper diese Wunden«, sage ich langsam. »Alte und neuere, manche sahen aus wie Brandmale.«

»Kamen die von dem Angriff?« Jakob runzelt die Stirn.

»Die neuen vielleicht. Aber die älteren eher nicht.«

»Aus dem Krieg?«

Ich zögere. Das wäre die naheliegendste Erklärung.

»Marit. Dr. Holm hat meine Bewerbung akzeptiert. Ich verlasse die Vestergaards.«

Obwohl ich damit gerechnet habe, trifft es mich wie ein Schlag aus dem Hinterhalt. Ich wusste, dass Jakob gehen will. Auch ich muss gehen. Und erst jetzt begreife ich, dass mein Herz schon seit vielen Jahren gebrochen ist. Seit ich mit sechs in die Mühle gekommen bin und niemanden an mich herangelassen habe, der mich vielleicht wieder verlassen könnte. Ich habe mir einfach nicht erlaubt, an eine glückliche Zukunft zu glauben. Genau wie bei Thorsen, als ich geglaubt habe, dass mir nichts anderes zusteht als ein Leben in Angst und Einsamkeit. Doch jetzt, da der Firn meine Zukunft tatsächlich bedroht, will ich umso mehr um sie kämpfen. »Wann reist du ab?«, frage ich bemüht beiläufig.

»Nächste Woche. Ich fahre nach dem Salon.« Leise fügt er hinzu: »Und Liljan wird mich wahrscheinlich begleiten.«

Ich habe immer noch nicht alle Antworten, die ich suche. Scheint, als müsste ich langsam akzeptieren, dass ich vielleicht nie herausfinde, was mein Vater mir sagen wollte. Der Versuch, das Rätsel zu lösen, hat mich beinahe umgebracht. Doch für einen kurzen Moment hat sich dieser Ort wirklich nach zu Hause angefühlt. Die Zeit hier hat mich gleichzeitig gestärkt und geschwächt, mir Freundschaft und Liebe und den Firn gegeben, und wenn ich von hier fortgehe, werde ich all das mit mir nehmen.

Ich bereue nichts.

»Ich …«, setze ich an.

Aber im selben Augenblick klopft es an der angelehnten Tür. »Hallo.« Brock drückt sie auf und sieht zwischen uns hin und her. »Marit, kann ich dich kurz sprechen?«

Die Worte verkümmern mir auf den Lippen, ich unterdrücke einen Seufzer. »Klar.« Jakob lächelt abwesend, als wäre er schon längst nicht mehr hier. Er steckt den dunklen Ring in die Tasche und verschwindet durch die Tür.

Meinem Herzen scheinen Stacheln zu wachsen, doch ich wende mich zu Brock um.

»Was gibt es?«

»Ich weiß, wir glauben inzwischen nicht mehr, dass die Steine mit Glasmagie hergestellt werden, aber ich hatte es vorher schon bei den Dienern in der Gegend angedeutet.«

»Und?«

»Es gibt kein Muster. Die Vermissten sind jung und alt, männlich und weiblich. Sie sind an unterschiedlichen Tagen verschwunden, an unterschiedlichen Orten.«

»Und ihre Magie?«

»Auch ganz unterschiedlich. Beliebige, manchmal sogar nutzlose Magie – zum Beispiel Falten durch Berührung zu glätten oder es schneien zu lassen.«

»Aber Magie hatten *alle*?«

Er nickt. »Die Polizei hat sich in den letzten Jahren nicht groß drum gekümmert, weil ja immer nur einzelne Diener verschwunden sind, und Leichen gab es auch keine. Aber jetzt könnten sie verstärkt ermitteln. Jetzt haben sie eine Leiche und Philips Aussage. Womöglich kümmern sie sich endlich darum. Dann würde doch noch was Gutes draus entstehen. Vielleicht haben wir verhindert, dass noch jemand getötet wird.« Er sieht mich eindringlich an. »Dann wäre Ivys Tod wenigstens nicht umsonst gewesen.«

»Ich hoffe auch sehr, dass ihr Tod einen Sinn hatte«, erwidere ich sanft. »Dann hat Philip also doch nicht gelogen, was den Angriff angeht.«

»Ist es schlimm, dass ich ein wenig enttäuscht bin? Irgendwas an ihm kann ich immer noch nicht ausstehen«, grummelt Brock, und ich unterdrücke ein düsteres Lachen, weil es mir genauso geht.

Mein Blick fällt auf die silbernen Kufen von Jakobs Schlittschuhen, die zwischen all seinen Büchern liegen. »Brock – kannst du etwas für mich tun?«

»Alles.«

Ein Bild entsteht in meinem Kopf, als ich mich lächelnd zu den glänzenden Kufen beuge.

∾

Noch zwei Tage. Die Vestergaards sind wirklich gut auf den Salon vorbereitet und darauf, den König zu empfangen. Ich habe es noch niemandem gesagt, aber nach dem Salon werde ich mir in Kopenhagen eine Stelle suchen, vielleicht als Wäscherin oder Küchenhilfe. Hauptsache, ich brauche dafür keine Magie. Und ich bleibe in der Gegend, damit ich Jakob und Liljan hin und wieder sehen kann. Und Eve.

Vielleicht kann ich sogar miterleben, wie sie es auf Dänemarks Bühnen bis ganz nach oben schafft.

Liljan bleibt bis spät in die Nacht mit mir auf und hilft, Eves Salonkostüm fertig zu nähen. Sie übernimmt die Nähte innen, die ruhig unbeholfen und weniger professionell aussehen können.

»Hast du es Jakob schon gesagt?« Sie zieht einen silbernen Faden durch ihr Nadelöhr.

»Nein.« Ich zupfe an den Manschetten um meine Handgelenke. Seit ich der Magie abgeschworen habe, hat der Firn sich nicht weiter ausgebreitet. Womöglich verschwindet er irgendwann wieder ganz? »Aber das mache ich morgen«, verspreche ich ihr genauso wie mir selbst.

Darum sitze ich am nächsten Nachmittag auf der Fensterbank in meinem kleinen Nähzimmer, als Jakob an die Tür klopft, und mein Herz veranstaltet einen regelrechten Trommelwirbel.

Kurz werfe ich einen prüfenden Blick auf meine Reflexion im Fenster, richte die widerspenstigen Haare und öffne die Tür.

»Hallo, Marit.« Als er mich sieht, zucken seine Mundwinkel unwillkürlich nach oben. »Ich habe was gefunden, das dich bestimmt interessiert.«

Er hält den dicken Wälzer über Edelsteine in den Händen, den er mir zu Weihnachten geschenkt hat.

Ich trete beiseite, um ihn hereinzulassen. In meinem Magen braut sich ein Gewitter zusammen.

Er klopft mit dem Finger auf den Einband. »Hier ist ein Eintrag über einen Stein drin, der die Farbe ändert, wenn man ihn Licht aussetzt.«

»Oh?« Interesse zerrt an mir, als Jakob eine Seite mit einer kleinen Zeichnung aufschlägt.

»Der Stein heißt Proustit. Scheint nicht sehr wertvoll zu sein und, soweit ich das sehe, auch nicht sehr legendär. Aber ich dachte, du willst ihn dir trotzdem mal angucken, nur für den Fall.«

»Proustit«, wiederhole ich. Die Zeichnung zeigt einen kleinen roten Stein, der dem von meinem Vater zumindest etwas ähnelt. *Auch bekannt als »Rubinblende«, ist der Proustit ein recht seltenes Exemplar mit einem metallischen Glanz in kräftigem Rot, lese ich. Der Stein sollte versteckt und niemals ausgestellt werden, denn bei jeder Lichteinwirkung dunkelt er nach, bis er schlussendlich völlig schwarz wird.*

Ein Stein, der dunkler wird, genau wie bei Philip.

Jakob sucht meinen Blick.

Dann legt er das Buch behutsam auf den Tisch und wendet sich zur Tür.

Doch als er die Hand auf den Türgriff legt, rufe ich: »Jakob, warte.«

Er hält inne und dreht sich langsam wieder zu mir um.

»Ich glaube, ich kann dir vielleicht helfen.« Unsicher und mit pochendem Herzen fummle ich an meinen Handgelenken. »Bei deiner Forschung.«

Zögerlich nehme ich die Manschetten ab und halte ihm die Handgelenke entgegen. Und falls ich je Zweifel hatte, dass ich ihm wichtig bin, werden sie schlagartig fortgewischt, als ich seine Miene sehe. Sie ist schmerzerfüllt und erschüttert. Und sagt mir mehr, als seine Worte jemals ausdrücken könnten.

»Marit.« Er macht einen Schritt auf mich zu. Seine Augen sind zugleich in Dunkelheit versunken und von Leuchten erfüllt. Ein Laut steigt tief aus seiner Kehle empor. »Das ist …« Er ballt die Hände neben der Hüfte zu Fäusten. »Ich verspreche«, presst er durch zusammengebissene Zähne hervor, »dass ich nicht aufhöre zu suchen, bis ich etwas gefunden habe, das dir hilft.«

Obwohl jede Faser seines Körpers angespannt ist, nimmt er meine Hände so unendlich zärtlich in seine und fährt mit den Fingern über meine Adern, als würde er nach Gold suchen. Das Gefühl ist berauschend und prickelt mir auf der Haut, entfacht jede Empfindung, zu der ich fähig bin.

»Ich will, dass du eine Probe mitnimmst«, raune ich. »Wenn du zu Dr. Holm fährst.«

Genau wie Ivys Tod die Polizei wachgerüttelt hat, die den anderen Vermissten jetzt hoffentlich mehr Aufmerksamkeit schenkt, kann mein Unglück womöglich auch jemandem zugutekommen. Leid will so unerbittlich die Oberhand gewinnen, doch es sät auch einen Samen, aus dem vielleicht etwas Gutes entstehen kann. Es ist an uns, die Verzweiflung niemals siegen zu lassen. Manchmal würde ich, ohne zu zögern, in die Vergangenheit reisen und den Tod meiner Schwester verhindern, wenn ich könnte. Und doch … wäre sie nicht gestorben, hätte ich niemals Eve und Jakob und Liljan getroffen.

»Das mache ich«, antwortet Jakob, und ich ringe mir ein Lächeln ab.

»An dem Abend, als wir uns vor Nina versteckt haben und du mir das erste Mal von den Minen erzählt hast ...« – ich sehe vor mir, wie wir zusammen auf dem strahlenden Eis des Teiches und unter den funkelnden Sternen stehen –, »... meintest du, du kennst jemanden, der mir das Eislaufen beibringt.«

Er nickt und nimmt die Finger von meiner Haut.

»Würde es jetzt passen?«, frage ich.

Ich stoße mich vom Tisch ab. Eves Kleid ist immer noch nicht fertig. Doch das hier ist wahrscheinlich die letzte Gelegenheit, mit Jakob allein zu sein, und mir wird klar, wie sehr ich es mir wünsche.

Mit einem Kopfnicken bedeute ich ihm, mir zu folgen, halte jedoch eine Armlänge Abstand, während wir unsere Schlittschuhe aus der Dachstube holen. Das Vestergaard-Anwesen pulsiert vor geschäftigem Treiben. Alle bereiten den morgigen Auftritt vor. Diener strömen unter uns durch die Tür hinaus und hinein wie emsige Ameisen, tragen Möbel und Blumen herum, polieren die vorderen Fenster.

»Nina bringt uns um, wenn sie mitbekommt, dass wir eine Pause machen«, flüstere ich.

»Ich gehe sowieso«, entgegnet er. »Nina kann mich nicht entlassen.«

*Mich auch nicht.* Selbst wenn sie es noch nicht weiß.

Statt mit Jakob durch die Küche zum See hinauszugehen, führe ich ihn zur Hintertür. Auf das Gewächshaus zu.

Jeder Nerv in meinem Körper steht unter Strom, und mir wird schwindelig.

Doch als wir aus der Tür treten, lösen sich meine Sorgen auf und machen der Freude Platz.

Brock hat meine Bitte erfüllt. Das und noch mehr. Ranken aus schneeweißen Trichterwinden fallen federleicht von oben herab. Wie zarte Vorhänge aus Eiszapfen und Spitze schirmen sie den Rest der Welt ab.

»Hier lang«, sage ich und teile die Ranken, um in den Flur zu treten.

Dort ist es kühl und dämmrig, ein betörender Jasminduft liegt in der Luft. Zarte lavendelfarbene Trichterwinden hängen so weit herab, dass ich sie gerade so mit den Fingern erreiche.

»Was ist das?« Jakob macht einen Schritt nach vorne und gerät ins Rutschen.

Der Weg vor uns ist von einem glatten, durchsichtigen Film überzogen. Brock hat mir geholfen, eine dünne Schicht Wasser auszugießen, die nun zu Eis gefroren ist. Rae wird es wieder schmelzen lassen, wenn wir fertig sind. Und Liljan gibt ihr Bestes, um Nina abzulenken. Die üppigen Blüten kitzeln mich am Arm. Ich lege meine Schlittschuhe auf den Boden.

»Jakob«, sage ich zögerlich und hole tief Luft. Ich habe genau aufgepasst, dass er meine Kleider nicht berührt. Nicht, bis ich bereit bin.

Jetzt mache ich einen schlitternden Schritt auf ihn zu und umfasse sein Handgelenk. Sofort spüre ich, wie sein Puls sich beschleunigt, genau wie an Heiligabend. Doch dieses Mal ziehe ich seine Hand auf meine Hüfte. Ich fühle, wie sein gesamter Körper sich in dem Moment anspannt, als er liest, was ich geschrieben habe.

*Es tut mir leid.*

*Ich denke die ganze Zeit an dich.*

Die geheimen Botschaften stehen in meinen Unterrock.

Wo nur er sie finden kann.

*Ich habe Angst.*

*Ich glaube, ich liebe dich.*

»Marit?«, fragt er heiser. Wärme strömt durch meinen Körper, sickert in meine Arme und Beine.

Ich bringe mein Gesicht ganz nah an seins, spüre das heiße Lodern seines Mundes, die angenehme Sanftheit seiner Lippen. Spüre, wie er riecht und schmeckt, wie er nach Luft schnappt, und wie schnell das Herz unter seinem Hemd pocht. Seine Brille stößt mir sanft gegen die Wange, und ich ziehe ihn an mich, küsse ihn noch inniger, sodass mir die Füße auf der Eisschicht unter uns fast wegrutschen. Sein Atem schmeckt kalt, nach Schnee und Minze. Ein wohliger Schauer überläuft mich, ein kühles Prickeln klettert meine Wirbelsäule hinauf, bis hoch zu meinen Haarwurzeln, das Verlangen nach mehr. Und es fühlt sich besser an, als ich es mir je vorgestellt habe. Obwohl es nur dieser eine Augenblick ist und ich dachte, dass ich es für immer verloren hätte, kann ich dieses durchdringende Kribbeln wieder spüren.

*Magie.*

Aus den Augenwinkeln sehe ich, wie Blumen um uns herum erblühen, wie lilafarbene und gelbe und pinkfarbene Rosen uns umranken, und ich weiß, dass Brock in der Nähe ist. Es ist seine Art, sich dafür zu bedanken, dass ich ihn damals in Philips Zimmer gerettet habe. Ich lächle Jakob an, und er legt mir die Hände um das Gesicht. Noch nie habe ich gesehen, dass er etwas so ansieht wie mich gerade. An diesen Moment werde ich mich für den Rest meines Lebens erinnern. Jedes Mal, wenn eine neue Blüte ihre kurzweilige Süße in die Welt hinausschickt. Mit den Fingern streicht Jakob über die empfindliche Haut hinter meinen Ohren. Seiner Berührung folgt ein angenehmer Schauer, und mein ganzer Körper – mein Atem und die Luft um uns herum – heizt sich so sehr auf, dass seine Brille beschlägt.

Liljan räuspert sich laut und kommt durch den blumigen Vorhang zu uns. »Ihr zwei!«, ruft sie verschmitzt. »Na endlich.«

»Wo bei allen Runen bist du, Marit Olsen?«, poltert Nina im Haus. »Warum ist Eves Kostüm noch nicht fertig? Frau Vestergaard wird mich einen Kopf kürzer machen, genau wie ich dich!«

Liljan zuckt entschuldigend mit den Schultern. »Ich hab sie so lange aufgehalten, wie ich konnte.«

Ich weiche von Jakob zurück. Es ist ungewohnt, die Wärme seines Körpers so nah an meinem zu fühlen.

»Bist du sicher, dass du gehen musst?«, fragt er.

»Bist du sicher, dass *du* gehen musst?«

»Ja. Denn ich werde eine Heilung für dich finden, und wenn es das Letzte ist, was ich tue«, flüstert er mir ins Ohr. Er richtet seinen Hemdkragen, an dem ich eben gezerrt habe. Dann pflückt er eine Blüte und gibt sie mir.

Als ich mich zu Liljan drehe, schwebe ich beinahe. Die Blume zwirbele ich zwischen den Fingern. In jedem von uns schlummert Magie – wahrscheinlich die mächtigste von allen. Denn wir können Herzen erblühen lassen, genau wie Brock es mit Blumen kann.

# 30

DER NÄCHSTE TAG SCHMECKT BITTERSÜSS. Für mich ist er ein Ende, für Eve hoffentlich ein Anfang.

Ich spähe durch die Türen zum Festsaal, um zu sehen, wie er für den König hergerichtet wurde.

Fünf Kristallleuchter hängen in einer Reihe von der gewölbten Decke. Die Bodendielen schimmern wie flüssiger Honig, und an den Wänden verschlingen sich die grünen Ranken mit vergoldeten. Irgendwo hinter dem saftigen Moosteppich, der die verzierte Holzbühne umgibt, plätschert ein Brunnen. Wohlriechende Orangen hängen wie schwere Regentropfen aus weißen Blüten. Brock ist dabei, noch mehr Grün zu schaffen. Seine Hände sind voller Erde, die Arme voller scharlachroten Mohns, dessen Blüten beim Aufgehen aussehen wie die dänische Flagge. Was normalerweise Monate, wenn nicht sogar Jahre gedauert hätte, wurde hier mit Magie in nur ein paar Wochen geschaffen.

Eve tanzt inmitten von alldem. Sie trägt sogar schon ihr Kostüm. Wir haben funkelnde Glasstücke angefertigt, die aussehen wie Edelsteine und sich jetzt auf Satinbändern um ihre Waden winden, sodass sie bei jeder Bewegung das Licht einfangen.

An der hinteren Wand, fast nicht zu sehen, schreitet Peder vor einem Mahagonitisch entlang. Als er sich umdreht, werfe ich einen flüchtigen Blick auf das, was er bewacht: eine Karte von Dänemark, das Land, das Meer und die Handvoll Inseln komplett aus bunten Edelsteinen. Philip beugt sich in seinem schicken Zwirn über die Landkarte und begutachtet sie intensiv. Der rote Ring an seinem Finger ist verschwunden.

Stattdessen funkelt dort jetzt ein smaragdgrüner Edelstein.

Als er meinen Blick bemerkt, hört er auf zu reden und starrt mich ebenfalls an, nur einen Moment zu lang.

Ein unangenehmer Schauer überläuft mich, und ich drehe mich schnell weg.

Rechts von mir schaut Declan durch ein riesiges Fenster zu den Wolken hoch. »Es fängt bald an zu schneien«, murmelt er leise.

Der König soll um vier Uhr eintreffen, die Aufführung beginnt eine halbe Stunde später. Hochrangige Minenarbeiter werden im Publikum sitzen und Philip bei der offiziellen Präsentation der Geschenke unterstützen. Danach werden sich alle zum Festmahl zusammenfinden. Allein für diesen Anlass habe ich die Dienstboten komplett neu eingekleidet. Alle, die sich heute Abend zeigen müssen, wie Jakob, Nina, Liljan und Brock, werden feinsten schwarzen Stoff tragen, der im Licht vornehm schimmert.

Ich drehe meine Runde und liefere die Uniformen in den Zimmern aus.

»Nervös?«, fragt Liljan und zieht sich ihre über den Kopf. Ich nicke. »Du?«

Sie verneint und schließt die Perlenknöpfe am Hals.

»Ich weiß, es ist bloß eine Uniform, aber sie ist umwerfend«, stelle ich fest.

»Sehe ich nicht aus wie ein Pinguin?«

»Nein!« Prustend helfe ich ihr beim Flechten ihres komplizierten Zopfes.

Im Spiegel sieht sie mit ihren strohblonden Haaren Ingrid furchtbar ähnlich.

»Viel Glück.« Sie drückt mir einen Kuss auf die Wange.

Mit der letzten Uniform im Arm torkle ich die Treppe hinunter zu Malthes Zimmer. Ich will gerade klopfen, als ich hinter der Tür leises Sprechen vernehme. Ich zögere und erkenne plötzlich eine der Stimmen.

»Ich muss dir nicht erklären, wie wichtig heute Abend ist«, raunt Philip. »Es muss alles wie geschmiert laufen.«

Ich halte den Atem an und beuge mich vor.

»Erzählen Sie es ihr heute?«, fragt Malthe. »Alles?«

Eine Pause entsteht, lang genug, dass ich mich schon frage, ob das Gespräch vorbei ist.

*Es* ihr *heute erzählen.* Mir fallen nur zwei *ihrs* ein, die gemeint sein könnten.

Mein Magen verkrampft sich. Helene?

Oder meinen sie etwa Eve?

»Ich weiß nicht, was heute Abend passiert«, murmelt Philip endlich. »Bist du auf alles vorbereitet?«

Vorsichtig presse ich das Ohr an die Tür. Und höre auf einmal ein Geräusch.

Es könnte bloß das einrastende Schloss eines Koffers sein.

Oder der Hahn eines Revolvers.

Ich erstarre.

Philip würde doch nichts Gefährliches tun. Nicht heute Abend, wenn der König da ist. Nicht mit der schwer bewaffneten Königsgarde, die durch jeden Raum des Hauses schleicht.

Trotzdem wird mir schlagartig übel.

Vorsichtig hänge ich die Uniform an den Türgriff und mache mich so leise wie möglich auf den Rückweg. Die Stufen knarren unter meinen Füßen. Ich bin nicht sicher, was ich da gerade belauscht habe. Wahrscheinlich sollte ich Helene suchen. Aber was soll ich ihr sagen? Ich will sie nicht irrtümlich beunruhigen – oder, noch schlimmer, Eve vor dem wichtigsten Auftritt ihres Lebens aufregen. Schnell laufe ich zu meinem Zimmer, sehe nach Liljan, aber sie ist schon weg. Auch Jakobs Dachstube ist verlassen. Auf seinem Schreibtisch liegen vier Glasphiolen für meine Blutprobe.

Wahrscheinlich war es gar nichts, was ich da belauscht habe. Nur meine Fantasie, die falsche Schlüsse zieht und übertrieben misstrauisch ist, vor allem, wenn es um Philip geht.

Ich kehre ins Nähzimmer zurück und nehme das wahrscheinlich letzte Kleid, das ich jemals für Eve schneidern werde. Es fehlen noch ein paar letzte Stiche, vielleicht eine Viertelstunde Arbeit. Das sollte ich problemlos bis zum Festmahl schaffen. Doch mein Fuß zuckt ununterbrochen, und ich bin viel zappeliger als sonst. Diese Unterhaltung hat mich verunsichert.

Wir müssen alle nur diesen Abend durchstehen, sage ich mir – und dann steche ich mir mit der Nadel aus Versehen in den Finger.

Ein kleiner Tropfen Blut bildet sich, und ich beobachte, wie er in Zeitlupe auf Eves Kleid fällt.

Blut.

Da ist Blut auf Eves Kleid.

Ich fluche und tupfe den Fleck schnell ab, doch dadurch wird es nur schlimmer. Ich atme tief durch. Liljan kann das sicher in Ordnung bringen. Ich muss sie nur finden, und dann sorgt sie dafür, dass es aussieht, als wäre es nie passiert. Doch auf einmal habe ich eine seltsame Eingebung. So weit fortgeschrittener Firn in einem lebenden Körper ist vermutlich sehr selten. Ich habe Jakob versprochen, dass er den Firn in diesem Stadium untersuchen kann, damit er eine Heilung findet. Ich beiße mir auf die Zunge. Wenn ich da eben wirklich etwas Wichtiges zwischen Malthe und Philip belauscht habe, wenn heute Abend wirklich etwas Schreckliches passiert, dann brauche ich womöglich meine Magie. Wenn ich mutig genug bin, wenn ich damit Eve beschützen kann. Aber dann wird der Firn mein Blut ganz gefrieren lassen, und die Gelegenheit wird verstreichen.

Ich stehe auf.

Vielleicht sollte Jakob mir jetzt Blut abnehmen, nur zur Sicherheit.

Ich finde ihn in Brocks Zimmer. Er trägt meinen Anzug, der ihm passt wie angegossen. Jakob sieht umwerfend darin aus. Er verzieht den Mund zu einem vielsagenden Grinsen, als er mich bemerkt, und mein Herz macht einen Satz. Ich bedeute ihm, mitzukommen.

»Was wollen wir denn hier oben?«, fragt er schelmisch, als ich ihn zur Dachstube führe.

Ich schließe die Tür hinter ihm. »Eigentlich«, setze ich an, »wäre es mir lieber, wenn du mir jetzt schon Blut abnimmst.«

Das Grinsen vergeht ihm, als ich meine Manschetten abnehme. »Bist du sicher?«

»Ich habe wegen heute Abend ein ungutes Gefühl.« Dasselbe unangenehme Zwicken hatte ich auch an dem Tag, an dem Eve adoptiert wurde. Diese Vorahnung, dass etwas passieren wird. »Du solltest es jetzt machen. Nur … für den Fall.«

»In Ordnung«, meint er vorsichtig. Er greift nach meinem Handgelenk, nimmt eine Lanzette mit scharfer Klinge und haucht mir dann schnell einen Kuss auf die Haut. Wieder macht mein Herz einen Satz, und ich spüre genau dort ein Kribbeln, wo seine Finger mich berühren. »Es geht los, das wird etwas wehtun«, entschuldigt er sich. Ich blinzele und schaue weg, starre auf den Wälzer über Edelsteine. Den habe ich gestern Abend hiergelassen, damit die neugierige Nina ihn nicht findet. Jetzt betrachte ich wieder die Zeichnung von dem kleinen roten Stein, den Jakob entdeckt hat.

Proustit.

Die Bildunterschrift lautet: *Die einzigartige Farbgebung und Form des Proustits machen seinen Wert aus und sind gleichzeitig auch der Grund für seine Zerstörung.*

*Witzig*, denke ich, als Jakob fertig wird. Unsere Magie ähnelt dem Proustit sehr. Das, was sie so wertvoll macht, sorgt auch für ihren Untergang.

Jakob drückt behutsam auf meinen Arm und verbindet ihn, er ist so bezaubernd konzentriert, dass seine Augenbrauen zucken, während er den Verband befestigt. Ich kann nicht anders, als ihn an mich zu ziehen und zu küssen. Er gibt einen wunderbaren Laut der Überraschung von sich. Hinter uns geht die Tür auf, jemand räuspert sich. »Passiert das jetzt *jedes* Mal, wenn ich euch finde?«, fragt Liljan und verdreht die Augen. »Frau Vestergaard sucht dich«, sagt sie zu Jakob. »Und …« Sie hält inne. »Wusstest du, dass Dr. Holm heute Abend auch kommt?«

Jakob schielt aus dem Fenster. »Nein, was will er denn hier?«

Draußen trudeln die ersten Gäste ein. Kutschen rollen durch den Schnee die Einfahrt entlang.

»Hier, Marit. Iss das.« Jakob holt einen Keks aus einem Geheimfach in einem Weidenkorb hervor. »Wie fühlst du dich? Ich kann dir etwas Wasser bringen.«

»Nein, alles gut. Geh ruhig.«

Er bleibt in der Tür stehen und schenkt mir ein süßes Lächeln.

»Jakob?«, entfährt es mir doch noch. »Pass heute Abend bitte auf dich auf.«

»Du auch«, gibt er zurück und ist verschwunden.

Vorsichtig schiebe ich den Ärmel wieder nach unten. Plötzlich spukt mir ein Gedanke durch den Kopf. Ich blicke wieder auf das Buch vor mir. Zögere, klappe es zu.

Dann nehme ich eine Phiole mit meinem Blut in die Hand. Mein Blut, das auf einmal wegen des Firns darin wertvoll ist.

Als es durch die Phiole wirbelt und sich langsam absetzt, fällt Licht darauf. Aus dem Augenwinkel sieht es fast so aus, als würde es schimmern.

*Die Minenarbeiter wurden umgebracht.*

*Um etwas zu vertuschen.*

Ich stutze. Eves Zuckerkristall wächst in seinem Glas, ganz von selbst. Mit der Zeit ist er immer größer geworden. Genau wie Liebe oder Hass es tun. Wie die Edelsteine in den Minen.

Wie der Firn in mir.

*Die Minen kosten Menschenleben,* hat mein Vater geschrieben. Es war ihm so wichtig, dass der König die Minen mit eigenen Augen sieht, weil sonst mehr Menschen sterben würden.

Hannes Stimme hallt mir durch den Kopf. *Andere Diener und Arbeitskräfte sind auch verschwunden, genau wie Ivy.*

Sie alle waren Diener.

Diener mit Magie.

Die Erkenntnis erblüht in mir wie hunderte Blumen im Frühling.

Mit zitternden Händen öffne ich die Phiole und gebe ein paar Tropfen Blut auf ein Glasplättchen, wie ich es bei Jakob beobachtet habe. Es dauert viel länger als bei ihm, weil ich so zittere.

Vielleicht war ich mit meiner Verschwörungstheorie um die Vestergaard-Minen der Wahrheit doch näher, als ich dachte.

Bloß ist die Wahrheit vielleicht noch grausamer, als ich es mir vorzustellen wage.

Ich schiebe die Blutprobe unter das Mikroskop und keuche auf, als das Bild scharf wird.

Das purpurne Blut fließt um winzige Kristallsplitter herum. Als hätte jemand den Edelstein meines Vaters mit einem Hammer zerschlagen und ihn in Millionen kleine Teile zersplittern lassen.

Die Entdeckung trifft mich wie ein Fausthieb.

Du meine Güte.

Die Antwort auf das Rätsel lag die ganze Zeit direkt vor mir.

Nein – sie lag *in* mir.

Jeder Edelstein aus den Vestergaard-Minen – jeder funkelnde Juwel am Hals der königlichen Familie und an Philips Fingern – ist mit Magie gemacht worden.

Oder eher ... *aus* Magie.

Die Steine sind nicht aus Glas, wie ich befürchtet habe.

Sie sind aus Firn.

# 31

*Philip*
*Tag des Salons: 30. Januar 1867*
*Vestergaard-Anwesen*

UNZÄHLIGE DICKE SCHNEEFLOCKEN FALLEN VOM
HIMMEL, als die Glocken durch das Haus läuten.

Ich richte meine Manschettenknöpfe, jeder mit einem Edelstein besetzt, und gehe zur Tür.

Dr. Holm steht davor, Schnee sammelt sich um seine Stiefel.

»Philip«, sagt er. »Du siehst schon viel besser aus.«

Ich lächle. Mein ältester Freund. Wie weit wir es bis heute
Abend geschafft haben.

»Willkommen zurück, Tønnes.« Ich trete beiseite und lasse
ihn herein.

# 32

EINE GANZE WEILE LANG schließe ich die Augen und lasse all das über mich hereinstürzen. Das Grauen darüber, was es bedeutet, überrollt mich wie eine dunkle Welle, und ich nehme ein paar tiefe Atemzüge, um nicht ohnmächtig zu werden. Draußen fällt immer mehr Schnee, inzwischen hat sich noch ein fieser Wind dazugesellt. Mit fahrigen Fingern verschließe ich die Phiole wieder und haste dann die Treppen hinunter und durch die Flure.

Die Diener wirbeln durch das Haus wie die Schneeflocken draußen durch den Wind.

»Ist das schon ein Schneesturm?«, fragt Dorit und sieht ungläubig aus dem Küchenfenster. Auf jeder freien Fläche um sie herum sind glänzende Pasteten, goldbraune Rouladen, dampfende Kupferkannen und Mehlhaufen zu finden.

Der König kommt.

Die Minenarbeiter kommen.

Die Glocke an der Eingangstür läutet, und die Uhr schlägt halb vier.

*Nein.*

Die Minenarbeiter sind längst *da.*

»Bewegung«, keift Nina. Auch sie späht beunruhigt in den

Schnee hinaus. »Lara, hol jede Kerze, die du finden kannst, und stell sicher, dass neben jedem Kamin genügend Feuerholz bereitliegt.«

Aus reiner Gewohnheit greife ich in meiner Tasche nach Fars Stein und zucke zurück, als mir klar wird, was ich da die ganze Zeit über berührt habe.

»Wo ist Jakob?« Niemand antwortet mir, also drehe ich mich um und laufe durch den unteren Flur.

Ganz leise öffne ich die Tür zur Treppe nach oben.

Meine Füße versinken im weichen Vorleger wie in blutrotem Moos.

Hinter den riesigen Fenstern im Festsaal scheint die Welt nur noch aus weißen Wirbeln zu bestehen. Im Marmorkamin brennt ein helles, warmes Feuer, und auch die lodernden Flammen in den Wandleuchtern und den Kerzenständern auf dem Tisch erleuchten den Saal. Hier drinnen ist es wie in einer warmen Oase, als würde mitten in einem Schneesturm ein Paradies erblühen.

Ich verstecke mich im Schatten. Auf der anderen Seite des Saals beugt Liljan sich über Eves Kostüm, befestigt eine Blüte am Rocksaum und färbt sie eisblau, damit sie zum Kleid passt. Die Minenarbeiter tummeln sich im Raum zwischen uns, tragen Seidenhüte mit großer Krempe und feinste Pluderhosen aus Rehleder. Nervosität und Unruhe wabern durch den Saal.

Alle spähen immer wieder zu dem leeren Stuhl.

Dem für den König.

»Da kommt ganz schön viel Schnee runter«, sagt einer der Männer. Edelsteine funkeln auf seiner Uhr, und als er den Mantel abstreift, kommen darunter noch mehr zum Vorschein, in allen Farben des Regenbogens. Bei ihrem Anblick dreht sich mir der Magen um. »Man kann keinen Meter weit gucken«, sagt er und reicht Signe lächelnd den Mantel.

Als er sich umdreht, springt mir die Narbe auf seiner Wange ins Auge. Sie hat die Form eines Angelhakens.

Wie eine Faust krampft mein Herz sich zusammen.

Schnell ducke ich mich und tue so, als ob ich den Saum des Vorhangs untersuche. Dann verstecke ich mich unter einem Farnwedel. Da ist Jakob, direkt neben Dr. Holm.

Was sollen wir machen? Wenn wir fliehen wollen, müssen wir raus in den Schnee. Wir passen nicht alle in die Kutschen. Und wenn die Minenarbeiter mitbekommen, dass das Geheimnis dieses Haus verlässt, werden sie keine Sekunde zögern und uns umbringen. Ich stelle mir vor, wie Ivy tot im Schnee gelegen hat.

Ivy und all die anderen Diener mit Magie, die über die Jahre verschwunden sind. Ein eiskalter Schauer läuft mir über den Rücken. Tot bringen wir den Minenarbeitern viel mehr als lebendig.

Philip rückt seine weiße Krawatte zurecht und räuspert sich. »Helene?« Er trägt einen maßgeschneiderten dunklen Frack. Die Haare hat er streng nach hinten geölt. Als er sie anspricht, dreht Helene sich langsam um. »Ich möchte gern kurz ungestört mit dir sprechen, bevor der König kommt«, sagt Philip.

Jakob schüttelt Dr. Holm die Hand und entschuldigt sich. Ich flüstere seinen Namen, als er an mir vorbeikommt, doch er hört mich nicht. Ich drücke mich weiter in den Schatten. Auf keinen Fall lasse ich Eve mit all diesen Leuten allein. Selbst von der anderen Seite des Raumes aus höre ich ihr nervöses Kichern. Sie wankt ein wenig, als wäre ihr schwindelig.

»Alles gut?«, fragt Liljan und streckt den Arm aus, um ihr Halt zu geben.

»Eve«, sagt Helene. »Wenn du deine Meinung geändert hast, ist das in Ordnung. Du musst das hier nicht tun.«

»Mir geht es gut«, erwidert Eve, um Helenes Sorge zu zerstreuen. »Aber ich hätte gern etwas Wasser.«

Liljan meldet sich sofort: »Ich hole es, gnädige Frau.«

Helene zögert. »Gut«, sagt sie dann. »Sorg dafür, dass sie auch eine Handvoll Nüsse und Datteln isst, das beruhigt die Nerven.«

In diesem Moment will ich nichts mehr, als wegzulaufen. Eve zu packen und in den Schnee hinauszustürmen. Vielleicht sogar den König auf der Straße anzuhalten. Doch seine Leibwächter würden mich vermutlich nicht mal in die Nähe seiner Kutsche lassen. Ob sie mir zuhören würden?

Ich bleibe, wo ich bin. Mir wird immer übler.

»Helene, würde deine Wache uns wohl einen Moment geben, um sensible Themen zu besprechen?«, fragt Philip.

Sie sieht ihn über die Schulter an und denkt einen Moment lang nach.

»Nein«, meint sie dann entschieden. »Er soll bleiben.«

»Also gut.«

Philip schreitet an mir vorbei, um die Türen vom Festsaal zu schließen. Er stellt sicher, dass die Schlösser auch ja halten. Ich mache mich so klein wie möglich. Wenn er mich nach der Sache in seinem Zimmer hier erwischt … Ich erzittere.

Jetzt sitze ich hier fest. Und zum ersten Mal fällt mir auf, wie viele der Minenarbeiter bewaffnet sind.

Einer nach dem anderen erheben sie sich und legen blaue Samtkästen vor Philip auf den Tisch. Er läuft daran entlang –

seine Schuhe klackern auf dem Holzboden – und hebt die Deckel an, um den Inhalt zu prüfen. Im ersten liegen ausgehöhlte pinkfarbene Steine, deren messerscharfe Kanten im Licht funkeln. Vergoldete Türkise im nächsten. Aprikosenfarbene Kristalle, die aussehen, als wären sie karamellisiert. Bei dem Anblick muss ich eine Welle der Übelkeit bekämpfen. Vielleicht hat jede Magie ihre eigene wunderschöne Farbe. Vielleicht weiß man so, welche Macht sie birgt.

»Helene, wir werden heute Abend dafür sorgen, dass der König nicht anders kann, als Eves Auftritt zu feiern«, meint Philip. Er deutet auf den Tisch. »Wir werden dem Königshaus dieses Diadem für Prinzessin Alexandra präsentieren. Und eine Kette für Königin Louise. Eine Uhr für Kronprinz Friedrich. Ein Zepter für den König selbst und einen Ring für Georg in Griechenland, zusammen mit Kronen und Abzeichen für die junge Prinzessin Thyra und Prinz Valdemar.«

»Mir war nicht klar, dass wir die Königsfamilie bestechen müssen, damit sie Interesse am Ballett bekundet«, meint Helene. Ihre Stimme klingt wie stramm gewickelter Draht. »Ich fürchte, so machen wir es Eve nicht gerade leichter.«

»Oh, natürlich tun wir nichts dermaßen Eindeutiges«, versichert Philip. »Aber ich denke, nach heute Abend werden sie bereit sein, ihren Einfluss für uns geltend zu machen, wo sie nur können. Denn wir werden ebendiesen Einfluss erheblich verstärken.«

»Ich verstehe leider nicht, was du meinst, Philip.« Helene steht auf, die Bahnen ihres violetten Rocks rascheln. Sie wirkt so selbstsicher wie immer, doch mir fällt auf, dass sie die Finger um die Stuhllehne klammert.

»Ich möchte dich nachher nicht überrumpeln und nicht, dass

du vor dem König zu überrascht wirkst. Aber ...« Philip reicht ihr eine Brosche, als wäre sie ein Friedensangebot. Sie ist dunkelrot und hat eine silberne Nadel, die sicher genauso spitz ist wie meine Nähnadeln. »Du solltest wissen, dass diese Edelsteine nicht einfach bloß Edelsteine sind.«

Helene zögert, nimmt ihm dann aber die Brosche ab. Inspiziert sie zwischen ihren langen, eleganten Fingern.

Mein Herz flattert wie ein zerrissener Drachen, der zwischen Himmel und Baumzweig festhängt.

Sie weiß tatsächlich nicht Bescheid.

»Eigentlich sind diese Steine wie Ballett«, fährt Philip fort. »Beide sind wunderschön und bergen eine immense Stärke. Bitte«, drängt er. »Steck sie an.« Vorsichtig sticht Helene die Nadel durch den Stoff ihres Kleides, lässt Philip dabei allerdings keine Sekunde aus den Augen.

Er lächelt sie an und zeigt auf das größte Stück auf dem Tisch. Die Karte von Dänemark.

»Bei dieser Darbietung heute Abend geht es natürlich um viel mehr als bloß um die Zukunft des Balletts. Es geht um die Zukunft Dänemarks. Es geht um Magie«, sagt er. »Magie, die in unserer Hand liegt.«

Er schnipst mit den Fingern.

Augenblicklich taucht dort eine Flamme auf.

Helene keucht und macht unwillkürlich einen Schritt von ihm weg.

Er reibt die Flamme aus.

»Denk darüber nach, Helene.« Er beobachtet sie eindringlich. »Königin Louise spielt ein Strategiespiel mit den Hochzeiten ihrer Kinder. Sie positioniert sie in all den Staaten, um Dänemark zu helfen.« Er fährt mit der Hand über die Karte aus

Edelsteinen. »Dänemark ist keine Großmacht, aber wir teilen uns wortwörtlich das Bett mit all den anderen Großmächten. Und jetzt – mit diesen Edelsteinen – sind wir nicht länger der schwächelnde Gemahl ohne jegliches Vermögen.«

Helene starrt noch immer auf die Stelle, an der eben die Flamme zwischen Philips Fingern aufgetaucht ist. »Willst du damit sagen, dass in diesen Edelsteinen Magie ist?«, flüstert sie.

Philip nickt, und ein Grinsen zuckt über sein Gesicht. »Wir haben nicht die rohe, brutale Gewalt, die man vom Schlachtfeld kennt. Sondern eine wunderschöne, leise Macht, die hinter den verschlossenen Türen dieser vergoldeten Räume entsteht. Eine kleine Kostprobe von Macht zur richtigen Zeit – bloß etwas Magie, um einen Gefallen oder auch eine Drohung zu untermauern – kann manchmal eine Verhandlung in die richtige Richtung lenken.« Ich muss daran denken, wie ich damals in Thorsens Laden Magie in Eves Tutu habe fließen lassen. Wie ich jeden Vorteil genutzt habe, der mir zur Verfügung stand, damit die Entscheidung hoffentlich zu ihren Gunsten ausfällt. Ich schließe die Augen.

Philip spricht weiter: »Bestimmt reicht dieses bisschen Magie aus, das die dänische Armee jetzt offenbar heraufbeschwören kann, um größere Angreifer abzuschrecken. Vielleicht ernten wir eines Tages auch genug Magie, um all unsere Soldaten unbesiegbar zu machen. Aber für den Moment statten wir die Königsfamilie mit strategisch klug platzierten Juwelen aus. Eine leise Macht wie diese richtet mit Sicherheit mehr aus als schwere Kanonen auf dem Schlachtfeld. Durch diesen Vorteil ändern wir die Zukunft aller Länder. Wir können ganze Generationen retten – oder auslöschen.«

»Warum hast du mir nie davon erzählt?«, fragt Helene mit leiser Stimme. »Warum jetzt?«

»Ich war mir nicht sicher, wie du darauf reagieren würdest«, gibt Philip zu. »Jetzt schien mir ein guter Zeitpunkt, um sicherzustellen, dass du dich zusammenreißt. Für dich geht es heute Abend um sehr viel. Ich habe alles getan, um dem König diese Steine zu überreichen und uns so Zugang und Vertrauen zu sichern. Heute Abend wird er erfahren, wie wertvoll die Edelsteine tatsächlich sind. Dir ist doch klar, warum das unter allen Umständen geheim gehalten werden muss.«

Helene schweigt.

»Dänemark wurde in den letzten fünfzig Jahren immer wieder gedemütigt. Unser Land wurde uns Meter um Meter genommen. Siehst du nicht, wie viel Einfluss wir hierdurch erlangen? Die Königsfamilie ist ein Baum, dessen Zweige sich über die Dynastien in ganz Europa und Russland erstrecken, und ihnen hängt die Magie in Form von funkelnden Steinen um den Hals. Auf einmal ist Dänemark keine schwache, sterbende Nation mehr. Auf einmal ist sie eine der mächtigsten Nationen der Welt.«

Ich halte den Atem an.

Helene denkt nach. Ich kann ihren Puls hinter dem Ohr pochen sehen. Ihre Stimme ist leise, ein ganz leichtes Zittern liegt darin. »Philip, woher kommen diese Edelsteine?«

»Aus den Minen«, sagt er leichthin. »Manche tragen einfach Magie in sich. Genau wie bei uns Menschen. Wo sollen sie sonst herkommen?«

Sie mustert ihn, antwortet jedoch nicht. Immerhin ist sie umgeben von Männern, die alle überhäuft sind mit diesen Edelsteinen.

Ich sehe vor mir, wie Helene den Zucker in das Glas geschüttet hat, um Eve zu zeigen, wie aus einem winzigen Korn etwas Vielschichtiges entstehen kann.

»Hast du damit etwa ein Problem, Helene?«, fragt Philip. Alle Minenarbeiter starren sie an. »Deine Diener nutzen ihre Magie hier tagein, tagaus. Da würde man doch meinen, dass du keine Schwierigkeiten damit hast, Magie zu deinem eigenen Vorteil zu nutzen.«

»Du verstehst sicher, dass ich einen Moment brauche, um zu verarbeiten, was das alles bedeutet.« Da ist Helenes Selbstsicherheit wieder. Misstrauisch ist sie allerdings trotzdem noch. Es scheint, als würde sie noch nicht ganz greifen können, was ihr entgeht. »Ich verstehe bloß nicht, warum Aleks das nie erwähnt hat.«

Als die Uhr vier schlägt, blicken sechs Minenarbeiter und Dr. Holm zu Philip und warten auf Befehle. Die Hälfte von ihnen greift nach den Waffen. Doch dieses Mal kann ich beim Blick auf die Edelsteine die überwältigende Schönheit und den Wohlstand nicht erkennen. Alles, was ich sehe, ist Gefahr und Macht, Bedrohung und Blut.

Der König wird jeden Augenblick hier sein.

Helene muss die ganze Wahrheit kennen, bevor es so weit ist. Ich bin bloß eine Schneiderin. Niemand wird mir glauben. Aber vielleicht glauben sie *ihr*, wenn ich zu ihr durchdringe. Wenn sie sich entscheidet, das Richtige zu tun.

*Sei mutig*, denke ich und wappne mich. Mutig wie Ingrid, als sie sich diesen Männern entgegengestellt hat.

Mit ihrem Namen im Herzen trete ich aus dem Schatten.

»Helene«, sage ich und genieße die Überraschung, die ich auslöse, als ich hinter dem Farn hervortrete. Ich halte die Phiole mit meinem Blut in die Luft, sodass sie im Licht glitzert – mein eigenes Feuer, das zwischen den Fingern lodert.

»Niemand hier sagt die Wahrheit.«

# 33

DIESE KLEINE SCHNEIDERIN. Die mich erst wieder zusammengeflickt und dann in meinem Zimmer herumgeschnüffelt hat. Sie wird noch alles ruinieren.

»Wovon redet sie, Philip?«, fragt Helene.

»Diese Edelsteine sind nicht aus den Minen«, spricht die Schneiderin weiter. Sie macht noch einen Schritt auf uns zu und hält eine Phiole mit Blut wie eine Waffe in die Luft. Ihre Augen glühen. »Sie haben Leute umgebracht und den Firn aus ihrem Blut gewonnen. Die Steine hier sind magisch, weil sie von *Magischen* stammen.«

Helenes Augen werden immer größer vor Entsetzen, als sie sich zu mir umdreht.

»Philip.« Sie schluckt. »Sag, dass das nicht wahr ist.«

Ich fühle mich zurückversetzt in die Nacht in der Leichenhalle, mit dem Taschentuch vor der Nase.

»Tønnes ... ist das nicht falsch?«, habe ich gefragt. Jetzt zuckt mein Blick erst zu ihm, dann zur Tür.

Ich kann Helene noch überzeugen. Wenn ich ihr nur begreiflich mache, warum ich all das getan habe.

Magie.

Wir alle nutzen Magie auf die eine oder andere Weise.

Niemand ist unschuldig. Einige von uns trifft bloß etwas mehr Schuld als die anderen.

»Hör zu, Helene«, sage ich ganz ruhig, als würde ich vor einem verschreckten Tier stehen. »Unsere Entdeckung hat die Minen gerettet. Nur mit Kalkstein wären sie nicht mehr viel länger gelaufen. Und niemand hätte unsere Edelsteine gewollt, wenn sie gewusst hätten, woher sie wirklich kommen. Wir haben den Firn nur von Leuten genommen, die schon lange tot waren.«

Zumindest am Anfang.

Alles hat ganz klein und unschuldig begonnen.

An dem Abend in der Leichenhalle ist alles zusammengekommen. Tønnes hat dort oft nach der Arbeit noch Anatomie gelernt, um irgendwann Arzt zu werden. Eine geheime Abmachung, die nicht ganz legal war. Aber an diesem Abend hat ein Baum einen Mann mit Firn im Blut erschlagen. Niemand hat von der Magie gewusst, sonst wäre der Mann sofort verbrannt worden. Und als Tønnes das Blut abgewaschen hat, sind winzige Kristalle zurückgeblieben. Magie – kristallisierte Magie –, die gefunkelt hat wie Edelsteinsplitter.

Natürlich ist Tønnes zu mir gekommen, zu seinem ältesten Freund. Denn wo könnte man die Entdeckung, dass Magie zu Edelsteinen kristallisiert, besser vertuschen als in einer Mine?

Ich habe gezögert, mit dem Taschentuch vor der Nase, genau wie Helene jetzt zögert.

»Ihr eigener Firn bringt sie um«, spreche ich weiter. »Er ist nutzlos, wenn sie tot sind. Aber *wir* leben noch. Und unser Plan kann den Lebenden helfen. So vielen Menschen.« Meine Zuversicht wächst. »Und bestimmt können wir den Firn gleichzeitig auch noch studieren. Womöglich finden wir einen Weg, um ihn zu heilen.«

Das hat Tønnes damals auch zu mir gesagt. Und mich damit

überzeugt. Natürlich ist es schließlich doch ganz anders gelaufen.

Nervös zuckt mein Blick zur Uhr.

Ich muss die Situation unter Kontrolle bekommen, und zwar jetzt.

»Er lügt immer noch!«, kreischt die Schneiderin. »Dr. Holm hat falsche Forschungen veröffentlicht und behauptet, der Firn sei Eis. Er wollte sichergehen, dass wir nie die Wahrheit herausfinden.«

*Verdammt*, denke ich und balle die Fäuste. Schnell werfe ich dem Minenarbeiter, der der Schneiderin am nächsten ist, einen vielsagenden Blick zu. Er nähert sich ihr unauffällig.

»Denken Sie nach, Helene«, fleht sie. »Denken Sie an den Tag, als Sie Philip und Ivy gefunden haben. Sie haben nie einen Angreifer gesehen, weil es keinen gab. Philip hat sie umgebracht, um an ihre Magie zu kommen, und sie hat sich gewehrt.«

»Wusste Aleks darüber Bescheid?« Helenes Stimme zittert. Sie sieht mich unverwandt an. »Sag mir, dass er nichts davon wusste.«

Er wusste es nicht. Aber ich schätze, er hat vermutet, dass irgendwas nicht stimmt.

Deshalb hat er die Minen nur ihr vermacht.

Ich sehe in ihren Augen, dass sie zu dem gleichen Schluss kommt.

»Er hat mir gesagt, dass ich dir seine Anteile nicht verkaufen soll«, raunt sie. »Niemals.«

Ich habe alles vor Aleks geheim gehalten. Vor dem Kriegshelden. Er wäre niemals einverstanden gewesen. Und er war zu abgelenkt von Helene, um es mitzubekommen.

Denn Tønnes hat immer weiter Leichen in die Minen gebracht, selbst als er schon nicht mehr in der Leichenhalle gearbeitet hat. Mit der Zeit hat sich sein »Sie waren schon tot« verwandelt in »Sie waren schon fast tot« und schließlich zu »Sie
wären vermutlich eh gestorben«.

Und für eine Weile habe ich es einfach hingenommen.

Ich schlucke.

Als ich irgendwann begriffen habe, dass er die Menschen
tatsächlich *umbringt*, um an ihren Firn zu kommen – dass er
sie gezielt sucht, um Edelsteine aus ihrem Firn zu gewinnen –,
habe ich schon zu tief dringesteckt. Genau wie die Minen.

Helene schindet Zeit, aber sie hat auch Angst. Sie ist in der
Unterzahl, selbst mit der Schneiderin und ihrer Wache. Ich
sehe, dass sie zittert, auch unter ihrer Maske der Selbstsicherheit. Sehe es in ihren zuckenden Haarspitzen. Ich weiß noch,
wie ich sie zusammen mit Aleks auf der Bühne gesehen habe.
Ihn hat sie vernichtet.

Mich wird sie nicht vernichten.

Der Schnee draußen fällt immer dichter. Ich spähe auf die
Uhr. Eine Viertelstunde später, als der König eigentlich eintreffen wollte. Wo bleibt er?

»An jedem Edelstein, den wir verkauft haben, klebt Blut.«
Helene keucht. »Steht auch jeder für ein Menschenleben? In
den Unterlagen ist die Rede von tausenden Verkäufen.« Sie verschluckt sich an ihrer eigenen Stimme. »Allein in diesem Raum
sind hunderte.« Die Steine der Karte glitzern unheilvoll. Helenes Blick und ihre Stimme werden hart, als sie eine Entscheidung trifft. »Ich werde kein Teil davon sein.«

»Wir machen es für Dänemark«, fauche ich. »Leute geben
ständig ihr Leben für ihr Land. So ist das eben im Krieg. Mein

Vater war bereit, es zu tun. Genau wie Aleks, und ich auch. Die Menschen mit Magie sind ein Rohstoff, auf den das Land – *dieses* Haus – angewiesen ist. Tu nicht so, als würdest du es anders machen. Du benutzt sie, wegen der Macht, die sie dir verleihen, obwohl es sie umbringt. Magie ist Dänemarks Zukunft.«

Helene zuckt zusammen, als es dröhnend an der Haustür klopft.

Keine Zeit mehr für Diskussionen oder Verhandlungen. »Ich habe meine eigenen Wachen, Helene«, presse ich durch die Zähne hervor. »Gut versteckt unter den Männern des Königsregiments. Wenn du auch nur ein Wort darüber verlierst, bringe ich Eve vor aller Augen um und lasse es wie einen Unfall aussehen. Das schwöre ich bei Aleks' Grab.«

Ihre Augen lodern. »Er würde sich für dich schämen«, spuckt sie aus.

»Stell dich auf meine Seite, oder Eve stirbt. Ihr Leben liegt in deinen Händen.« Auf mein Nicken hin ergreifen die Minenarbeiter die Steine, deren Magie großen Schaden anrichten kann. Wir müssen sie bloß kurz über eine Flamme halten, bis sie sich aufwärmen. Es lag gar nicht so fern, Firn mit Eis zu vergleichen. Feuer scheint die Magie zu schmelzen, sodass sie direkt in den Körper fließt. *Manchmal*, überlege ich und denke an die Narben auf meinem Körper, *müssen sie so heiß werden, dass es brennt.*

Ich wirbele zu Peder herum. »Ihr seid uns zahlenmäßig unterlegen. Also sei nicht dumm. Halt die kleine Schneiderin unter Kontrolle, sonst töte ich erst Helene und dann dich.«

Ich folge Helene zur Tür, stelle mich neben sie und lege den Arm mit festem Griff um sie.

Die Tür schwingt auf.

»Hallo?« Sie zwingt sich ein Lächeln auf das Gesicht.

Draußen steht ein einsamer Kurier. Die Einfahrt hinter ihm ist durch das weiße Treiben kaum zu erkennen, die Schneewehen haben die Räder der Kutsche schon halb begraben.

»Seine Majestät König Christian IX. lässt sich entschuldigen«, verkündet der Kurier. »Eine Reise bei diesem Wetter ist zu gefährlich, und er wünscht eine Vertagung.«

»So?«, frage ich. Auf Helenes Arm bildet sich unter meinem Griff schon ein Bluterguss. »Gut. Natürlich ist uns auch lieber, dass er sicher auf Amalienborg bleibt und nicht in Gefahr gerät.«

»Bitte …«, setzt Helene an, doch ich packe noch fester zu und schmeiße dem Kurier die Tür vor der Nase zu. Schnee und Eisbrocken sind hereingewirbelt und schmelzen jetzt zu unseren Füßen.

Sie starrt mich an, ihr Gesicht ist meinem so nah. Die Kristalle der Kronleuchter schwingen gemächlich über unseren Köpfen hin und her. Die Orchideen verströmen ihren Duft aus der Vase in der Eingangshalle.

»Gnädige Frau?« Nina steht im Durchgang zum Dienstbotentrakt. Sorge schwingt in ihrer Stimme mit.

»Nina, geh in die Küche«, meint Helene sanft. »Guck bitte für mich nach Eve. Und lass sie nicht aus den Augen.«

»Helene«, sage ich. »Wir haben damit gerechnet, dass der Abend diese Wendung nimmt.«

Tønnes tritt aus dem Schatten hervor.

Hinter ihm folgen meine Männer aus der Mine. Die, die seit zehn Jahren an meiner Seite sind und geholfen haben, das Netz zu spinnen.

Ich verriegele die Haustür.

# 34

*Marit*

HELENE UND ICH SITZEN IN DER FALLE.

Sie will auf den Dienstbotenflur zulaufen, doch Dr. Holm blockiert ihr den Weg. Verzweifelt sehe ich mich um. Die Gesichter der Minenarbeiter schweben um uns herum, jede mögliche Gefühlsregung ist darauf zu erkennen. Schuld, Scham, Ärger, Arroganz, blutrünstiger Zorn.

Angst.

Ich muss unbedingt zu Eve gelangen, bevor sie es tun.

Alle machen einen Schritt auf uns zu, ihre Ringe funkeln vor Magie. Sie drängen uns in die Eingangshalle und kreisen Helene und mich ein. Wie eine Kordel ziehen sie sich um uns zusammen, versperren uns die Auswege.

»Philip.« Helene bebt vor Wut. »Sag schon. Hast du Aleks wegen dieser Sache umgebracht?«

»Nein«, erwidert er sofort. Er wirkt sogar fast bestürzt. »Ich habe meinen Bruder geliebt. Ich hätte ihm niemals etwas antun können.«

Aus dem Augenwinkel nehme ich etwas wahr. Einen Blick, wie das Aufblitzen eines Sonnenstrahls auf einer Welle. Im einen Moment ist es da und dann auch schon wieder weg. Ein winziges Lächeln auf Dr. Tønnes Holms Miene.

Auch Philip entgeht es nicht.

»Erwartest du wirklich, dass ich glaube, du hast all das verheimlicht und ihn am Leben gelassen?« Mit einem bitteren Lachen dreht Helene sich zu Dr. Holm. »Sie haben behauptet, die Autopsie hat ein Problem mit dem Herzen ergeben. Ich habe Ihnen *vertraut*.«

»Tønnes hat ihm auch nichts angetan«, wirft Philip ein. »Aleks ist eines natürlichen Todes gestorben.« Doch zum ersten Mal bekommt seine Fassade Risse. Er zweifelt.

Ich spüre, wie Helenes Wache neben mir ganz langsam, Millimeter für Millimeter, nach dem Revolver greift. *Hoffentlich ist das bald vorbei.* Schnell wende ich den Blick ab, um ihn nicht zu verraten. Mit der bewaffneten Wache haben wir vielleicht doch die Chance zu entkommen. Lang genug zu überleben, bis Hilfe kommt.

Doch Dr. Holm dreht sich abrupt auf dem Absatz um.

»Falsche Entscheidung, Peder«, raunt er. Und als würde er durch weiche Butter gleiten, spießt er ihn mit seinem Schwert auf.

Helene schnappt nach Luft.

Ich keuche: »Los.«

Dr. Holm hat Peder zwar überrumpelt, doch er hat auch die anderen Minenarbeiter überrascht.

Das ist genau die Art Ablenkung, die wir brauchen.

Ich greife nach der riesigen Vase auf dem Tisch und schleudere sie ihnen vor die Füße. Tausende Glasscherben und Orchideenblüten ergießen sich über den Boden und erkaufen uns wertvolle Sekunden, in denen die Männer zur Seite springen.

Sofort sprinte ich auf den Dienstbotenflur zu und zerre Helene mit mir mit.

Wir reißen die Tür auf und stolpern in Nina und Brock. Sie haben dort gelauert und gelauscht. Brock schwingt einen Schürhaken über der Schulter. Ich schleudere die Tür hinter uns zu, Helene schnappt sich den Schürhaken von Brock und schiebt ihn gerade noch rechtzeitig durch die Klinke.

Wütendes Trampeln kommt auf uns zu. »Ich wusste, da stimmt was nicht«, sagt Nina zitternd. Jemand rüttelt an der Tür, hämmert dagegen.

»Noch können wir verhindern, dass heute alle in diesem Haus sterben«, verkündet Philip mit ruhiger Stimme durch das Holz. »Wenn wir uns einigen, wird es kein Blutbad geben.«

Erst jetzt merke ich, dass Peders Blut über meine ganze Uniform gespritzt ist.

»Ich weiß nicht, wie lange sie das hier aufhält«, meint Helene und weicht zurück.

Wir drehen uns um und rennen durch den Flur.

Als wir in die Küche stürzen, wirbeln alle zu uns herum. Ihre heiteren, erwartungsvollen Blicke weichen Schock, als sie Helenes zerzauste Haare sehen. Die Panik in unseren Augen, das Blut auf unseren Kleidern. Wie erstarrt halten sie in ihren Festvorbereitungen inne. »Verriegelt alle Türen und Fenster«, fordert Helene sie auf. »Sofort.«

»Was ist passiert?«, stammelt Dorit. Brock springt an ihr vorbei und verschließt die eiserne Lieferantentür.

»Die Männer im Haus sind hier, um uns zu verletzen. Es gibt keinen Ausweg, und es kommt auch niemand, um uns zu helfen«, erklärt Helene. Sie streift sich die seidenen Handschuhe ab. »Wir müssen uns verstecken und verteidigen, bis der Schneesturm so weit nachgelassen hat, dass wir entkommen oder Hilfe holen können.«

»Was?« Unglaube huscht über alle Mienen, und wo vorher

freudige Erwartung herrschte, schlägt uns nun kaltes Entsetzen entgegen.

»Wo ist meine Tochter?«, fragt Helene fordernd.

»Hier.« Eve tritt hervor, die Glasverzierungen an ihren Beinen schimmern. Ihre Wangen glühen.

Brock verrammelt die Fenster, Rae und Declan schnappen sich feuchte Holzscheite, um damit die Scheiben zu verbarrikadieren.

»Wir brauchen Waffen, um uns, falls nötig, zu verteidigen«, verkündet Helene. »Und einen Ort, an dem Eve sicher ist.«

Doch Eve widerspricht: »Nein, ich will helfen.« Mit stahlharter Miene sieht sie Helene in ihrem zarten Kostüm an.

»Wo ist Peder?«

Helene verzieht das Gesicht und deutet vielsagend mit den Schultern auf das Blut auf meiner Uniform. Rae keucht auf, und eine neue Ernsthaftigkeit legt sich über den Raum, als hätte sich eine Wolke vor die Sonne geschoben.

»Was wollen die von uns?«, flüstert Lara. Sie zupft sich an den Haarspitzen.

»Magie«, antwortet Helene. »Daher kommen auch die Edelsteine. Sie haben Magie geerntet, um sie selbst zu nutzen.« Sie reißt sich die Brosche von der Brust. Schleudert sie auf den Tisch, als hätte sie sich daran verbrannt. Entsetzt starren alle den Stein an.

»Wir müssen uns beeilen«, spricht sie weiter. »Euch werden sie wegen eurer Magie jagen und mich und Eve, weil wir zu viel wissen. Versteckt, verteidigt und schützt euch, bis der Schneesturm nachlässt. Wir sitzen hier auf dem Präsentierteller, und wenn wir raus in den Sturm wollen, sind wir so gut wie tot.«

Hastig zerren wir den schweren Küchentisch und die Wäschetruhen vor die Tür zum Gewächshaus, stapeln Stühle, meine Nähmaschine und alles Schwere darauf, das wir finden können. Nachdem alle Eingänge gesichert sind, meint Jakob: »So, jetzt Waffen.«

Wir streifen durch den Dienstbotentrakt, sichern uns Küchenmesser, holen alles an Glas und Porzellan aus den Schränken. Nina schließt den silbernen Schrank auf und wirft schwere Kerzenständer auf einen Haufen. Das Porzellan brechen wir in lange Scherben, die wir als Dolche nutzen können. Brock stellt seine Gartenschere zur Verfügung, und ich schiebe meine Nähschere mit einem Klappern über den Tisch. Jakob packt so viel Verbandsmaterial wie möglich in eine Tasche. »Nur für den Fall«, grummelt er.

»Das hier ist kein Todesurteil«, erklärt Helene, während wir unsere Sammlung behelfsmäßiger Waffen durchgehen. »Sie sind heute hergekommen und haben eine Aufführung für den König erwartet, keinen Kampf. Und wir kennen dieses Haus besser als sie.« Auf ihr Nicken hin lässt Liljan einen groben Grundriss des Hauses auf einer Tischdecke erscheinen. Sofort nutzt Jakob die Gelegenheit, die hintere Treppe und alle geheimen Ecken zu zeigen, die nur wir kennen.

Er bemerkt: »Wir kennen auch unsere eigene Magie besser als ihre. Ihre ist fremd – und in der Masse an Steinen haben sie bestimmt auch welche, mit der wir überhaupt nicht rechnen. Am größten ist die Wahrscheinlichkeit zu überleben wohl, wenn wir auf das Überraschungsmoment setzen.«

»Wie viele sind es?«, fragt Lara.

»Im Festsaal habe ich sechs Männer gezählt«, antworte ich. »Dann noch Philip, Dr. Holm und Malthe. Wir müssen durchhalten, bis es sicher genug ist, um Hilfe zu holen.«

Rae knetet sich nervös die Hände. »Und was machen sie jetzt gerade?«

Alle halten inne, um zu lauschen.

Doch da ist nichts als tödliche Stille.

Es ist zu leise.

»Sie wissen, dass wir hier sind«, meint Brock. »Wir müssen die Küche so lange halten wie möglich und uns dann verstecken. Wir können uns im Haupthaus verstreuen, sie auseinanderlocken. Einen Gegenangriff starten, wenn nötig. Sonst überstehen wir die Nacht nicht.«

Wir teilen uns in Gruppen auf und vereinbaren einen Treffpunkt. Helene, Brock, Dorit, Rae, Signe, Oliver und Nina bleiben hier und nehmen den Westflügel des Hauses ein. Declan, Lara, Jakob, Liljan, Eve und ich den Ostflügel. *Wenn es um Magie geht, bin ich zwar nutzlos, aber kämpfen kann ich dennoch.*

Plötzlich ertönt ein Kratzen in der Regenrinne.

»Was war das?«, flüstert Rae.

»Sie kommen.« Helene versucht, ruhig zu klingen. »Versteckt euch, überwältigt sie, schlagt sie nieder, tötet sie, wenn ihr müsst. Nehmt ihnen alle Waffen und Edelsteine ab, wenn ihr könnt. Und zögert nicht. Sie werden euch töten, wenn sie die Gelegenheit bekommen.«

Fast alle von uns sind kleiner als die Minenarbeiter. Wir haben keine vernünftigen Waffen, um uns ihren Pistolen, Schwertern und Revolvern entgegenzustellen. Der Firn in den Steinen verleiht ihnen Magie, während unsere Magie uns mit Firn infiziert. Unser Preis ist ihr Gewinn. Und dann steigt mir plötzlich der beißende Geruch von Rauch in die Nase.

Jemand ist auf das Dach geklettert und hat den Kamin zur Küche verschlossen.

»Löscht das Feuer«, zischt Nina.

Ein Knallen ertönt an der Lieferantentür. Sie umzingeln uns, stellen sich vor jedem Ausgang auf. Natürlich, während wir einen Plan ausgeheckt haben, haben sie das auch getan. Wieder sitzen wir in der Falle.

Das Küchenfenster birst, und Lara kreischt. Wir lassen uns auf den Boden fallen. Jemand muss Magie wie die von Ivy gestohlen haben, um Fenster so zerspringen zu lassen. Die gestapelten Holzscheite geraten durch die Erschütterung ins Wanken. Sie stoßen gegen den Herd und landen in den frischen Glasscherben.

Kalter Wind pfeift herein, und wir kauern noch tiefer auf dem Boden.

Rae kriecht zum Herd und legt eine Hand auf eine Kanne. Sofort fängt das Wasser darin an zu kochen. Dann wartet sie, bis die Hand eines der Minenarbeiter hinter der geborstenen Fensterscheibe auftaucht. Schon einen Moment später nesteln edelsteinbesetzte Finger am eisernen Fensterschloss. Sie versuchen, es von innen zu entsperren, um dann hereinzuklettern.

Doch stattdessen hebt Rae die Kanne. Das kochende Wasser zischt, als es über die Finger des Minenarbeiters läuft.

Er stößt einen markerschütternden Schrei aus und taumelt zurück.

»Sie versperren jeden Ausgang«, bestätigt Brock.

Doch das heißt auch, dass sie im Moment getrennt sind. Was bedeutet, dass jetzt die beste Gelegenheit ist, zurück ins Haupthaus zu gelangen und Zeit zu schinden, indem wir sie uns jagen lassen.

»Wenn wenigstens einer von uns überlebt, kommt zumindest die Wahrheit ans Licht«, sagt Jakob.

»Wir bleiben erst mal hier und lenken sie ab«, sagt Helene.

»Und danach machen wir dasselbe für euch«, gibt Jakob zurück.

»Bring Eve sicher zum Treffpunkt«, wendet Helene sich an mich.

»Versprochen.«

»Das ist *mein* Zuhause«, erinnert uns Helene voller Entschlossenheit. Sie sieht uns nacheinander in die grimmigen Mienen. »Nein«, korrigiert sie sich dann sanfter. »Es ist *unser* Zuhause.«

Sie zieht ein Sägemesser aus Dorits Sammlung. Schneidet damit durch die glänzenden Lagen ihres Rocks und entblößt ihre langen, starken Beine. »Und wir werden es verteidigen.«

Jakob reicht mir einen bleischweren Kerzenständer, und Brock raunt:

»Los.«

ॐ

Am Ende des Dienstbotenflurs erwarten uns einige Männer.

Wir hören zwei von ihnen hinter der Tür reden.

Declan legt den Finger auf ein Astloch in der Holzmaserung und zieht es auf die Höhe unserer Knie, sodass wir hindurchsehen können. Er kniet sich hin und späht durch das Loch ins Haupthaus.

Wir alle zucken zusammen, als aus der Küche hinter uns ein lautes Knallen ertönt. Eve verkrampft sich und schiebt sich ganz nah an mich. Ich lege den Arm um sie und drücke sie sanft, kann ihr rasendes Herz spüren. Declan sieht immer noch durch das Guckloch.

Und zuckt hektisch zurück, als es plötzlich anfängt zu tropfen. Der Türgriff schmilzt langsam, wahrscheinlich mithilfe von Magie. Das Metall rinnt blitzend auf den Schürhaken, mit dem wir die Tür versperrt haben. Und auch der Schürhaken tropft und tropft wie Quecksilber.

Ich sehe Liljan auffordernd an. Sie achtet darauf, die Metallpfützen nicht zu berühren, die vor ihren Füßen brutzeln, und hockt sich vor die Tür. Durch die Spalte am Boden schickt sie rote Farbe, die sich ausbreitet wie Blut. Als der Minenarbeiter auf der anderen Seite es bemerkt, scheint er zu zögern. »Was ist das?«, flüstert er.

Declan schaut ein letztes Mal durch das Guckloch und zählt stumm mit den Fingern.

Auf drei stürzen wir gemeinsam durch die Tür.

Mit voller Wucht schlägt sie dem ersten Mann gegen das Kinn. Hinter ihm steht Malthe. Er will seinen Revolver ziehen, doch er ist allein. Schafft es nur noch, einen ungezielten Schuss abzugeben, bevor Jakob ihm den Kerzenständer über den Kopf zieht.

Liljan reißt die Bänder unserer Schürzen ab, und ich fessle die Hände und Füße der Männer eilig mit den stärksten Knoten, die ich hinbekomme. Den restlichen Stoff der Schürzen tränkt Jakob in Laudanum und legt die bewusstlosen Männer mit den Gesichtern hinein. Wir nehmen ihnen alle Waffen und Edelsteine ab und lassen sie gefesselt im Flur liegen. Jetzt schlafen sie bestimmt bis Sonntag durch.

Doch als wir die Eingangshalle erreichen, erstarren wir.

Die Minenarbeiter haben tatsächlich genauso eifrig Pläne geschmiedet wie wir.

Denn es schneit im Haus.

Die Eingangshalle wirkt verlassen. Alle Türen sind verschlossen, die Fenster nicht zerbrochen. Also lassen sie den Schnee durch Magie hier drinnen fallen. Er weht durch den Raum, sammelt sich bestimmt zwei Zentimeter hoch auf dem Teppich, rutscht schon vom Fuß der großen Standuhr und liegt wie eine weiße Decke auf dem Tisch. Und es fallen immer noch mehr dicke weiße Flocken von der Decke. Ich höre das zarte Ticken des Minutenzeigers, so still ist es im Haus.

Viel zu still.

Mein Fuß rutscht durch den weißen Puderschnee.

Jetzt können sie unsere Fußspuren im ganzen Haus verfolgen. Der Schnee wird sie direkt zu uns führen.

»Lauft in den Spuren der anderen«, flüstert Jakob. »Dann wissen sie wenigstens nicht, wie viele wir sind.« Ich nicke und schlucke schwer. Im Schnee kommen wir nicht sehr schnell voran. Eiszapfen hängen von den Kronleuchtern über unseren Köpfen herab, scharf und bedrohlich. Der Schnee fällt mir sanft und kalt in den Nacken. Er türmt sich immer höher auf dem Tisch in der Eingangshalle, und auch die Glasscherben der zerbrochenen Vase sind kaum noch zu sehen. Peders Leiche liegt noch genau da, wo er gefallen ist, doch jetzt wirkt es, als würde er bloß unter einer leichten Schneedecke schlafen.

Ganz langsam und vorsichtig schleichen wir durch die Eingangshalle und vorbei am Festsaal. Die Türen sind verschlossen, dahinter ist es totenstill.

Der große Treppenaufgang ist versperrt. Dornenbesetzte Ranken winden sich durch die Geländer und quer über die Stufen wie Stacheldraht, da kommen wir unmöglich durch. Die Männer haben wirklich alles gegeben, um uns im Erdgeschoss festzusetzen.

Sie setzen die Magie so durchdacht ein, dass es mir kalt den Rücken hinunterläuft. Heute Abend wird mit Macht und Verstand gekämpft.

Wer auch immer den klügsten Zug macht, gewinnt.

Ich nehme Eves Hand. Ihre Haut ist warm und weich. Schneeflocken hängen ihr in den Wimpern. Im Haus wird es allmählich dunkler, Schatten tanzen über die Wände. Das bringt mich auf eine Idee.

»Psst«, flüstere ich zu Liljan. »Kannst du falsche Wände ziehen?«

Wir kennen dieses Haus wie unsere Westentasche. Wissen, wo Räume und Türen sein sollten. Die anderen müssen sich auf ihre Augen verlassen. Liljan grinst boshaft. Sie wird das Haus verändern, bis sie alles anzweifeln, was sie sehen.

»Das wird hart, Marit«, raunt sie.

Liljan wartet, bis wir alle im geheimen Dienstbotengang sind, und streicht dann mit der Hand über die Wand, um die Tür zu verbergen. Außerdem schmückt sie sie mit ein paar falschen Türen, wo eigentlich nur Ziegelsteine sind.

Als sie zu uns kommt und die Tür mit einem Klicken ins Schloss fällt, stehen wir auf einmal in völliger Finsternis.

Die Stufen ächzen schrill unter unserem Gewicht.

Bei jedem Schritt nach oben verziehe ich das Gesicht. Hoffentlich schlucken der Schnee und der Wind draußen unsere Geräusche. Mein Herz schlägt wild wie ein ängstlicher Vogel, der aus seinem Käfig ausbrechen will.

»Warte hier«, flüstere ich Eve zu, als wir die erste Etage erreichen, und drücke ihre Hand. »Lass uns erst gucken, ob es sicher ist. Liljan bleibt bei dir.«

Eve zieht die Nase kraus, nickt aber.

Ich öffne die Tür. Sofort höre ich das tiefe Brummen einer Männerstimme.

Und dann verstummt es.

Durch den schummrigen Flur gehen wir auf das Zimmer zu, das wir als unser erstes Versteck auserkoren haben: das größte Gästezimmer hinten in der Ecke. Von dort hat man einen guten Überblick. Es gibt mehrere Fenster, die in unterschiedliche Richtungen zeigen, nur einen Eingang und einen Dachvorsprung, über den wir fliehen können, falls Philip und seine Männer das Haus in Brand stecken.

Nur leider ist das Zimmer schon besetzt.

Ich halte den Zeigefinger hoch, damit die anderen ruhig sind, und sehe mich im Flur um. Hier gibt es keinen Schnee, in dem man unsere Spuren verfolgen könnte. Also mache ich zögernd ein paar Schritte. Der Kerzenständer in meiner Hand fühlt sich glitschig an.

Ein einsamer Mann kniet am Kamin. Er hockt mit dem Rücken zu mir, doch ich sehe einen frischen Verband um seine Hand. Ihn muss Rae mit der Kanne verbrüht haben. Mit der gesunden Hand hält er einen Edelstein ins Feuer, als wollte er ihn erhitzen. *Kommen sie so an die Magie?* Seine Haare sind hellblond, fast silbern.

Beim nächsten Schritt knirscht es plötzlich unter meinem Fuß, und der Mann wirbelt herum.

Entsetzt schaue ich nach unten. Ich bin in einen Scherbenhaufen getreten, den jemand in der Farbe des Bodens gefärbt hat. Und ich habe es zu spät gesehen.

Der silberblonde Mann springt auf und zieht seine Waffe. Er stürzt auf mich zu, doch ich kann mich gerade noch rechtzeitig wegducken. Stattdessen schnappt er sich Lara und schlingt ihr die fleischigen Arme um den Körper. Sie kreischt, hört aber auf zu zappeln, als sie das spitze Metall eines Dolches an ihrer Seite spürt.

»Auf den Boden mit euch, und lasst die Waffen fallen.«

Ich habe uns in Gefahr gebracht. Hätte ich doch bloß besser aufgepasst.

Hinter uns taucht ein weiterer Mann auf. Er ist klein, aber breit wie eine Mauer. Vermutlich hat er seelenruhig im Schatten gewartet und beobachtet, wie wir näher gekommen sind, um Jakob, Declan und mir jetzt den Weg zu versperren. Ich wage nicht, mich zu bewegen. Nicht, mit der Klinge an Laras Rippen. Der zweite Mann schreitet betont langsam auf die Tür zum geheimen Gang zu.

Mein Magen verkrampft sich.

Er dreht den Türgriff und späht in die Dunkelheit.

*Bitte entdeck sie nicht*, flehe ich. Auf meiner Stirn bilden sich Schweißperlen.

Der Kerl, der Lara das Messer vorhält, bellt: »Ist da noch einer?«

»Nein«, gibt der andere mit verzerrter Miene zurück und schiebt sich in die Finsternis. Das Metall seines Schwertes kreischt schrill, als er es aus der Scheide zieht. »Hier sind sogar zwei.«

# 35

DIE KÄLTE SCHMERZT WIE MESSERSTICHE IN DEN LUNGEN, als wir endlich den Weg zur Küche freibrechen.

Die laute Explosion dröhnt durch die Nacht. Das Echo hallt im umliegenden Wald wider, und mir kommt derselbe Gedanke, den ich auch schon vor all den Jahren hatte, als die Minenarbeiter unter Tage gestorben sind.

Ich habe unterschätzt, was menschliche Gier bewirken kann.

Jetzt schiebe ich die Ranken mit den weißen Blüten beiseite und dränge mich durch die demolierte Hintertür.

»Helene?«, brülle ich.

Ich betrete das Haus als Erster, Tønnes, Steen und Casper sind dicht hinter mir. Wir klettern über eine Barrikade, finden die Küche jedoch halb zerstört und verlassen vor. Der Wind pfeift durch die gesprungene Fensterscheibe. Überall auf dem Boden liegen Glasscherben verteilt wie Sand. Steen kenne ich seit fünfzehn Jahren, ich habe gesehen, was er mit seinem massiven Körper anrichten kann. Er und Casper steigen die Treppen hinauf, die unter ihrem Gewicht ächzen. Nacheinander reißen die beiden jede Tür über uns auf.

»Alles leer«, ruft Steen.

Die Diener müssen durch den Flur im Haupthaus entkommen sein. Dann sind sie bestimmt schon auf Hugo und Malthe gestoßen, die am anderen Ende gewartet haben. Der Rest von uns folgt ihnen nun und drängt sie in die Enge.

Die Vergangenheit wiederholt sich.

Ich habe damals diese Männer in den Minen nicht getötet. Doch ich habe ihren Tod auch nicht verhindert.

Während ich meine Waffen anlege – eine Pistole, ein Messer und acht verschiedene Edelsteine –, wappne ich mich innerlich.

Ich denke nicht darüber nach, was Aleks davon halten würde, dass ich seine Frau in seinem eigenen Haus jage.

»Tønnes, ist das nicht falsch?«, habe ich damals gefragt.

Solche Fragen haben wir schon lange hinter uns gelassen.

»Los, zum Haus.« Mit dem Messer deute ich auf den Dienstbotenflur.

Wir bilden eine Reihe – Steen ganz vorne, dahinter Tønnes, dann ich. Casper lassen wir zurück und begeben uns in den Flur.

Was wäre passiert, wenn diese Männer vor zehn Jahren nicht in den geheimen Gängen herumgeschnüffelt und die Skelette gefunden hätten? Wo wären wir dann heute, wenn nicht hier in diesem Haus auf der Jagd?

Schuld an alldem ist Claus Olsen. Er hat einen der höheren Ränge besetzt. Hat vorher nie Probleme gemacht.

Aber misstrauisch war er schon länger. Die Männer haben nicht wirklich geglaubt, dass die Edelsteine aus den Minen kommen. Olsens Fehler war, zu glauben, dass seine Kameraden, genau wie er, die Wahrheit ans Licht bringen wollten.

Auch er hat die Macht der Gier unterschätzt.

»Was ist das?«, fragt Steen von vorne. Er stolpert über etwas auf dem Flurboden, tritt es beiseite. Flucht.

»Sind das unsere Männer?«, fragt er.

Tønnes' Lederstiefel quietschen, als er in die Hocke geht, um sie zu untersuchen.

»Bewusstlos«, bestätigt er. »Und entwaffnet.«

Irgendwo über uns kracht es laut.

»Sie sitzen in der Falle.« Ich reibe mir über die Augenbrauen. Wische die letzten Zweifel beiseite. »Wir sind immer noch in der Überzahl, haben mehr Waffen und Magie.«

Und jetzt haben wir auch eine Ahnung, wo sie sind.

Ich ziehe meinen Frack aus und taste nach den Steinen, die ich aus der Landkarte genommen und in alle Taschen gestopft habe, die ich finden konnte. Wir schleichen weiter. Im Eingangsbereich schneit es, still und unheimlich. Die Fenster sehen aus wie Eisflächen. Die Türen zum Festsaal sind verschlossen. Zwei Paar Fußspuren verlaufen auf dem Boden vor uns. Die einen führen direkt auf eine massive Wand zu – und verschwinden dann im Nichts.

Die anderen führen zum Festsaal.

Lautlos gehe ich darauf zu, spüre die Schneeflocken wie Federn auf dem Gesicht. Ich lege einen Finger an die Lippen und dann auf den kalten Stahl meiner Pistole.

Aleks' Porträt beobachtet mich aus seinem vergoldeten Rahmen heraus.

Er hatte keine Ahnung, dass die Hälfte meiner Männer mich verraten wollte. Sie wollten König Friedrich stecken, wo die Edelsteine wirklich herkommen. Zum Glück wollte die andere Hälfte lieber ein Stück vom Kuchen.

Sie waren verantwortlich für die Explosion, bei der ihre Freunde gestorben sind. Sie haben die Wahrheit vergraben, bevor sie es hinausschaffen konnte.

Und danach gab es für mich kein Zurück mehr.

Meine Krawatte droht mich zu erwürgen, deshalb lockere ich sie hastig.

Mein Bruder hat geweint, als die Minenarbeiter gestorben sind. Ich habe ihm eine Lüge aufgetischt – es sei ein Unfall gewesen, den wir nicht hätten verhindern können. Ich habe ihm erzählt, was er hören musste, um wieder atmen zu können. Genau so werde ich es mit der Königsfamilie handhaben, wenn das hier vorbei ist. Auch bei Helene habe ich das versucht. Ich erspare anderen die Last der Wahrheit, schultere sie selbst, während sie all die Vorteile genießen dürfen. Ihre Westen sind rein. Genau wie Soldaten in den Krieg ziehen und mit der Last dessen zurückkehren, was sie gesehen, was sie getan haben. Für das Wohl des Landes. Ist das nicht herrlich selbstlos, ja sogar ehrenhaft?

Vor dem Festsaal bleibe ich stehen und lausche.

Es klingt, als würde hinter den Türen jemand meißeln.

Wir haben einen riesigen Vorrat an Magie – so viel mehr als sie – und das Feuer, um sie zu freizusetzen. *Aber Tiere sind am gefährlichsten, wenn man sie in die Enge treibt*, ermahne ich mich. Dann hebe ich die Pistole und feuere direkt durch die Festsaaltüren.

Jemand schreit auf.

Im nächsten Moment stürmen wir hinein.

Zunächst sehe ich nur Grün, eine blühende Insel mitten im Schnee. Der Duft der Vegetation ist überwältigend, Blüten fluten den Festsaal. Es riecht abartig süß, als würde man durch Parfüm schwimmen. Und es ist vollkommen still, als wäre niemand hier.

Doch sie verstecken sich, irgendwo.

Mit einem Schnipsen entfache ich die Flamme zwischen meinen Fingern und erhitze den Stein an meiner linken Hand. Ich spüre, wie die Magie darin erwacht. Wie sie durch meine Haut in mich hineinfließt.

Steen läuft den Raum ab und schießt willkürlich ins Grüne. Draußen fallen immer noch dichte, weiße Flocken und wirbeln umher wie sich drehende Ballerinas. Die Sonne ist schon vor Stunden untergegangen, jetzt spiegelt sich der Mond im Schnee und taucht die Welt vor dem Haus in ein unheimliches Licht.

»Gleich hast du keine Munition mehr«, mahnt Tønnes gelangweilt. »Gedulde dich. Warte lieber auf ein echtes Ziel.«

Zum Schutz laufen wir Rücken an Rücken durch die Orangenbäume, bis zur Mitte des Saals. Jetzt sehe ich, was vorhin so laut geknallt hat, und erkenne, woher das Meißeln kam. *Ah.* Sie haben versucht, die restlichen Edelsteine von der Dänemarkkarte zu zerstören. Wir haben so viele genommen, wie wir tragen konnten, nach den Farben gegriffen, die man als Waffen nutzen kann. Die Diener wollten die restlichen mit einem Hammer zu Staub zermalmen.

Aus dem Augenwinkel bemerke ich, dass etwas über meinem Kopf schwingt.

Ich schaue hoch, genau in dem Moment, in dem der Kronleuchter sich von der Decke löst.

Hektisch schubse ich Tønnes zur Seite und springe selbst aus der Schussbahn.

*Eins.*

Der Kronleuchter prallt dort auf, wo ich eben noch gestanden habe. Zersplittert wie eine Kristallgranate.

*Zwei.*

Der zweite Leuchter fällt.

Schnell ziehe ich mich wieder auf die Füße und stürze ihm aus dem Weg.

Mit leeren Händen lande ich auf dem Boden. Vor Schreck habe ich meine Pistole fallen lassen.

Jetzt ist sie irgendwo unter dem Scherbenhaufen begraben.

Der dritte Kronleuchter schlägt mit einer solchen Wucht auf dem Boden auf, dass winzige Kristallglasscherben wie Geschosse gegen ein Fenster stieben. Die Scheibe splittert, bleibt aber im Rahmen. Sie sieht aus wie ein Spinnennetz.

Die Dienstboten wehren sich heftiger als erwartet.

Genau wie Ivy es getan hat.

Ich hatte nicht damit gerechnet, dass sie Glas bei sich hat. Oder dass sie auf die Idee kommen würde, es in eine Klinge zu verwandeln.

Ich hätte es besser wissen sollen. Die Kraft der Magie darf man niemals unterschätzen.

Mit einem Mal stürmt Helene hinter einem Farn hervor und klettert über den Tisch. Sie ist fast zu schnell für meine Augen, ihre Bewegungen sind anmutig und kraftvoll. Bevor ich reagieren kann, steht sie hinter mir und drückt mir ein Messer an die Kehle.

Ich spüre die Zacken beim Schlucken auf der Haut.

Steen stöhnt. Er blutet, hält sich die Rippen, kommt aber schwankend wieder auf die Füße. Eine Sekunde später sieht er sich zwei Frauen gegenüber. Sie sind älter als Helene und sehen nicht aus, als wollten sie im Kampf Magie benutzen. Eine von beiden schreit bloß und schlägt Steen mit einer Pfanne direkt ins Gesicht.

Wie ein Sack Mehl geht er zu Boden.

Wir alle drehen uns um, als das unverwechselbare Geräusch vom Spannen einer Pistole erklingt.

Ich kann den Kopf gerade weit genug wenden, um zu sehen, dass Tønnes seine Waffe in meine Richtung hält. Er zielt auf Helene.

»Lass ihn gehen«, verlangt er.

Ich habe die Explosion in den Minen damals nicht ausgelöst.

Es war nicht meine Idee, auch nicht meine Absicht, Menschen wegen ihrer Magie zu töten.

Am Anfang wollte ich bloß das Minengeschäft wieder ankurbeln.

Dann wollte ich Dänemark helfen.

Und jetzt sind wir hier.

»Nein«, erwidert Helene trotzig. Das Messer kratzt an meiner Kehle wie ein Violinbogen über eine gespannte Saite.

Vollkommen ruhig sage ich zu Tønnes: »Erschieß sie.«

Und dann erwachen die Wände um mich herum zum Leben, winden sich wie Schlangen.

# 36

»AUF DEN BODEN UND WEG MIT DEN WAFFEN«, wiederholt der Mann, der Lara festhält. »*Sofort!*«

Ich lasse die Hände sinken und löse die Finger langsam vom Kerzenständer. Er ist ganz feucht von meinem Schweiß und fällt mit einem dumpfen Klonk zu Boden. Ich konzentriere mich auf meine Atmung, um nicht ohnmächtig zu werden.

Neben mir sinken Declan und Jakob langsam mit erhobenen Armen auf die Knie.

»Na, was haben wir denn da? Ist das das Vestergaard-Gör?«

Der Minenarbeiter zieht Eve ins Licht. Sie stößt einen erstickten Schrei aus, presst dann aber die Lippen aufeinander und gibt keinen Laut mehr von sich, selbst als er sie unsanft zu Boden stößt.

Ich balle die Hände zu Fäusten.

Könnte ich tatsächlich jemanden töten?

Keine Ahnung.

Für Eve wahrscheinlich schon.

Jakob legt seine Waffe ohne einen Mucks nieder. Aus dem Augenwinkel sehe ich, wie Declan die Hände ganz vorsichtig flach auf die Holzdielen legt.

»Behalt das Vestergaard-Gör zum Verhandeln«, sagt der Mann, der Lara festhält. »Die hier kannst du erledigen. Dann ist sie nicht im Weg.«

Lara stößt ein leises Wimmern aus.

Declan wirft Jakob und mir einen warnenden Blick zu. Wir haben kaum Zeit zu reagieren, bevor er die Hände spreizt und ein tiefes Beben durch das Holz schickt.

Ich fühle die Erschütterung in jedem einzelnen Knochen. Sie lässt sogar meine Zähne klappern und reißt jeden aus dem Gleichgewicht.

Der Mann bei Lara stolpert rückwärts und reißt sie mit sich. Ihr Kopf schlägt im Fall dumpf auf einer Marmortischplatte auf.

»Jakob!«, schreit Liljan und kommt aus dem Treppenhaus gehastet.

Der Minenarbeiter neben Eve kämpft sich wieder auf die Füße. Mit edelsteinbesetzten Fingern reißt er instinktiv sein Schwert hoch und will sich auf Liljan stürzen. Eve springt auf ihn zu und tritt ihm mit aller Kraft gegen das Knie. Sie trifft und bringt ihn zumindest so weit aus dem Gleichgewicht, dass er Liljan nicht die Kehle aufschlitzt. Stattdessen streift die Klinge ihre Wange, und Liljan schreit auf, als ihr helles Rot über das Gesicht läuft.

Der Mann taumelt zwar, holt aber ein weiteres Mal aus.

Diesmal zielt er auf Eves rechten Arm.

Sie schnappt nach Luft und presst ihn sich ganz fest an den Oberkörper.

Declan lässt den Grund ein letztes Mal erzittern und springt dann auf. Er reißt eine Diele aus dem Boden und schwingt sie mit den Nägeln voran in Richtung des Mannes, der immer noch Lara umklammert.

Jakob und ich langen hektisch nach unseren Waffen.

Den schweren Kerzenständer werfe ich Liljan zu.

Sie nimmt die Hand lang genug vom Gesicht, um die Waffe zu fangen, und schleudert sie gegen den Mann, der sie verletzt hat. Zahlt es ihm mit einem Hieb gegen den Wangenknochen heim.

Als er zusammensackt, tritt Liljan ihm so kräftig in die Rippen, dass er erst nach Luft schnappt und dann ohnmächtig wird. Ich stürze zu Eve und sinke neben ihr auf die Knie. Die Blüte, die Liljan an ihr Kostüm genäht hat, ist verwelkt und zerrissen. Eve atmet schnell und flach. Bestimmt steht sie unter Schock.

»Jakob«, rufe ich verzweifelt. Blut sickert aus Eves Arm. Der Schnitt ist tief.

Doch der Mann mit dem silberblonden Haar stürzt sich auf Declan, und Jakob muss helfen. Weder er noch Declan sind kampferprobt, und selbst zu zweit können sie kaum etwas gegen den Mann ausrichten.

Jakob schnappt sich ein Schüreisen vom Kamin und greift mit dem spitzen Ende an.

»Wie bekommt ihr die Magie aus den Steinen?«, fragt er.

Er sticht dem Mann in den Arm, sodass der sein Schwert fallen lässt. Scheppernd landet es vor seinen Füßen, und Jakob greift weiter an, richtet den Schürhaken drohend auf die Kehle des Mannes. »Sag es uns, dann schlage ich dich nur bewusstlos, anstatt dir den Hals aufzuschlitzen.«

Der Minenarbeiter sieht sich verstohlen um. Sein Kollege ist bewusstlos, er selbst ist umstellt. Langsam hebt er die Hände zur Brust.

Ich lasse ihn nicht aus den Augen, während ich Eves Arm mit Stoffstreifen aus dem Vorhang verbinde.

Liljan drückt sich den Saum ihres Kleides auf die Wange, um

ihre eigene Blutung zu stoppen, und hilft mir mit Eves Verband.

Jakob schlägt zu, als der Minenarbeiter eine plötzliche Bewegung macht.

Er geht zu Boden.

»Jakob«, keuche ich wieder, und dieses Mal ist er sofort bei mir.

»Kümmer du dich besser darum.« Ich deute auf Eves Arm. »Ich müsste ...« Ich stocke. »... meine Magie nutzen.«

»Auf keinen Fall, Marit«, zischt Eve.

Jakob nimmt sie behutsam auf die Arme.

»Es wird alles wieder gut«, sagt er sanft zu ihr – dann sieht er zu Liljan. »Wie geht es dir, Lil?«

Sie zeigt ihm ihre Wange, und er verzieht das Gesicht. »Ich liebe zwar *Fürchterliche Fakten*«, grummelt sie. »Aber ich wollte nie eine Figur darin sein.«

»Hilf mir mit Eve und Lara, dann kann ich dich auch nähen.« Er bringt sie ins Gästezimmer. Declan und ich zerren die beiden weggetretenen Männer in eine der kleinen Abstellkammern, auch wenn sie schwer wie Blei sind. Wir sperren sie ein und sichten unsere neugewonnenen Waffen. Beide hatten je ein Schwert, einen Dolch und eine Pistole. Und etwa fünfzehn verschiedene Edelsteine voll undefinierbarer Magie. Ich nehme den Stein hoch, den der Silberblonde vor das Feuer gehalten hat. Er läuft schon dunkel an.

»Wir haben vier von ihnen überwältigt«, sage ich zu Jakob und drehe den dunklen Stein zwischen den Fingern. »Und ich glaube, ich weiß jetzt, wie sie an die Magie kommen. Wenn sie die Steine erhitzen, gelangt die Magie irgendwie in ihre Körper.«

Ich messe eine kleine Dosis Laudanum für Eve ab. Nur so

viel, dass ihr Schmerz nachlässt, sie aber bei Sinnen bleibt, falls sie wegrennen und sich verstecken muss.

»Heißt das, wir können die Steine zerstören?«, fragt Jakob.

»Lil, verbrenn sie im Feuer, damit die Magie rausläuft und die Männer sie nicht mehr nutzen können.« Sie nickt und wirft die Steine einen nach dem anderen in die Flammen. Sie glühen auf wie funkelnde Kohlestücke und laufen anschließend allmählich schwarz an. Fließt da wirklich reine Magie heraus und steigt in die Luft wie Rauch? Was für einzigartige Kräfte wohl jeder Stein hatte? Wir verbrennen sie, und zurück bleibt nur eine leere Hülle. Fast wie ein verschwendetes Leben.

»Dieser schwarze Stein, den wir aus Philips Zimmer geholt haben«, setze ich an. »Der muss ursprünglich auch voll Magie gewesen sein. Aber wenn man sie verbraucht hat, sind die Steine bloß hässliche Kohleklumpen. Nutzloser, toter Firn.«

»Warte mal«, haucht Jakob, als wäre ihm auf einmal ein Licht aufgegangen. Eve wimmert, als er anfängt, ihre Wunde zu nähen. »Sag das noch mal.«

Doch wir zucken zusammen, als unter uns ein plötzlicher Lärm ertönt.

Dicht gefolgt von noch einem gewaltigen Krachen.

Als würde eine Menge Glas zerbrechen.

»Marit.« Eve dreht sich voller Sorge zu mir um. »Helene. Bitte hilf ihr.«

Ich will schon Nein sagen, bei ihr bleiben und sie beschützen, doch die völlige Verzweiflung in ihrem Blick hält mich davon ab.

»Na gut«, höre ich mich sagen. »Ich sehe nach ihr.«

»Ich komme mit.« Declan nimmt in jede Hand eine Pistole. Eine hält er mir hin, doch ich schüttle den Kopf.

»Ich weiß nicht, wie man damit umgeht, und ich will es auch nicht lernen.« Er wühlt sich durch das gestohlene Waffenarsenal, als wäre es ein Schatz.

»Ich komme wieder«, verspreche ich Eve, bevor sie noch etwas sagen kann, und drücke ihre Hand. »Halte durch!«

Jakob werfe ich nur einen flüchtigen Blick zu. Sein Anzug ist zerrissen und voller Blut. Die Brille ist ihm die Nase hinuntergerutscht. Er sieht furchtbar gut aus mit seiner grimmigen Miene, als würde er angestrengt überlegen, was das Richtige zu sagen wäre.

Genau wie in der Mühle stehe ich schnell auf, um nicht lange Lebewohl sagen zu müssen. Wenn ich mich von den wenigen Menschen in diesem Raum, die mir auf dieser Welt am meisten bedeuten, nicht verabschiede, muss ich dann nicht überleben?

Ja, das muss ich.

Declan reicht mir ein Messer. Und dann rennen wir los.

∾

Die Magie der Minenarbeiter muss aufgebraucht sein, denn es schneit endlich nicht mehr in der Eingangshalle.

Die Fußspuren, die wir hinterlassen haben, sind kaum noch zu sehen. Wir stapfen über die frische Pulverschicht, und kalter Schnee gerät in meine Stiefel.

Die Türen zum Festsaal stehen einen Spalt offen.

Mit jedem Schritt wächst meine Angst.

*Noch können wir umdrehen*, denke ich, während Declan und ich auf den Saal zuschleichen. Ich könnte mir Eve schnappen und mit ihr so weit wie möglich von hier fliehen. Weg von den Vestergaards und ihren grausamen Minen. Wir könnten uns selbst retten. Die Wahrheit verbreiten. Die Zukunft formen, die ich mir immer für uns gewünscht habe.

Ich will nicht mehr kämpfen. Ich will von hier fort. Vergessen, dass Magie überhaupt existiert. Die Vestergaards hinter mir lassen und die endlose Spirale beenden, in der sie die Menschen verletzen, die ich liebe.

Doch dann kracht es wieder im Festsaal.

»Komm«, flüstert Declan.

Ich zögere einen Herzschlag lang und lasse zu, dass sich ein alter, erbärmlicher Gedanke einnistet. Wessen Überleben würde Eve mehr freuen – meins oder das von Helene?

Schnell wische ich ihn wieder beiseite, hätte ihn am liebsten unter meinem Stiefel zerquetscht. Dann folge ich Declan durch die Festsaaltüren.

Von der winterlichen Schneelandschaft kommen wir in ein betörend duftendes Wäldchen aus Orangenbäumen. Ich spähe an den sprießenden Zweigen vorbei, husche im Schutz des Grüns voran. Declan und ich verstecken uns unter einer marmornen Tischplatte. Helene steht keine drei Meter von uns entfernt.

Sie hält Philip ein Messer an die Kehle.

Dr. Holm tritt hervor. Ich glaube nicht, dass er weiß, dass wir hier sind. Er richtet eine Waffe auf Helene und spannt sie.

»Lass ihn los«, fordert er.

»Nein.«

Ich packe Declans Arm, Philip schluckt.

»Erschieß sie«, sagt er ruhig.

Declan versteift sich neben mir, mein Mund wird ganz trocken. Von hier aus können wir ihr unmöglich helfen.

Auf einmal kriecht etwas über die Wand hinter mir. Ich unterdrücke ein überraschtes Kreischen. Die Wände um uns herum bewegen sich. Winden sich wie grüne Wellen oder smaragdfarbene Schlangen.

Die Ranken – sie scheinen zum Leben erwacht zu sein.

Ich sehe mich suchend um.

Brock versteckt sich wohl hier irgendwo.

Plötzlich wirbelt ein starker Wind durch das Haus, fegt die Glassplitter hinaus, die wie ein Spinnennetz im Rahmen eines Fensters gehangen haben. Auch ein paar Trümmer werden in den Saal geweht und klirren über den Glasscherben. Helene springt vor Schreck auf. Die Klinge in ihrer Hand schneidet leicht in Philips Haut.

Eine einzelne Scherbe bleibt unten im Fensterrahmen hängen. Wie ein glänzender, zerklüfteter Eisberg ragt sie empor.

Helene packt das Messer fester und fragt mit eiskalter Stimme: »Hast du meinen Mann umgebracht?«

Doch nicht Philip antwortet, sondern Dr. Holm.

»Ich hätte es nicht getan, wenn ich gewusst hätte, dass er dir die Minen vermacht.« Er schnaubt, hält die Pistole immer noch auf sie gerichtet. »Oder dass du so stur bist und sie nicht verkaufst.«

Philip ist auf einmal so blass und fassungslos, dass er mir fast leidtut.

Doch dann fällt mein Blick auf den Boden.

Eine der Ranken klebt nicht mehr an der Wand.

Sie hat sich gelöst und schlängelt nun die honigfarbenen Holzdielen entlang. Zuerst schiebe ich es auf den Wind. Doch dann klettert sie über Dr. Holms Schuh und umschlingt sein rechtes Bein. Einen Moment lang sieht er hinab und blinzelt, als würde er seinen Augen nicht trauen. Er lässt die Pistole sinken, richtet den Lauf nach unten und schießt auf die Pflanze am Boden.

Der Knall ist so laut, dass ich zusammenfahre. Doch die Ranke klettert weiter, windet sich fester um sein Bein. Nähert sich zielsicher seinem Oberkörper.

»*Sie* waren das«, faucht Brock im Schatten. Eine weitere Ranke kommt angekrochen, klettert Dr. Holms Rücken hinauf. Zielt auf seinen Hals ab. Brock tritt hervor, gerade als Dr. Holm die Waffe fallen lässt und versucht, die Pflanzen mit bloßen Händen abzustreifen. »Sie haben Ivy angegriffen«, knurrt Brock Philip an. Wieder muss ich an den Tag in Kopenhagen denken, als er in der Glaserei war. Vielleicht hat er sie da schon ins Auge gefasst und Pläne geschmiedet. Vielleicht wollte er sogar, dass sie ihn erkennt. Damit sie, wenn er sie später allein auf der Straße trifft, ihm genug vertraut, um stehen zu bleiben.

Einer der Minenarbeiter kommt mit wildem Geschrei in den Festsaal und stürmt auf Dr. Holm zu. Versucht, die immer enger werdenden Schlingen mit Messern zu zerschneiden. Es trifft mich wie ein Schlag: Wenn Far noch leben würde, wäre er jetzt etwa so alt wie diese Männer hier.

Brocks Miene ist wutverzerrt, als er sich zu Dr. Holm umdreht. »Und Sie stecken auch mit drin. Sie benutzen sie. Sie haben sie *umgebracht*.« Dorit, Rae und Nina kommen näher und bauen sich wie ein Schutzwall vor Brock auf, während er konzentriert das Gesicht verzieht. Ein Blick reicht, und ich weiß genau, was er fühlt. Der Firn wetzt die eisigen Splitter in seinen Adern wie Messer. Brock taucht hinab in die Untiefen seiner Magie. Genau wie ich es für ihn getan habe. Wie Ingrid es für mich getan hat.

Auf sein Fingerschnipsen hin ziehen sich die Ranken um

Dr. Holm zusammen. Stark und schnell genug, um ihn zum Stolpern zu bringen. Sie ziehen ihn auf den Fensterrahmen zu. Auf die spitz emporragende Eisbergscherbe, deren scharfe Kanten im Mondlicht schimmern.

Dr. Holm stürzt mit einem abscheulichen Schmatzen auf die Glasscherbe. Dann fällt sein Körper lautlos aus dem Fenster in die schneebedeckte Nacht.

Philip erbleicht.

Die Zeit im Festsaal bleibt stehen.

Brocks Brust hebt und senkt sich in rasendem Tempo. Eine bedrückende Stille legt sich über den Raum, und Brock schließt erschöpft die Augen.

Ich habe immer gedacht, Rache wäre purpurrot. Wie Zorn und Wut, wie ein Proustit oder wie Magie.

Doch das hier ist Brocks Rache.

Und sie hat die Farbe von Efeu.

చా

Um mich herum ist es gespenstisch leise, selbst bei all dem Blut und den Kämpfen, bei all der Angst und der Erschöpfung.

Declan stürzt aus unserem Versteck hervor, um Dorit, Nina und Rae zu helfen.

Es sind nur noch drei Gegner übrig – Philip und zwei Minenarbeiter.

Zum ersten Mal sind wir in diesem Kampf im Vorteil.

Wir können sie und den Sturm wirklich überleben. Wir können es hier rausschaffen.

Die beiden Minenarbeiter haben es auf Brock, Dorit, Nina und Rae abgesehen.

Declan schafft es nicht zu ihnen, bevor Raes Blut über den Boden spritzt.

Und sie fällt, ein letztes Mal.

Helene hält Philip immer noch ihr Messer an die Kehle. Die Klinge bebt. »Du hast all das hier umsonst getan«, sagt sie mit gefährlich leiser Stimme. Ich krieche ein Stück auf sie zu, bleibe aber im Schatten. »Der König wird wissen wollen, wo die Magie herkommt.« Ihr Kehlkopf zuckt. Sie schindet Zeit.

Sie will ihn nicht wirklich umbringen.

»Nein, wird er nicht«, antwortet Philip bloß. »Glaubst du ernsthaft, ihn interessiert, wo er seinen Zucker herbekommt, Helene? Tut irgendwer von uns das? Jeden Tag versüßt er uns den Tee und das Gebäck. Ja, ich weiß, das Gleichstellungsgesetz wurde schon vor Jahrzehnten unterschrieben. Aber wie viele Menschen sind trotzdem für den Zucker in deiner Küche gestorben? Für deinen Kakao, deinen Kaffee. Die Baumwolle und Seide in *deinen* Kleidern, Helene. Der König wird nicht fragen, woher die Edelsteine kommen oder was sie uns tatsächlich kosten. Je dringender die Menschen etwas wollen, desto weniger wollen sie die Wahrheit hören. Sie schauen einfach weg.«

Nein, mein Vater hat hingesehen, zumindest wenn es um Magie ging. Er hat sich der Wahrheit gestellt und nicht weggeschaut. Hat alles riskiert und alles verloren. Vielleicht, weil er einfach ein guter Mann war. Vielleicht, weil Magie durch die Adern seiner geliebten Töchter geflossen ist, und er wusste, dass wir eines Tages zu den Opfern zählen könnten. Tränen steigen mir in die Augen, als mich plötzlich leidenschaftlicher Stolz erfüllt. Endlich kenne ich die Wahrheit. Die Entscheidungen, die mein Vater getroffen hat, haben mich zur Waise gemacht. Doch ihn haben sie zum Helden gemacht.

In diesem Moment kann Philip sich aus Helenes Griff befreien.

Er dreht sich zu ihr um.

Es war von Anfang an klar, dass sie ihm körperlich in keiner Weise gewachsen ist.

Und trotzdem. Ich harre im Schatten aus. Dorit stützt die humpelnde, aschfahle Nina. Überall knirscht zersplittertes Glas unter den Füßen. Declan und Brock kämpfen noch immer, obwohl Declan Blut aus der Seite strömt und Brock aussieht, als würde er gleich umkippen. Unter seiner Haut breitet sich der Firn unaufhaltsam aus.

Von meinem Versteck aus sehe ich zur Tür. Zu dem Versprechen von Sicherheit und Entkommen. Zu Eve.

Philip schlägt Helene das Messer aus der Hand. Scheppernd geht es zu Boden. Wütender Schnee fegt durch die Fenster herein, und ich muss unvermittelt an unseren Abend im Ballett denken, mit der Königsfamilie und Hans Christian Andersen. Als Eve, Helene und ich von der Zukunft geträumt haben.

Philip hat die Oberhand gewonnen. Jetzt drängt er Helene auf das zerbrochene Fenster zu, um die Sache zu beenden.

Sie weiß nicht mal, dass ich hier bin.

Vielleicht muss sie das auch nicht. Schon ein winziger Funke Magie würde mich das Leben kosten. Vielleicht warte ich einfach hier im Hintergrund.

Aber auch das ist eine Entscheidung.

Helene wehrt sich mit aller Kraft. Schnee wirbelt herein und begräbt die umliegenden Holzdielen unter sich. Sie strauchelt, langsam verlässt sie die Kraft. Philip packt ihre Handgelenke vor ihrem Körper. Beginnt, sie zu fesseln.

Ich schaue auf meine eigenen Handgelenke hinab, während er ihre zusammenbindet.

Die von Eves Mutter.

*Nutz keine Magie*, hat mein Vater immer gesagt. Aber er hat auch geschrieben: *Sei eine Gerda*.

Wofür entscheide ich mich?

Wofür die Minenarbeiter sich entschieden haben, ist eindeutig. Sie haben das Leben anderer genommen und verschwendet, um die Magie für sich selbst zu nutzen. Doch ich kann jetzt genau das Gegenteil tun. Ich kann meine eigene Magie opfern, um ein anderes Leben zu retten.

In all der Zeit habe ich mich nur an meine selbstsüchtige Liebe zu Eve geklammert. An eine gemeinsame Zukunft.

Und jetzt, als würde ich tief durchatmen, lasse ich einfach los.

Eve darf nicht wieder zur Waise werden.

Die ganze Zeit habe ich mir Sorgen gemacht, dass sie, wenn es dazu kommt, Helene mir vorziehen könnte. Jetzt muss sie diese Entscheidung niemals treffen.

Ich trete aus dem Schatten heraus und greife in mir nach der vollen Kraft meiner Magie.

Ich weiß genau, was eine echte ältere Schwester tun würde. Denn meine ältere Schwester hat es für mich getan.

Meine Lungen scheinen noch vom letzten Mal zu wissen, was ich von ihnen verlange. Dieses Mal tauche ich viel schneller hinab zu meiner Magie. Sie singt freudig und qualvoll in meinen Adern, als ich Helenes Fesseln von der anderen Seite des Raumes aus löse. Gerade weit genug, damit sie die Hände hinausziehen kann. Alles, ohne sie zu berühren.

»Marit«, keucht Helene, als sie mich entdeckt. Überrascht

sieht Philip zu mir herüber. Er hat nicht mit mir gerechnet. So konnte ich Helene genug Zeit erkaufen, um ihren Fesseln zu entkommen. Er wirbelt zu mir herum, reißt das Messer mit.

»Magie ist tatsächlich Dänemarks Zukunft«, stellt Helene hinter ihm fest. »Sie hat Dänemark vor dir gerettet.« Blitzschnell schnappt sie sich eine große Glasscherbe und rammt sie ihm in die Seite.

Ich lasse los. Meine Magie. Die Zukunft. Als würden wir einander spiegeln, sinken Philip und ich gleichzeitig zu Boden. Ich kann fühlen, wie der Firn sich durch meine Adern frisst. Welche Farbe hätten wohl meine Edelsteine?

Zum ersten Mal in meinen Leben habe ich keine Angst.

Und vielleicht kann ich, weil ich mich bewusst dafür entschieden habe – und weil ich durch diese Entscheidung ein Leben retten konnte –, zum ersten Mal in meinem Leben die Schönheit im Firn erkennen.

❧

Eve kuschelt sich neben mich. Ich spüre ihre vertraute Wärme, wie in all den Nächten in der Mühle, als sie sich zum letzten Mal neben mich legt.

»Dir wird es gut gehen«, flüstere ich. »Hier bei Helene.«

»Marit, *dir* wird es gut gehen«, gibt sie eindringlich zurück.

Aber das wird es nicht, und ich glaube, sie weiß das auch, denn sie lehnt sich zitternd über mich. Ihr vertrauter Geruch steigt mir in die Nase, der mich immer an Ruhe und Glück denken lässt, an tausende Nächte, in denen wir zusammen in der Mühle eingeschlafen sind. Ich berühre ihre Hand, mit der sie mir so liebevoll über die Wange streicht, und denke daran, wie sie in all den Jahren ausgesehen hat, die wir miteinander verbracht haben. Wie sie mir unsicher Wuschel entgegengestreckt, Krümelspuren in meinem Bett hinterlassen, Sare geschubst, über Ness geschimpft, mich vor Brock verteidigt hat. Ich denke an ihren ehrfürchtigen Blick an dem Abend im Theater. Wie sie in der Mühle im Licht der Straßenlaterne getanzt hat, wenn sie dachte, sie wäre allein. Wie sie neben mir eingeschlafen und schon ins Land der Träume entschwebt ist. Wenn unsere Erinnerungen ein Duett sind, dann muss sie ab jetzt allein weitersingen. Mein Part – die Erinnerungen an sie als kleines Mädchen, an Ingrid, an meinen Vater – stirbt hier mit mir.

Ganz zärtlich streicht Eve mir mit den Daumen über die Brauen.

»Hier«, murmelt sie. »Ich habe alles Hässliche und Schlechte von heute fortgewischt. Schlaf jetzt.« Sie wischt eine Träne von ihr weg, die mir auf die Wange getropft ist. Ihre Stimme bricht fast, als sie lügt: »Und morgen ist ein neuer Tag.«

Ich schließe die Augen. Plötzlich bin ich fünf Jahre alt und stehe auf der Treppe in meinem Elternhaus. Meine Schwester summt und steckt einen Blumenkranz zusammen. Ich schlinge die Arme um das Geländer, die Holzkante hinterlässt einen Abdruck auf meiner Wange.

»Für dich«, sagt Ingrid und hält mir den Blumenkranz hin. Ihr Lachen klingt so hell wie ein Windspiel. Mein Vater steht am Herd, und ich kann die warme Milch und die Orangenschalen im Vanilleplunder meiner Mutter riechen.

»Ich liebe dich, Marit«, flüstert Eve mir ins Ohr.

Wärme durchflutet mich. Denn mein ganzes Leben lang habe ich mich vor der Zukunft gefürchtet. Davor, dass ich am Ende allein sein würde.

»Eve«, hauche ich. Was mehr könnte ich auch sagen? Denn das hier ist das wertvollste Geschenk.

Dass ich die letzten Momente mit der Person verbringen darf, die mein Leben erst lebenswert gemacht hat.

# 37

ICH HABE ZUGEHÖRT, als die Minenarbeiter an diesem
einen Tag die ganze Wahrheit herausgefunden haben.

An dem Tag, der alles besiegelt hat. Nach dem es für mich
kein Zurück mehr gegeben hat.

Die eine Hälfte der Männer wollte es verraten – der Polizei,
dem König. Die andere Hälfte wollte das Geheimnis wahren
und bei der Sache mitmachen.

Ihre Stimmen wurden laut, sind von den Kalksteinwänden
widergehallt.

»Niemand geht hier raus, ohne zuzustimmen«, hat Steen
entschieden.

Ich habe bloß zugehört. Auch bei dem, was als Nächstes
passiert ist. An diesem Tag habe ich nichts anderes gemacht,
als zuzuhören.

Manchmal trifft man die wichtigsten Entscheidungen, indem man einfach nichts macht.

Die Minenarbeiter haben Seiten gewählt.

Und die eine Seite hat die andere Seite umgebracht.

Und es wie einen Unfall aussehen lassen.

Da ist so viel Blut an ihren Händen.

Da ist so viel Blut an unser aller Händen.

Da ist Blut auf mir.

Mein Blut.

Helene betrachtet mich verurteilend. Beobachtet aus ein paar Schritten Entfernung und in ihrem dunkelvioletten Seidenkleid, wie ich blute. Sie lebt in diesem Haus, das nur gebaut werden konnte, weil ich getan habe, was ich getan habe. Sie trägt Kleider, die bloß dank meiner Entscheidungen bezahlt werden konnten. Isst Essen, für das andere Menschen sich opfern mussten. Sie bittet die Diener in ihrem eigenen Haus, diese Opfer zu bringen. Das eigene Leben für Helenes Luxus aufs Spiel zu setzen. Warum ist, was ich getan habe, letzten Endes so viel schlimmer?

Ich bin bereit, mir die Hände schmutzig zu machen. Und sie darf so tun, als blieben ihre sauber, weil sie nicht sieht, was vor ihren Augen passiert.

*Tu nicht so, als wärst du besser als ich, Helene,* denke ich. Doch ich bin zu schwach, um es auszusprechen. *Oder dass das, was du tust, so anders ist.*

Wenigstens bin ich mir der Dinge bewusst.

Wenigstens bin ich ehrlich zu mir selbst.

Zwei meiner Männer liegen reglos in den Scherben. Einer der Dienstboten liegt tot daneben.

»Wir müssen ihr helfen«, schluchzt Eve über der sterbenden Schneiderin, als hätte sie gerade ihre Mutter verloren.

Ich vermisse meine Mutter.

»Eve«, sagt dieser Junge Jakob und öffnet eine Tasche mit medizinischen Utensilien. »Erinnerst du dich daran, was ich dir über Variolation beigebracht habe? Dass die Frau ihren Sohn mit alten Pockenkrusten infiziert hat?« Er sieht hektisch umher. »Wir haben den Firn geschwächt.«

Es tut so weh. Blut sickert mir aus der Seite. Ich versuche, es mit der Hand aufzuhalten, doch es ist so viel. Ich denke an damals – es scheint mir so fern wie ein anderes Leben –, als ich den Ärmel mit dem Blut meiner Mutter hinter dem Rücken versteckt habe. Ich wollte nur, dass die Angst aufhört. Dass meine Mutter nicht mehr weint.

»Sie hat doch immer den roten Stein von ihrem Vater dabei«, sagt Jakob zu seiner Schwester Liljan. Sie durchwühlt die Taschen der kleinen Schneiderin, doch die sind leer. Wir sind umgeben von Glasscherben, Toten, zerhackten Ranken, Trümmern.

»Dann muss er in ihrem Zimmer sein«, drängt Jakob. »Wir müssen uns beeilen.« Er fällt neben dem schlaffen Körper der Schneiderin auf die Knie und sticht ihr eine Spritze in die Haut. Lässt den Firn abfließen, genau wie Tønnes und ich es getan haben.

Liljan macht das Gleiche bei dem Dienstjungen, der Tønnes mit seinen Ranken getötet hat. Mein Blick wird trüb. Winzige Firnsplitter glitzern im Licht wie Narrengold in einem blutroten Fluss.

»Ich glaub, ich weiß, wo sie ihn hat«, japst Eve auf einmal und kriecht über die kleine Schneiderin.

Sie schlägt den Saum des Kleides um. Findet eine versteckte Tasche.

Blinzelnd beobachte ich, wie sie einen scharlachroten Stein aus dem Geheimversteck zieht.

»Super, Eve!«, ruft Jakob. Er hört auf, das vor Firn schimmernde Blut aus dem Arm der kleinen Schneiderin laufen zu lassen, und fängt an, ihr sein eigenes zu übertragen. »Jetzt müssen wir nur die Magie ablassen ...«

»Ich weiß.« Eve hält den Edelstein über die Flamme einer Kerze und verzieht kaum das Gesicht, als er sich dunkler färbt und die Hitze ihr die Finger verbrennt. Was macht sie denn da – verschwendet all die wertvolle Magie, bis der Stein nur noch ein nutzloses Stück Kohle ist.

Ich habe meinen verbrauchten Firn immer in den Minen vergraben.

Doch Eve kratzt stattdessen mit dem Stein über den Arm des Mädchens. Schabt kleine Partikel davon ab und schneidet ihre Haut ein.

»Geh nicht, Marit«, murmelt sie sanft. »Bleib, dann kämpfen wir füreinander, wie wir es immer tun.«

Jakob beugt sich hinunter und küsst die kleine Schneiderin erst auf die Augenbrauen, dann auf die Wimpern. Liljan wischt sich mit dem Ärmel Tränen aus dem Gesicht.

Diese Schneiderin hat alles ruiniert.

Ich war so nah dran. Habe so hart dafür gearbeitet. So viele Leben gegeben.

Ich hätte dafür gesorgt, dass es nicht umsonst war.

Werde ich meine Mutter wiedersehen? Wenn ich auf der anderen Seite erwartet werde, wird man bestimmt verstehen, warum ich getan habe, was ich getan habe, oder?

In Gedanken bin ich wieder auf dem Schlachtfeld.

Beobachte den kleinen Jungen in der Gasse.

Beobachte, wie Aleks beim Ballett zuschaut.

Sehe meine Mutter mit Juwelen im Haar.

Ich habe so viel Blut verloren. Mir ist ganz schwindelig.

Doch ich glaube, das Letzte, was ich sehe, bevor es dunkel wird, ist …

Diese kleine Schneiderin.

Wie kann ein Mensch, ein einfaches Mädchen, alles zerstören, für das ich gearbeitet habe?

Vielleicht habe ich es mir auch nur eingebildet. Schwer zu sagen.

Aber ich glaube, als Letztes sehe ich, wie die Schneiderin nach Luft schnappt und die Augen aufschlägt.

# 38

*Marit*
*29. Juni 1867*
*Kopenhagen, Dänemark*

IN DER BUCHHANDLUNG RIECHT ES NACH LAVENDEL, frischem Papier und altem Leder, und als wir durch die Tür gehen, klingelt eine kleine Messingglocke über unseren Köpfen. Es ist schummrig und kühl, eine angenehme Abwechslung zur stickigen Sommerluft draußen. Der Ladenbesitzer grummelt uns hinter seinem Tisch leise zu. Jakob geht zielstrebig auf das Regal mit den Neuerscheinungen zu. Seine Fingerspitzen tanzen über die Buchrücken, und seine Mundwinkel zucken nach oben, als er ein grünes Buch berührt. »Das hier.« Seine Augen funkeln zufrieden hinter der Brille, als er es aus dem Regal zieht. »Das wirst du lieben«, flüstert er und bittet den Besitzer, es abzurechnen. »Das hat alles, was dir gefällt.«

Ich schiebe mir das Buch unter den Arm und fühle mich wie eine von Ivys Glaskugeln, die vom Sonnenlicht durchflutet werden und golden erstrahlen. Wir laufen über die Straße zurück zu dem unscheinbaren winzigen Büro an der dunklen Ecke.

Es liegt am Stadtrand von Kopenhagen neben einer Bäckerei. Deshalb riecht es immer herrlich nach frischem Brot und köstlichem Zimtgebäck. Auf dem Schild über dem Büro sieht man keinen Schriftzug. Dort ist bloß ein Symbol: ein Seil, das sich in ein Unendlichkeitszeichen windet. Wenn man genau hinsieht, erkennt man, dass es eigentlich kein Seil ist, sondern eine Ranke, aus der winzige Efeublätter sprießen.

Wir gehen durch die Tür, schließen sie hinter uns und halten inne. Jakob lächelt mich lange an, bevor er auf seine Seite des Büros geht. An seinem Platz ist er umgeben von hunderten Büchern, Schränken voller Reagenzgläser und Kanülen und diversen Mikroskopen. Ich muss mich überwinden, ebenfalls zu meinem Tisch zu gehen, um unsere Regel nicht zu brechen.

Kein Küssen während der Arbeit.

Mit den Fingern streiche ich über die golden geprägten Buchstaben auf dem Einband meines neuen Buches. Ich will es gerade aufschlagen, als ein kleiner Schatten vor unserem Fenster stehen bleibt. Ich erkenne die Umrisse durch die bunten Glaskacheln. Sie zögert, doch dann geht die Tür nach einem verhaltenen Klopfen auf.

Es ist ein junges Mädchen, etwa neun Jahre alt. Ihre dunklen Haare sind verfilzt, die Kleider braun und abgetragen.

Sie macht einen vorsichtigen Schritt in den Raum. »Ich hab gehört …«, murmelt sie nervös. »Ich hab gehört, ihr könnt mir helfen.« Sie dreht sich in ihren abgewetzten Stiefeln um und holt eine Münze hervor, auf der ebenfalls Efeuranken zu sehen sind. Die Münze ist ein geheimes Zeichen, das uns sagt, dass jemand aus der magischen Gesellschaft sie geschickt hat, der von uns weiß. Weiß, was wir tun können.

Sie ist noch so jung.

»Darf ich mal sehen?«, frage ich sanft. Sie nickt und krempelt die Ärmel hoch.

Blauer Frost windet sich unter der Haut ihrer Handgelenke entlang.

»Wie heißt du?«

»Elise.«

Ich brauche keins von Jakobs Mikroskopen, um zu sehen, dass sie so weit ist. Ich nicke ihm zu.

»Komm mit, Elise.« Ich halte ihr die Hand hin. Während sie sich im Bad einen einfachen Baumwollkittel anzieht, fahre ich mit den Fingern über ihre Kleider. Als sie herauskommt, ist der Stoff wieder vernäht, dieses Mal stabiler.

»Es ... wird doch nicht wehtun, oder?«, fragt sie zaghaft und klettert auf die Liege im Untersuchungsraum.

Die Haare stehen ihr wild vom Kopf ab. So sah Eve als kleines Mädchen auch oft aus.

»Doch«, antworte ich sanft. »Doch, es wird ein wenig wehtun. Aber es rettet auch dein Leben, und der Firn, den du uns heute gibst, wird eines Tages ein anderes Leben retten. Das Heilmittel, das wir dir geben, stammt auch von jemand Großzügigem, der vor dir hier war.«

Sie kneift die Augen zusammen und gibt keinen Mucks von sich, als ich ihr die lange Nadel in die Haut steche. »Du machst das toll, Elise.« Ich nehme ihr so viel Blut ab, wie ich kann, ohne dass es sie umbringt. Wir werden die Firnsplitter herausfiltern und dann unter Hitze zu einem großen Edelstein formen, genau wie Philip und Dr. Holm es getan haben. Bloß, wo sie nur Tod gesehen haben, schöpfen wir Leben. Wir katalogisieren und lagern die Steine. Unsere Schränke sind voll von kristallisierter Magie aller Art, die wir in der magischen Gesellschaft verkaufen. Dabei nehmen wir genug Geld ein, um unsere Klinik zu finanzieren. Und unsere Kunden unterschreiben, dass sie den Firn zurückbringen, sobald er verbraucht ist. Denn verbrauchter Firn ist wohl letztendlich die wertvollste Sache der Welt – denn er ist unsere Heilung.

Als ich zwei Phiolen mit Elises Blut gefüllt habe, schließe ich den Schrank auf und nehme eine Spritze aus dem Vorrat. Indem wir uns ein wenig Firn injizieren, kann unser Körper eigene Abwehrkräfte bilden, genau wie bei einer Impfung. Wenn sich dann Firn in unserem Blut bildet, weil wir Magie genutzt haben, wird er angegriffen und abgebaut. Er kann sich nicht mehr ungehindert ausbreiten und das Blut zu Eis gefrieren lassen.

So lange hatten wir nur die Wahl zwischen Magie oder einer Zukunft. Wir konnten tun, was uns ausmacht, um uns lebendig zu fühlen. Aber nur im Tausch gegen unser Leben. Jetzt knüpfen wir jedes Mal, wenn wir jemandem Firn abnehmen, einen weiteren Knoten an ein Seil, das immer länger wird. Jede Person, die wegen des Heilmittels zu uns kommt, bringt uns einen neuen Rettungsanker, um dem Nächsten zu helfen. Es ist der Schlüssel zu endloser Magie.

Und es kommt dem Nähen von Wunden schon ziemlich nahe.

»Danke«, sagt Elise, als ich fertig bin. Sie steckt den verbundenen Arm in ihren geflickten Mantel und starrt einen Moment lang ungläubig darauf hinab. »Danke«, wiederholt sie und tritt dann wieder in den Sonnenschein hinaus.

Ich notiere ihren Besuch in den Büchern, um sie Helene vorzulegen. Unsere Klinik – die Arbeit, die wir hier machen – wird gefördert von Helene Vestergaard. Sie hat die Kalksteinminen verkauft, um nicht mehr von ihrer Last erdrückt zu werden und Geld beiseitezulegen, damit sie unsere Arbeit auch in den kommenden Jahren unterstützen kann. Die Klinik kann nichts von dem zurückgeben, was in der Vergangenheit gestohlen wurde. Aber mit ihr sorgen wir dafür, dass Menschen mit Magie eine Zukunft haben.

Mit der Fingerspitze fahre ich über die Seite und lächle beim Anblick der Spalten, die sich stetig füllen. Helene wollte der Öffentlichkeit die Wahrheit über die Minen erzählen. Doch dadurch hätten wir die Magischen vielleicht in noch größere Gefahr gebracht. Das Geständnis hätte uns nur zur Zielscheibe gemacht. Wir hätten unsere Magie verstecken und mit der Angst leben müssen, dass jemand uns verletzt, um an den Firn zu kommen. Deshalb haben wir sie überzeugt, dass es am besten ist, Stillschweigen zu bewahren. Niemand wird je erfahren, was es mit den Edelsteinen auf sich hat, die um die Hälse der Königsfamilie funkeln.

Nicht einmal der König selbst.

»Wir müssen los«, sagt Jakob, stellt Elises frisch gewonnenen Firn in den Schrank und nimmt seinen Hut. »Sonst kommen wir zu spät.«

Er dreht das Schild im Fenster auf GESCHLOSSEN. »Ist die Arbeit jetzt vorbei?«, fragt er neckisch und zieht mich an sich. Sofort geht mein Atem schneller. Den ganzen Tag habe ich mich darauf gefreut. Behutsam berühre ich seinen Kragen, dann seine Lippen, und als er sich zu mir lehnt, werde ich von Freude durchflutet. Mein Herz macht einen Satz, als er über die Stelle hinter meinem Ohrläppchen streicht, und ich schlinge ihm die Arme um die Taille. Er küsst mich so innig, dass ich genau weiß, wie sehr auch er diesen Moment den ganzen Tag herbeigesehnt hat. »Komm jetzt«, flüstere ich irgendwann gegen seine Lippen und muss lachen, weil er widerwillig stöhnt. »Wir dürfen es nicht verpassen.«

$\mathcal{C}\hspace{-0.3em}\mathcal{O}$

Margeriten erblühen auf den Bergen, und das Vestergaard-Anwesen erhebt sich hinter einem See, der schimmert wie eine Platte aus poliertem Azurit. Nach dem massiven Schaden, der beim Kampf mit Philip und seinen Männern entstanden ist, wurde das Haus wieder instand gesetzt. Die Fenster wurden ersetzt und glitzern jetzt im hellen Sonnenschein. Weiße Kamelien ranken über die Fensterbänke.

Nichts an der Fassade lässt noch vermuten, was in dieser Nacht passiert ist. Alle Hinweise sind zusammen mit dem Schneesturm davongeflogen. Jakob hat sich am nächsten Morgen in den Schnee hinausgewagt, nachdem Philip gestorben ist und wir den Rest der Männer überwältigt hatten. Mithilfe der Diener aus den Nachbarhäusern hat er einen Polizisten in der Nähe erreicht. Einen älteren Beamten mit einem jungen Sohn, der aus Milch Butter machen kann, ganz ohne Butterfass. Mit einer kleinen, bis an die Zähne bewaffneten Truppe ist er gekommen, um ein paar Stunden später die Minenarbeiter und Malthe abzuführen.

Ich weiß nicht, was mit ihnen passiert ist, doch der Polizist hat versprochen, dass unser Geheimnis sicher ist.

Offiziell heißt es, dass die anderen im Schneesturm umgekommen sind.

Jetzt reihen wir uns am Ende einer Menge tiefschwarzer Kutschen vor dem Anwesen ein. Brock steht an der Eingangstür und führt die Gäste hinein. Er trägt einen Frack und hat sich das Haar mit Öl nach hinten frisiert. An der Tür angekommen zieht er uns beiseite und webt mir ein duftendes Band aus weißen Gardenien um das Handgelenk. Jakob bekommt die passende Ansteckblume. Er grinst uns an. »Wenn ihr zu spät seid«, sagt er und schiebt uns hinein, »verarbeitet Nina euch zu Kleinholz.«

Jakob und ich trennen uns, damit wir uns umziehen können. Ich haste die Treppen zu dem Zimmer hoch, das ich mir immer noch mit Liljan teile. Wir alle hätten uns andere Arbeitsstellen suchen können, aber niemand hat es getan. Ich habe endlich die Familie gefunden, nach der ich mich immer gesehnt habe, und das werde ich sicher nicht einfach aufgeben. Doch die Narben, die diese Nacht hinterlassen hat, sind hinter den Mauern des Hauses schwerer zu verbergen. Im Innenhof stehen Gedenksteine für Declan, Rae und Ivy. Nina ist auf eine Krücke angewiesen. Über Eves Arm verläuft eine dicke pinkfarbene Narbe, die sie mit Stolz trägt und nur hin und wieder von Liljan verstecken lässt. Laras Kopfverletzung ist verheilt, doch ihr fallen oft nicht die richtigen Wörter ein. An manchen Tagen erwische ich Helene, wie sie ins Leere starrt oder allein vor dem Porträt ihres verstorbenen Mannes steht.

Ich stelle mich vor den Spiegel und zupfe mein Kleid zurecht. Manchmal komme ich nach unten und sehe, wie Dorit in der Küche weint – oder ich wache auf und stelle fest, dass es mir immer schwerer fällt, mich an die Gesichter von meinem Vater und von Ingrid zu erinnern. Dann möchte ich am liebsten dem Hass und der Verbitterung nachgeben. Doch auch wenn es an manchen Tagen schwerer fallen mag als an anderen, stehen die Menschen in diesem Haus jeden Morgen auf und entscheiden sich aufs Neue für Vergebung.

Das Gleiche werde ich auch tun. Einen kleinen Splitter meines Firns trage ich als Kette um den Hals. Er soll mich daran erinnern, dass ich Magie und Liebe früher gefürchtet habe. Und dass beides mit der Zeit wächst, bis tief in meinem Inneren etwas Wunderschönes entsteht. Aber auch die falschen Dinge können wachsen, wenn man sie lässt.

Der Firn funkelt in einem hübschen Violett. Und immer scheint er mich mit stiller Beharrlichkeit zu fragen: *Wie wird mein Inneres am Ende meines Lebens aussehen?*

❧

Eilig renne ich durch das Haus, bevor die Aufführung losgeht. Aus der Küche strömt der warme Duft von frischem Gebäck, köchelndem Eintopf, Honig und Kuchen und Tellern voller Früchte und Beeren aus Brocks Garten. Das Haus ist erfüllt von Magie. Noch viel mehr als früher, seit die Gefahr des Firns gebannt ist.

Gerade noch rechtzeitig mische ich mich unter die anderen Gäste im Festsaal. Jakob sieht in seinem schwarzen Anzug einfach umwerfend aus, und als er mich entdeckt, nestelt er nervös an seinen Manschettenknöpfen herum. Zum ersten Mal habe ich mit Magie und ohne Angst ein neues Kleid für mich selbst genäht. Es schmiegt sich an mich, als wäre mir der hellblaue Satin direkt auf den Körper gegossen worden.

Aufgeregt nehme ich den Platz in der ersten Reihe neben Liljan ein. Sie drückt mir liebevoll die Hand. Die Narbe auf ihrer Wange ist eine hauchdünne, silbrig schimmernde Linie.

Auf meiner anderen Seite sitzt Hans Christian Andersen mit seinen wilden Locken, umschatteten Wangen und einem Zylinder im Schoß. Bei seinem Anblick – so leibhaftig und so nah – zucke ich kurz zusammen und ringe mir hastig eine Begrüßung ab. Ein amüsiertes Lächeln huscht über sein Gesicht. Vielleicht habe ich eines Tages den Mut, ihm zu erzählen, wie sehr seine Geschichten mit meiner eigenen verwoben sind.

Stille legt sich über das ausgewählte Publikum, als die Violinistin den ersten Ton spielt.

Eve bekommt endlich ihren Auftritt.

Denn Helene legt es nicht mehr darauf an, sie in der Königlichen Dänischen Tanzschule unterzubringen. Stattdessen gründet sie ihre eigene Ballettschule und plant eine Reihe außergewöhnlicher Vorführungen, für die man keine Karten kaufen kann. Sie sollen voller Wunder und Magie sein, und man bekommt sie nur auf Einladung zu sehen. Eine Welle der Veränderung im Ballett. Das hier ist die erste Aufführung – ein Vorgeschmack, von dem einflussreiche Leute weitererzählen sollen. Als Nächstes wollen Helene und Eve durch Europa und Russland und zu den Westindischen Inseln reisen, Ballett studieren und andere Tänzerinnen und Tänzer vortanzen lassen. Sie wollen mehr darüber lernen, wo sie herkommen, und – das habe ich Helene mit leiser Stimme zu Dorit sagen hören – vielleicht sogar, woher der Zucker kommt. »Philip hatte mit fast allem unrecht«, hat sie geflüstert, sodass ich mich in meinem Versteck vorbeugen musste, um sie zu verstehen. »Aber selbst wenn Menschen bei fast allem falschliegen, können sie trotzdem hier und da recht behalten.« Also versuchen sie und Eve, die Teile herauszupicken, die wahr sein könnten. Fangen irgendwo an und gehen alles durch.

Wenn sie wiederkommen, soll aus dem Ostflügel des Hauses ein Wohnheim und eine Ballettschule unter Helenes Leitung werden. Und alle Waisenkinder mit vielversprechendem Tanztalent sind willkommen.

Sie werden hier bei uns leben.

Obwohl wir keine Vorstellung davon haben, wie viel Magie es außerhalb von Dänemark gibt, haben die Salons noch ein weiteres Ziel. Wir hoffen, dass das Gerede über Magie zu einem hellen Lichtstrahl wird, der die Magischen aus ihren Verstecken herauslockt. Es reicht schon, wenn in jeder Stadt eine Person weitererzählt, dass es im Untergrund eine Heilung gibt. Und wenn sie auch in anderen Ländern benötigt wird, sind wir bereit.

Der Vorhang vor uns hebt sich. Eve steht mitten auf der Bühne, im Schatten eines gewölbten Astes. Im selben Moment, in dem das Lied beginnt, fallen Blätter und Blüten von dem Ast und wirbeln um sie herum, während sie völlig still und bereit dort steht.

Sie kommt hoch auf ihre Zehenspitzen, und die grünen Blätter färben sich braun und orange. Ich erkenne goldene Sprenkel, als sie auf die Bühne hinabgleiten. Der Klang der Violine ist tief und klar.

Herr Andersen lehnt sich leicht nach vorn.

Eve ist wie ein Magnet, sie zieht jeden Blick im Raum auf sich. Sie tanzt, als würde sie von innen heraus brennen, und sie so zu sehen, entfacht auch in mir ein Feuer. Das Publikum staunt begeistert, als auf einmal Schnee von den Dachsparren fällt – echte kalte Flocken, keine aus Papier. Auf einmal erfüllt Tannenduft den Saal, als wären wir in einen tiefen Wald gewandert, und eine Reihe Lichter leuchten nacheinander auf, sobald Eve im Piqué an ihnen vorbeiwirbelt.

Sie ist nicht wie die Tänzerinnen, die ich vor Monaten im Theater gesehen habe. Ihr gelingt es, etwas viel Tieferes in den Zuschauern zu berühren, wenn sie so viel Kraft in ihre Jetés legt. Hinter ihr erblühen Blüten und winden sich Ranken über die Bühne, Glühwürmchen fliegen wie funkelnde Sterne über ihrem Kopf – so viel Schönheit, und nirgends ist ein Edelstein zu sehen. Die Musik steigert sich allmählich zu ihrem Höhepunkt, und Eve dreht sich wie ein Kreisel um die eigene Achse – unzählige Drehungen, bei denen sich das Licht in den Glasperlen ihres Kostüms bricht und es zum Funkeln bringt. Und als sie hoch in die Luft springt, muss ich an all die Stunden voller Schmerz und Frustration und Hingabe denken, die sie durchgestanden hat. Daran, was sie im Leben geopfert hat, um uns jetzt diesen flüchtigen Moment Schönheit zu schenken.

Es mag nicht so dramatisch sein wie das, was Ingrid für mich getan hat. Doch macht nicht genau das Liebe aus? Dass man das eigene Leben nimmt und jeden Tag freiwillig für andere hergibt?

Eve steht den Sprung, bei dem sie vorher in den Proben für den König im Gewächshaus immer auf den Boden geknallt ist. Dieses Mal wankt sie keine Sekunde. Sie landet sauber. Keuchend hebt sie den Arm über den Kopf und sucht mit den Augen im Publikum nach mir. Als unsere Blicke sich treffen, platze ich fast vor Stolz.

Die Haare auf meinem Körper stellen sich auf, ein angenehmer Schauer überläuft ich.

Sie hat es. Dieses märchenhafte Leuchten.

Wie Magie.

Hans Christian Andersen lehnt sich neben mir noch weiter vor. Seine Augen leuchten. »Das Leben«, flüstert er, »das Leben selbst ist doch das schönste Märchen.«

Mir ist klar, dass Eve nach heute Abend abreisen wird. Sie wird Dänemark verlassen und mit Helene herumreisen, vermutlich mehrere Monate lang. Sie wird sich verändern, eine noch bessere Tänzerin werden und, schon viel zu bald, erwachsen sein. Doch sie wird immer wieder zurückkommen.

Und ich werde hier auf sie warten. Darauf, dass die Haustür sich endlich öffnet, und die Stimme, die ich am meisten liebe, ruft: »Marit! Marit, ich bin zu Hause!«

Denn das ist sie.

Mehr als sonst jemand auf der Welt, ist sie mein Zuhause.

Mit einer frischen Pflaume in der Hand werde ich sie erwarten.

ENDE

# Danksagung

Mein Dank geht an Greg, James und Cecilia: Dieses Buch ist in dem besonderen Jahr entstanden, das wir in Kalifornien verbracht haben. Ich werde diese Zeit mit euch immer in Ehren halten und gerne daran zurückdenken, wie wir durch den Botanischen Garten in San Francisco gewandert sind, die Wunder der Academy of Sciences bestaunt und *Der Nussknacker* im San Francisco Ballet gesehen haben. Oh, ich liebe euch so sehr.

An meine Eltern, Kevin und Sarah Bain: Ich kann euch gar nicht oft genug sagen, wie dankbar ich bin oder was für ein Glück ich habe, dass es euch gibt. Ich danke Hannah Bain, Andrew und Angie Bain, Donald und Jean Korb, Ralph und Doris Bain. Den Bains, den Goldmans und den Shanes.

Vielen Dank, Mark, Barbara und Janlyn Murphy. Eure Unterstützung und Liebe bedeutet mir immer noch alles.

An Peter Knapp: Danke, dass du an mich geglaubt hast. Danke für die Cupcakes und den Zuspruch und die Herbsttage. Und danke, dass du mir dabei geholfen hast, meinen Traum zu verwirklichen.

An Nicole Sclama: Danke für deine Begeisterung und dafür, dass du diesem Buch Leben eingehaucht hast. Ich werde auf ewig dankbar sein, mit dir arbeiten zu dürfen, genau wie mit dem gesamten fleißigen Team bei HMH Books For Young

Readers: Celeste Knudsen, Shannon Luders-Manuel, Michelle Triant, Sammy Brown, Taylor McBroom, Mary Magrisso, Susan Buckheit und Anna Dobbin.

An Sarah Odedina, Helen Crawford-White und alle anderen bei Pushkin Press: Schon zweimal durfte ich mit euch zusammenarbeiten – ein absoluter Traum. Danke an all die Leute, die dafür sorgen, dass Kalifornien sich wie ein Zuhause anfühlt: Melissa Freeman, die Balitis, Carolyne Conner und die Tonellas, Lianne Achilles, Yomei Kajita, Alisa Hosaka, James Minahan, Katie Allen Nelson, Stephanie Garber, Misa Sugiura, Tara Goedjen, Andrew Shvarts, Lucy Keating und all die anderen Freund:innen, Autor:innen, Leser:innen, Blogger:innen, Buchverkäufer:innen und wundervollen Menschen, die zur kalifornischen Buch-Community gehören.

Dank gebührt auch meinen Autoren-Freundinnen für die Ermutigung, das Verständnis und die Freundschaft auf dieser Reise: Kayla Olson, Anna Priemaza, Bree Barton, Gita Trelease, Corrie Wang, Lindsay Cummings, Nadine Brandes und all die anderen, die mich von Beginn an begleitet haben.

Danke an Beth Nelson, Anne McKim, Addie Peyronnin, Jennifer Carter, Chris Iafolla, Anna Tuttle Delia, Sarah Hoover, Sarah Dill, Christie Pickrell, Kristen Daniels Wade, Susi Thannhuber, April Welch, Alexandra Nesbeda, Caitlin Dalton, Wendy Huang, Emily Hall, meine unglaubliche Nachbarschaftstruppe aus Missouri, die gesamte Hess CG und die Amundsons. An all meine Freunde von nah und fern, die mich in Connecticut, Massachusetts, San Francisco, Evansville, Tokio, Hongkong, Indianapolis und jetzt in Missouri an ihrem Leben teilhaben lassen: Ich denke an euch, während ich das hier schreibe. Ich danke euch für eure Unterstützung bei und Begeisterung für *The Disappearances* – dafür, dass ihr bei all den Veranstaltungen dabei wart und mir Nachrichten geschickt habt. Und dafür, dass ihr mein Leben so unendlich bereichert.

Ein großes Danke auch an die Leser:innen, Blogger:innen, Buchverkäufer:innen, Bibliothekar:innen und Bookstagrammer:innen, die meine Bücher lieben. Ihr habt mich wirklich tief berührt.

Und danke an den wahren großen Bruder, der Sein Leben gab, damit ich in Ihm ein Zuhause finden konnte. Du bist Reichtum, Vergebung und Hoffnung. Römer 5,3-4. Ich spüre Deine Schönheit überall.

Die amerikanische Originalausgabe erschien 2020 unter dem Titel
*Splinters of Scarlet* bei Houghton Mifflin Harcourt Publishing Company.

Erste Auflage 2023
Deutsche Erstausgabe
© der deutschsprachigen Ausgabe
Insel Verlag Anton Kippenberg GmbH & Co. KG, Berlin, 2023
© der Originalausgabe 2020 by Emily Bain Murphy
Alle Rechte vorbehalten. Wir behalten uns auch
eine Nutzung des Werks für Text und Data Mining
im Sinne von § 44b UrhG vor.
Umschlaggestaltung: Alexander Kopainski
Umschlagabbildungen: Shutterstock, Berlin
Satz: Satz-Offizin Hümmer GmbH, Waldbüttelbrunn
Druck: GGP Media GmbH, Pößneck
Printed in Germany
ISBN 978-3-458-64334-0

www.insel-verlag.de